**KNAUR
SCIENCE FICTION FANTASY**

Herausgeber
Werner Fuchs

Am Anfang war alles nur ein Spiel gewesen: Den Göttern war die Zeit zu lang geworden, daher gedachten sie sich durch ein wenig Unterhaltung aufzumuntern. Sie ließen zwölf Schwerter schmieden – machtvolle Waffen mit besonderen Eigenschaften – und sie unter den Sterblichen verteilen. Ihre Rechnung ging auf. Die Schwerter verliehen solche Macht, daß die Menschen ihretwillen verblendet wurden und die Mächtigen sie rücksichtslos in ihren Besitz bringen wollten. Intrigen, Verrat und Gewalt hielten in einst friedliche Lande Einzug, und die Edlen stellten Heere auf, um gegeneinander in den Krieg zu ziehen. Die Götter amüsierten sich köstlich. Aber Vulkan, der Gott, der die Schwerter schmieden ließ, liebte besonders rauhe Scherze. Er wußte, was den anderen zunächst verborgen blieb: Die Schwerter der Macht vermochten auch Götter zu töten. Und da wurde das Spiel zu blutigem Ernst – auch für die Götter...

Fred Saberhagen wurde 1930 in Chicago geboren. Anfang der sechziger Jahre begann er Science Fiction zu schreiben. Bekannt wurde er vor allem durch seine »Berserker«-Serie und den voluminösen Fantasy-Roman »Empire of the East« (»Reich des Ostens«). Sein dreibändiges Epos um die Schwerter der Macht ist sein bislang erfolgreichstes Werk. Jeder der drei Romane war in den USA monatelang auf den Bestsellerlisten für Paperbacks.

In der Knaur-Taschenbuchreihe *Science Fiction/Fantasy* erschienen bzw. erscheinen die einzelnen Bände als:

»Das erste Buch der Schwerter« (Band 5791)
»Das zweite Buch der Schwerter« (Band 5816)
»Das dritte Buch der Schwerter« (Band 5820)

Deutsche Erstausgabe
© Droemersche Verlagsanstalt Th. Knaur Nachf. München 1985
Titel der Originalausgabe »The Second Book of Swords«
Copyright © 1983 by Fred Saberhagen
Umschlaggestaltung Franz Wöllzenmüller
Umschlagillustration Dino Marsan
Satz Compusatz, München
Druck und Bindung Clausen & Bosse, Leck
Printed in Germany · 1 · 8 · 885
ISBN 3-426-05816-2

1. Auflage

Fred Saberhagen

Das zweite Buch der Schwerter

Fantasy-Roman

Deutsche Erstausgabe

Aus dem Amerikanischen von Rainer Schmidt

ISBN 3-426-05816-2   880

1

Feuer zuckte vom Himmel herab, ein gleißender, scharfzakkiger Speer aus weißem Licht, der nur einen Augenblick lang lebte, eben lange genug, um einen einsamen Baum zu spalten, der auf der weit hinausragenden Kante der Uferklippe stand. Der Donner dröhnte durch die heulende Finsternis des Himmels, und Augen und Ohren waren gleichermaßen betäubt. Ben fuhr herum, weg von dem blendenden Blitz – zu spät natürlich, als daß es seinen gepeinigten Augen noch hätte helfen können. Er wandte den Blick nach unten und versuchte, den Pfad wiederzufinden, festen Boden, auf den er seine Füße setzen konnte. In Nacht, Wind und Regen konnte man kaum erkennen, wo der Blitz eingeschlagen hatte. Hoffentlich würde der nächste ein Stück weiter entfernt niedergehen.
Ben hatte seinen mächtigen, kraftvollen rechten Arm nach vorn über den Rumpf eines schwer beladenen Lasttiers gestreckt und mit der Hand das Seil umklammert, mit dem die Tragkörbe auf dem Rücken des Tieres befestigt waren; mit der linken zerrte er heftig an den Zügeln des Lasttieres, das ihm widerwillig folgte.
Die kleine Karawane bestand aus sechs Lasttieren und sechs Männern, die die Tiere fluchend am Zügel führten und vorantrieben. Ein siebtes Tier, beträchtlich schlanker und anmutiger als die sechs schwerbeladenen, folgte der Karawane in geringem Abstand. Es trug einen Mann auf dem Rücken, eine in einen Kapuzenmantel gehüllte Gestalt, die eine kalte, flammenlose Fackel aus der Alten Welt in der erhobenen Hand trug. Die Fackel warf ein stetiges, niemals flackerndes Licht durch Wind und Regen, und ein Teil ihrer Strahlen

drang weit genug voraus, um die Tiertreiber hoffen zu lassen, sie könnten wenigstens hin und wieder sehen, wohin sie sich bewegten.

Wie ein seltsames, zusammengesetztes Kriechtier mit drei Dutzend unsynchronisierten Füßen tastete und mühte sich die Karawane voran. Sie folgte der bloßen Andeutung eines Pfades durch die unwegsame Landschaft. Ben schob das erste Tier voran, zog das zweite mehr oder weniger hinter sich her und versuchte, sie beide immer wieder zu beruhigen. Stunden zuvor, am Anfang dieses Marsches, hatte man die Tiertreiber davor gewarnt, daß die sonst so phlegmatischen Tiere in dieser Nacht womöglich unruhig werden könnten.

Sie würden Drachen wittern, hatte der Offizier gesagt.

Wieder fuhr ein Blitz hernieder, zum Glück nicht ganz so dicht wie der letzte. Einen Augenblick lang war die felsige, gottverlassene Wildnis, durch welche die kleine Karawane sich bewegte, deutlich zu erkennen, und auch die nächsten paar Meter des vor ihnen liegenden Pfades waren zu sehen. Dann senkte sich die Dunkelheit wieder herab, schwärzer als vorher, und der Regen prasselte noch heftiger. Das Tier mit den drei Dutzend Beinen, seine Einzelteile durch schiebende, ziehende Menschenarme miteinander verbunden, schlängelte sich voran und glitt langsam durch das tückische Gelände, über schlüpfrige Felsen und Sand. Dabei heulte der Wind unaufhörlich, und der Regen peitschte das Land.

Der Soldat, der Ben vorausging und das erste Lasttier führte, war wie Ben selbst in einen triefnassen, blau-goldenen Uniformmantel gehüllt. Von einem nutzlosen Helm tropfte ihm das Wasser in die Augen. Jetzt hörte Ben, wie er lauthals fluchte und den Zorn der Götter auf diese ganze Situation herabrief – und auf die hohen Funktionäre, deren Idee das Ganze gewesen war und die jetzt zweifellos irgendwo im Warmen und Trockenen saßen. Der Mann brüllte beinahe; er fürchtete nicht, daß der Priester-Offizier Radulescu, der am Schluß des Zuges ritt, ihn womöglich durch den Sturm hören könnte.

Das kalte Fackellicht von hinten ließ ahnen, was der nächste Blitzstrahl bestätigte: Der holprige Pfad bog jetzt scharf nach links. Gleichzeitig führte ein breiter Einschnitt in der unweit abfallenden Steilküste den möglicherweise lebensgefährlichen Rand des Kliffs dicht an den Pfad heran. Ben, dem die unverhoffte Nähe des Abgrunds nicht behagte, drückte sich enger an das Tier, auf dessen Rumpf sein rechter Arm ruhte. Mit seiner Kraft und seinem beträchtlichen Gewicht drängte er das Tier ein kleines Stück weiter nach rechts. Die Karawane zog jetzt so dicht am Rande der Klippen entlang, daß man beim nächsten Blitz nach unten schauen und die tosende See erkennen konnte. Ben schätzte, daß die Felszacken in der Brandung etwa hundert Meter unter ihnen liegen mochten.
Er vermutete, daß das Leben eines gemeinen Soldaten in keiner Armee der Welt ein besonders glückliches war. Mehr als eins der alten Sprichwörter, die vor allem unter den Soldaten selbst die Runde machten, legte davon Zeugnis ab, und Ben hatte hinreichend Gelegenheit gehabt, die Wahrheit dieser Sprichwörter am eigenen Leibe zu erfahren. Aber was ihm in dieser Nacht Sorgen bereitete, waren nicht die gewöhnlichen Soldatenbeschwerden dumpfer Mißhandlung oder zeitweiliger Gefahr. Es war nicht das Gewitter. Es war eigentlich auch nicht die Gefahr, von dieser Klippe abzustürzen – dieses Risiko war offenkundig und ließ sich vermeiden. Es war nicht einmal die Angst vor dem wachenden Drachen, vor dessen Gegenwart man die Treiber gewarnt hatte, weil er die Lasttiere nervös machen würde.
Was Ben beunruhigte, war eine gewisse Erkenntnis, die langsam in ihm heranreifte. Wenn sie zuträfe, würde er sich nicht nur wegen eines Drachens den Kopf zerbrechen müssen. Dies galt im übrigen auch für die anderen Tiertreiber, die heute nacht dabei waren, aber Ben hatte keinen Grund zu der Annahme, daß sie sich dessen schon bewußt waren.
Er fragte sich, ob er Gelegenheit haben würde, mit ihnen darüber zu sprechen, ohne daß der Offizier sie hörte. Vermutlich würde es ihm aber nicht gelingen...

Bei Ardneh – wie sollte ein Mann, selbst wenn er um sein Leben zu fürchten hatte, in einem solchen Unwetter auch nur einen einzigen klaren Gedanken fassen können? Ben konnte nicht einmal eine Hand erübrigen, um sich das Wasser aus den Augen zu wischen oder um seinen Mantel zusammenzuraffen. Nicht genug damit, daß das Gewand durch und durch naß war, jetzt hatte sich auch noch die untere Schließe geöffnet, und der Umhang flatterte nutzlos im Wind. Selbst im grellen Licht der Blitze sah das Gewand nicht mehr blau-golden aus. Es war so naß und filzig, daß es ebensogut aus dem Grau der Nacht selbst hätte gewoben sein können.
Und noch mehr Blitze, mehr Wind, mehr Regen. Durch alles Toben mühten sich die zwölf miteinander verbundenen Körper von wütenden Männern und schwer beladenen Tieren immer weiter voran. Unter gewöhnlichen Bedingungen hätten ein oder zwei Männer vollauf genügt, die Tiere zu führen. Aber Ben mußte zugeben, wer immer für dieses nächtliche Unternehmen sechs Tiertreiber eingeteilt hatte, hatte gewußt, was er tat. Zwei, auch drei Männer wären heute nacht zu wenig gewesen, in einer Nacht, da Blitz und Drachenwitterung zusammen auf den Winden ritten.
Radulescu hatte den Tiertreibern zuvor beruhigend zugeredet. Er hatte ihnen erklärt, er beherrsche machtvolle Zaubersprüche, die den Drachen fernhalten würden. Ben glaubte ihm das. Offiziere des Blauen Tempels, das hatte er in dem Jahr seines Soldatendaseins gelernt, waren in Angelegenheiten, die man für wichtig hielt, im allgemeinen bewandert. Und dieser Nachtmarsch mußte wichtig sein... Damit war Ben wieder bei seiner frischaufgekeimten heimlichen Sorge angelangt. Gern hätte er sich diesen schrecklichen Gedanken selber ausgeredet, aber je mehr er ihn erwog, desto wirklicher wurde er.
Und desto weniger Zeit blieb ihm, etwas zu unternehmen.
Man hatte ihnen nicht verraten, was für eine Fracht es war, die sie da, wohlverpackt, klobig und schwer, durch die Nacht transportierten. Andere Hände, nicht die ihren, hatten sie verpackt und in die Tragkörbe der Tiere verladen. Seinem Gewicht nach

zu urteilen und danach, wie es sich anfühlte, konnte es sich nur um schwere Steine oder Metall handeln.
Ben glaubte eigentlich nicht, daß es Steine waren. Es mußte schwer wie Blei sein, das sah er an der Art, wie die Tiere sich bewegten. Aber natürlich würden die Blautempler, sprichwörtliche Liebhaber und Sammler großer Reichtümer, sich wohl kaum mit Blei abgeben.
Dies verringerte die Zahl der Möglichkeiten beträchtlich. Aber da war noch mehr.
Als die Karawane ein paar Stunden vor Anbruch der Dunkelheit den Tempel verlassen hatte, war sie von einer schwer bewaffneten Kavallerieeskorte begleitet worden, die etwa drei Dutzend Männer zählte. Es waren Söldner gewesen, die nur ihren eigenen bizarren Dialekt sprechen konnten. Ben vermutete, daß man sie auf der anderen Seite der Welt angeworben hatte.
Zunächst waren sie ohne Schwierigkeiten vorangekommen. Der Himmel hatte bedrohlich ausgesehen, aber das Unwetter war noch nicht losgebrochen. Die bewaffnete Eskorte hatte die langsam ziehende Karawane die meiste Zeit über in ihre Mitte genommen. Die Lasttiere waren sanftmütig gewesen, und die Führer hatten sie, selbst auf sechs unbeladenen Tieren reitend, mit leichter Hand vorantreiben können. Die Reise hatte sie über Nebenstraßen und immer schmalere Pfade ins Hinterland geführt, aber sie hatten das Tempelgebiet nie verlassen. Zumindest glaubte Ben das, sicher konnte er allerdings nicht sein. Eine so starke Eskorte auf Tempelgebiet erschien ihm ein wenig übertrieben, es sei denn, es handelte sich um eine sehr, sehr wertvolle Fracht.
Und diese Möglichkeit trug nicht dazu bei, seine neue Sorge zu lindern...
Kurz vor Anbruch der Nacht hatte die Karawane auf einer kleinen Lichtung inmitten von kargem Gestrüpp und verstreut umherliegenden Felsblöcken haltgemacht. Hier hatten sich die beladenen Tiere mit ihren sechs Treibern in einem reibungslosen, offenbar gut vorbereiteten Manöver von ihrer Eskorte

getrennt, und unter dem Befehl Radulescus hatten sie ihren Marsch entlang des gewundenen, holprigen Pfades fortgesetzt. Nach dem, was man ihnen über den Plan gesagt hatte, sollte die Eskorte auf der Lichtung warten, bis sie zurückkämen. Als der Zug sich teilte, hatte man den sechs Tiertreibern beinahe so, als sei man eben erst auf diesen Gedanken gekommen, befohlen, die eigenen Waffen im Gewahrsam der Eskorte zurückzulassen. Schwerter und Dolche, so hatte man Ben und den fünf anderen gesagt, würde man weiter oben nicht benötigen, und sie würden nur im Weg sein, wenn es ans Abladen ginge.

Radulescu war der Offizier gewesen, der ihnen dies alles mitgeteilt hatte, und seine forsche, professionelle Stimme hatte sich über den Wind erhoben, während die Kavallerie hinter ihm ihre Reittiere festband und schweigend abwartete. Als die sechs Tiertreiber ihre Waffen unter einem Regenschutz abgelegt und die Reittiere zurückgegeben hatten, war die Karawane unter Radulescus Befehl auf dem unbekannten Pfad weitergezogen. Radulescu selbst war ihnen auf seinem eigenen Reittier gefolgt.

Ben hatte den Priester-Offizier bis zu diesem Tage niemals gesehen, und soweit er wußte, war der Mann den anderen ebenfalls unbekannt. Auch untereinander kannten sie sich nicht. Gewiß war nur, daß Radulescu nicht zu den regulären Kavallerie- oder Infanterieoffizieren gehörte, die in der Garnison des Tempels das Kommando führten. Ben vermutete, daß er aus den hehren Höhen der oberen Schichten im Machtgefüge des Blauen Tempels kam. Vielleicht hatte er sogar mit dem Inneren Rat zu tun, der den Tempel mit allen seinen Verzweigungen regierte. Sämtliche regulären Offiziere hatten sich ihm untergeben gezeigt, obgleich seine einfache, blau-goldene Uniform keines der üblichen Rangabzeichen aufwies. Daher mußte der Mann wohl ein Priester sein, dachte Ben. Aber Radulescu ritt auch auf seinem Tier, als habe er sein Leben lang nichts anderes getan, und er schien es gewohnt zu sein, im Feld Befehle zu erteilen.

Und jetzt kämpften sich Männer und Tiere durch die Nacht und

schleppten ihre schwere Last voran. Vielleicht, überlegte Ben, war es nicht nur Gold, was sie da transportierten. In den dick eingewickelten, formlosen Bündeln in den Weidenkörben konnte durchaus auch eine bestimmte Menge Juwelen verborgen sein, Edelsteine, vielleicht ein paar Kunstgegenstände...
Mit jeder Minute wuchs die Besorgnis, die ihn ergriffen hatte. Sie wuchs und wuchs. Der Wind peitschte weiter auf die kleine Prozession ein, der Regen nicht minder, bis selbst die vierbeinigen Geschöpfe sich nur noch rutschend und stolpernd über die nassen, runden Felssteine bewegten, aus denen dieser erbärmliche Ersatz für einen Pfad bestand.
Wieder drückte Ben gegen das Tier, dessen Hinterteil unter seinem rechten Arm lag. Er drängte es mit seinem ganzen Körper ein Stück weit nach rechts, weg von dem schrecklichen Klippenrand, der wieder von der linken Seite her einknickte und bedrohlich dicht neben dem Pfad verlief.
Da kam, zu Bens gelinder Überraschung, der Offizier im leichten Galopp rechts an der kleinen Kolonne vorbei, um sich an die Spitze zu setzen. Radulescu trieb sein Reittier zu größerer Geschwindigkeit an, und rasch hatte er die langsame Karawane überholt. Licht und Schatten verlagerten sich, als die kalte Fackel, die der Offizier noch immer in der Hand hielt, vorüberzog. Die Fackel war ein dicker Stab, dessen runde, gläserne Spitze stets hellweiß leuchtete, ohne daß Wind und Regen ihr etwas hätten anhaben können. Ben hatte schon ein- oder zweimal ähnliche Fackeln gesehen, aber verbreitet waren sie nicht. In dem gleichmäßigen Licht leuchtete Radulescus Offiziersmantel. Er glitzerte, als sei er womöglich wasserdicht, und Radulescus Kopf war angenehm trocken unter der Kapuze, nicht triefnaß unter einem verdammten, tropfenden Helm. Links unter seinem Mantel ragte die Scheide eines Schwertes hervor.
Kaum hatte Radulescu die Spitze des Zuges erreicht, zügelte er sein schnelles Reittier und wendete auf der Stelle. Mit einer Bewegung seines Lichtes bedeutete er den Tierführern,

daß sie den halsbrecherischen Pfad nun verlassen würden. Er winkte sie landeinwärts, in wildes, wegloses Gelände.
Der Soldat vor Ben fluchte wieder.
Der Offizier ritt der Karawane jetzt langsam voraus und hielt sein Licht in die Höhe, und der vorderste der Soldaten lenkte sein Tier vom Pfad herunter und wandte sich landeinwärts und nach Westen. Ben folgte, wie zuvor auf das Hinterteil seines Tieres gestützt. Dem Tier hinter ihm blieb keine Wahl, denn er hatte noch immer seinen Zügel in der Hand. Die restlichen folgten.
Jetzt, da der Boden noch schlüpfriger und unebener war als zuvor, kamen sie noch langsamer voran. Die Landschaft ringsumher, soweit Ben sie überblicken konnte, war gänzlich weglos und verlassen. Alle sechs Tiertreiber fluchten jetzt, dessen war Ben sicher, obwohl er außer seinen eigenen Verwünschungen nichts hörte.
Der Klippenrand lag nun in sicherer Entfernung hinter ihnen. Aber jetzt mußten Menschen und Tiere sich ihren Weg über holprige Sandhänge suchen, sie mußten sich durch dorniges Gestrüpp kämpfen und Felsen überklettern, die vom Regen schlüpfrig waren. Diese Gegend, dachte Ben, taugte tatsächlich zu nichts anderem als zur Aufzucht von Dämonen, wie es alte Volksweisheiten seit jeher behaupteten. Wenn hier wirklich ein großer Drache in der Nähe sein sollte – und daran zweifelte Ben nicht –, dann konnte man sich kaum vorstellen, wovon das Ungeheuer sich ernährte.
Er stellte fest, daß der Drache seine Anwesenheit nicht eben geheimhielt. Je weiter sie die Lasttiere nach Westen und Süden vorantrieben, desto störrischer wurden sie. Und jetzt glaubte Ben, der im Aufspüren von Drachen erfahrener war als die meisten, den einzigartigen Geruch in der nassen Luft schmecken zu können – er kam und ging, je nachdem, aus welcher Richtung der Wind heulte. Etwas Schweinshaftes lag in dieser Witterung und auch etwas Metallisches und noch etwas, das Ben mit nichts hätte vergleichen können.
In diesem Augenblick kam die Karawane unverhofft zum Ste-

hen, und schiebend und drängend prallten die Tiere gegeneinander. Ein paar Schritte weit vor ihnen hatte der Priester-Offizier sein Reittier bereits gezügelt und stieg ab. Die Zügel fest in der einen Hand haltend, hob Radulescu mit der anderen die Fackel hoch über sich und begann, einen Zauberspruch zu singen. Ben hörte nicht, wie er sang, aber er sah das Profil des Mannes, und er sah die regelmäßigen Bewegungen, die der kurzgeschnittene Bart des Offiziers vollführte, während er kühn seine Worte in den Wind hinausschleuderte.

Und jetzt erschien noch etwas anderes oberhalb und jenseits von Radulescus kapuzenverhülltem Kopf. Dieser wandte Ben den Rücken zu und sah der Erscheinung entgegen. Als erstes erstrahlten die Augen des Drachen in der Finsternis, grün reflektierten sie das Licht der Alten Welt. Zu sehen, wie hoch diese Augen über dem Boden schwebten und wie groß der Abstand zwischen ihnen war, genügte, um auch einen erfahrenen Drachenjäger zu beeindrucken. Im nächsten Augenblick, als das Ungeheuer langsam einatmete, schimmerte unter und zwischen den Augen, zwischen Fleisch und Schuppen, ein leiser Glanz der inneren Feuer aus Nase und Rachen, ein beinahe unsichtbares Rot, das man bei Tageslicht gar nicht wahrgenommen hätte. Das gurrende Geräusch, das darauf folgte, war ein beinahe musikalischer Laut, wie das Rollen hohler Metallkugeln in einer gewaltigen Messingschüssel.

Ben besaß kein sonderlich starkes Gefühl für das Wirken von Zauberkräften, aber jetzt spürte sogar er das Fließen, das Walten des Zaubergesanges. Der Bannspruch hatte den Drachen schon zurückgehalten, jetzt drängte er ihn davon. Der große Laufdrache blinzelte und schnaubte, dann wich er vom Wege der Karawane und verschwand in Sturm und Finsternis, als löse er sich in der Nacht auf.

Der Rückzug des Drachen ließ Bens eigentliche Sorge nur noch größer werden, denn jetzt fiel es ihm nicht mehr schwer, sich ganz darauf zu konzentrieren. Im Gegenteil – als er darauf wartete, daß Radulescu seinen Zauberbann beendete und noch einmal demonstrierte, wie sicher die Macht des Blauen Tempels die Situation im Griff hatte, war es ihm ganz unmöglich, an etwas anderes zu denken.

Die Sorge, die Ben nagend erfüllte, wurzelte nicht in einer einzelnen Warnung, sie rührte nicht von einer bestimmten Einzelheit, die er gesehen oder gehört hatte. Sie war wie eine elementare Macht, geboren aus einer Vielzahl von Details.

Eines dieser Details war die Tatsache, daß alle Tiertreiber dieses nächtlichen Unternehmens, einschließlich ihm selbst, Neulinge in der Tempelgarnison waren. Dies bedeutete, daß wohl keiner von ihnen irgendwelche Freunde dort haben würde. Alle sechs waren innerhalb der letzten paar Tage von anderen Tempeln hierher versetzt worden. Soviel hatte Ben den wenigen Worten entnehmen können, die sie beiläufig gewechselt hatten, während sie auf den Aufbruch der Karawane warteten. Für seine eigene Versetzung hatte man ihm keinen besonderen Grund genannt, und er fragte sich, ob es bei seinen Kameraden anders gewesen war. Bisher hatte er keine Gelegenheit gehabt, sie zu fragen.

Der Versetzungsbefehl war Ben, als er ihn erhalten hatte, wie eine typische Laune der Militärs vorgekommen. Er stand seit einem Jahr im Dienst des Blauen Tempels, und in dieser Zeit hatte er sich an solche unerklärlichen plötzlichen Wendungen in der Organisation gewöhnt. Aber jetzt...

In Bens Erinnerung, in der tausend alte Lieder ruhten, war jetzt ein bestimmtes zum Leben erwacht und tanzte zur Begleitung seiner Gedanken. Er wußte nicht mehr, wo oder wann er es zum erstenmal gehört hatte, und wahrscheinlich hatte er es auch schon seit Jahren nicht mehr gehört. Aber jetzt war es wieder erwacht, und es bildete einen ironischen Hintergrund für seine Angst.

Wenn er nur mit den anderen Treibern reden könnte! Vielleicht hätten sie zwei, drei Worte durch den Sturm brüllen können, aber Ben brauchte mehr als das. Er brauchte Zeit, um ihnen Fragen zu stellen und um sie zum Nachdenken zu bringen... und er argwöhnte, daß er dazu keine Gelegenheit finden würde.

Er hatte nur noch sehr wenig Zeit, um sich zu entscheiden, ob er allein handeln wollte oder nicht. Sollte er eine falsche Entscheidung treffen, würde er bald tot sein...
Der Priester-Offizier hatte seinen Zauberbann beendet, und er benutzte seine Fackel wie einen leuchtenden Zauberstab, den er in einer weiten, langsamen Gebärde hinter dem schwindenden Drachen schwenkte. Dann hielt Radulescu seine Fackel wieder in die Höhe, schaute der davonziehenden Bestie nach und schien durch den Sturm hindurch zu lauschen. Schließlich bestieg er sein Tier, wandte sich den wartenden Soldaten zu und gab der Karawane ein Zeichen, sich wieder in Gang zu setzen.
Die Soldaten bewegten sich nur zögernd. Die Lasttiere waren leichter davon zu überzeugen als ihre Herren, daß der Drache tatsächlich verschwunden war. Der Drachengeruch verwehte rasch im Wind, und die Tiere zeigten sich so willig wie seit Stunden nicht mehr. Wie um sich der ruhigeren Stimmung anzupassen, ließ nun auch der Regen nach.
Wieder stolperten sie etwa hundert Meter weit über unwegsames Gelände. Hier und dort zerrissen ihnen Dornen Haut und Gewänder. Dann zügelte der Offizier sein Reittier erneut, und wieder gab er ein Handzeichen. Noch ein Drache? fragte sich Ben. Einen anderen Grund, hier anzuhalten, konnte er sich nicht vorstellen. Mit seinem Licht wies Radulescu ihnen den genauen Platz an, wo sie halten sollten – dicht neben einem steinigen Hügel, der nicht anders aussah als hundert andere steinige Hügel ringsumher. Hier ist doch nichts, dachte Ben... und dann begriff er, daß man eben dies denken sollte.
Radulescu war schon wieder abgestiegen. Mit dem Licht in der Hand begab er sich zum Fuße einer großen Steinplatte, die einen großen Teil des Hanges einnahm. Er legte eine Hand auf die mächtige Platte und erhob die Stimme, um den Sturm zu übertönen. »Männer, bindet eure Tiere an. Dann kommt her und hebt diesen Felsen auf. Ja, hierher, aufheben, sage ich!«
Der Felsblock, auf den er deutete, sah so schwer aus, daß wohl zwanzig Männer ihn nicht würden bewegen können. Aber

Befehl war Befehl. Die Soldaten banden den Tieren die Vorderbeine zusammen und kamen heran. Einige von ihnen waren vierschrötig und kräftig, andere nicht – aber wie sich zeigte, hatte der Priester nicht den Verstand verloren. Kaum hatten sie begonnen, den riesigen Stein zu heben, da neigte er sich schon und kippte mit überraschender Leichtigkeit zur Seite, bis er in einer neuen Lage zur Ruhe kam. Wo sich der untere Teil befunden hatte, klaffte jetzt das dunkle Dreieck einer Höhlenöffnung. Das schwarze Loch in der Hügelflanke erschien Ben ein wenig zu regelmäßig geformt, um ganz und gar natürlich sein zu können. Die Öffnung war groß genug, um einen einzelnen Mann bequem hindurchzulassen.

Der Offizier schlüpfte als erster hinein. Er bewegte sich mit Zuversicht, denn die kalte Fackel beleuchtete seinen Weg. Die tiefschwarze Dunkelheit im Innern zerschmolz vor diesem Licht. Eine Höhlenkammer tat sich auf, deren flacher Boden drei oder vier Meter unter dem Niveau draußen lag. Etwa ein Dutzend Menschen konnte hier stehen, ohne sich zu drängen. Als Ben in den dreieckigen Eingang trat, sah er eine grob aus dem Felsen gehauene, schmale Treppe, die sich zum Boden hinunterwand. Dort unten, in der Mitte der Kammer zwischen zwei steinernen Kanten, erkannte Ben eine zweite mannshohe Öffnung, durch die man in noch tiefere Finsternis gelangen konnte.

Vor der unteren Öffnung blieb Radulescu stehen. Er lehnte seine Fackel gegen die Wand und zog aus einer Innentasche seines offensichtlich wasserdichten Mantels zwei Kerzenstummel hervor. Er ließ eine Flamme aufflackern – so schnell, daß Ben nicht gesehen hatte, wie es geschehen war –, und einen Augenblick später stand zu beiden Seiten des Loches im Boden eine brennende Kerze.

Jetzt schaute er hoch zum Eingang, wo sich die Gesichter der Soldaten drängten. »Abladen!« befahl er mit lauter Stimme. »Ihr werdet die Säcke heruntertragen. Vorsichtig – vorsichtig! Und dann werft sie hier hinein, in dieses Loch.« Er zeigte mit der Fußspitze auf die Öffnung. Den letzten Befehl hatte er mit

Nachdruck und besonderer Deutlichkeit erteilt, als wolle er vermeiden, ihn für diejenigen, die ihn beim erstenmal nicht genau verstanden zu haben glaubten, wiederholen zu müssen.
Rechts und links von Radulescu brannten die Kerzen – blaues Wachs und goldene Flammen –, und auf den flachen Steinen, auf denen sie standen, sah Ben Tropfspuren und Krusten von altem Wachs. Offenbar war es nicht das erste und auch nicht das zweite oder dritte Mal, daß man eine Fracht hierhergeschafft hatte.
Die sechs Tiertreiber zogen sich vom oberen Eingang zurück und schickten sich an, den Befehl auszuführen, aber zuvor sahen sie einander kurz an. Gleichwohl fand Ben keine Zeit, um mit ihnen zu sprechen. Er sah, daß der eine oder andere verblüfft dreinschaute, aber in ihren Gesichtern spiegelte sich nichts, was seiner eigenen Angst gleichgekommen wäre.
Wird es hier geschehen? fragte er sich. Wenn wir mit dem Abladen fertig sind? Und wenn, wie wird es vonstatten gehen? Oder habe ich vielleicht noch ein bißchen mehr Zeit – bis wir wieder auf die Kavallerie gestoßen sind, die auf uns wartet...
»Bewegt euch! Rasch! Abladen!« Radulescu kam mit seinem hellen Licht die Treppe herauf. Er ließ ihnen keine Zeit, über irgend etwas außer ihrer Aufgabe nachzudenken.
Die Männer hatten eine harte Schule durchlaufen, in der man ihnen Gehorsam beigebracht hatte. Sofort machten sie sich an die Arbeit. Ben bewegte sich mit ihnen, automatisch wie alle anderen. Erst jetzt, als er das erste Bündel aus einem Tragkorb des Lasttieres hob, begriff er, wie wirkungsvoll die Ausbildung im Blauen Tempel gewesen war.
Das Bündel, das er ergriffen hatte, war klein, aber sehr schwer, wie alle anderen auch. Zum Schutz vor dem Wetter war es in eine wasserdichte Ölhaut gewickelt, die man fest vernäht hatte. Unter der äußeren Umhüllung ertastete Ben eine dicke Wattierung, die es beinahe unmöglich machte, die eigentliche Form des Inhalts zu ergründen. Ben fand, daß die Fracht sich anfühlte wie eine Anzahl von Metallobjekten, allesamt schwer, hart und verhältnismäßig klein.

Trotz ihres Gewichtes hätte Ben mit Leichtigkeit zwei der Pakete tragen können, aber er tat es nicht, denn er wollte das Abladen nicht beschleunigen. Vielleicht blieb ihm nur noch die Zeit, die das Abladen in Anspruch nahm, um nachzudenken, Mut zu fassen, zu handeln...
Als er zum erstenmal durch den oberen Höhleneingang trat, um sein Bündel hinunterzuschaffen, betrachtete er eingehend, wie der große Stein in seiner hochgekippten Lage ruhte. Ihm fiel auf, daß der Block anscheinend haargenau ausbalanciert war. Was sechs Männer hochgewuchtet hatten, um den Höhleneingang freizulegen, würde vermutlich ein einzelner mühelos wieder schließen können.
Er stieg die gewundene Treppe hinunter und achtete im Schein der Kerzen sorgfältig darauf, wohin er seine Füße setzte. Er bemerkte, daß die Treppenstufen erste Abnutzungserscheinungen zeigten, als hätten schon viele Trägerkolonnen ihre Bürde in die Höhle geschleppt...
Denk nach! befahl er sich. Denk nach! Aber zu seinem lautlosen inneren Entsetzen war ihm, als sei sein Geist gelähmt.
Als er, unten in der Höhle angekommen, sein erstes Bündel gehorsam in das dunkle Loch im Boden fallen ließ, fiel ihm noch etwas anderes auf. Das schwere Bündel verursachte weder im Fallen noch beim Aufschlagen ein Geräusch. Als er es losgelassen hatte, war es in der Finsternis verschwunden. Entweder fiel es in endlose Leere – oder es war aufgefangen worden.
Langsam kehrte er mit den anderen Soldaten ins Freie zurück, um sein zweites Bündel zu holen. Ben sah, daß Radulescu seine Altwelt-Fackel wieder an einen Felsen gelehnt hatte, diesmal gleich neben dem Eingang. Der Offizier war zu seinem angebundenen Reittier hinübergegangen und hatte etwas vom Sattel losgebunden, ein leichtes, längliches Bündel, das Ben bisher noch gar nicht bemerkt hatte. Es hatte etwa die gleiche Form und Größe wie das Schwert, das Radulescu trug, und es war dick eingewickelt wie alles andere Gepäck auch.
Ben beobachtete den Offizier, ohne in seinen Bewegungen

innezuhalten. Er schulterte seine zweite Ladung. Diesmal nahm er sie von einem anderen Tier. Wieder fiel ihm auf, wie schwer das Paket im Verhältnis zu seiner Größe war. Nein, Blei würde es nicht sein, was der Blaue Tempel hier so geheimnisvoll in der Erde verschwinden ließ.
Schon seit Generationen machten Geschichten und Spekulationen über den Hort des Tempels und sein Versteck die Runde. Zumindest ein Lied gab es, das ebenfalls von diesem Hort handelte – das Lied, das Ben noch immer und auf wenig hilfreiche Weise durch den Sinn ging.
Die fünf anderen Männer in der Kette der Schatzträger ließen nicht erkennen, daß sie erraten hatten, was hier vor sich ging. Die Bedeutung ihrer Lage war ihnen, soweit Ben es erkennen konnte, noch nicht klargeworden. Sie starrten stumpf und verdrossen in den Regen, und ihre Gesichter wirkten verschlossen – verschlossen auch, wie es Ben jetzt erschien, gegen die Einsicht. Es würde ihm nicht möglich sein, vernünftig mit ihnen zu reden, bevor er handelte.
Der obere Höhleneingang und die Treppe waren so schmal, daß der Transport der Fracht gezwungenermaßen langsam und umständlich vonstatten ging. Immer wieder mußten die Männer, die hinunterstiegen, stehenbleiben und auf diejenigen warten, die heraufkamen und umgekehrt. Dennoch würde das Abladen nicht sehr lange dauern, denn die sechs Männer arbeiteten ohne Unterlaß.
Sechs Männer, dachte Ben unaufhörlich, die jetzt wissen, wo Benambras Gold vergraben liegt. Ob die sechs vorigen noch lebten, die es ebenfalls erfahren hatten?
Das Abladen nahm seinen Fortgang, und Ben hatte das Gefühl, daß es äußerst schnell ging. Draußen vor der Höhle leuchtete ihnen das Licht der Fackel aus der Alten Welt, drinnen arbeiteten sie in dem warmen, rauchigen Flackerlicht der beiden blauen Kerzen.
»Bewegt euch!«
Ben hatte eben wieder ein Bündel in das dunkle Loch im Boden geworfen. Als er sich aufrichtete und zurücktrat, streifte er den

Offizier, der hinter ihm herangetreten war. Die beiden Männer drückten sich aneinander vorbei, und die Spitze des Bündels, das Radulescu trug, strich sacht über Bens Arm. Noch durch seinen Ärmel und die Umhüllung des Gegenstandes fühlte Ben eine magische Kraft. Das Gefühl zupfte an seiner Erinnerung wie ein altes Parfum, wie ein Duft aus Kindheitstagen, der ihm plötzlich wieder in die Nase stieg. Und seine Angst war mit einem Schlage größer denn je.
Ben hatte die Treppe erklommen und war wieder draußen, um ein weiteres Bündel zu holen. Auch Radulescu trat aus dem Höhleneingang heraus. Als er Ben scharf in die Augen blickte, starrte Ben stumpf zurück.
In den dreiundzwanzig Jahren seines Lebens hatte Ben gelernt, daß es nur zwei Dinge gab, die anderen an seiner Erscheinung auffielen. Das eine – das niemals versagte – war seine gedrungene Gestalt. Er war nicht kleiner als die meisten, aber so kräftig gebaut, daß es so aussah. Das zweite war seine augenscheinliche Dummheit. Etwas an seinem runden Pfannkuchengesicht ließ die Menschen glauben, er sei ein wenig begriffsstutzig, zumindest solange sie ihn nicht kannten. Aus irgendeinem Grunde wurde dieser Eindruck durch seine breite, kräftige Gestalt noch verstärkt. Die meisten weigerten sich einfach zu glauben, daß Intelligenz und urwüchsige Kraft in demselben Manne existieren konnten. Ben selbst hatte inzwischen eingesehen, daß er nicht besonders beschränkt war, aber es war gelegentlich hilfreich, dafür gehalten zu werden. Er klappte den Unterkiefer ein wenig herunter und erwiderte den ungeduldigen Blick des Offiziers mit völliger Ausdruckslosigkeit.
Radulescu kam auf ihn zu. »Beweg' dich, habe ich gesagt. Willst du dort Wurzeln schlagen? Hast du die Absicht, die ganze Nacht hindurch in diesem Unwetter herumzustehen?«
Ben, der nichts lieber getan hätte als das, schüttelte den Kopf und ließ sich gehorsam zur Eile antreiben. Wie mechanisch begab er sich in die langsam schlurfende Reihe der übrigen Soldaten zurück.
Als er sich wieder in die Höhle zurückbegab, war er sicher, daß

die Pakete Gold enthielten, und noch einmal sah er, wie genau der schwere Verschlußstein ausbalanciert war. Ein Mann, der draußen vor der Höhle stand, würde den Stein schnell und mit einer Hand vor die Öffnung fallen lassen können. Sechs Männer, die in der Höhle gefangen wären, würden sich hingegen niemals so eng zusammendrängen können, um gemeinsam den Felsblock erreichen und nach oben stemmen zu können. Natürlich würde es ihnen schließlich gelingen, auf irgendeine andere Weise wieder ins Freie zu gelangen. Wenn sie Zeit hätten...

Diesmal würde der Felsen noch nicht krachend hinter ihm vor den Ausgang fallen, denn noch war nicht der ganze Schatz abgeladen.

Ben ließ sein gewichtiges Bündel in das schwarze Loch im Höhlenboden gleiten und zuckte reflexartig zurück. Aus der Tiefe, etwa einen halben Meter unterhalb des Loches, hatte sich ihm ein Paar Hände entgegengereckt, unmenschlich groß und weiß, und das Paket in Empfang genommen. So schnell, wie sie sich heraufgestreckt hatten, waren die Hände auch wieder verschwunden, und dabei hatte Ben keinen Laut vernommen. Ohne ein Wort zu sagen, wandte er sich ab. Als er sich an der Reihe der beladenen Männer vorbeidrängte, begriff er mit jähem Schrecken, daß das Abladen beinahe beendet sein mußte. Mit schnellen Schritten strebte er der Treppe zu. Er wollte nicht mehr in der Höhle sein, wenn sie ihre Arbeit vollendet hatten.

Oben am Ausgang hatte der Offizier eben einen Soldaten, der mit dem vermutlich letzten Bündel auf der Schulter hinabsteigen wollte, angehalten. »Wartet unten auf mich, wo es trocken ist«, befahl Radulescu dem Mann. »Ich habe euch allen etwas zu sagen.«

Der letzte Mann betrat mit seiner Bürde die Höhle. Im Eingang zwängte Ben sich an ihm vorbei und gelangte ins Freie. Hinter sich hörte er den Mann fluchen, weil er ihn beinahe von der Treppe gestoßen hatte.

Der Offizier, der seine Altwelt-Fackel jetzt wieder in der Hand

hielt, verzog unwillig das Gesicht, als Ben auftauchte. Diesmal lag vielleicht auch etwas Gefährlicheres in seinem Blick. Radulescu verfluchte Ben müde – natürlich nicht mit einem wirklichen Fluch, sondern mit einer jener hohlen Formeln, die man automatisch benutzte, um seine Gefühle zu erleichtern oder um Untergebene zu beschimpfen: Er sagte etwas von einem Kaiserskind, dem es sowohl an Glück als auch an Verstand gebreche.
»Herr?« antwortete Ben wie betäubt. Jetzt! dachte er bei sich. Ich muß jetzt etwas tun – ehe es zu spät ist, ehe...
»Es ist alles abgeladen«, erklärte der Offizier. Er sprach langsam und deutlich, als rede er mit dem Trottel der Kompanie. »Ich will, daß ihr euch alle in der Höhle versammelt. Geh hinunter und warte auf mich.«
Hinter Radulescu warteten geduldig die sechs entladenen Lasttiere. Unten in der Höhle warteten die fünf anderen Soldaten, und sie zeigten die gleiche Geduld wie die Tiere. Ben fühlte sich wie gelähmt. Ihm war, als zwinge man ihn, von einem hohen Turm in unbekannte Finsternis hinabzuspringen.
Etwas an seinem Gesichtsausdruck mußte sich verändert haben, denn die Miene des Offiziers wurde unversehens drohend.
»Hinein!« brüllte Radulescu, und im selben Moment warf er seine Fackel zu Boden und schickte sich an, sein Schwert zu ziehen.
Ben spürte die tote Last der Ausbildung auf sich, und er spürte auch die Last der Angst. Entsetzt über seinen eigenen Gehorsam tat er einen Schritt auf die Höhle zu. Aber als er durch den Eingang auf die brennenden Kerzen schaute, auf das alte, erstarrte Wachs auf den Felsplatten und auf die fünf Packtiergesichter seiner Kameraden, erkannte er plötzlich und mit grauenhafter Klarheit, daß er im Begriff war, in sein eigenes Grab hinunterzusteigen.
Da schoß seine rechte Hand vor und packte den Offizier beim Oberarm. Der Mann heulte auf und versuchte, sein Schwert zu ziehen, doch das gelang ihm nicht, denn Ben riß ihn mit ganzer Kraft nach vorn und zog ihn aus dem Gleichgewicht. Mit einem

plötzlichen, kraftvollen Stoß schleuderte Ben den Offizier durch die Höhlenöffnung, und Radulescu taumelte mit dem Kopf voran hinunter. Die Gewalt dieses Stoßes ließ ihn die ganze Treppe hinunterstürzen. Selbst wenn es ihm gelungen wäre, sein Schwert zu ziehen, es hätte ihm nichts mehr genützt.
Bevor Radulescu für einen zweiten Wutschrei Luft holen konnte, wirbelte Ben herum und warf sein ganzes Gewicht gegen den Verschlußstein. Einen Augenblick lang – das Herz wollte ihm stillstehen – widerstand die träge Masse des mächtigen Blocks seinen Anstrengungen. Aber dann geriet der Stein in Bewegung, während des ersten Sekundenbruchteils langsam nur, doch dann immer schneller, und schließlich stürzte er mit unheilvollem Donnern vor den Höhleneingang und verschloß ihn.
Kerzenlicht und Zorngebrüll waren in die Erde gesperrt, aber die kalte Fackel lag noch auf dem Boden, strahlend wie vorher. Ben, der sich in die Dunkelheit wie in einen Mantel hüllen wollte, ließ sie liegen. Er drehte sich um und rannte in die Nacht hinaus.
Einen Moment lang hatte er erwogen, Radulescus Reittier zu nehmen, doch dann hatte er den Gedanken verworfen. Dort, wohin er zu gehen gedachte, würden seine eigenen Füße ihm bessere Dienste leisten.
Aber diese Art der Fortbewegung hatte auch ihre Nachteile, denn Ben stieß mit den Füßen gegen Steine, die in der Finsternis verborgen lagen, und Dornengestrüpp zerkratzte ihm die Beine. Er mußte seinen Schritt zu einem raschen Gehen verlangsamen, um sich nicht ein Bein oder einen Zeh zu brechen. Wenn er sich jetzt verletzte, würde der Schaden irreparabel sein. Er flüchtete, wie er hoffte, in südöstlicher Richtung. Sein Ziel war es, sich der Küste mit ihrem unregelmäßigen Klippenrand zu nähern, die in geringer Entfernung dort irgendwo liegen mußte. Er hatte einen Plan gefaßt. Er war nicht sonderlich ausgeklügelt, denn er hatte ihn sich notgedrungen sehr kurzfristig zurechtlegen müssen. Aber vielleicht würde er genügen.
In diesem Augenblick geschah das, was er befürchtet hatte, und es geschah beinahe sofort. Das volltönende Schnauben des

Drachen hallte durch die Nacht. Es kam von hinten, und es schien beunruhigend nah zu sein. Dem Offizier Radulescu war es, obwohl er in der Höhle eingesperrt und vermutlich verletzt war, gelungen, den Bannzauber aufzuheben. Ben hörte, wie das Ungeheuer ihm nachsetzte. Die Geräusche klangen trotz des unablässigen Windgeheuls und seines eigenen schweren Atems deutlich durch die Nacht, während er auf die Küste zuflüchtete. Er hörte das Knirschen und Rollen der Steine unter den Füßen des Drachen und das Krachen der Dornenbüsche, als das Monstrum sie niederstampfte.

An Bens gedrungenem Körper war kaum ein Gramm Fett, und man hatte schon erlebt, daß er kurze Strecken in einer Geschwindigkeit zurückgelegt hatte, die andere überraschend fanden. Aber eigentlich war das Rennen nicht seine Stärke, und er wußte, daß er einem Laufdrachen nicht entkommen würde – das konnte niemand, nicht einmal auf ebenem Gelände, geschweige denn auf diesem holprigen Boden. Gleichwohl rannte er, so schnell er konnte, selbst auf die Gefahr hin, sich Zehen oder Schienbein zu brechen, nach Osten und auf die unsichtbare Steilküste zu.

Die mächtigen Schritte hinter ihm, furchtbar in ihrer weit ausgreifenden Langsamkeit, setzten ihm nun unverkennbar geradewegs nach. Der erderschütternde Rhythmus dieser Schritte kam gefährlich nahe und immer näher. Ben, ein erfahrener Drachenjäger, zwang sich, bis zum letzten möglichen Augenblick zu warten, dann riß er die letzte Schließe seines wehenden Mantels ab und ließ das Gewand hinter sich im Wind davonwehen. Er wagte nicht, seinen Lauf zu unterbrechen oder auch nur den Kopf zu wenden, um herauszufinden, welche Wirkung dies hatte.

Er war zwei Schritte weitergelaufen, als sein Gehör ihm sagte, daß der Ablenkungsversuch zumindest vorübergehend erfolgreich gewesen war. Ein donnergleiches Brüllen erhob sich hinter ihm, das beinahe vom Himmel zu kommen schien, und das erderschütternde Stampfen hielt inne.

Keuchend legte Ben zwanzig Schritte zurück, bevor er hörte,

daß der Drache die Verfolgung wieder aufgenommen hatte. Und dann wäre er beinahe über den Klippenrand hinausgelaufen, bevor er ihn im Dunkel der Nacht vor sich sah. Im letzten Augenblick konnte er sich zu Boden werfen, dann klammerte er sich an die Kante des steil abfallenden Kliffs. So vorsichtig wie möglich kroch er darüber hinweg und tastete mit den Füßen nach einem festen Halt an der Wand. Schließlich scharrten seine Sandalen über den Felsen und fanden eine vorspringende Stelle. Wie er gehofft hatte, war das Kliff hier nicht so steil, daß ein Mensch mit Händen und Füßen nicht doch Halt hätte finden können. Ben ließ die Kante los und fand weiter unten Vorsprünge und Risse, an denen er sich festhalten konnte. Dann tastete er sich mit den Füßen noch weiter nach unten. Jetzt, da er hin und wieder einen Blitz hätte gebrauchen können, der die Umgebung beleuchtete, hatte das Gewitter aufgehört. Ben klammerte sich an Felszacken, die er kaum erkennen konnte, und hangelte sich langsam an der Uferwand hinunter. Noch langsamer bewegte er sich dabei seitwärts in südlicher Richtung. Im Augenblick hörte er den Drachen nicht mehr. Vielleicht hatte er die Jagd aufgegeben. Vielleicht auch nicht. So waren diese Bestien: unberechenbar.
Da kein Blitz den Himmel mehr erhellte, war der Ozean hundert Meter unter ihm völlig unsichtbar. Das war auch gut so. Aber Ben hörte die Brandung, die unten zwischen den Felsen tobte. Er wisperte fromme Gebete zu Ardneh und Draffut, die beiden gnädigsten unter den Göttern, und tastete sich mit Händen und Füßen Stück für Stück nach unten. Jeder Augenblick konnte der letzte sein. So bewegte er sich über die Wand des Steilufers auf die bodenlose Finsternis des Meeres zu.

2

Der hochgewachsene junge Mann stand am Ufer eines kleinen, schlammigen Baches und schaute sich im hellen Sonnenlicht unsicher um. Selbst am hellichten Tag, und obwohl die fernen

Berge im Osten als Orientierungshilfe dienen konnten, war er nicht sicher, ob das Dorf, nach dem er suchte, an dieser Stelle gestanden hatte.
Aber er war immerhin beinahe sicher.
Er erinnerte sich, daß der größte Teil des umliegenden Geländes blühendes Acker- und Weideland gewesen war. Das hatte sich geändert. Jetzt lag das Land verlassen da. Und hier, wo einst der Aldan hell und klar dahingeplätschert war, wälzte sich jetzt ein schmutziger, unbekannter Wasserlauf durch sein seltsam verändertes Bett in einem betrüblich veränderten Land. Selbst die fernen Berge trugen neue Narben. So sehr hatte sich alles verändert, daß der junge Mann erst da genau zu sagen vermochte, wo er sich befand, als sein Blick auf ein Mühlrad fiel, an das er sich erinnerte. Es ragte aus einem Erdwall zwischen den welken Stielen verdorrter Gräser heraus.
Nur die Ecke einer einzelnen breiten Holzschaufel war zu sehen, aber der junge Mann wußte sofort, was es war. Er starrte auf das rissige, gesplitterte Holz und setzte sich langsam daneben auf den Boden. Er setzte sich mit den schwerfälligen Bewegungen eines alten Mannes, obwohl er kaum mehr als zwanzig Jahre zählen konnte. Das sonnengebräunte Gesicht unter dem struppigen Bart war faltenlos, wenn auch seine Miene so war, daß Falten hätten dort sein müssen. Auch die graublauen Augen waren alt.
Köcher und Bogen auf dem breiten Rücken des Jünglings zeigten die Spuren jahrelanger Benutzung, und auch das lange Messer in der Scheide an seiner Seite war nicht erst seit einem Tag in Gebrauch. Er hätte ein Jäger oder ein Waldläufer sein können, vielleicht auch ein Armeekundschafter. Teile seiner Kleidung und seiner Ausrüstung bestanden aus Leder, und einige davon mochten wohl einst zu einer formelleren Soldatenuniform gehört haben. Aber wenn dies so war, dann waren die kennzeichnenden Farben längst ausgeblichen oder abgetrennt worden. Das Haar des jungen Mannes war mäßig kurz, als habe er noch bis vor einer Weile den Bürstenhaarschnitt eines Soldaten oder eines Priesters getragen.

Er streckte eine große, tiefbraune Hand aus. Sie war rauh und abgenutzt wie seine Kleidung. Er berührte die Ecke der morschen Mühlradschaufel, die vor ihm aus dem Boden ragte. Einen Augenblick lang ließ er die Hand auf dem alten Holz ruhen, als wolle er etwas ertasten. Dabei hob er den Blick zu den Bergen im Osten.
Ein leises Geräusch ertönte hinter dem jungen Mann, wie wenn jemand oder etwas sich durch das Dickicht im Westen bewegte. Er drehte sich rasch um, ohne aufzustehen, und dann saß er regungslos da und beobachtete aufmerksam das Dickicht. In seiner Position war er hinter dem Erdwall halb verborgen.
Einen Augenblick später trat ein halbwüchsiger Junge in zerlumpten, hausgewebten Kleidern aus dem buschigen Gestrüpp. Er trug einen primitiven Rindeneimer und kam offensichtlich zum Bach, um Wasser zu holen. Erst als er das Ufer schon fast erreicht hatte, entdeckte er den bewegungslosen jungen Mann, der ihn beobachtete, und etwas erschrocken blieb er stehen.
Gewiß ein Kind des Kaisers, dachte der junge Mann, als er die kleine, schmutzige Gestalt in den ärmlichen Kleidern betrachtete. »Hallo, Junge«, sagte er laut.
Der Junge gab keine Antwort. Er stand mit seinem leeren Eimer da und trat von einem bloßen Fuß auf den anderen, als wisse er nicht genau, ob er nun weglaufen oder mit dem, was er vorhatte, fortfahren sollte.
»Hallo, habe ich gesagt. Wohnst du schon lange in dieser Gegend?«
Immer noch keine Antwort.
»Ich heiße Mark. Ich will dir nichts tun. Ich habe hier selbst einmal gewohnt.«
Jetzt rührte sich der Junge wieder. Wachsam, und ohne Mark aus den Augen zu lassen, watete er in den Bach hinaus. Er beugte sich nieder, um seinen Eimer zu füllen, dann richtete er sich wieder auf und strich sein langes, fettiges Haar nach hinten. »Wir sind seit einem Jahr hier«, sagte er.

Mark nickte ermutigend. »Vor fünf Jahren«, stellte er fest, »war hier ein ganzes Dorf. Hier, wo ich jetzt sitze, stand eine große Sägemühle.« Er bewegte die Hand in einer unbestimmten Gebärde, die die Dorfstraße umschließen sollte. Nur fünf Jahre ist es her, staunte er bei sich. Es erschien fast unmöglich. Erfolglos versuchte er, sich diesen Jungen als eines der kleineren Kinder im Dorf jener Zeit vorzustellen.
»Kann sein«, gab der Junge zurück. »Wir sind erst später gekommen. Nachdem die Berge zerborsten waren und die Götter gekämpft hatten.«
»Die Berge zerbarsten, das stimmt«, bestätigte Mark. »Und ich zweifle auch nicht daran, daß die Götter miteinander kämpften... wie heißt du eigentlich?«
»Virgil.«
»Ein schöner Name. Weißt du, als ich so groß war wie du, habe ich hier an diesem Bach gespielt. Aber damals war er anders.« Mark spürte plötzlich das Verlangen, jemandem begreiflich zu machen, wie anders alles gewesen war. »Ich bin hier geschwommen, habe Fische gefangen...«
Er brach ab. Noch jemand kam durch das Dickicht zum Ufer herunter.
Eine Frau erschien, zerlumpt und schmutzig wie der Junge. Ihr Gang war der Gang des Alters, und graue Strähnen durchzogen ihr zerzaustes Haar. Ein verdreckter Verband bedeckte beide Augen. Mark sah, daß Narben unter den Rändern des Stoffes hervorlugten.
Am Rande des Dickichts blieb die blinde Frau stehen. Mit einer Hand berührte sie einen Busch, als könne sie sich auf diese Weise ihres Standortes versichern. »Virgil?« rief sie. Es war eine überraschend junge Stimme, und Angst schwang darin. »Wer ist da?«
»Ein einsamer Reisender, Madame«, antwortete Mark. Gleichzeitig rief der Junge ihr etwas Beruhigendes zu und kam mit seinem gefüllten Eimer aus dem Wasser.
Die Frau drehte Mark das Gesicht zu. Etwas in diesem Gesicht ließ erkennen, daß sie noch recht jung war, ja, vor wenigen

Jahren sogar hübsch gewesen sein mußte. »Wir haben nicht viel«, rief sie schroff.
»Ich will nichts von euch. Ich habe dem Jungen hier nur erzählt, daß ich einmal in dieser Gegend gewohnt habe.«
»Er sagt, er war vor fünf Jahren hier«, fügte der Junge hinzu. »Bevor die Berge zerbarsten.«
Mark hatte sich jetzt erhoben und näherte sich der Frau. »Ich werde gleich weiterziehen, Madame. Aber könntet Ihr mir vorher vielleicht etwas verraten? Habt Ihr je von Jord, dem Müller, und seiner Familie gehört? Er war ein ziemlich großer Mann mit nur einem Arm. Er hatte eine Frau namens Mala und eine Tochter, die Marian hieß, blauäugig und blond. Die Tochter müßte jetzt an die zwanzig Jahre alt sein. Sie wohnten vor fünf Jahren hier, als Herzog Fraktin noch lebte und dieses Land beanspruchte.«
»Nie von ihnen gehört«, versetzte die Frau mit ihrer harten, jungen Stimme, ohne zu zögern. »Vor fünf Jahren waren wir nicht hier.«
»War keiner der alten Dorfbewohner hier, als Ihr ankamt?«
»Keiner. Hier war kein Dorf.«
Und der Knabe Virgil, als wiederhole er eine Lektion, die er auswendig gelernt hatte, erklärte: »Die Silberne Königin herrscht jetzt über dieses Land.«
»Ja, ja.« Mark nickte. »Ich weiß, diesen Anspruch erhebt sie. Aber ich nehme an, Ihr seht ihre Soldaten nicht sehr oft hier draußen?«
»Ich sehe sie überhaupt nicht.« Die schroffe Stimme der Frau klang jetzt noch härter. »Zuletzt habe ich sie gesehen, als sie mich blendeten. Das war das Ende unserer Wanderschaft.«
»Das tut mir leid«, sagte Mark. In seinem Herzen verfluchte er alle Soldaten. Im Augenblick fühlte er sich nicht wie einer von ihnen.
»Gehörst du auch zu ihrer Armee? Oder bist du ein Deserteur?«
»Keines von beiden, Madame.«

Unverhofft wandte Virgil sich an Mark. »Warst du hier, als die Götter miteinander kämpften? Hast du sie gesehen?«
Mark antwortete nicht. Er versuchte, in dem verbundenen Gesicht der blinden Frau irgendeine Ähnlichkeit mit einem der Dorfmädchen zu entdecken, an die er sich erinnern konnte. Aber es war zwecklos.
Der junge Virgil, der sichtlich an Mut gewann, blieb hartnäckig. »Hast du die Götter schon einmal gesehen?«
Mark sah ihn an. »Mein Vater hat sie gesehen. Ich selbst bin ihnen nur in ... Visionen begegnet, und auch das nur ein- oder zweimal.« Er zwang sich zu einem Lächeln. »Es waren Träume, nicht mehr.« Als er sah, daß die Frau ihm unterdessen den Rücken zugewandt hatte und sich wieder ins Dickicht zurückziehen wollte, rief er ihr nach: »Laßt mich mit Euch den Hügel hinaufgehen, falls das Eure Richtung ist. Ich werde Euch nicht zur Last fallen. Dort oben stand einmal ein Herrenhaus; ich will nur sehen, ob davon noch etwas übrig ist.«
Ohne zu antworten, ging die Frau weiter. Sie tastete sich von Busch zu Busch, offenbar war ihr der Weg vertraut. Der Junge folgte schweigend mit seinem Wassereimer. Mark bildete den Schluß. Mehr oder weniger zusammen gingen sie auf dem Pfad, der durch das Dickicht führte, bergauf.
Als sie den Gipfel des kleinen Hügels erklommen hatten, sah Mark, was noch von Sir Sharfas Herrenhaus übriggeblieben war. Der große, steinerne Herd und der Kamin standen noch, aber sonst fast nichts mehr. An den Kamin hatte man aus Holzresten eine roh zusammengezimmerte Hütte gebaut. Ein Schnarchen drang daraus hervor, und auf dem lehmigen Boden des Eingangs lag die knochige Hand eines Mannes, der offensichtlich drinnen ruhte. Das Schnarchen klang ungesund, als sei der Schläfer betrunken oder todkrank. Vielleicht war er beides, dachte Mark.
Der Junge, der seinen Eimer jetzt abgesetzt hatte, war noch nicht bereit, das Thema Götter zu beenden. »Mars und Draffut kämpften auf den Bergen dort drüben«, redete er plötzlich weiter und deutete nach Osten. »Und die zwölf Zauberschwer-

ter wurden gleich dort oben geschmiedet. Vulkan entführte einen Schmied und sechs Männer aus einem Dorf, die ihm helfen mußten. Danach tötete er die sechs Männer, und dem Schmied nahm er den Arm ab...« Virgil verstummte plötzlich. Er starrte Mark an wie jemand, der sich plötzlich an etwas erinnerte.
»Woher weißt du, wie viele Schwerter es waren?« fragte Mark. Es erstaunte ihn, wie das Wissen sich verbreitete – oder wie es manchmal beharrlich geheimzubleiben verstand. Beinahe zwanzig Jahre waren vergangen, seit die Schwerter geschmiedet worden waren, und noch vor einem halben Dutzend Jahren hatten nur wenige Menschen von ihrer Existenz gewußt. Jetzt schien die ganze Welt von ihnen zu wissen.
Der Junge sah ihn an, als hätte Mark ihn gefragt, woher er wisse, daß Wolltiere vier Beine hatten. »Zwölf Schwerter, so viele waren es. Das weiß doch jeder.«
»Oh.«
Virgils Augen blickten eindringlich, er sprach hastig. »Aber Hermes hat den anderen Göttern einen Streich gespielt. Er gab Sterblichen die Schwerter und verteilte sie auf der ganzen Welt. Jedes Schwert bekam ein anderer Mensch, Männer und Frauen, und die Götter kriegten überhaupt keins. Und jedes Schwert gab dem, der es hatte, eine bestimmte Kraft.«
»Oh.« Es stimmte – größtenteils wenigstens. Mark wollte sich nicht anmerken lassen, daß er mehr wußte als der Knabe, und er wußte nicht, was er dazu sagen sollte. »Weshalb hat Hermes so etwas getan?«
»Das gehört zu dem Spiel, das die Götter miteinander spielen. Ja, er verstreute die Schwerter auf der Welt, und er gab sie den Menschen. Ich wünschte, ich hätte auch eins bekommen.«
Mark sah die Frau an, die eine Hand auf das Dach der Hütte gelegt hatte und blicklos lauschte. Der Mann in der Hütte schnarchte weiter. Mark verspürte plötzlich ein starkes Verlangen, etwas für diese Leute zu tun. Vielleicht würde er ihnen ein oder zwei Kaninchen schießen können, bevor er weiterzöge. Und dann – ja, jetzt war er zu einem Entschluß gekommen. Er

würde noch etwas weit Wichtigeres für sie und für Tausende ihresgleichen tun.
Virgil fragte ihn: »Sagtest du, der Müller hatte nur einen Arm? War er dein Vater?«
Mark sah ihn einen Moment lang forschend an und antwortete dann mit einer Gegenfrage. »Wenn du eines dieser Schwerter hättest, was würdest du damit anfangen? Würdest du es irgendwo verstecken?«
Der Gesichtsausdruck des Jungen zeigte, daß er diese Frage für verrückt hielt. »Wer alle diese Schwerter in seine Hand bringt, der wird die Welt beherrschen.«
»Ja, ja«, sagte Mark. »Aber wenn du nur eines hättest? Würfelwender zum Beispiel. Was dann? Was würdest du damit anfangen? Würdest du versuchen, ein Zwölftel der Welt zu beherrschen? Oder was?«
Keiner seiner Zuhörer antwortete. Vielleicht hatten sie es jetzt doch noch mit der Angst zu tun bekommen. Aber jetzt, da er einmal angefangen hatte, konnte er nicht mehr aufhören.
»Was würdest du zu einem Mann sagen, der weiß, wo eines dieser Schwerter versteckt ist? Drachenstecher zum Beispiel? Was würdest du zu einem Mann sagen, der es einfach holen könnte und der es liegenläßt, wo es liegt, während es doch so viel Unrecht in der Welt gibt, wie... Während es so vieles gibt, was in Ordnung gebracht werden muß.«
Die Frau drehte ihr zernarbtes, blindes Gesicht langsam hin und her. Sie schüttelte den Kopf. »Du willst das Unrecht in der Welt beseitigen, junger Mann? Ebensogut könntest du ausziehen, um dem Kaiser zu dienen.«

3

In der Dunkelheit setzte Ben seinen Abstieg an der Steilküste fort. Wann immer es möglich war, bewegte er sich dabei gleichzeitig seitwärts nach Süden. Sein Plan erforderte, daß er sich nach Süden begab. Im Grunde war es ein simpler Plan, und ein

wahnwitzig gefährlicher dazu – oder es wäre doch einer gewesen, wenn er sich nicht in einer Lage befunden hätte, in der jeder andere Versuch den sicheren Selbstmord bedeutet hätte. Es spielte keine Rolle. Jetzt hatte er angefangen, den Plan in die Tat umzusetzen. Er hatte einen Befehl verweigert, einen Offizier angegriffen und war desertiert, jetzt mußte er wohl oder übel weitermachen. So bewegte er sich von Vorsprung zu Vorsprung kliffabwärts und nach Süden.
Zumindest konnte er inzwischen etwas besser sehen, denn über dem Meer im Osten war die Mondsichel aufgestiegen. Das Unwetter war abgezogen, der Himmel wurde allmählich klar, aber noch verhüllten tiefliegende Nebelbänke das Meer und das Ufer, das noch immer in einer beängstigenden und entmutigenden Tiefe unter ihm lag. Das Rauschen der Brecher wehte immer noch herauf, aber schwächer jetzt, so daß man es vom nachlassenden Wind fast nicht mehr unterscheiden konnte. Und in gewissen, schlimmen Augenblicken glaubte Ben noch etwas anderes zu hören: Das Geheul von sechs Männern, die in einer Höhle gefangensaßen. Einer dieser sechs war mit einem Schwert bewaffnet. Aber würde ihm das helfen, wenn die großen weißen Hände sich nach ihm ausstreckten?
Ben kämpfte die Bilder nieder, die in seiner Phantasie aufstiegen. Dann drang ein anderes Geräusch an seine Ohren, und es genügte, um das eingebildete Grauen zu verscheuchen. Es waren die Schritte des Drachen. Das Untier hatte ihm nachgesetzt und stampfte irgendwo weiter oben über das flache Land. Ben hangelte sich zentimeterweise an der Wand hinunter. Etwas anderes konnte er nicht tun.
Der Drache mußte seine Anwesenheit spüren können, denn er war geradewegs über ihm am Klippenrand erschienen. Als Ben hochschaute, sah er den Kopf im Mondschein silbrig schimmern, und er sah auch das rote Glühen seines Atems. Er zog den Kopf ein und schaute nach unten.
Der Drache brüllte zu Ben herunter. Ebensogut – woher sollte Ben es wissen? – konnte es die Mondsichel sein, die den Zorn des Ungetüms auf sich zog. Mit seinen riesigen Füßen stampfte

der Drache oben an der Kante entlang. Steine und Erdklumpen lösten sich und fielen herab. Einmal rettete Ben nur sein Helm davor, von einem solchen Brocken bewußtlos geschlagen zu werden. Der Drache spie Feuer in die Nacht hinaus. Ben sah, wie die Felswand ringsumher aufleuchtete, und er fühlte gewaltige Hitze wabern, als habe sich die Klappe eines riesigen Ofens für einen Augenblick geöffnet. Aber entweder konnte sich das Ungeheuer nicht weit genug über den Abgrund beugen, um ihn direkt anzuspeien, oder es lag ihm nichts daran, es zu versuchen. Ben vertraute zuversichtlich darauf, daß der Drache nicht intelligent genug war, um das Feuer direkt an der Felswand entlang auf ihn herabregnen zu lassen.

Während er immer weiter hinunterkletterte, hörte der Stein- und Erdbrockenhagel plötzlich auf. Das Stampfen entfernte sich, und schließlich konnte er es nicht mehr spüren. Dann hörte Ben noch einmal das rollende Schnauben, jetzt aber aus großer Ferne und fast übertönt vom Rauschen des Windes.

Als hätte er niemals ein anderes Ziel im Leben gehabt, und als könnte er sich auch kein anderes vorstellen, hangelte er sich mechanisch weiter abwärts und nach Süden. Nach einer Weile stellte er zu seiner Erleichterung fest, daß die Wand nicht mehr ganz so steil war. Er kam zusehends schneller voran.

Sein Weg führte ihn jetzt durch eine weite, konvexe Wölbung der Steilküste, so daß er vor dem immer noch nicht völlig erstorbenen Wind ein wenig geschützt war. Als er knapp oberhalb der ersten Nebelschwaden auf das Meer hinausschaute, sah er, daß er sich an einer langgezogenen, aber vermutlich schmalen Meeresbucht befand, an einem Fjord, der sich über eine unbestimmte Strecke nach Westen landeinwärts zog. Jenseits des Wassers konnte Ben gerade noch eine Hochebene erkennen, aber der Nebel und der hin und wieder aufleuchtende Mond gestatteten ihm nur ungefähre Schätzungen hinsichtlich der Entfernung und der Art dieser Hochebene.

Nach der Landkarte in seinem Kopf, auf die er sich verlassen mußte, würde er südwärts weitergehen müssen, wenn er das Land des Blauen Tempels vor Tagesanbruch hinter sich lassen wollte. Dies aber bedeutete, daß er den Meeresarm auf irgendeine Weise würde überqueren müssen. Er hatte keine Wahl. Falls er unten am Ufer nicht zufällig auf ein Boot stieß – und es gab keinen Grund, damit zu rechnen –, würde er sein Geschick in die Hände der ozeanischen Mächte legen und schwimmen müssen.

Während er sich immer tiefer nach unten arbeitete und die ersten Nebelschwaden durchkletterte, versuchte er immer wieder, Höhe und Entfernung der gegenüberliegenden Steilküste abzuschätzen, aber wegen der schlechten Sicht gelang es ihm nicht. Er war nicht einmal sicher, ob das, was er sah, nicht eine Insel war. Fest stand nur eines: Wenn er bis zum Morgen blieb, wo er war, würden ihn die Suchtrupps des Blauen Tempels entdecken, die das Land zahlreich durchstreifen würden. Er mußte annehmen, daß bei Sonnenaufgang die ersten Flugspäher aufsteigen und nach ihm Ausschau halten würden. Und wenn sie ihn hier am Kliff fänden, würde er gut daran tun, sich in einen schnellen Tod zu stürzen...

Am Fuße des Kliffs erstreckte sich ein schmaler, flacher Uferstreifen. Ben schlängelte sich zwischen herabgestürzten Felsbrocken hindurch, während er die Gischt der unsichtbaren Brecher auf seinem Gesicht fühlte. Schließlich gelangte er auf einen von großen, runden Kieseln übersäten Strand, und endlich sah er im trüben Dunst das Meer vor sich liegen. Natürlich war nirgendwo ein Boot. Nicht einmal ein Stück Treibholz war zu entdecken.

Mit einem stummen Gebet zu Neptun schob er sich auf einen hinausragenden Felsen. Gischt umsprudelte seine Füße. Er legte ein paar Kleidungsstücke ab und schleuderte seinen Helm als Opfergabe auf das Meer hinaus. Dann sprang er ohne weiteres Nachdenken ins Wasser.

Die salzige Kälte ließ ihn nach Luft schnappen, als er auftauchte. Dann begann er mit weiten Zügen zu schwimmen. Wie Gezeiten und Strömungen hier verliefen, wußte er nicht. Sein Geschick ruhte in den Händen der Meeresgötter, aber Ertrinken war längst nicht das schrecklichste Schicksal, das ihn innerhalb der nächsten Stunden würde ereilen können. Ben war ein guter Schwimmer und beinahe unempfindlich gegen die Kälte. Das Wasser war nicht warm, aber er bezweifelte, daß es kalt genug war, um ihn zu töten. Durch die Wolkenfetzen konnte er beim Schwimmen immer wieder die Mondsichel sehen, und er versuchte, sie stets links von sich zu behalten. Die Wellen waren kräftig und regelmäßig. Als er sich ein Stück weit vom Ufer entfernt hatte, war es schwer zu sagen, ob sie sein Fortkommen behinderten oder förderten. Hin und wieder legten sich dichte Nebenschwaden vor den Mond, so daß er zweifelte, ob er noch in der richtigen Richtung schwamm. Aber immer kehrte der Mond zurück, und nie hatte er sich weit von seinem einmal eingeschlagenen Kurs entfernt. Nach einer Weile war ihm, als stehe der Mond höher am Himmel. War er eine Stunde lang geschwommen? Zwei? Allzulange konnte er noch nicht unterwegs sein, überlegte er, denn sonst würden die ersten Anzeichen des Morgengrauens am Himmel zu sehen sein...

Er versuchte, sich auf den Gedanken zu konzentrieren, wie schwierig es für die Suchtrupps des Blauen Tempels sein würde, ihn zu finden. Seinen Mantel oben auf dem Kliff würden sie sofort entdecken, wenn der Drache ihn nicht restlos verschlungen hatte. Sie würden dann glauben, das Ungeheuer habe auch ihn verspeist... bei diesem Nebel würden sie ihn hier unten niemals entdecken.

Er hatte schon begonnen, sich ernsthaft zu fragen, ob er es wohl schaffen würde, als er eine Landmasse verschwommen vor sich auftragen sah. Aus derselben Richtung hörte er das Rauschen der Brandungswellen zwischen den Uferklippen.

Der Morgen, der grau dem Meer entstieg, schien Ben mit sich heraufzutragen und schwemmte ihn sanft ans Land.

Auf dem schmalen Sandstrand lag er ein paar Minuten lang ruhig da. Er atmete schwer, und nur mit einiger Mühe begriff er, daß er noch lebte. Er vergaß nicht, Neptun ein Dankgebet zu sprechen.

Ein paar Schritte landeinwärts erhob sich eine Steilwand, die er noch nie gesehen hatte. Sobald er sich dazu in der Lage fühlte, stand er auf und begann, daran emporzuklettern. Der Nebel, der über dem Meer lag, schien sich mit ihm zu erheben wie eine dämonische Substanz, die versuchte, aus den Tiefen zu entrinnen. Zwar stieg er noch immer durch feuchten Dunst, doch die Bewegung erwärmte ihn rasch und ließ ihn trocknen.
Als er glaubte, eine beträchtliche Höhe erklommen zu haben, hielt er inne, um Atem zu schöpfen. Er wandte den Kopf und schaute zurück. Die Landspitze jenseits des Fjordes, von der er geflohen war, konnte er kaum erkennen. Wolken verhüllten sie vor den ersten direkten Strahlen der Morgensonne. Die Suche nach ihm war vermutlich schon im Gange, aber zu sehen war nichts. Er vertraute darauf, daß sie ihn bisher ebensowenig hatten sehen können.
Jetzt kam es nur darauf an, daß er diese ungeschützte Steilwand so schnell wie möglich hinter sich brachte und landeinwärts flüchtete. Er kletterte weiter, so schnell er konnte, und mit Schrecken sah er, daß seine rauhen Hände von dem langen Kampf mit den scharfen Felskanten bluteten. Wenn die fliegenden Späher des Blauen Tempels auch dieses Ufer absuchten – würden sie ihn mit Hilfe dieser winzigen Blutflecke wohl aufspüren können?
Wenn sie es konnten, dann hatte es zumindest im Augenblick keinen Sinn, sich darüber den Kopf zu zerbrechen. Er tat, was er konnte, um zu überleben, sagte er sich. Wenn er auf den letzten Befehl hin demütig und gehorsam in die Höhle hinuntergestiegen wäre, dann wäre er jetzt demütig und gehorsam tot. Dessen war er sicher. Er war davon überzeugt, daß die anderen fünf inzwischen tot waren... es sei denn, dachte er plötzlich, man hätte sie am Leben gelassen, um sie über das Komplott zu verhören. Die Vorgesetzten würden zweifellos denken, daß es sich um ein Komplott gehandelt habe. Wahrscheinlich würde man sogar Radulescu, falls *er* noch lebte, befragen.
Verzeiht, Herr, aber es gab kein Komplott, Herr. Nur der dicke

Ben, der dumme Ben, der sein Bestes tat, um am Leben zu bleiben.
Er dachte darüber nach, während er kletterte. In dieser Nacht, als er die Flucht ergriffen hatte, wollte er gewiß nichts anderes, als sein Leben retten. Und auch jetzt, da er hastig an der Wand hinaufkletterte, war er bereit, sich damit zu begnügen.
Andererseits...
Andererseits – nun, da die Möglichkeit des Entrinnens mit jedem Augenblick, der verstrich, wahrscheinlicher wurde, kamen ihm ganz unaufgefordert neue Ideen in den Sinn. Gewiß, er hatte es nicht darauf *angelegt*, wichtige Geheimnisse zu stehlen. Aber jetzt jagten sie ihn schließlich sowieso, und... es wäre halt töricht, nun keinen Nutzen aus der Geschichte zu schlagen, wenn er schon den Kopf riskierte.
Die Erfahrung von dreiundzwanzig Jahren hatte Ben gelehrt, daß das Leben eines armen Mannes kein sonderlich angenehmes Leben war. Es war schade, daß die Welt so war, aber sie war eben so. Er brauchte Geld, zumindest soviel, daß er mit einem Mindestmaß an Sicherheit leben könnte. Wenn ein Mann erst ein wenig Gold in der Tasche hatte, konnte er Jemand sein, und erst dann hatte er die Chance, ein halbwegs anständiges Leben zu führen. Ben war ein Jahr zuvor nur deshalb in die Dienste des Blauen Tempels getreten, weil er hier die Möglichkeit gesehen hatte, bescheidenen Erfolg und ein wenig Sicherheit zu finden – mit einem Wort, ein wenig Geld zu verdienen. Eine gewisse Mindestmenge davon mußte ein Mann besitzen. Sonst würde es ihm nie gelingen, eine Frau zu gewinnen und zu behalten, deren Sinn ebenfalls auf Stabilität und Wohlstand gerichtet war.
Als Ben sich einmal dienstverpflichtet hatte, war angesichts seiner Größe, seiner Kraft und des Mangels an jeder anderen Ausbildung kein Zweifel daran möglich gewesen, welchem Bereich des Tempeldienstes man ihn zuteilen würde. Schreibarbeiten war nicht seine Sache, er war nicht einer von denen, die den Reichtum des Tempels in all seinen Kategorien zählten und wieder zählten und die Zinsen der ausstehenden Darlehen

berechneten. Er hatte sie gesehen, die Reihen der betriebsamen Schreiber und Buchhalter, die an langen Schreibtischen saßen und Papier vollkritzelten. Es schien ein leichtes Leben zu sein. Aber ihn hatte man der Garde zugeteilt.
Für Ben, der ein hartes und ärmliches Dasein gewohnt war und von seiner neuen Karriere von Anfang an nicht viel erwartet hatte, war das Leben eines Rekruten nicht übermäßig schrecklich gewesen. Er hatte schon an mehr Schlachten teilgenommen, als ihm hätte lieb sein können, aber es war ihm gelungen, sie alle zu überleben. In der friedlichen Garnison des Blauen Tempels, der er zunächst angehörte, war derlei wohl kaum zu erwarten. Für ordentliches Essen und für Kleidung wurde regelmäßig gesorgt, und wenn man tat, was einem gesagt wurde, bekam man meist keine Schwierigkeiten.
Es hatte sich allerdings – auch zu Bens eigener Überraschung – herausgestellt, daß er nicht zu denen gehörte, die immer taten, was man ihnen sagte.
Er hätte sich wohl auch bei anderen Organisationen verdingen oder zu anderen Bedingungen an anderen Orten Arbeit finden können, und er hätte dort ebensoviel Sicherheit gefunden. Jetzt war dies leicht einzusehen. Jetzt sah er, daß er sich für den Blauen Tempel eigentlich nur entschieden hatte, weil dessen großer Reichtum ihn angezogen hatte. Er war naiv genug gewesen, zu glauben, daß er reich sein würde, sobald er unterschrieben hatte – und irgendwie war es auch dem Werber gelungen, diesen Eindruck zu erwecken. Nein. Aber Ben hatte gleichwohl gewußt, daß all das Geld, der Reichtum, das Gold des Blauen Tempels ihn umgeben würde, und diese Vorstellung hatte ihn gereizt. Damals hatte er sich eingeredet, er sei nur in die Dienste des Blauen Tempels getreten, weil diesem nicht der Ruf wilder, grausamer Unterdrückung vorausging, wie er so viele andere Mächte der Welt begleitete – den Dunklen König zum Beispiel, die Silberne Königin Yambu oder auch den inzwischen verstorbenen Herzog Fraktin.
Der Blaue Tempel betete den Reichtum an, er erntete und hortete Gold. Auf irgendeine Weise gelang es seinen Angehö-

rigen, dieses Material allen abzuknöpfen, die in Reichweite kamen, Reichen wie Armen, Anhängern wie Verächtern der Organisation, Freunden wie Todfeinden gleichermaßen. Zugleich lag damit die Finanzierung und indirekte Steuerung des Welthandels in ihren Händen. Bens Pritsche in der Kaserne der Garde war von den inneren Kammern, in denen finanzielle Angelegenheiten diskutiert wurden, weit entfernt gewesen, aber wie überall fanden Informationen über dies und jenes ihren Weg auch durch Wände. Am Morgen nahm der Tempel die Gabe eines Reichen entgegen und beschützte ihn dafür vor einem Unglück, das er befürchtete; am Nachmittag kassierte er eine Steuer von einer armen Witwe – sorgfältig darauf achtend, daß sie genug zum Leben zurückbehielt, damit sie auch im nächsten Jahr Steuern würde zahlen können.

Und unaufhörlich klagte der Tempel darüber, wie unverhältnismäßig arm er sei, wieviel Hilfe, Schutz und Schirm er gegen die finanziellen Fährnisse der Welt benötigte. Immer wieder ermahnte man die Garde, sie müsse bereit sein, unter Einsatz ihres Lebens die letzten Fetzen der verbliebenen Werte zu verteidigen. Niemals behauptete man unverblümt, daß die Reichtümer tatsächlich in Auflösung begriffen seien – ebensowenig wie man verriet, wo der Haupthort lagerte –, aber immer wieder ahnte man, daß sie doch rapide schwinden müßten. Unablässig erinnerte man die Soldaten daran, wieviel ihr magerer Sold, ihre Waffen, ihre Kleidung und Ernährung ihre armen Herren kosteten. Deshalb sei es unbedingt notwendig, daß die Soldaten – vor allem diejenigen, die hofften, eines Tages befördert zu werden, sowie diejenigen, die einmal eine Rente zu beziehen gedachten – einen großzügig bemessenen Teil ihres Soldes dem Tempel als Opfergabe zurückerstatteten. Wenn man zwanzig Jahre lang in den Diensten des Tempels stand und jährlich einen wesentlichen Teil des Soldes in Form eines solchen Opfers investierte, dann konnte man sich nach Ablauf dieser Zeit mit einer Rente zur Ruhe setzen. Wie hoch diese Rente sein würde, blieb stets ein wenig verschwommen. Der Werber hatte Ben gegenüber von großzügigen Renten

gesprochen, aber aus irgendeinem Grunde hatte er zu erläutern versäumt, was ein Soldat tun mußte, um sich in den Genuß einer solchen Rente zu bringen.
Somit gab es finanzielle und andere Gründe, weshalb diese Dienstverpflichtung für Ben nicht die Früchte zeitigte, die er sich erhofft hatte. Schon vor der Krise der vergangenen Nacht war er entschlossen gewesen, den Dienst zu quittieren. Selbstverständlich hätte er sich jederzeit freikaufen können, wenn er das Geld dazu gehabt hätte, aber wenn er so viel Geld gehabt hätte, wäre er erst gar nicht zum Tempel gekommen. Dann wäre Barbara bereit gewesen, ihn zu heiraten oder zumindest dauernd mit ihm zusammenzuleben. Sie hätten ihr karges Wanderleben als Schausteller auf den Jahrmärkten aufgeben können, ein Leben, das gewöhnlich kaum besser war als ein Bettlerdasein. Sie hätten sich irgendwo einen kleinen Laden kaufen können, in einer blühenden Stadt mit starken Mauern...
Ein Jahr war es her, daß er Barbara zuletzt gesehen hatte, und sie fehlte ihm mehr als erwartet. Aber er wollte nicht zu ihr zurückkehren, ehe er es zu etwas gebracht, ehe er die Grundlage für ein Leben geschaffen hatte, das sie mit ihm würde teilen wollen. Aus der Garnison hatte er ihr, wenn sich Gelegenheit dazu bot, einen oder zwei Briefe geschrieben, aber er hatte nichts von ihr gehört. Nach allem, was Ben wußte, konnte sie inzwischen ebensogut mit jemand anderem zusammen sein. Sie hatte ihm nicht versprochen, daß so etwas nicht geschehen würde.
Der Grund, warum Ben in den Dienst des Blauen Tempels getreten war, hatte in seinem Bestreben gelegen, dort einen sicheren Posten zu erlangen, der ihm so viel einbringen würde, daß er sie nachkommen lassen konnte. Zurückblickend sah er jetzt, wie töricht diese Hoffnung gewesen war... Aber damals war ihm jede andere Hoffnung noch törichter erschienen.
Im immer heller werdenden Licht des Tages setzte Ben seinen Aufstieg fort. Dieses Kliff, so fand er, war nicht ganz so steil wie das, welches er im Dunkeln hatte hinunterklettern müs-

sen. Vielleicht lag es auch nur daran, daß die Dinge im Tageslicht sehr viel einfacher waren. Jedenfalls kam er gut voran, und bald hatte er eine Stelle erreicht, von der er hochblicken konnte. Er war sicher, ihm würde der Aufstieg gelingen. Er hatte keine Ahnung, was er dort oben finden würde, aber er erwartete und hoffte, daß er dort nicht mehr auf dem Territorium des Blauen Tempels stand. Aber natürlich konnte er sich da irren...
Als er noch ein Stück geklettert war, hielt Ben wieder inne, um noch einmal nach oben zu blicken. Jawohl, die Steigung war hier merklich geringer, und er zweifelte nicht daran, daß er sie bezwingen konnte. Oben, nahe dem oberen Rand, sah er sogar etwas, das nach einem richtigen Pfad aussah.
Ben stieg weiter, aber als er das nächstemal anhielt, um hinaufzuspähen, fuhr ihm ein ordentlicher Schreck in die Glieder. Neben dem Pfad dort oben, an einer Stelle, wo noch einen Augenblick zuvor niemand gewesen war, saß jetzt ein Mann auf einem würfelförmigen Stein und starrte aufs Meer hinaus.
Der Mann schien keine Notiz von Ben zu nehmen, und soweit Ben sehen konnte, war er nicht bewaffnet. Er war in einen schmucklosen grauen Mantel gekleidet, der wirkungsvoll verhüllte, was er sonst am Leibe trug. Zumindest dieser Mantel sah nicht aus wie die Uniform eines Soldaten oder Priesters, mit der Ben vertraut war. Vielleicht war der Mann kein Wachtposten, aber er saß an einem Ort, den ein Wachtposten sich wahrscheinlich erwählt hätte. Und falls er aus irgendeinem Grunde Einwände gegen Bens Aufstieg haben sollte, würde seine Position ihm einen entschiedenen Vorteil verschaffen.
Ben blieb nichts anderes übrig als weiterzuklettern, und dabei überlegte er sich, was er zu dem Mann sagen solle, wenn er in seine Nähe käme. Vielleicht, fiel ihm ein, könnte er sich als schiffbrüchiger Seemann ausgeben, der am Fuße des Kliffs ans Ufer gespült worden war, nachdem er sich tagelang an ein Stück Treibholz geklammert hatte und nicht wußte, wo er

sich nun befand. Ja, das war eine gute Idee. Eine solche Geschichte würde man sicher glauben. Die Götter wußten, daß Ben naß und müde genug war, um sie zu untermauern.
Der Mann, der allein auf seinem Steinblock saß, schaute erst zu Ben hinunter, als dieser bis auf wenige Meter an ihn herangekommen war, und als er schließlich hinunterschaute, tat er es ohne Überraschung, als habe er die ganze Zeit über von Bens Anwesenheit gewußt.
»Hallo!« rief er herunter. Er war von unauffälliger Erscheinung, und sein Lächeln kam Ben offen und munter vor. Aus der Nähe sah sein grauer Mantel alt und abgetragen aus.
»Hallo!« rief Ben zurück. Etwas in ihm hatte nur allzugern auf die Heiterkeit geantwortet, die im Gruß des anderen gelegen hatte, und als er seine eigene Stimme hörte, fand er, sie klänge für die Schreckensgeschichte, die er zu erzählen gedachte, vielleicht doch zu fröhlich. Dann aber dachte er, daß ein schiffbrüchiger Seemann, der lebend ans Ufer gelangte, wohl allen Grund hatte, fröhlich zu klingen.
Ben kletterte weiter. Der Mann sah ihm lächelnd entgegen. Nicht ganz wie ein Idiot, dachte Ben.
Endlich hatte er den Mann erreicht, und der Nachteil des Steilhanges war überwunden. Er fühlte sich sicher genug, um stehenzubleiben und nach Luft zu schnappen. Zwischen zwei tiefen Atemzügen fragte er: »Auf wessen Land bin ich hier, Herr?« Inzwischen hatte er sich einige Einzelheiten des Schiffbruches zurechtgelegt, für den Fall, daß der Mann ihn danach fragen sollte.
Das Lächeln des Mannes verschwand, seine Miene wurde ernst. »Auf dem Land des Kaisers.«
Ben starrte ihn an. Wenn diese Antwort ernst gemeint war, wußte er nichts damit anzufangen. Der Kaiser war eine sprichwörtliche Figur und Gegenstand von Witzeleien und Spott – kaum mehr als das. Natürlich, wenn Ben darüber nachdachte, glaubte er schon, daß es irgendwo auf der Welt einen Mann dieses Titels geben mochte. Aber ein Land, das ihm gehörte? Der Kaiser war in allen Anekdoten und Geschichten ein Pos-

senreißer mit Clownsmaske, der Schabernack trieb und Streiche spielte, und er war der sprichwörtliche Vater der Unglücklichen und Elenden. Kurz, er war nicht jemand, den man sich als Landbesitzer vorstellte.

Mit leichtem Kopfschütteln kletterte Ben ein paar Schritte weiter, bis er über die oberste scharfe Kante des Steilhangs landeinwärts schauen konnte. Wachsam behielt er dabei den anderen im Auge.

Er hätte nicht zu sagen vermocht, was er eigentlich erwartet hatte, aber das Land, das er vor sich liegen sah, überraschte ihn. Am Rande der unfruchtbaren, kahlen Steilküste begann saftiges Grasland, das sich, leicht abfallend, landeinwärts erstreckte – knietiefe Wiesen mit taufeuchtem Gras und Wildblumen, die nach etwa hundert Schritten in einem genau begrenzten Halbkreis endeten, wo sich ein stattlicher Hain oder gar ein Wald erhob. Weder Wiese noch Wald zeigten Spuren menschlicher Benutzung.

»Nun«, meinte Ben schließlich, »das Steilufer ist wahrhaft ärmlich genug, um des Kaisers Mauer zu sein. Aber diese Wiese und der Wald dahinter werden doch jemand anderem gehören?«

Der Mann auf dem Stein machte ein ernstes Gesicht, als er dies hörte. Er musterte Ben und antwortete nicht. Ben kam zu dem Schluß, daß eine Debatte mit einem streunenden Irren nur eine unnötige Komplikation erbringen würde, deshalb kletterte er drei Schritte weiter und stand dankbar in weichem Gras. Jetzt konnte er sehen, daß die Wiese ungefähr dreieckig geformt war und er an der zum Meer gerichteten Spitze stand. Seine ungeschützte Position am Rande der Uferklippe behagte ihm nicht, und er machte sich unverzüglich auf den Weg ins Landesinnere und auf den Waldrand zu.

Nach dem langen, mühevollen Aufstieg war es ein Vergnügen, mit raschen Schritten und über beinahe ebenes Land durch das weiche Gras zu laufen. Dunstwolken wallten über den Rand des Kliffs herauf, als seien sie entschlossen, Ben auf seinem Weg zu begleiten. Wiesenvögel zeterten, als seien sie Störun-

gen dieser Art nicht gewohnt, und flatterten dicht vor ihm aus dem Grase auf.
Dann hatte er den weglosen Wald erreicht und trat unter die Bäume. Es gab hier nur wenig Unterholz, und er kam rasch voran. Plötzlich stand er vor einer hohen Mauer aus roh behauenen, grauen Feldsteinen.
Die Mauer erstreckte sich zu beiden Seiten, so weit Bens Auge reichte, und verlor sich schließlich zwischen den Bäumen. Aber sie war so uneben, daß er sie mit Leichtigkeit erklimmen konnte. Als er vorsichtig über den oberen Rand spähte, sah er den Wald auf der anderen Seite bald zu Ende gehen, und dahinter begann unschuldig aussehendes Land mit einer schmalen, ausgefahrenen Straße, die sich von rechts nach links dahinschlängelte. In der Ferne konnte Ben die Spitze einer hohen weißen Pyramide ausmachen. Abgesehen von einigen fernen Hütten war dies das einzige Gebäude.
Ben sah die Pyramide mit Erleichterung. Für ihn war sie der Beweis dafür, daß er das Land des Blauen Tempels hinter sich gelassen hatte – oder, schlimmstenfalls, er im Begriff stand, es zu verlassen. Einen Augenblick später hatte er die Mauer überklettert und trottete auf die gewundene Straße zu. Als er die letzten Bäume hinter sich ließ, in denen noch immer Nebelschwaden hingen, als ob sie besonders geheimnisvoll erscheinen sollten, fiel Ben zum erstenmal auf, daß der Hain auf irgendeine Weise geheiligt wirkte. Welchem Gott er geweiht sein sollte, konnte er allerdings nicht sagen. Daß er mit dem Tempel Ardnehs etwas zu tun haben könnte, glaubte er nicht, denn davon lag er zu weit entfernt.
Beim Ardneh-Tempel, dachte er, sollte er eigentlich haltmachen und ein Dankopfer für die Erhörung seiner Gebete darbringen. Ganz gewiß würde er das tun, wenn er noch etwas hätte, was er opfern konnte – aber genaugenommen war er jetzt schon praktisch nackt. Er beschloß, auf jeden Fall am Tempel haltzumachen und sich ein paar Kleider zu erbetteln. Und auch – jetzt, da er darüber nachdachte – etwas zu essen. Jawohl, unbedingt, etwas zu essen brauchte er auch.

Nicht einmal eine Stunde später geleitete ihn ein weißgewandeter Akolyt Ardnehs eine lange weiße Treppe hinauf.
Als Ben kurz darauf den Ardneh-Tempel verließ, war er in wärmere Kleider gehüllt. Es waren Pilgerkleider aus dritter oder vierter Hand, vielfach geflickt, aber sauber und trocken. Und sein nagender Hunger war gestillt. Aber jetzt verspürte er Müdigkeit. Nachdenklich runzelte er die Stirn.
Er wanderte die Straße hinunter in Richtung Süden. Bald würde er irgendwo eine Pause einlegen und ein wenig schlafen müssen, aber vorerst wollte er eine Weile weiterziehen und eine möglichst große Entfernung zwischen sich und den Blauen Tempel bringen. Er wußte jetzt besser, wo er war, und er hatte die ganze Zeit über gewußt, wohin er wollte.
Irgendwann in diesem Monat würde der Jahrmarkt, zu dem er und Barbara gehört hatten, wie in jedem Frühling zu der Stadt Purkinje ziehen, falls der alte Zeitplan noch Gültigkeit besaß. Und wenn sie noch dabei war, würde er sie dort finden.

Ben unternahm die weite Reise fast ausschließlich zu Fuß. Er brauchte ungefähr einen Monat dazu, und so kam es, daß der Frühling in dieser Gegend schon recht weit fortgeschritten war, als er eintraf. Die Wanderung verlief nicht ohne Abenteuer, aber falls die Blautempler ihm auf den Fersen waren, wie Ben es vermutete, so war nichts von ihnen zu sehen. Allmählich aber legten sich seine Befürchtungen, und er begann zu glauben, daß sie ihn für tot hielten.
Als Ben in Purkinje ankam – genauer gesagt, auf dem Platz vor der zerfallenden Stadtmauer, wo der kleine Jahrmarkt sein Lager bezogen hatte –, hatte er seine Sandalen abgelaufen und durch neue ersetzt. Auch einen Teil seiner Pilgerkleidung hatte er auswechseln müssen. Zudem hatte er begonnen, sich einen Bart wachsen zu lassen, stumpfe, ausgebleichte braune Stoppeln, die zu seinem Haupthaar paßten. Von dem wandernden Krämer, mit dem er den ersten Teil seiner Reise zurückgelegt hatte, war ihm ein Bündel und in gewisser Weise auch das Erscheinungsbild überlassen worden. Der Krämer war bald

davon überzeugt gewesen, daß Ben nichts Böses im Schilde führte, und, froh über einen so starken Begleiter, hatte er einen kräftigen Wanderstab für ihn abgeschnitten und ihn für seine Gesellschaft mit Speisen und Kleidung entlohnt.

Aber schon vor einer ganzen Weile hatten ihre Pfade sich getrennt. Ben war allein, als er am Abend eines klaren Spätfrühlingstages vor den halbverfallenen Mauern der Stadt Purkinje eintraf. Die Mauern waren keine sonderlich beeindruckende Verteidigungsbastion mehr. Dennoch wehte darüber immer noch das Orangegelb und Grün des Stadtbanners. Anscheinend war es der Stadt bislang gelungen, ein gewisses Maß an Unabhängigkeit von den in ständigem Streit liegenden Kriegsherren zu bewahren, deren Armeen unablässig durch das Land zogen.

Auch der kleine Zirkus sah noch unabhängig aus, wenngleich er im vergangenen Jahr noch schäbiger geworden war, als Ben ihn in Erinnerung hatte. Die Zelte und Wagen, die Ben wiedererkannte, hatten ein weiteres Jahr der Abnutzung hinter sich, und irgendwelche Anzeichen für Reparaturen, frische Farbe oder neuen Zierrat vermochte er kaum zu entdecken. Außerdem waren ein paar Wagen dabei, die er nicht kannte.

Die einfachen Malereien auf der Zeltseite eines dieser Wagen fielen Ben ins Auge, und er blieb stehen, um sie genauer anzusehen. In großen, ein wenig ungleichmäßigen Lettern las er den Namen »Tanakir der Mächtige«. Darunter war ein gemaltes Porträt Tanakirs, der mit schwellendem Bizeps und gewaltigem Brustkasten eiserne Ketten zersprengte, die eine Zugbrücke hätten halten können.

Aber Ben hielt nur einen Augenblick lang inne, um dieses Bild zu betrachten. Dann begab er sich mit einem seltsamen Gefühl in der Brust zu Barbaras kleinem Zelt, das er wiedererkannt hatte. Wie immer hatte sie das Zelt neben dem Wagen aufgeschlagen. Wenn sie, wie früher, einen kleinen Drachen im Käfig im Innern ihres Zeltverschlages hielt, dann war das Tier von Planen verdeckt und gab keinen Laut von sich, als Ben sich näherte.

Die Zeltklappe war geschlossen, aber Ben sah, daß sie nicht verschnürt war. Er ließ den Knüttel, den er von dem Krämer bekommen hatte, zu Boden fallen. Dann räusperte er sich den traditionellen Höflichkeitsregeln entsprechend und kratzte an der Zeltwand neben der Klappe – Klopfen war ja hier nicht möglich. Er ließ ein paar Anstandssekunden verstreichen, und als von drinnen keine Antwort kam, hob er behutsam die Klappe hoch und trat ein.
An einem kleinen Tisch neben dem Zelteingang saß Barbara, in das vertraute, schäbige Gewand gehüllt, das sie oft im Lager zu tragen pflegte. Trotz der schlechten Beleuchtung im Zelt war sie dabei, ihre Fingernägel auf irgendeine Weise zu verschönern. Bei seinem Eintreten hob sie rasch den Kopf, und ihr kleiner, schmaler Körper spannte sich wie eine Feder. Ihr rundes, ausdrucksvolles Gesicht zwischen den beiden schwarzen Zöpfen zeigte Ärger, bevor sie Zeit hatte, Ben zu erkennen und Überraschung zu empfinden – offenbar hatte sie ihren Ärger für jemand anderen bereitgehalten, dachte er.
»Da ist etwas in deinem Blick, Ben.« Mit diesen Worten begrüßte sie ihn nach einem Jahr Abwesenheit, und die Stahlfeder ihres Körpers entspannte sich ein wenig. Barbara war ungefähr so alt wie Ben, aber er wog dreimal soviel. Sie kannten einander seit einigen Jahren. Jetzt sah er, daß sie sich das glatte, schwarze Haar ein Stück länger hatte wachsen lassen, seitdem er fort war. Ansonsten hatte sie sich fast nicht verändert. »Stoppeln am Kinn und etwas in deinem Blick«, fuhr sie fort. »Was führst du im Schilde? Ich nehme nicht an, daß du in einer goldenen Kutsche, gezogen von sechs weißen Prunktieren, zurückgekommen bist.«
»Ich werde nachdenken«, erwiderte er, indem er die einzige halbwegs vernünftige Frage in ihrer Ansprache beantwortete und den Rest verstreichen ließ, ohne ihn zu kommentieren. Dies war eine Gewohnheit von ihm. Er hielt es für eines der Dinge, die sie tatsächlich an ihm mochte.
»Über was wirst du nachdenken?«
»Über gewisse Dinge, die ich in Erfahrung gebracht habe.« Ben

nahm sein Krämerbündel von der Schulter und sah sich nach einem Platz um, wo er es hätte ablegen können. Schließlich warf er es auf den Boden und schob es mit dem Fuß unter den kleinen Tisch, um Platz zu sparen.
»Das klingt, als hättest du deinen Kopf in letzter Zeit sehr selten benutzt, was immer du sonst getan haben magst. Ich nehme an, du hast Hunger?« Barbara hörte endlich auf, so zu tun, als sei sie noch immer mit ihren Nägeln beschäftigt. Sie sah ihn an und widmete ihm ihre volle Aufmerksamkeit und unverhohlenes Interesse.
Ben bückte sich und griff unter den Tisch, um etwas aus seinem Bündel zu ziehen. Einen halben Brotlaib, der hart zu werden begann, schob er zurück, dann förderte er eine gute Wurst zutage. »Eigentlich nicht. Aber ich habe so etwas – wenn du magst.«
»Vielleicht später, vielen Dank. Hast du dich beim Blauen Tempel verdingt, wie du es tun wolltest?«
»Hast du denn meine Briefe nicht bekommen?«
»Nein.«
Das war kaum überraschend, nahm Ben an. »Nun, ich habe dir zweimal geschrieben. Und ich war beim Blauen Tempel.« Jetzt biß er selbst ein Stück von der Wurst ab und bot ihr dann erneut davon an. »Noch was von Mark gehört?«
»Nicht, seit er wegging.« Diesmal zögerte Barbara nicht mehr. Sie kaute und betrachtete Ben eine Zeitlang schweigend, während er dastand und sie unwillkürlich angrinste. Wie immer sah er ihre Gedanken in ihrem Gesicht kommen und gehen, wenngleich er kaum jemals wußte, *was* sie gerade dachte. Es klang einfach, aber es war eines der Dinge an ihr, die wie ein Zauber auf Ben wirkten.
Endlich ergriff Barbara wieder das Wort. »Du hast mehr im Sinn, als nach Mark zu fragen oder mir Wurst zu bringen. Ich nehme an, du bist desertiert. Ist das das große Geheimnis, das ich in deinem Blick sehe? Der Dienst beim Blauen Tempel läuft doch vier oder fünf Jahre, oder nicht?«
Bens Blick war auf seine alte Laute gefallen. Sie hing an einem

auffälligen Platz, hoch oben am mittleren Mast des Zeltes. Sein Instrument auf diese Weise geehrt zu sehen, war ein gutes Gefühl, und es überhaupt zu sehen, ließ Erinnerungen in ihm wachwerden. Er streckte die Hand aus und nahm die Laute herunter.
»Ich habe sie als Dekoration behalten, weißt du?«
Er schlug die Saiten an, aber nur kurz und leise. Er sah sofort, daß sie in schlechtem Zustand waren. Auch schien es ihm, als ob seine Hände im Begriff wären, die ohnehin geringen Fertigkeiten zu verlieren, die sie einst besessen hatten. Jahrelang, eigentlich Zeit seines Lebens, hatte Ben tief in seinem Innern den glühenden Traum gehegt, Musiker zu werden. Sein breiter Mund unter dem neuen Bart zuckte, als er daran dachte.
Jetzt, da er ein handfestes Musikinstrument in seinen Händen hielt, drängte sich die Melodie, die seit jener Nacht des Schatztransports, des Entsetzens und seiner Flucht in seinen Gedanken gespukt hatte, mit unwiderstehlicher Macht in den Vordergrund. In seinen Gedanken perlte die Melodie süß und klar — alle Musik tat das in seinen Gedanken. Erst wenn er versuchte, sie mit Fingern oder Stimmbändern erklingen zu lassen, fingen die Schwierigkeiten an.
Er sang das alte Lied, leise und beinahe unhörbar, mit einer Stimme, die so unzulänglich klang, wie er es befürchtet hatte.

> Benambras Gold
> Glitzert so kalt...

»Götter und Dämonen, was für ein Krach!« kommentierte eine rauhe Baßstimme von draußen. Einen Augenblick später wurde die Eingangsklappe beiseitegeschlagen, doch diesmal nicht mit sanfter Hand. Der Mann, der den Kopf einziehen mußte, um hereinzukommen, schien den letzten Rest des Zeltes, den Ben noch freigelassen hatte, auszufüllen.
Der Ankömmling konnte kein anderer als Tanakir der Mächtige sein, wenn er auch dem Porträt auf seinem Wagen nicht ganz gerecht wurde. Aber das, dachte Ben, tat wohl kein

Mensch. Tanakir war fast um einen Kopf größer als Ben, und sein Oberkörper war entsprechend breit. Sein Hemd, ein Kleidungsstück, das zweifellos einst teuer gewesen, doch jetzt arg zerschlissen war, trug er halb aufgeknöpft, um die gemeißelten Muskelpakete auf seiner Brust zur Schau zu stellen. Seine Bizepsmuskeln konnte man nicht mehr einfach groß nennen, und er betrat das Zelt mit schwerfälligen Bewegungen, als würde sie das Gewicht der Muskeln wie auch seiner Eitelkeit in gleichem Maße verlangsamen. Auf den zweiten Blick sah man, daß er beträchtlich älter war als Ben. In seinen langen, dunklen Zöpfen konnte man einige graue Haare erkennen.

Als er eingetreten war, blieb Tanakir stehen, die Fäuste in einer Pose in die Hüften gestemmt, die leicht zu seinem Akt gehören konnte. Funkelnd starrte er die beiden anderen an, als erwarte er eine Erklärung von ihnen.

»Jetzt haben wir einen starken Mann«, sagte Barbara im Plauderton zu Ben. »Du hast diese Rolle ja nie haben wollen, als du bei uns warst.«

Tanakir starrte wütend von oben auf Ben herunter, und dieser stand mit der Laute in der Hand da und blinzelte zurück.

»Das ist also Ben«, knurrte der starke Mann. »Und er *wollte* die Rolle nicht? Der? Dieser speckbäuchige Barde?«

Ben drehte sich ein wenig zur Seite, um die Laute behutsam wieder hoch oben am Mast aufzuhängen, wo man sich nicht den Kopf daran stoßen würde. Erst wenige Male in seinem Leben hatte er erlebt, daß ihn jemand als Barden bezeichnete, und er verspürte eine ganz unangebrachte Befriedigung.

»Du ziehst gleich weiter«, ließ Tanakir ihn wissen.

Wieder blinzelte Ben ihn an, dann wich er vorsichtig zurück und ließ sich auf einer kleinen Kiste nieder, die unter der Last ein wenig knarrte. Er nahm eine Stellung ein, in der Hände und Füße für den Notfall einsatzbereit waren. »Darüber habe ich noch nicht nachgedacht.«

»Das tue ich für dich.«

»Gut«, meinte Ben milde. Er schenkte dem anderen eine Sekunde, damit dieser beginnen könnte, sich triumphierend zu entspannen, bevor er hinzufügte: »Einer von uns beiden wird heute abend noch weiterziehen, wenn du meinst. Na ja, vielleicht morgen früh. Niemand begibt sich gern am Abend auf die Wanderschaft.« Er schwieg einen Augenblick lang. »Wollen wir Armdrücken?« schlug er dann vor.

Es war unmöglich, zu übersehen, wie der andere seine Titanenarme mit Bändern und Ketten umwickelt hatte, damit sie noch dicker erschienen, und auch die kurzen, ausgefransten Ärmel hatte er offenbar mit großer Mühe so hergerichtet, daß sie das Vorhandene auf das vorteilhafteste zur Schau stellten. Wenn Bens Arme nicht von den weiten Ärmeln seines Pilgermantels verhüllt gewesen wären, hätte man sie im Vergleich dazu eher als rundlich bezeichnen müssen.

Tanakir war für einen Augenblick aus seinem geistigen Gleichgewicht geworfen worden, aber jetzt machte er ein erfreutes Gesicht. Starke Männer, dachte Ben, sind anscheinend nie besonders helle. Und dieser hier mußte ein ganz besonders nervtötendes Exemplar sein.

»Armdrücken«, wiederholte Tanakir nickend. »Gut, das machen wir. Jawohl.«

Barbara, die sie beide kannte, war über Bens Vorschlag anscheinend ebenfalls erfreut, denn sie erhob keine Einwände. Als Ben dies bemerkte, begann sein Mut wieder zu steigen. Er lächelte Barbara zu, während diese mit flinken Bewegungen den kleinen Tisch für ihren Wettkampf freimachte. Sie lächelte kaum merklich zurück.

Aber bevor der Wettkampf beginnen konnte, erhob sich plötzlich ein Geflüster vor dem Zelt. Zunächst klang es wie eine verschwörerische Zusammenkunft, bei der es zu laut zuging, und dann schienen die Verschwörer unvermittelt jemanden überrascht zu begrüßen.

Der unerschütterliche alte Viktor, der das kleine Jahrmarktsunternehmen mit Verständnis und Diplomatie leitete, streckte den Kopf ins Zelt. Ein ungewohntes Lächeln lag auf seinem Gesicht. Den Grund für dieses Lächeln sah Ben einen Augen-

blick später, als über Viktor der Kopf eines sehr viel größeren und jüngeren Mannes erschien. Der junge Mann grinste breit. Ben brauchte einen kurzen Moment, bis er ihn erkannte. Dann sprang er auf und schrie: »Mark!« Seit zwei Jahren hatten sie einander nicht gesehen. Ben wäre zum Eingang gesprungen, aber Barbara versperrte ihm den Weg. Sie war bereits auf den hochgewachsenen jungen Mann zugeeilt, umarmte ihn und gab ihm einen herzhaften Kuß.
Tanakir war wieder völlig durcheinander. »Was soll das?« brüllte er. »Komm armdrücken oder verschwinde!«
Barbara drehte sich um. »Sei nicht so hitzig. Bis jetzt hast du es ja nicht einmal geschafft, mit *mir* fertigzuwerden.« Sie wandte sich wieder Mark zu. »Schau dich nur an, du bist ja größer als Ben!«
»Das war ich schon, als wir uns trennten. Beinahe jedenfalls.«
»Und genauso stark...«
Darüber mußte Mark wieder grinsen.
»Los jetzt!« Tanakir meldete sich wieder. »Wer immer dieser Clown ist, er kann warten, bis er an der Reihe ist.«
Also mußte die Wiedersehensfeier vorerst aufgeschoben werden. Der alte Viktor hielt die Dinge wie gewöhnlich mit einigen diplomatischen Worten und Gesten in Gang. Mark hielt sich lächelnd im Hintergrund. Viktor, der Ben inzwischen begrüßt hatte, nickte weise, als er sah, was sich in Barbaras Zelt entspann. Er schickte eine seiner Frauen mit einem Auftrag davon und blieb, mit würdevoller Autorität an seinem grauen Schnurrbart zwirbelnd, im Zelt stehen.
Die Frau kam nach wenigen Augenblicken zurück und brachte zwei Kerzenstummel und einen brennenden Zweig zum Anzünden in das dunkle Zelt. Ben sah mit irrationaler Erleichterung, daß die Kerzen unter den goldenen Flammenzungen nicht blau waren. Sie wurden zur Linken und zur Rechten der beiden Wettkämpfer brennend auf den kleinen Tisch gestellt. Barbara überließ Tanakir ihren einzigen Klappstuhl. Das Möbelstück knarrte beeindruckend, als dieser sich daraufsetzte. Ben zog die kleine Kiste um den Tisch und ließ sich seinem

Gegner gegenüber nieder. Er sah, daß Barbara und Mark jetzt zusammen die Reste seiner Wurst verzehrten. Zum Glück war er, Ben, nicht ausgehungert hier eingetroffen. Mark sah gut aus – aber er hatte hier noch etwas zu erledigen, bevor er die Gesellschaft seiner Freunde würde genießen können.
Die beiden starken Männer saßen einander gegenüber, und ihre Nasenspitzen waren vielleicht einen Meter weit voneinander entfernt. Der Muskelmann traf spektakuläre Vorbereitungen und rollte seinen rechten Ärmel noch ein Stückchen höher. Dabei gelang es ihm, die Muskeln seines Arms in eindrucksvoller Weise spielen zu lassen.
»Du brauchst die Flamme nicht zu fürchten«, erklärte Tanakir und lehnte sich nach vorn, um seinen Ellbogen auf den Tisch zu stützen. Bens Ellbogen war bereits an Ort und Stelle. Der starke Mann hatte den Mund zu einer wilden Grimasse verzogen, die Zwiebelduft verströmte. »Ich werde dich nicht zu sehr verbrennen. Du mußt nur einmal schreien, und ich lasse dich los.«
»Du brauchst die Flamme auch nicht zu fürchten«, gab Ben zurück, »denn ich werde dich überhaupt nicht verbrennen.«
Und er streckte die Hand aus, bereit, sich der gewaltigen Kraftanstrengung zu widersetzen, die der andere zweifellos aufbieten würde, sobald er Bens Hand zu fassen bekäme.
»Zeig's ihm, Ben!« rief Mark.
Ihre Hände verschränkten sich ineinander, und der Tisch zitterte unter ihren Ellbogen.
In Barbaras Stimme lag eine größere Eindringlichkeit als die der bloßen Freundschaft, als sie rief: »Gewinne, Ben! Gewinne!«
Tanakir schrie auf, doch es war weder ein Siegesschrei noch ein Schmerzenslaut. Sein niedersausender Handrücken hatte die Flamme ausgedrückt, noch ehe sie auch nur ein Härchen verbrennen konnte. Sie hatte die Flamme erstickt und das Wachs darunter zu einem Fladen zerquetscht.

4

Der schmächtige Mann ritt über die einst gepflasterte Straße auf einem edlen, aber fast verhungerten Reittier. An seiner Seite baumelte eine schäbige Scheide, aus der das Heft eines ausgezeichneten Schwertes ragte. Einiges an diesem Mann, wie etwa sein langer, sorgsam gepflegter schwarzer Schnurrbart, ließ vermuten, daß er aus einem Schloß stammte. Aber der größte Teil seiner Kleidung und gewisse andere Merkmale deuteten auf eine bescheidenere Herkunft hin. Er war barhäuptig, und das schmale, gutaussehende Gesicht unter dem wilden schwarzen Haarschopf trug einen grimmigen Ausdruck. Er murmelte vor sich hin, während er langsam durch den warmen Frühlingssonnenschein ritt.

Zwei andere Männer folgten dem murmelnden Reiter zu Fuß durch die düster-friedliche Landschaft, vorbei an verlassenen Bauernhöfen und unbestellten Feldern. Ein paar Schritte hinter diesen beiden schlurfte ein halbwüchsiger Bursche, der die Körpergröße eines Erwachsenen fast erreicht hatte. Auf der rechten Schulter dieses Burschen hockte eine verhüllte Gestalt; unter dem grünen Tuch saß offenbar ein dressiertes Flugtier, ein Vogel vielleicht oder ein Reptil.

Als Gruppe betrachtet, wirkten die vier Männer wie die sinnbildhafte Bühnendarstellung einer geschlagenen Armee. Aber das einzige, was ihre jeweiligen Kostüme miteinander gemein hatten, war der Anschein von Schäbigkeit und Armut. Wenn dies wirklich eine Armee war, dann hatte sie keine andere Uniform als diese.

Der eine der beiden, die nebeneinander gingen, trug eine Streitaxt in einer Art Halfter am Gürtel, und ein Bogen hing auf seinem Rücken. Sein größerer Gefährte trug ein Schwert an der einen Seite und eine Schleuder mit Steinbeutel an der anderen. Der Griff seines Schwertes war im Gegensatz zu dem des Reiters stumpf und rissig.

Die Straße, auf der sie wanderten, war einst gepflastert und gepflegt gewesen, doch jetzt erlebte sie wie die meisten ihrer

Benutzer eine schwere Zeit. Das Land zu beiden Seiten dieser
Straße sah aus, als sei es einmal ordentlich bestellt worden. Ein
verwildertes Milchtier, hager und zernarbt, starrte die kleine
Prozession an, als habe es noch nie Menschen gesehen. Dann
setzte es über einen umgestürzten Zaun hinweg, um im Dikkicht zu verschwinden. Der Mann mit dem Bogen, Hunger in
den Augen, wollte seine Waffe vom Rücken nehmen, doch
dann ließ er sie dort, denn das Tier war bereits verschwunden.
Der Reiter schien all dem wenig Beachtung zu schenken. Er
murmelte vor sich hin und starrte unverwandt geradeaus.
Einer der beiden, die ihm folgten – der mit dem Bogen –, schien
darüber besorgter zu sein als der andere. Er stieß seinen größeren Gefährten an und bedeutete ihm durch ein Zeichen, sie
sollten ein paar Schritte zurückbleiben.
Als der Abstand zwischen den beiden Männern und dem Reiter
so groß war, daß sie damit rechnen konnten, nicht belauscht zu
werden, flüsterte der kleinere der beiden: »Weshalb murmelt
er ständig vor sich hin?«
Der Große mit dem abgegriffenen Schwert hatte ein langes
Gesicht mit einem würdevollen Ausdruck, das ihn aussehen
ließ wie einen feierlich gestimmten Diener, den man als Soldat
verkleidet hatte. Er antwortete würdevoll: »Ich glaube, sein
Gram hat ihn halb um den Verstand gebracht.«
»Ha! Gram? Wenn der diese Wirkung hätte, würden wir inzwischen alle vor uns hinstammeln und knurren. Ich frage mich
jetzt...«
»Was?«
»Ich frage mich, ob es eine kluge Entscheidung war, als ich
gestern beschloß, ihm zu folgen.« Der kleinere der beiden, sein
Name war Hubert, schwieg einen Augenblick lang, als erwarte
er eine Bemerkung seines Gefährten. Als dieser jedoch stumm
blieb, fuhr er sogleich fort. »Überzeugend genug hat er ja
gesprochen – na, du warst dabei und hast es gehört. Aber ich
habe noch nicht erfahren, zu was für einem Unternehmen er
uns braucht. Und du sagst, dir hat er es auch noch nicht
verraten. Nun, zunächst dachte ich, es sei nicht notwendig,

danach zu fragen. Es gibt kaum ein Geschäft, das sich auf diesen Straßen betreiben läßt, mit Ausnahme von Raub. So etwas habe ich zwar noch nicht getan, aber ich war hungrig genug, um alles mögliche zu versuchen... Außerdem warst *du* dabei. Du wirktest vernünftig und recht gut genährt, und du hattest dich ihm bereits angeschlossen. Du sahst aus, als wüßtest du, wohin du gehst. Und jetzt sagst du, er ist halb verrückt.«
»Sssch!«
»Du hast es zuerst gesagt.«
»Aber nicht so laut.« Der größere, würdevoll dreinblickende Mann, der Pu Chou hieß, schien einen Augenblick lang verärgert zu sein. Dann redete er nachdenklich weiter. »Ich bin ihm gefolgt, weil er, wie du sagst, überzeugend gesprochen hat. Bis jetzt hat er mich ernährt. Es war nicht viel, aber besser als nichts. Und als ich mich ihm anschloß, versprach er mir, wir würden Reichtum finden.«
»Reichtum«, wiederholte Hubert unbeeindruckt. »Und das hast du ihm geglaubt.«
»Du sagst, du hast ihm auch geglaubt, als er mit dir sprach. Er kann überzeugend sprechen.«
»Ja. Nun, wir haben Reisende getroffen, dir mir leichte Beute zu sein schienen, und wir haben nicht versucht, sie auszurauben. Er muß einen anderen Weg zum Reichtum im Sinn haben. Immerhin, das Schwert, das er da hat, ist sicherlich eine oder zwei Münzen wert, auch wenn die Scheide ziemlich schäbig ist.«
Pu Chous Miene zeigte leises Erschrecken. »Du darfst nicht einmal daran denken, es ihm abzunehmen. Ich habe einmal gesehen, wie er es benutzt hat.«
»Einmal? Er zieht es doch an jeder Wegkreuzung heraus. Es liegt irgendein nützlicher Zauber darin. Zumindest scheint er das zu glauben, denn er befragt es, wenn er nicht weiß, welchen Weg er einschlagen soll. Ob das sein kann oder nicht...«
»Ich meine, ich habe gesehen, wie er es als Schwert benutzt hat. Ich war sein einziger Begleiter und hatte selbst keine Waffe. Drei Banditen glaubten, sie könnten es ihm abnehmen. Einer

kam davon. Einem der beiden anderen gehörte das Schwert, das ich jetzt trage.«
»Oh.«
Daraufhin trottete die kleine Prozession eine Zeitlang schweigend weiter. Einmal warf Hubert einen Blick nach hinten zu dem Burschen, der noch immer die Nachhut bildete. Er war zu weit zurückgeblieben, als daß er das geflüsterte Gespräch hätte mitanhören können. Der Name des Burschen war Golok. Hubert hatte ihn bisher nur selten sprechen gehört. Er schien statt dessen den größten Teil seines Lebens damit zu verbringen, starr geradeaus zu blicken, als sei er in tiefes Nachdenken versunken. Was immer es für ein Geschöpf sein mochte, das da auf seiner Schulter hockte – Hubert hatte es bis jetzt nur verhüllt sehen können –, es hielt sich so still, als schlafe es. Vielleicht war es auch tot und ausgestopft.
Am Tag zuvor hatte Hubert von Pu Chou erfahren, daß Golok einst der Lehrling des Tiermeisters irgendeiner bedeutenden Burg gewesen war. Dort sei es zu Schwierigkeiten gekommen, und er habe seinen Abschied nehmen müssen. Ob er der rechtmäßige Besitzer des Wesens auf seiner Schulter war oder nicht, diese Frage hatte noch niemand gestellt. Hubert lag nichts daran, sich nach Einzelheiten aus dem Leben seiner neuen Gefährten zu erkundigen, ebenso wie er damit zufrieden war, daß seine eigene Geschichte sie nicht interessierte.
Hubert wandte den Blick wieder nach vorn. Der Himmel vor ihnen verdunkelte sich, als ziehe ein Unwetter herauf.
Von unmittelbarem Interesse war jedoch etwas, das nur wenige Schritte vor ihnen lag: eine Wegkreuzung. Hier überquerte das zerbröckelnde Pflaster dessen, was einst eine Königsstraße gewesen war, eine andere, gewöhnlichere Straße. Sie bestand aus festgestampfter Erde und Schotter und schlängelte sich nach rechts und links durch das sanft gewellte Land. Wie die meisten Straßen in dieser Zeit des darniederliegenden Handelsverkehrs wurde auch sie allmählich von Gras und Unkraut überwuchert.
Zur Linken führte die Querstraße durch einförmiges Acker-

land, das nach und nach in besserem Zustand zu sein schien. Man konnte mehrere Kilometer in diese Richtung sehen. In der Ferne waren bewohnte Häuser sowie einige Scheunen zu erkennen, und auf den Feldern arbeiteten kleine Gruppen von Landarbeitern. Vielleicht, dachte Hubert, hatten sie jetzt die Grenze des Landes erreicht, das unter dem Schutz des Markgrafen stand. In diesem Falle, so vermutete er, würden sie damit rechnen müssen, in Kürze auf Soldaten des Markgrafen zu stoßen. Diese Aussicht wiederum ließ ihn erwägen, ob man nicht lieber umkehren sollte. Andererseits war er schließlich nicht der Anführer.
Zur Rechten sah die Landschaft anders aus. Hier wurde die einfache Straße schon bald zu einem elenden, schlammigen, ausgefahrenen Feldweg – kaum mehr als eine morastige Piste. Sie verlor sich zwischen blattlosem Gestrüpp und ungewöhnlich hohen Distelbüschen, die dort nur zu wachsen schienen, um günstige Verstecke für einen Hinterhalt zu bieten. Ein kalter Wind wehte aus dieser Richtung, der Himmel verdunkelte sich. Am Horizont zur Rechten ballten sich bedrohliche Wolken zusammen.
Mitten auf der Kreuzung hatte der Anführer sein Reittier gezügelt. Hubert hatte damit gerechnet, daß er sein Schwert ziehen würde, wie er es stets zu tun pflegte, wenn sie eine Wegkreuzung erreicht hatten. Aber der Reiter hatte es noch nicht getan. Sein Blick wanderte von rechts nach links und wieder zurück. Er schien zu überlegen. Seinen gemurmelten Monolog hatte er endlich beendet.
Der lange Pu Chou legte die Hand über die Augen, um sie vor der Sonne zu beschirmen, und spähte nach rechts, wo die feindseligen Schatten dräuten. »Was mag das sein? Ich kann dort hinten, etwa einen halben Kilometer entfernt, ein hohes Gerüst erkennen. Gleich neben diesen Bäumen am Rande der Straße.«
Der Junge, Golok, war inzwischen zu den anderen getreten, und seine überraschend tiefe Stimme brach das Schweigen. »Das ist ein Galgen«, stellte er fest.

Der berittene Führer sah ihn an und machte eine knappe Gebärde mit der rechten Hand. Gehorsam langte Golok an seine Schulter und zog die Leinenhülle herunter, die das Geschöpf dort verbarg. Ein Mönchsvogel, dachte Hubert mit leisem Erstaunen. Er selbst war kein Fachmann im Umgang mit Tieren, aber nach allem, was er gehört hatte, waren diese kleinen Flugsäuger berüchtigt wegen der Schwierigkeiten, die sie dem Abrichter bereiteten, und er wußte, daß nur wenige Tierführer sich mit ihnen abgaben. Das braun-pelzige Tier blinzelte mit gelben Augen, als Golok ihm leise Befehle gab. Hubert sah plötzlich, wie sehr die kleinen Füße des Geschöpfes an den Hinterbeinen menschlichen Händen ähnelten.

»Los, Dart – flieg«, flüsterte Golok. Wenn er mit dem Tier sprach, klang seine Stimme ganz anders als sonst.

Einen Augenblick später hatte der Mönchsvogel die Schulter seines Herrn verlassen und war in die Lüfte aufgestiegen. Mit seinen häutigen Flügeln flog er einen flachen Kreis, als wolle er sich orientieren. Dann flatterte er lautlos nach rechts davon, dem Weg folgend, der in die Finsternis führte.

Der Berittene blieb regungslos im Sattel sitzen und starrte dem fliegenden Späher nach, noch lange, nachdem der Mönchsvogel schon tief in den Schatten verschwunden war. Die Hand des Anführers ruhte auf dem schwarzen Griff seines prachtvollen Schwertes, als ob er wisse, dachte Hubert, daß er es bald würde ziehen müssen, und als ob er dies so lange wie möglich hinauszuschieben gedenke.

Jetzt begann der Führer wieder zu sprechen. Noch immer redete er zu sich selbst, aber jetzt war Hubert nahe genug, um wenigstens ein paar seiner Worte verstehen zu können.

»...verfluchte Armut... wirklicher als so mancher andere Fluch. Ob ein Zauberer mich damit belegt hat, oder...«

Der Erkundungsflug des Mönchsvogels dauerte nicht lange. Er erschien in der dunklen Ferne und kam rasch näher, bis er mit einem letzten Aufflattern seiner vorderen Gliedmaßen, an denen seine Flügelmembranen hingen, auf Goloks Schul-

ter landete. Er zitterte leise, als sei es unter dem finsteren Himmel kalt gewesen.
»Mann am Baum?« fragte Golok das Tier, offenbar zuversichtlich, daß es die Frage verstehen werde.
»Zweibein-Frucht«, antwortete der Mönchsvogel. Es waren die ersten verständlichen Laute, die Hubert von dem Geschöpf hörte. Seine Stimme war dünn, aber durchdringend.
»Zweibein lebt?« fragte Golok weiter.
»Nein.« Es klang wie ein einsilbiger, schriller Vogelschrei.
Hierauf zog der Berittene mit einer letzten, gemurmelten Bemerkung sein Schwert mit einer heftigen Bewegung aus der Scheide und hielt es in die Höhe. Hubert sah es nicht zum erstenmal: Wenn es aus seiner ärmlichen Hülle gefahren war, hob das Schwert alle Armut in der Erscheinung des Mannes, der es hielt, restlos auf. Die Klinge war einen vollen Meter lang, mäßig breit und unglaublich gerade und scharf. Gleich unter der makellos polierten Oberfläche lag ein fleckiges Muster, das tief in das Metall hineinzureichen schien, tiefer, als die Dicke der Klinge es zugelassen hätte. Der Griff war von samtigrauher Beschaffenheit, glänzend schwarz, und mit einem kleinen, weißen Muster versehen. Bei einer früheren Gelegenheit hatte Hubert dieses Muster genauer sehen können. Es war das Symbol eines Pfeils, der nach oben, zum Knauf hindeutete.
Der schlanke rechte Arm des Berittenen hielt das schwere Schwert ausgestreckt ohne zu zittern. Die Klinge zielte nacheinander in alle vier Richtungen der Wegkreuzung. Als sie auf den ausgefahrenen Schlammweg deutete, an dem der Galgen stand, hatte Hubert den Eindruck, daß die Spitze zu zittern begann, als zeige der entschlossen ausgestreckte Arm schließlich doch die erste Schwäche.
»Dort entlang«, befahl der Führer, und seine Stimme klang ebenso fest wie das kurze, singende Schnappen, mit dem die Klinge in die Scheide fuhr.
Der Mann ritt über den schlammigen Weg auf die dunklen Wolken zu, nicht schneller, aber auch nicht langsamer als zuvor. Jetzt aber folgten ihm die beiden Soldaten und der

Bursche in dichtem Abstand und schweigend. Nachdem sie an der Kreuzung diese neue Richtung eingeschlagen hatten, war die Umgebung nicht mehr dazu angetan, sie zum Plaudern anzuregen.
Eine Tageule floh durch das Dickicht neben der Straße, als habe sie dort etwas gefunden, das sie in Angst und Schrecken versetzt hatte. Die Straße schlängelte sich hier durch häßliches Gestrüpp, und nirgends konnte man mehr als ein paar Meter weit sehen. Den Galgen – wenn es tatsächlich einer war – konnte man jetzt nicht mehr erkennen. Aber er wartete auf sie, dachte Hubert. Er wartete.
Als das hohe, skelettartige Gerüst schließlich wieder vor ihnen auftauchte, konnte es keinen Zweifel mehr geben. Der roh zusammengezimmerte Galgen bot Platz für drei oder vier Opfer, aber nur eines residierte derzeit hier, wenngleich die ausgefransten Enden anderer Seile darauf hindeuteten, daß es einmal Gesellschaft gehabt hatte.
Eine einsame, ausgezehrte menschliche Gestalt baumelte an dem verwitterten Galgenbaum. Aus dem halben Gesicht, das noch vorhanden war, starrte eine leere Augenhöhle auf die Reisenden herab und schien ihr Vorwärtsschreiten mit sardonischer Aufmerksamkeit zu verfolgen. Wider Willen schaute Hubert ein paarmal zu dieser Augenhöhle hinauf, wenngleich sie nicht einen Moment lang innehielten, als sie vorüberzogen.
Endlich ließen die Windungen des Weges den Galgen hinter einer Gruppe abgestorbener Bäume verschwinden. Alle Pflanzen hier waren merkwürdig blattlos, bemerkte Hubert plötzlich, obwohl der Frühling schon recht weit fortgeschritten war. Immer noch ritt der Anführer schweigend voran. Seine Aufmerksamkeit beschäftigte sich ausschließlich mit der Straße vor ihnen und mit dem Gestrüpp zu beiden Seiten. So blattlos es auch war, es schien doch zahllose günstige Gelegenheiten für einen Hinterhalt zu bieten. Kein Vogel sang. Es war so still, als liege irgendwo ein Feind auf der Lauer, der eben erst in der Erwartung ihres Kommens verstummt war. Hin und wieder legte der Reiter die Hand auf sein Schwert, aber er zog es nicht

aus der Scheide. Seine Finger berührten behutsam, beinahe liebkosend, den schwarzen Griff und ließen ihn dann wieder los.
Als sie den Galgen einige hundert Meter hinter sich gelassen hatten, seufzte er leise. Er schien zu dem Schluß gekommen zu sein, daß eine unmittelbare Bedrohung vom Straßenrand nunmehr unwahrscheinlich sei. Er saß jetzt ein wenig entspannter im Sattel. Zwar hielt er immer noch ein wachsames Auge auf die Umgebung gerichtet, aber er ritt jetzt schneller und kühner voran.
Hubert faßte wieder Mut, als er dies sah, und jetzt kam ihm auch zum Bewußtsein, wie sehr sein Magen knurrte. Er beschleunigte seinen Schritt, bis er neben dem Steigbügel des Anführers marschierte. Als der Weg vor ihnen schließlich halbwegs gerade und ohne Hindernisse zu verlaufen schien, wagte er, seine Stimme zu erheben. »Herr? Wird das Schwert uns zeigen, wo wir etwas zu essen finden? Sie sind beide leer, mein Bauch und mein Knappsack.«
Er bekam nicht sofort eine Antwort. Zumindest aber fuhr auch nicht, wie er befürchtet hatte, ein Zornesblitz auf ihn hernieder.
Kühner werdend, versuchte Hubert es noch einmal. »Baron Doon? Herr?«
Der Reiter wandte den Kopf nicht einen Zentimeter, aber diesmal antwortete er wenigstens. »Wenn es essen wäre, was ich wollte«, knirschte seine leise Stimme zwischen zusammengebissenen Zähnen, »wenn es das wäre, was ich, Besitzer und Meister dieses Schwertes, mehr als alles andere in diesem wunderbaren Universum verlangte, dann würde Wegfinder uns zu einem Gelage leiten, wie ich es mir üppiger nicht wünschen könnte. Aber da es nicht Speis und Trank ist, was ich jetzt begehre, tut er es nicht. Und jetzt schweig und folge mir wachsam, denn auch Sicherheit ist nicht das, was wir hier finden werden.«
Wegfinder, dachte Hubert bei sich. Wegfinder. Darüber habe ich schon eine Geschichte gehört, irgendeine Sage, die von

Zauberschwertern berichtete... Aber da man ihm befohlen hatte, den Mund zu halten, schwieg er.

Die vier wanderten weiter, langsamer jetzt, denn das Reittier, so wohlgeübt es auch war, zeigte immer größeren Widerwillen dagegen, auf diesem Weg weiterzugehen. Auf ein Zeichen von Baron Doon enthüllte Golok seinen Mönchsvogel ein zweites Mal, behielt ihn aber vorläufig auf der Schulter.

Der Weg wurde immer schlechter, je weiter sie kamen, bis es zweifelhaft war, ob er diese Bezeichnung überhaupt noch verdiente. Und jetzt, als folge er einer schrulligen Laune, gabelte er sich. Wieder war es die rechte Abzweigung, die am abweisendsten wirkte, wenngleich auch die linke nur in ein widerwärtiges Gestrüpp zu führen schien, welches den Pfad mit seinem Gewucher gänzlich zu verschlingen drohte.

Aber es war nicht zu bestreiten, daß der rechte Weg noch schlimmer aussah. Trotzdem – Hubert rieb sich die Augen, blinzelte und schaute dann noch einmal in die Richtung – schien er tatsächlich zu einem Haus zu führen. Jawohl, dort stand ein verlassenes Anwesen, dicht am Rande eines umliegenden Sumpfes. Es war ein großes Haus – besser gesagt, es sah aus, als sei es eines gewesen, bevor es zu einem großen Teil eingestürzt war. Vermutlich, dachte Hubert, hatte der Sumpf es von hinten zu unterspülen begonnen.

Das, was von diesem Hause noch stand, war aus kräftigen Balken und Steinen gebaut. Das Mauerwerk war jetzt mürbe. Es mochten, schätzte Hubert, noch drei oder vier Zimmer überdacht und benutzbar sein, wenn man den Rest eines oberen Stockwerks mitzählte, der noch stehengeblieben war. Das hieß, sie würden benutzbar sein, sofern das Ganze nicht zusammenbräche, sobald einer den Fuß hineinsetzte.

Der Weg zur Rechten führte nicht am Hause vorbei, sondern endete an einer schmalen Brücke dicht vor der hölzernen Eingangstür. Der wacklige, halsbrecherisch aussehende Steg spannte sich über einen ekelerregenden Graben, der durch einen Seitenarm des Sumpfes gebildet wurde. Der Steg bestand aus zwei dünnen, runden Balken, die glitschig von Moos und

Feuchtigkeit waren. An einer Seite befand sich die Andeutung eines Geländers, und kurze Bretter lagen kreuzweise über den Balken, um eine Trittfläche zu bieten. Ein paar dieser Bretter hingen zerbrochen über dem Graben.
Wieder mußte Baron Doon sein Schwert befragen. Diesmal, sah Hubert mit einem fatalistischen Mangel an Erstaunen, bebte die Klinge, als ihr Besitzer sie auf das Haus richtete.
Jetzt schob Doon die Klinge nicht wieder in die Scheide zurück, sondern benutzte sie, um Golok damit ein Zeichen zu geben. Dann beobachtete er aufmerksam das Haus.
Wieder entfaltete das Flugtier nach einer leise gurrenden Unterredung mit seinem Meister seine dunklen Hautflügel. Zuerst umkreiste es das Haus. Dann schwebte es kurz vor einer der schwarzen Fensterhöhlen, doch es scheute sich, in die undurchdringliche Finsternis hineinzufliegen. Statt dessen kehrte es zur Schulter seines Herrn zurück, wo es sich zitternd niederließ. Als Golok es ansprach, gab es keine Antwort.
Doon, der noch immer die blanke Klinge in der Hand hielt, stieg ab. Schweigend und sein Tier hinter sich herziehend, näherte er sich der Brücke. Das Reittier ließ sich, wenn auch widerwillig, führen, aber unter seiner Haut bebten die angespannten Muskeln. Hubert sah, wie sich seine Füße krümmten, als die harten Hufe versuchten, auf den schlüpfrigen Balken Halt zu finden, wo die Querbretter fehlten.
Die anderen drei zögerten. Hubert schluckte und folgte schließlich als nächster. Wenn er sich einmal entschlossen hatte, einem Führer zu folgen und zu dienen, dann folgte und diente er ihm auch – bis zu dem Augenblick, da er beschloß, den Dienst zu quittieren. Vorausgesetzt natürlich, daß er in diesem Augenblick dazu noch in der Lage war...
Entschlossen verbannte er solche Gedanken aus seinem Kopf. Wenn man erst ein Feigling war, dann war die Welt mit einem fertig, ein für allemal. Der Steg unter seinen Füßen schien solider zu sein, als er aussah.
Als er die Brücke überquert hatte, warf Hubert einen Blick hinter sich und sah, daß die beiden anderen ebenfalls auf der

Brücke waren. Unwillkürlich sah er auch, daß die Welt dort hinten, zumindest die weiter entfernten Teile davon, unendlich einladend aussah. Weit, weit hinter ihnen spannte sich ein klarer Himmel über sanfte grüne Hügel und fruchtbare Felder...
Aber solcherlei Annehmlichkeiten waren nichts für den Abenteurer der Landstraße. Hubert kehrte ihnen den Rücken zu. Jetzt klafften die abweisenden, leeren Fenster des Hauses nur noch wenige Schritte vor ihm. Sie erinnerten ihn in unbehaglicher Weise an die leere Augenhöhle, die ihn erst kurz vorher angestarrt hatte.
Nachdem Golok die Brücke als letzter überquert hatte, machte Doon ihm erneut ein Zeichen. Gehorsam ließ Golok den Mönchsvogel noch einmal voranfliegen. Aber wiederum weigerte sich das Tier, in eine der dunklen Öffnungen hineinzufliegen, die dunkler waren, als es Fenster selbst an einem so düsteren Tag hätten sein dürfen.
Das Schwert in Doons Hand zitterte leicht, aber beharrlich. Es führte sie auf die einzelne, breite Tür zu, die in der Vorderseite des Gebäudes zu ebener Erde eingelassen war. Doon führte sein Reittier bis vor diese Tür und klopfte mit Wegfinders Griff an den Rahmen. Dann zerrte er am Türgriff, um sie zu öffnen. Wie sich zeigte, war sie nicht verschlossen, sondern klemmte nur. Laut kreischend gab sie schließlich nach.
Drinnen war es, wie sich herausstellte, nicht so finster wie oben hinter den Fenstern. Hubert spähte an seinem Führer vorbei und konnte einen Gang erkennen, der überraschend tief und breit war. Am Ende dieses Ganges lag... konnte es eine Art Innenhof sein? Irgendwie schien das Gebäude, je näher Hubert ihm kam, größer zu werden, obwohl er nicht einen Augenblick lang den Eindruck hatte, eine unnatürliche Veränderung zu beobachten.
Gern hätte Hubert die anderen aufgehalten und diese Tatsache und ihre Bedeutung flüsternd mit ihnen besprochen. Aber Doon führte sie bereits weiter ins Haus hinein. Der

Durchgang war zu niedrig, als daß man hätte hindurchreiten können, und so zog er das Tier weiter hinter sich her.
Als Hubert eingetreten war, blinzelte er. Aha, dachte er, es ist wieder größer geworden. Der Durchgang mit seinen tür- und fensterlosen Wänden erstreckte sich schnurgerade etwa sechs bis acht Meter weit, und der Innenhof, der an seinem Ende lag, maß wohl zehn Meter im Quadrat und war zu allen Seiten von zweistöckigen Gebäuden umgeben. Zu ebener Erde befanden sich vier Türen, eine an jeder Seite, aber nur die Tür, durch die sie in den Hof hinausgelangt waren, stand offen. Auch hier waren die Mauern von dunklen Fenstern unterbrochen.
»Zauberei«, hauchte Golok, der als letzter kam. Er hielt sich dicht hinter Hubert und Pu Chou, als fürchte er, sich allzuweit von den Bewaffneten zu entfernen. Das Wort überraschte keinen, sie hatten es alle gemerkt. Der Hof, in dem sie jetzt standen, war ohne jeden Zweifel größer als das ganze Haus, das sie vom Wege aus gesehen hatten. Sie sahen Bogengänge, bröcklig zerfallend, und einen Springbrunnen, ausgetrocknet und rissig. Zwei, drei längst abgestorbene Bäume standen da. Zwischen den Fliesen des Bodens war hier und da nackte Erde zu sehen, wo sich einst Blumenbeete befunden haben mochten. Das Pflaster war großenteils vom toten Laub und Staub der Jahre bedeckt.
Golok sog plötzlich mit scharfem Zischen Luft durch die Zähne. Die Tür, die der gegenüberlag, durch die sie gekommen waren, öffnete sich langsam und knarrend. Eine riesige, schwarzpelzige, zweibeinige Gestalt erschien in der Öffnung. Vornübergebeugt stand sie da, beinahe menschlich, aber übermenschlich breit und kraftvoll. Leuchtende Augen, von anderem Schwarz als der Pelz, starrten glitzernd zu ihnen herüber, und weiße Zähne blitzten scharf im schwarzen Maul.
Es war vielleicht nur ein Tier, und sie waren vier Männer, bewaffnet und kampfbereit. Trotzdem wichen drei der vier Männer zurück.
Doon aber hatte sich bereits wieder in den Sattel geschwungen, und von seinem erhöhten Sitz aus stellte er sich der schwarzen

Kreatur mit gezücktem Schwert. Sein Reittier schnaubte, aber es wich nicht zurück, als sei es froh, endlich einer greifbaren Gefahr gegenüberzustehen.
Doon rief die ebenholzfarbene Bestie an. »Sei gewarnt – falls du die Gabe hast, mich zu verstehen. Ich bin nicht hergekommen, um mich vom Butzemann unterhalten zu lassen! Ich werde mich auch nicht fortschicken lassen, ohne das mitzunehmen, wessen ich bedarf! Und sei außerdem gewarnt, daß dieses Schwert in *meiner* Hand doppelt zauberkräftig ist!«
Der monströse Affe zog sich zurück. Hubert hätte nicht zu sagen vermocht, wie er das Manöver zustandebrachte: In diesem Moment erfüllten nachtschwarze Massen die Tür, im nächsten waren sie verschwunden.
Von der geschlossenen Tür zur Rechten kam ein leises Geräusch. Gleichzeitig fuhren alle vier herum und sahen, wie die breite Tür sich knarrend öffnete...
...und eine Skeletthand erschien. Der Gehenkte vom Galgen stand in der Türöffnung. Hubert erkannte dieses Gesicht wieder.
Pu Chou stieß einen unmenschlichen Laut aus. Aber Doon, der sein Tier herumgerissen hatte, begegnete dieser Erscheinung ebenso kühl wie der vorigen. Als spreche er zu demselben Wesen, fuhr er in seiner Rede fort. »Ich sage dir, dein Gaukelspiel wird mich nicht von der Stelle bringen, ebensowenig wie Drohungen. Willst du mit mir kämpfen, oder willst du hören, was ich zu sagen habe?«
Wieder verschwand das Ding, das er angeredet hatte.
Alle vier schauten jetzt hin und her und drehten sich um sich selbst, um alle vier Türen beobachten zu können. Die nächste Erscheinung, in der Tür, die bisher verschlossen geblieben war, überraschte sie deshalb nicht mehr. Die große, reichgewandete Gestalt, die jetzt dort erschien, war die eines alten Mannes, grauhaarig, doch rüstig und kraftvoll. Sein mächtiger kahler Schädel war von einem Kranz grauer, langer Haare umgeben, deren Farbe zu seinem Bart paßte. Gro-

ße, blaue Augen, in deren Blick etwas wie kindliche Unschuld lag, sahen sie unter buschigen weißen Brauen an.
Der Mann wandte sich an Doon und fragte mit leiser, aber eindrucksvoller Stimme: »Was sucht Ihr hier?«
Doon ließ sein Schwert langsam sinken. Er wollte antworten, doch dann sah er auf sein Tier hinab. Es hatte plötzlich alle Anspannung abgelegt.
Und jetzt stieß auch der Baron einen schweren Seufzer aus, als fühle er sich endlich in der Lage, sich den Luxus der Müdigkeit zu gestatten. Als er schließlich sprach, vibrierte seine Stimme nicht mehr wie eine gespannte Bogensehne. »Was ich suche, ist Reichtum. Nein, nicht Euren; ich vermute, Eure Schätze sind beträchtlich, aber für mich würden sie kaum reichen, und deshalb habe ich nicht die Absicht, sie an mich zu bringen. Ich glaube, daß der Schatz, den ich will, anderswo liegt. Aber aus irgendeinem Grund führt der Weg dorthin durch Eure Tür.«
Doons Reittier hatte unterdessen den langen, geschmeidigen Hals geneigt und graste am Boden. Hubert hatte ein Gefühl, als verschwimme die Welt vor seinen Augen, als er sah, daß die Blumenbeete noch längst nicht verdorrt waren. Im Gegenteil, eine üppige Fülle von Blüten und Blättern sproß darauf. Dort, wo er noch vor wenigen Augenblicken ein rissiges staubtrockenes Becken gesehen hatte, plätscherte der Springbrunnen. Bei diesem neuen Laut wandte Doon den Kopf in leisem Erstaunen. Dann stieg er achselzuckend ab und ließ sein Tier grasen. Aber das Schwert behielt er in der rechten Hand.
Ein Schatten strich über Huberts Gesicht. Als er den Kopf hob, sah er, daß die strahlende Sonne am klaren Himmel durch das dichte Laub am Ast eines Baumes schien, der noch längst nicht abgestorben war.
Der große alte Mann in der Tür fragte: »Wie heißt Ihr?«
»Ich bin Baron Doon.« Die Antwort klang ruhig und gelassen und drückte großen Stolz aus.
Der Alte nickte. »Und mich nennt man derzeit Indosuarus. Müßt Ihr mich nach meinem Beruf fragen?«
»Nein. Ich glaube nicht.«

»Auch ich ahne, welches der Eurige ist. Nun gut.« Ein Singvogel zwitscherte in einem der Bäume, und Dart, der Mönchsvogel auf Goloks Schulter, antwortete in munterem Spott. Indosuarus fuhr fort. »Mit Freuden biete ich Euch und Euern Männern meine Gastfreundschaft an, auch wenn es, wie Ihr inzwischen zweifellos erraten habt, gewöhnlich eher meine Gewohnheit ist, Besucher zu entmutigen.«
Doon brauchte darüber nur einen Augenblick lang nachzudenken. »Wir nehmen mit ebensogroßer Freude an und danken Euch.« Er schob das Schwert in die Scheide.
Jetzt merkte Hubert, daß das Haus ringsumher sich noch schneller veränderte als zuvor. Staub und vermodertes Laub waren aus dem Hof verschwunden, die Risse an Bogengang und Mauern ebenfalls. Neben dem perlenden Springbrunnen war ein Tisch erschienen, flankiert von Bänken und Stühlen und mit schneeweißem Linnen bedeckt. Undeutlich nur sah Hubert Gestalten – menschlich oder nicht, das konnte er nicht erkennen –, die sich um den Tisch herum durch die Luft bewegten und mit Tellern und Platten hantierten, die sie auf dem Tisch verteilten. Plötzlich erfüllte der Duft köstlicher Speisen die Luft, zart, und dennoch beinahe überwältigend mächtig für seine hungrigen Sinne. Einen atemberaubenden Augenblick lang war Hubert sicher, die zierliche Gestalt einer jungen, verführerisch gekleideten Dienerin zu erkennen. Aber einen Moment später wirbelten nur stofflose Kräfte durch die Luft, wo er sie gesehen hatte.
Ein ältlicher Diener, dessen graue Gestalt greifbar und wirklich genug erschien, war aus dem Haus gekommen und stand mit gesenktem Kopf neben Indosuarus. Der hochgewachsene Zauberer besprach sich flüsternd mit ihm und entließ ihn dann mit einer Handbewegung. Die Bänke, die neben dem Tisch Gestalt angenommen hatten, verschwanden wieder, und an ihre Stelle traten geschnitzte Stühle. Teller und Schüsseln mit fester Nahrung erschienen, daneben Karaffen mit Wein. Besteck und Pokale aus edlem Kristall vervollständigten die Tafel.

»Ich bitte Euch, Platz zu nehmen«, forderte Indosuarus sie höflich auf. »Euch alle.«
»Einen Augenblick, wenn Ihr gestattet«, erwiderte Doon nicht weniger höflich. Er nickte dem Zauberer zu – eine Geste, fand Hubert, die nicht wie die Bitte um Erlaubnis wirkte –, zog sein magisches Schwert aus der Scheide und befragte es wiederum. Die Spitze geleitete ihn geradewegs zu einem Stuhl. Er setzte sich. Auf sein Zeichen hin nahmen auch die drei anderen Männer ohne weitere Umstände Platz.
Indosuarus saß am Kopf der Tafel auf einem Stuhl mit holzgeschnitzten Schlangen, die sich – so schien es Hubert – ab und zu bewegten. Der Zauberer lehnte sich bequem zurück, knabberte an einer Weintraube und sah seinen Gästen gelassen zu, während diese Durst und Hunger stillten. Bezaubernde, leise Musik erklang irgendwo aus dem Hintergrund. Der Innenhof war jetzt zu einem unbestreitbar angenehmen Ort geworden, und die Bäume standen genau an der richtigen Stelle, um dem Tisch kühlen Schatten zu spenden.
Aber Doon entspannte sich kaum. In geschäftsmäßiger Weise verzehrte er seine Mahlzeit und trank einen Becher Wein dazu. Dann ließ er in aller Höflichkeit erkennen, daß er sein Mahl beendet habe. Wieder wehte die vage Gestalt des Dienstmädchens durch die Luft, und nach und nach begannen die Teller zu verschwinden. Doon würdigte sie kaum eines Blickes. Er beobachtete statt dessen aufmerksam seinen Gastgeber.
Indosuarus nahm sich noch eine Traube. Dann lehnte er sich zu seinem Hauptgast hinüber, und mit leiser, angenehmer Stimme begann er mit einem unverblümten Verhör.
»Wir alle wollen Gold, nicht wahr? Aber was läßt Euch glauben, daß, wie Ihr sagt, Eure Straße zum Reichtum Euch durch meine Tür führt? Sprecht bitte offen, wie Ihr es, glaube ich, bisher getan habt.«
»Nun, das will ich wohl tun«, versetzte Doon ruhig. »Aber zuerst will ich Euch noch einmal für diese ausgezeichnete Erfrischung danken.«
»Nicht der Rede wert. Übrigens, Baron – ich bin neugierig. Ihr

habt gegessen und getrunken, ohne auch nur einen Augenblick lang zu zögern oder Mißtrauen zu zeigen. Habt Ihr nicht daran gedacht, daß es zumindest möglich sein könnte...«
Hubert, der eben mit einem Stück vom feinsten Weißbrot die köstliche Sauce von seinem Teller gewischt hatte, wußte einen Augenblick lang nicht, wie er schlucken sollte.
Aber der Baron lachte nur. Sein Lachen klang fast zu mächtig für seine eher zierliche Gestalt. »Verehrter Zauberer, wenn jemand mit Euren offenkundigen Fähigkeiten danach trachten wollte, mich mit Gift niederzustrecken, könnte ich wohl kaum darauf hoffen, dem zu entgehen. Aber mein Schwert hat mich zu Eurem Tisch gewiesen, und ich bin zuversichtlich, daß es mich nicht ins Verderben führt.«
»Euer Schwert, sagt Ihr.« Die Stimme des Zauberers klang skeptisch.
»Indosuarus, wenn Ihr das Buch der Magie nur halb so gut zu lesen versteht, wie ich glaube, dann wißt Ihr längst, welches Schwert ich trage. Es ist Wegfinder. Das Schwert der Weisheit. Geschmiedet, zusammen mit elf Gefährten, von keinem geringeren als dem Gott Vulkan selbst.«
Jetzt vergaß Hubert alles, was er je über das Schlucken gewußt hatte.
Doon hatte seinen Stuhl um eine Handbreit zurückgeschoben. Seine beiden Hände ruhten auf der Tischkante, als seien sie bereit, ihn noch weiter zurückzuschieben, damit er aufstehen könne. »Ein gottgeschmiedetes Schwert. Und nicht einmal Eure Macht, verehrter Zauberer, würde verhindern können, daß es seinem Besitzer treue Dienste leistet. Kein Zauber, den ein Mensch wirken kann, wäre dazu imstande.«
»Und es führt Euch, wohin Ihr befehlt?«
»Wohin meine Wünsche befehlen. Ja. Zum Reichtum.«
»Und es macht Euch immun gegen den Tod?«
»Nein. O nein. Ich habe ihm ja nicht befohlen, meine Sicherheit zu suchen. Aber, seht Ihr, wenn Ihr versucht hättet, mich zu vergiften, dann wäre dies mein sicherer Tod gewe-

sen, nicht sicherer Reichtum. Nein, dann hätte das Schwert der Weisheit mich nicht hierher geführt.«

Der alte Zauberer schien über alles dies sorgfältig nachzudenken. »Ich will zugeben«, sagte er schließlich leise, »daß ich Wegfinder recht bald erkannt hatte. Aber ich war zunächst nicht sicher, daß Ihr wußtet, was Ihr bei Euch tragt... Wie auch immer, Baron, zu welchem Reichtum, glaubt Ihr, wird das Schwert der Weisheit Euch führen?«

»Nun, zu keinem geringeren«, erwiderte Doon, »als zu dem größten Schatz der Welt. Ich spreche vom Haupthort des Blauen Tempels. Und Ihr mögt versichert sein, verehrter Zauberer, daß ich weiß, was für einen Gedanken ich da in meinem Kopf trage.«

Hubert sah, wie seine eigene Verblüffung sich in Pu Chous und in Goloks Gesicht widerspiegelte. *Den Blauen Tempel ausrauben? Unmöglich!* war seine erste, lautlose Reaktion. Dann aber mußte er einräumen, daß ein Mann, der inmitten all dieser Verzauberung seine Stellung halten und gelassen mit dem Schöpfer dieser Szenerie verhandeln konnte, wohl auch alles andere würde vollbringen können.

»... also solltet Ihr«, sagte Doon eben zu dem Zauberer, »keine Einwände gegen meinen Plan haben. Wenn Ihr mir gebt, was das Schwert mich hier hat finden lassen wollen, dann will ich den Schatz gern mit Euch teilen oder Euch sonst helfen, wie ich kann.«

»Und wenn ich mich entschließe«, entgegnete der Zauberer sanft, »Euch nicht zu Diensten zu sein?«

Doon dachte darüber nach und trommelte dabei mit den Fingerspitzen auf der Tischplatte, als sei ihm diese Möglichkeit noch gar nicht in den Sinn gekommen. »Dann, bei allen Göttern«, antwortete er schließlich, »dann werde ich einen Weg finden, Euch zu zwingen.«

Hubert hörte die unerschütterliche Stimme, und ihm war, als habe er nie eine eindrucksvollere Drohung gehört.

Der alte Mann am Kopf der Tafel schwieg eine Weile, als sei auch er beeindruckt. Dann hob er die große, knorrige Hand, an deren Finger zahlreiche kunstvolle Ringe funkelten, und Hubert, der dies sah, verspürte Angst in sich. Aber die Gebärde beschwor nichts Schlimmeres als den alten Diener herbei, der sich wiederum flüsternd mit seinem Meister besprach. Daraufhin ging das Abräumen der Tafel ein wenig schneller vonstatten.

Der Zauberer zog seinen Stuhl ein wenig näher an den Tisch heran und wandte sich an den Baron. »Laßt uns darüber reden. Wenn Ihr sagt, Ihr gedenkt den Blauen Tempel zu berauben, dann meint Ihr wohl nicht damit, daß Ihr ihn um eine Kleinigkeit erleichtern wollt.«

»Ich habe offen gesprochen, wie Ihr es wünschtet.«

»In der Tat... Ihr sprecht, vermute ich, nicht von einem dieser kleinen Gewölbe, die es in jedem Blauen Tempel gibt und aus denen sie ihre Tagesgeschäfte bezahlen...«

»Zauberer, ich habe Euch gesagt, wovon ich spreche, so offen ich es vermag. Und ich weiß, wovon ich spreche.«

»In der Tat.« Indosuarus machte immer noch ein zweifelndes Gesicht, als er sich zurücklehnte. »Nun, ich kann nur sagen, daß diese Ankündigung, käme sie von jemandem, der weniger gut gerüstet und nicht so entschlossen wäre wie Ihr, nichts als Gelächter verdient hätte.«

»Aber sie kommt von mir«, entgegnete Doon ruhig, »und so muß man sie äußerst ernst nehmen. Ich bin froh, daß Ihr diesen wesentlichen Punkt so rasch begriffen habt.«

»Ja, ich glaube, das habe ich. Aber laßt es mich noch einmal aussprechen, damit nicht der geringste Zweifel bestehen bleiben kann. Ihr habt die Absicht, einen wesentlichen Teil von Benambras Gold davonzutragen.«

»Einen wesentlichen Teil«, stimmte Doon liebenswürdig nickend zu. »Ja, das ist treffend ausgedrückt. Wißt Ihr, ich würde alles davonzutragen versuchen, wenn meine Männer und ich so viel schleppen könnten.«

»Und wißt Ihr denn«, fragte Indosuarus, »wo Benambras Gold aufbewahrt wird?«

»Wegfinder wird mich hinführen«, antwortete Doon schlicht.

»Und jetzt kennt Ihr das Gerippe meines Planes. Bevor ich weitere Einzelheiten vor Euch ausbreite, laßt mich wissen, ob Ihr Einwände dagegen habt.«
Der graue Diener stand immer noch dicht neben dem Stuhl seines Herrn. Die beiden wechselten jetzt einen kurzen Blick. Dann begann der alte Zauberer, ein seltsames Geräusch von sich zu geben, und dabei rutschte er auf seinem Stuhl hin und her. Hubert brauchte ein Weilchen, um zu begreifen, daß ihr Gastgeber lachte.
Endlich brachte Indosuarus hervor: »Ich? Ich soll etwas dagegen einwenden, daß der Blaue Tempel ausgeraubt wird?« Wieder lachte er, und dabei vollführte er mit der Hand eine Gebärde, die sein gesamtes Anwesen zu umfassen schien. »Ich habe mich doch nur aus einem einzigen Grunde in dieser Weise von der Welt abgesondert: Ich wollte die furchtbarste Rache gegen den Blauen Tempel und alle seine Führer entwerfen, die nur möglich ist! Seit langem... wer will die Jahre noch zählen? Seit langem widme ich alle meine Kräfte nur dieser einen Aufgabe. Und könnte es für *sie* eine schlimmere Rache geben, als dessen beraubt zu werden, was ihnen lieber ist als das Leben? He, Mitspieler? Werden wir ihre Schatzgewölbe aufgraben oder nicht?« Und in einer Geste, die ganz und gar nicht zu seinem Charakter passen wollte, boxte er seinem alten Diener plump auf den Oberarm.
Der Diener, der Mitspieler genannt wurde, sah zwar nicht ganz so alt aus wie sein Herr, aber er wirkte erschöpfter als dieser. Er hatte das Gesicht eines Arbeiters, bartlos und runzlig. Er war klein, aber kräftig von Gestalt, und seine Arme ragten drahtig und sehnig aus kurzen Ärmeln. Sein Haar war kurz, kraus, dunkel und reichlich ergraut.
Seine dunkeln Augen starrten in endlose Weiten, als er antwortete. »In diesen Gewölben liegen Schätze, die fürwahr unbezahlbar und unvergleichlich sind... Jawohl, wir können sie öffnen. Wenn wir bereit sind. Lange haben wir auf die Hilfe gewartet, die wir brauchen.«
»Und ich habe Zaubersprüche gewirkt«, fügte Indosuarus hin-

zu, »damit die Hilfe zu mir gesendet werde, die ich benötige, denn ohne sie erschien mir ein Raub in dieser Größenordnung so gut wie unmöglich.« Lächelnd sah er Doon an. »Und Ihr glaubt immer noch, Ihr seid hergekommen, weil Ihr es so wolltet?«

»Ich habe Euch gesagt, weshalb ich hier bin. Das Schwert hat mich geführt. Aber gut, ich bin interessiert. Warum widmet Ihr Euer Leben der Rache an den Geldsäcken? Rache für was?«

»Das ist eine lange Geschichte.«

»Ich höre sie mir an, wenn es nötig ist.«

»Später«, befand Indosuarus unbestimmt. »Baron, werdet Ihr Euer Schwert noch einmal ziehen, wenn ich Euch darum bitte? Und es hochhalten, damit ich es sehen kann?«

Doon schob seinen Stuhl zurück und stand auf, um sich besser bewegen zu können. Noch einmal fuhr Wegfinders blitzende Klinge aus der Scheide. Zum ersten Mal schien der Zauberer dem Schwert seine volle Aufmerksamkeit zu schenken, und auch der Diener, der immer noch neben seinem Stuhl stand, starrte es an.

Alle anderen beobachteten Indosuarus mit stummer Wachsamkeit.

Endlich wandte der alte Magier den Blick ab und runzelte die Stirn. »Ich will zugeben«, erklärte er, »daß Euer Schwert echt ist. Beträchtliche Macht ruht da in Eurer Hand.«

»*Beträchtliche* Macht?« Jetzt war Doon beinahe empört. »Ist das das beste Wort, das Euch dazu einfällt?«

Indosuarus blieb ungerührt. »Meine eigene Macht ist gleichfalls... *beträchtlich*. Und ich sage Euch, ich arbeite damit seit langer Zeit an der Lösung des Problems, wie der Blaue Tempel zu überfallen sei. Ich habe damit Vorkehrungen getroffen, jemanden, der gut dazu geeignet ist – vielleicht Euch –, herzuführen, auf daß er mir helfe. Ob es also das Schwert war, das Euch hergebracht hat, oder...«

Doon ließ Wegfinder noch einmal durch die Luft sausen und stieß ihn dann in die Scheide zurück, wie um ihn vor dem Blick respektloser Augen zu schützen. »Von einem Gott geschmie-

det!« rief er. »Von Vulkan selbst!« Es sah so aus, als könne er die Haltung des anderen nicht fassen. Er setzte sich wieder, wobei sein Stuhl lautstark über das Pflaster scharrte.
»Ich habe ja zugegeben, daß Euer Schwert seinen Wert hat.«
Indosuarus sah seinen Gast jetzt ein wenig streng an. »Meine Hauptfrage ist nun: Was bringt Ihr, Ihr selbst, in dieses Unternehmen ein? Das heißt, abgesehen von Eurer unbestreitbaren Habgier und Eurem Mut, oder sollte ich sagen, Tollkühnheit? Seid Ihr der Mann, dessen Hilfe ich brauche? Ich brauche eine handfeste Antwort auf diese Frage.«
»Dann seht zu, daß Ihr sie bekommt.«
Wahrscheinlich war es Hubert, der den Baron warnte, ohne es zu merken. Doon mußte in Huberts Gesicht gesehen haben, daß sich hinter seinem Stuhl etwas Bedrohliches zusammenbraute.
Die Tür in dieser Wand des Hofes flog auf, und Dunkelheit drohte dahinter. Drinnen war es so schwarz wie zuvor. Und der ebenholzschwarze Affe war wieder da, stumm wie zuvor. Kaum war sein Blick auf Doon gefallen, stürzte er sich von hinten auf ihn. Mit flinken, lautlosen Bewegungen kam er heran. Seine baumdicken Arme hatte er erhoben, um den Mann zu packen oder um ihm einen zermalmenden Hieb zu versetzen.
Hubert war aufgesprungen. Aber er wußte, es war zu spät, er war zu langsam, er wußte es, als er dort stand, mit halb gezogenem Schwert, während sein Stuhl hinter ihm umkippte. Doon war gleichzeitig von seinem Stuhl seitlich heruntergerollt, und irgendwie gelang es ihm, in einer fließenden Bewegung sogleich wieder auf die Beine zu kommen, während die Fäuste des Riesenaffen niedersausten und die Lehne seines Stuhles zerschmetterten. Hubert hatte nicht gesehen, daß der Baron Wegfinder wieder aus der Scheide gezogen hatte, doch jetzt funkelte das Schwert in der Hand seines Meisters, die silbrige Zunge einer blitzschnellen Schlange. Der Affe drehte sich aufbrüllend herum, doch er war nicht flink genug. Es war nicht Wein, was rot aus dem schwarzen Pelz auf das weiße

Linnen spritzte. Die Bestie fiel vornüber zwischen die Pokale auf dem Tisch. Röchelnd rutschte sie langsam vom Tisch herunter und zog dabei das Tuch mit sich, so daß die Becher klirrend zu Boden fielen.
Vier Männer standen mit gezückten Waffen rings um den Tisch, bereit, sich der nächsten Bedrohung entgegenzustellen, doch es kam keine mehr. Der fünfte Mann saß lächelnd am Kopf der Tafel. In seinem Blick lag Befriedigung.
Noch einmal schwenkte Doon sein Schwert. »Ich hab's Euch gesagt, Zauberer!« brüllte er triumphierend. »Ich hab's Euch gesagt: In meiner Hand ist es doppelt zauberkräftig!«

5

Die drei, Mark, Ben und Barbara, waren fast die ganze Nacht hindurch wach geblieben. Sie hatten geschäftig gepackt, Geschichten und Tratsch ausgetauscht und alles, was sie nicht brauchen würden, an die anderen Zirkusleute verhökert. Bei Sonnenaufgang hatten sie sich verabschiedet und waren mit Barbaras Wagen davongefahren. Diesen nämlich hatte sie noch nicht verkaufen wollen. Tanakir hatte ihnen ein paar Lebensmittel und eine kleine Münze für den kleinen Drachen und seinen Käfig gegeben. Er gedachte das kleine Ungeheuer in seine eigene Vorstellung einzubauen, denn er wollte bei der Truppe bleiben, als er sah, daß Barbara und ihre Freunde fortgingen. Viktor winkte ihnen im Morgengrauen nach und rief, er hoffe sie in der nächsten Saison wiederzusehen.
Aber Mark hatte große Zweifel daran, daß es so kommen werde. So oder so, dachte er, würden sie gewiß anderswo sein.
Purkinje und der Rummelplatz lag inzwischen schon seit einigen Stunden hinter ihnen. Die Straße vor ihnen verlief jetzt geradeaus. Sie führte durch eine weite, sanft ansteigende Ebene. Es war größtenteils kahles, menschenleeres Land, das sich in einer leichten Steigung bis zu den Bergen erstreckte, die in der Ferne undeutlich sichtbar waren. Eine Stunde zuvor hatten

sie eine Frühstückspause eingelegt, und wie in alten Zeiten hatte Mark mit seinem Bogen ein Kaninchenpaar erlegt.
Aber jetzt waren sie wieder unterwegs, und in allgemeiner, wenn auch beinahe wortloser Übereinstimmung hatten sie sich in Richtung Süden gewandt. Diese Entscheidung hatten sie im Lager getroffen, wo sie von Lauschern umgeben gewesen waren, und deshalb hatten sie die Gründe dafür noch nicht erörtert.
Im Augenblick hielt Ben die Zügel in der Hand, und Barbara redete.
»Ben, du hast uns immer noch nicht gesagt, was du vorhast. Du sagst, du seist zum Blauen Tempel gegangen, aber du gehörst nicht mehr dazu. Also gut, du bist desertiert. Aber du hast diesen Blick an dir. Was für einen Plan hast du?«
Ben lächelte leise. »Ich habe den Plan, dich zu heiraten.«
Barbara verzog gereizt das Gesicht. »Das haben wir alles schon besprochen, bevor du fortgingst. Es hat sich nichts geändert. Wenn ich einmal heirate, dann jemanden, der es mir ermöglicht, irgendwo wie ein richtiger Mensch zu leben. Schluß mit...« Mit einer unbestimmten Handbewegung wies sie auf den Wagen und die Straße.
»Ist mir recht«, meinte Ben.
Barbaras Neugier war sichtlich geweckt. Sie schaute Ben aufmerksam an. »Hast du Geld in den Taschen?«
»Nicht in den Taschen. Überhaupt nicht bei mir.«
»Irgendwo versteckt?«
»Ich hab's noch gar nicht. Aber...«
Laut seufzend lehnte Barbara sich zwischen den beiden Männern zurück und verschränkte die Arme. Wieder hatte sich ein Traum ins Nichts verflüchtigt.
Mark genoß es, den beiden zuzuhören. Auch er war neugierig auf Bens Pläne, aber er wollte das Gespräch nicht unterbrechen. Vorläufig schien Ben sich ohnehin damit begnügen zu wollen, geheimnisvoll auszusehen, während er in die Ferne starrte.
Eine Zeitlang fuhren sie schweigend dahin. Dann ergriff Bar-

bara wieder das Wort. »Ich hab's. Du willst dein Schwert zurückholen. Du hast dich entschlossen, es zu verkaufen.«
»Ich will es holen, ja. Verkaufen, nein. Wir haben uns entschlossen, die beiden Schwerter nicht zu verkaufen, bevor wir sie versteckten. Man würde uns ganz gewiß betrügen und ermorden. Nein, ich habe Verwendung für Drachenstecher.«
Jetzt schwieg auch Mark nicht länger. »Eine Drachenjagd? Aber du erinnerst dich doch, daß nicht einmal Nestor besonders viel Geld damit verdiente, oder?«
Daran erinnerten sie sich alle. Ben meinte: »Nestor hat es nicht lange genug gemacht. Aber wie dem auch sei, es ist ohnehin eine besondere Drachenjagd, die ich im Sinn habe. Ich muß nur einen einzigen Drachen beseitigen.«
»Das sagt jeder, der in diesem Lande von Drachen geplagt wird«, gab Barbara zu bedenken. »Laß dich im voraus bezahlen.« Sie drehte den Kopf hin und her und sah die beiden Männer rasch nacheinander an. »Daß ihr beide gleichzeitig zurückkommt, ausgerechnet jetzt... ich frage mich, ob das ein Zufall ist.«
»Auch ich will mein Schwert wiederhaben«, verriet Mark. »Aber nicht, um auf die Drachenjagd zu gehen. Und ich hatte keine Ahnung, daß Ben in den Dienst des Blauen Tempels getreten ist und jetzt zurückgekommen ist, um sein Schwert zu holen.«
»Wozu brauchst du Würfelwender?« erkundigte sich Barbara. »Nicht, daß ich es wissen muß. Ich werde es dir auf jeden Fall zurückholen.«
»Es ist kein Geheimnis. Ich gehe wieder zurück zu Sir Andrews Armee.«
»Warum willst du das tun?« wollte Ben wissen.
»Ich weiß nicht, ob ich es will. Ich habe das Gefühl, ich muß es tun. Ich habe euch erzählt, daß ich eine Weile bei ihm war, aber dann schien mir alles hoffnungslos zu werden, und ich ging fort. Ich...«
»Wahrscheinlich ist es tatsächlich hoffnungslos«, unterbrach Ben.

»Ich bin dann zu meinem alten Dorf zurückgegangen, nach Arin am Aldan, um meine Mutter und meine Schwester wiederzufinden. Aber da... da war kein Dorf mehr. Fünf Jahre waren vergangen, seit ich zuletzt dagewesen war. Vielleicht werde ich nie erfahren, was aus ihnen geworden ist.« Mark schwieg einen Moment lang. »Aber jetzt gehe ich zurück zu Sir Andrew. Mit Würfelwender – wenn ich kann.«
»Aber warum?« bohrte Ben.
Mark beugte sich vor, um an Barbara vorbeizuschauen. »Nun, er versucht, seinem Volk zu helfen. Den Leuten, die zu seinem Volk gehörten, bevor er sein Land verlor. Glaubst du nicht, daß sie ihn zurückhaben wollen? Es ist nicht nur Land und Reichtum, was er zurückgewinnen will.« Gefühle und Gedanken wallten in Mark, aber er fand nicht die rechten Worte, um sie den anderen verständlich zu machen. »Er kämpft unablässig gegen den Dunklen König«, schloß er, und schon während er die Worte aussprach, fühlte er, wie unangemessen sie waren.
»Das klingt hoffnungslos«, befand Ben mit unerbittlicher Nüchternheit.
»Alles ist hoffnungslos, solange niemand es versucht«, widersprach Mark und fügte dann plötzlich hinzu: »Ich wünschte, du und Barbara, ihr könntet mit mir kommen.«
»Um in eine Armee einzutreten?« Barbara lachte, aber es klang nicht unfreundlich.
Ben schüttelte nur stumm den Kopf.
Etwas anderes hatte Mark eigentlich nicht erwartet, aber die Ablehnung der beiden, vor allem Bens Weigerung, ärgerten ihn doch. »Du willst also statt dessen Drachen jagen? Das ist ein ebenso hartes Leben wie das eines Soldaten im Krieg, selbst wenn du Drachenstecher hast.«
Ben wandte sich ihm zu, und Begeisterung erfüllte seine Stimme. »Ich habe doch schon gesagt, das Jagen ist nur ein kleiner Teil meines Plans. Der Drache versperrt mir den Weg zu etwas anderem. Ich wünschte, *ihr* beide würdet mit *mir* kommen.«
»Ich habe kein Talent zum Rätselraten«, meinte Barbara.
»Was würden wir dann tun?« fragte Mark.

»Ein bißchen Geld verdienen. Nein, mehr als das. Reichtümer gewinnen.«
»Mir liegt nichts daran, reich zu werden«, erklärte Mark.
»Also gut. Du willst Sir Andrew dabei helfen, um sein Land zu kämpfen und es zurückzuerobern...«
»Für ihn und sein Volk.«
»Gut, gut. Für sein Volk. Aber du könntest Sir Andrew eher helfen, wenn du ihm deinen Anteil des Schatzes brächtest, nicht wahr? Ich meine, stell dir vor, wie du so viel Gold und Juwelen in sein Lager schleppst, daß er seine gesamte Armee ein Jahr lang davon ernähren könnte.«
»Eine Armee? Ein Jahr lang?«
»Vielleicht zehn Jahre lang.«
Barbara blickte den kräftigen Mann besorgt an. »Ist dir nicht gut?« fragte sie ihn. Die Frage klang unangenehm ernsthaft.
»Wo sollte jemand solche Reichtümer finden?« fragte Mark.
Ben blieb ruhig. »Ich sage es euch, wenn ihr mir versprecht, daß ihr mitkommt.«
So kannten sie Ben nicht. Mark war ratlos. »Schau, Sir Andrew braucht handfeste Hilfe. Nicht irgendeinen Plan, der... Ich werde Würfelwender holen und damit zu ihm gehen. Falls das Schwert noch da ist, wo Barbara es versteckt hat.«
Ben zog ein störrisches Gesicht, vielleicht war er sogar beleidigt. Mark fügte hinzu: »Ich glaube jetzt, daß wir einen Fehler begingen, als wir sie so versteckten.«
»Dann hast du vergessen, wie überdrüssig wir dieser Schwerter waren«, entgegnete Barbara. »Weißt du es nicht mehr? Wir hatten ständig Angst, man könnte sie uns stehlen. Wir befürchteten, ein Mächtiger würde herausfinden, daß wir sie hatten, eine Armee würde uns verfolgen, ein Dämon oder ein Zauberer, gegen den wir uns nicht würden wehren können. Dann dachten wir daran, sie jemandem zu verkaufen, und wir erkannten, daß man uns betrügen würde, wenn wir es versuchten, und man uns vermutlich danach ermorden würde. Dann hatten wir ständig Sorge, Würfelwender könnte von allein verschwinden... weißt du noch, wie er sich dauernd bewegte?

Man versteckte ihn irgendwo an der einen Seite des Wagens, und dann fand man ihn auf der anderen wieder. Oder draußen. Ich bin nicht sicher, ob er noch da ist, wenn wir ihn jetzt holen wollen.«
»Wir werden zumindest nachsehen«, beharrte Mark. Er verstummte und fuhr dann fort. »Von Stadtretter hat wohl keiner von euch noch einmal etwas gehört, wie?«
Wie er erwartet hatte, bestätigten die beiden anderen, daß sie nichts darüber wußten. Marks Vater, der Schmied Jord, war der einzige Überlebende von einem halben Dutzend Männer gewesen, die Vulkan gezwungen hatte, ihm beim Schmieden der Schwerter zur Hand zu gehen. Nach getaner Arbeit hatte der Gott Jord den rechten Arm genommen und ihm – als Bezahlung, wie er sagte – das Schwert der Wut, Stadtretter, überlassen. Alles dies war geschehen, bevor Mark zur Welt gekommen war.
Dann waren Jord und Marks älterer Bruder Kenn im Kampf gestorben, und Stadtretter hatte ihr Dorf gerettet – wahrlich ein wertloser Sieg, wie Mark selbst hatte erleben müssen...
»... denn von seinen Wunden genesen?« Barbara hatte ihm eine Frage gestellt.
Mark besann sich und überlegte, wovon sie wohl reden mochte. »Sir Andrew? Du meinst die Wunden, die er davontrug, als seine Burg fiel? Das ist fünf Jahre her. Inzwischen hat er neue Wunden davongetragen und auskuriert – er hält sich gut für einen Mann seines Alters, und auch den Vergleich mit jüngeren braucht er nicht zu scheuen. Seine eigene kleine Armee hält er den größten Teil des Jahres über im Felde. Unterstützt Prinzessin Rimac und ihren General Rostov. Unternimmt Störangriffe gegen den Dunklen König. Und natürlich gegen Königin Yambu, denn sie hat Sir Andrews Land besetzt.«
»Ist Dame Yoldi noch bei ihm?«
»Sir Andrew würde keinem anderen Seher trauen als ihr, glaube ich, aber sie wohl auch keinem anderen Lord.«
Wieder schwiegen alle für eine Weile, und man hörte nur das Hufgetrappel der Zugtiere und das Knarren des Wagens. Die

drei Reisenden waren mit unterschiedlichen, aber miteinander verknüpften Erinnerungen beschäftigt. Ben hob, ohne es zu merken, die Hand und rieb über eine Narbe, die sich über seine linke Schulter und den Oberarm zog. Sie stammte von einer Wunde, die er sich bei dem blutigen Verteidigungsgefecht in Sir Andrews Burg zugezogen hatte. Damals, vor fünf Jahren...
Auch Marks Gedanken kehrten zu jenem Tag zurück, wie sie es auch in Alpträumen manchmal taten. Wieder sah er, wie die Sturmleitern die Mauern überragten, wie die Graue Horde sich anschickte, die Befestigungsanlagen zu erstürmen. Hinter ihren scheußlichen Reihen leuchtete das Schwarz und Silber der Königin Yambu und das Blau und Weiß von Herzog Fraktins Heer – Herzog Fraktin, der nicht mehr lebte. Es war Marks erste richtige Schlacht gewesen, und beinahe wäre es auch seine letzte geworden...
Barbara brach das Schweigen. »Immer wenn ich an diesen Tag denke, muß ich auch an Nestor denken.«
»Ja.« Ben nickte. Und wieder schwiegen alle drei. Was Nestor anging, so gab es nichts weiter zu sagen. Drachenstecher hatte ihm gehört, ebenso wie der Wagen, auf dem sie saßen. Nestor mußte irgendwann auf den Zinnen der Burg gefallen sein, und vielleicht hatte er Stadtretter noch in der Hand gehabt. Die Erbfolge, oder doch eine unausgesprochene Übereinkunft zwischen Nestors Freunden, hatte Ben in den Besitz des Schwertes Drachenstecher gebracht.
»Wie groß ist Sir Andrews Armee denn heute?« fragte Barbara.
»Es wäre nicht richtig, wenn ich es verriete, selbst wenn ich es wüßte«, antwortete Mark. »Selbst euch beiden würde ich es nicht sagen... Aber die Zahlen ändern sich ohnehin mit dem Glück und den Jahreszeiten. Egal, er braucht Hilfe.« Unverhohlen drängend wiederholte Mark: »Ich wünschte, ihr würdet mit mir kommen. Beide.«
Barbara lachte noch einmal. Es war kein spöttisches Lachen, aber es kam schnell und ohne zu zögern. »Ich habe genug von

Armeen und vom Kämpfen. Ich würde es gern einmal mit der anderen Seite des Lebens versuchen. Ich möchte in einem friedlichen Städtchen leben und ein träger Bürger sein, mit einem eigenen Haus und einem eigenen Bett. Mit einem soliden Bett mit vier Beinen, einem, das nicht dauernd schaukelt. Soll die Welt doch draußen vor den Stadtmauern kämpfen.«
Wieder wanderte ihr Blick zwischen ihren beiden Gefährten flink hin und her. »Beim letzten Mal, als wir drei zusammen in einen Kampf verwickelt waren, da mußtet ihr beide mich davontragen. Das sollte doch eigentlich Warnung genug sein.«
»Ich habe ebenfalls genug vom Soldatenleben«, setzte Ben hinzu. »Man marschiert ohne Sinn und Zweck hin und her, man nimmt dumme Befehle entgegen, man schwitzt, friert und hungert. Und das sind die guten Tage. Hin und wieder kommen aber auch schlechte Tage. Das wißt ihr beide.« Er sah Mark an. »Ich bewundere Sir Andrew, aber ich muß leider sagen: Ich glaube, er ist übergeschnappt. Niemals wird er sein Land und sein Volk zurückgewinnen.«
»Also tust du lieber etwas Gefahrloses und Angenehmes wie das Drachenjagen«, versetzte Mark. »Verzeih, du willst ja nur einen einzigen Drachen jagen. Und das wird dir phantastische Reichtümer einbringen. Habe ich dich da recht verstanden?«
»So habe ich das nicht gesagt. Aber es stimmt.«
Barbara schnaufte spöttisch. »Der Drache bewacht wohl einen Schatz?« Dergleichen gab es nur in alten Märchen.
»Sozusagen, ja, in gewisser Weise tut er das.« Ihr Spott hatte Ben verletzt. »Ich will euch noch etwas über diesen Schatz sagen: Er enthält mindestens eines der Schwerter. Ich weiß das. Ich habe selbst gesehen, wie es dazugelegt wurde, in die Erde.«
Mark blinzelte und merkte plötzlich, daß er Ben ernsthaft zuhörte. »Noch ein Schwert? Und welches?«
»Das weiß ich nicht«, antwortete Ben ruhig. »Das Schwert war gut verpackt, als es zusammen mit sechs Traglasten anderer Kostbarkeiten beseitegeschafft wurde. Aber einmal habe ich das Paket berührt, und noch durch die Umhüllung habe ich die

Kraft gespürt. Ich habe jahrelang mit zweien dieser Dinger hier im Wagen gelebt, und ich weiß, was ich da gefühlt habe.«
Barbaras Miene hatte sich verändert. Auch ihre Stimme klang nicht mehr wie vorher, als sie jetzt wieder sprach. Mit einem beinahe ehrfurchtsvollen Flüstern sagte sie: »Du warst im Dienst des Blauen Tempels.«
»Ja. Das habe ich doch gesagt.«
Aber offensichtlich hatte sie erst jetzt begriffen, was daraus folgte und was es bedeutete.

Bei Sonnenuntergang schlugen sie das Lager auf. Wie schon so oft in alten Tagen, schliefen Ben und Mark unter dem Wagen und Barbara drinnen. Am Morgen fuhren sie weiter, stetig und ohne Hast.
Mehrere Tage vergingen, während sie südwärts reisten. Die Frühlingsfarben um sie herum hätten sich sommerlich verdunkelt, wenn die Gegend nicht so spärlich bewachsen gewesen wäre, aber sie hatten inzwischen eine beträchtliche Höhe erreicht. Bescheidene Berge erhoben sich vor ihnen und schienen ihnen den Weg zu versperren. Mark hatte nie herausbringen können, wie dieses Gebirge wirklich hieß, obwohl er es schon mindestens einmal vorher überquert hatte.
Am folgenden Tag begann die Straße sich bergan zu schlängeln, aber für eine Paßstraße war sie immer noch recht mühelos befahrbar. Hier in dieser Höhe hatten sich die letzten Spuren des Winters noch halten können, zusammengeschmolzene Überbleibsel von Schneebänken, die zwischen den kecken Frühlingsblumen überlebt hatten. Nach und nach nahm die Landschaft gewaltige Züge an.
»Ich erinnere mich an diese Gegend. Hier sind wir abgebogen.«
Ein kleiner Seitencanyon zweigte gewunden von der Hauptstraße ab, die den Paß überquerte. Ein paar hundert Meter weit konnte der Wagen in diesen Canyon hineinfahren, doch das genügte schon. Unvermittelt erblickten die drei auf dem Wagen die Ruine eines Schreins oder eines Tempels, der auf einer kleinen Anhöhe stand. Es war eine wundervolle Szenerie:

Hübsch das Gras und die wilden Blumen, großartig das Panorama. Es war kaum noch möglich, festzustellen, welchem Gott, welcher Göttin dieser Tempel einst errichtet worden sein mochte. Aber es war ein sehr alter Tempel.
Es war Mittag, als sie vor der Ruine standen. Sie hatten den Wagen ein paar Schritte weiter unten am Hang zurückgelassen, wo der befahrbare Weg geendet hatte.
»Hier hast du sie versteckt? In der Ruine?«
Barbara nickte.
»Und warum hier?«
»Würfelwender selbst hat mich hergeführt. Ich dachte, ich hätte euch erzählt, daß er mir den Weg gewiesen hat.«
Seufzend strich der Wind über die Wände des Canyons, der bei einem urzeitlichen Aufbäumen der Erde aufgesprungen sein mußte. Die sanften Hänge weiter unten im Paß erstrahlten im prachtvollen Frühjahrsschmuck. In der Ferne sah Mark eine Gruppe weißgewandeter Pilger, die langsam durch den Paß heraufkamen. Wenn sie ein Loblied für Ardneh sangen, was sie wahrscheinlich taten, so konnte er es auf diese Entfernung nicht hören.
»Ob dies einer von Ardnehs Tempeln ist?«
»Die Einheimischen würden es wissen, nehme ich an«, meinte Barbara. »Wenn es Einheimische gäbe.«
Als sie durch das Portal ins dachlose Innere gelangt waren und sich umsahen, fanden sie deutliche Hinweise darauf, daß es doch welche gab. Strohblumen und getrocknete Früchte lagen säuberlich ausgebreitet auf einem niedrigen, flachen Stein, der vielleicht einst Teil eines Altars gewesen war.
Zwei Jahre zuvor war Barbara eines Nachts von ihrem Lager, das ein paar hundert Meter bergab gelegen hatte, allein hier heraufgeklettert. Es war dunkel gewesen, und nur das Mondlicht hatte den Weg beschienen, den ihr das Schwert, das bebend in ihren Händen lag, gewiesen hatte.
Als die drei übereingekommen waren, die Schwerter zu verstecken, hatte ihnen Würfelwender selbst in seiner beunruhigenden Lebendigkeit gezeigt, wie sie zu Werke gehen sollten.

Immer wenn Ben oder Mark die Waffe zur Hand genommen und überlegt hatten, wo sie und das zweite Schwert versteckt werden sollten, hatte die Spitze auf Barbara gedeutet.
Als sie ihr Würfelwender daraufhin übergaben, spürte sie nicht das geringste. Dann aber hatte sie auch Drachenstecher in die Hand genommen. Mark hatte immer sorgsam vermieden, die beiden Schwerter miteinander in Berührung zu bringen, weil er befürchtete, daß dann etwas Unangenehmes oder noch Schlimmeres passieren werde. Würfelwender jedenfalls hatte daraufhin in Barbaras Hand beinahe wütend zu vibrieren begonnen und ihr einen Weg gewiesen. Doch immer wenn die Männer versucht hatten, ihr zu folgen, hatte das Vibrieren aufgehört.
Also hatten sie sie allein weitergehen lassen. Der Mond war der einzige Zeuge ihres Aufstiegs zum Tempel gewesen. Von der Hauptstraße aus war die Ruine nicht sichtbar, und Barbara hatte nicht geahnt, daß sie existierte, bis das Schwert des Glücks sie hingeführt hatte.
Mit großer Erleichterung hatte sie Drachenstecher und Würfelwender verborgen, nachdem das Schwert ihr das Versteck gezeigt hatte. Nachdem sie sie jahrelang versteckt und mit sich herumgetragen hatten, waren die Nerven der drei von der unaufhörlichen Anspannung arg mitgenommen. Ihr Freund, Sir Andrew, war unterdessen zu einem gejagten Flüchtling geworden. Sie hatten nicht gewußt, wo er sich verborgen hielt, und von Prinzessin Rimac und ihrem General Rostov, Sir Andrews potentiellen Verbündeten, hatten sie noch nichts gehört.
Ohne Schwert war Barbara zum Lager zurückgekommen. Mark und Ben waren sichtlich erleichtert gewesen, sie wiederzusehen, und sogleich hatten sie angefangen, ihr Fragen zu stellen.
Sie hatte sich geweigert, ihnen zu antworten. »Es ist getan«, hatte sie knapp erklärt. »Wir brauchen uns nicht länger den Kopf zu zerbrechen. Jetzt muß ich ein wenig schlafen.«

Und nun, beinahe zwei Jahre später, waren sie wieder hier.
Bei bloßer Betrachtung des Tempels konnte man nicht genau erkennen, in welchem Baustil er ursprünglich errichtet worden war. Zeit und Zerfall hatten alles zu einfachsten Formen abgeschliffen. Wenn das Mauerwerk einmal bemalt gewesen war, so war davon nichts mehr zu sehen; die Steine waren weiß wie die nahegelegenen Felsen. Wenn sie einmal mit Steinmetzarbeiten verziert gewesen waren, so hatten Wind und Wetter diese Verzierungen abgenagt. Von Architektur war fast nichts mehr zu finden, und geblieben waren zerbröckelnde Mauern, die hier und dort kaum mehr als unebene Silhouetten waren.
Als Ben die frischen Opfergaben auf dem flachen Altarstein sah, wühlte er in seinen Taschen herum, bis er ein paar Stücke Brot gefunden hatte. Diese warf er neben die trockenen Früchte und die Blumen. Als er merkte, daß die anderen ihn anschauten, erklärte er: »Manche Götter haben vielleicht nicht viel zu sagen, aber es zahlt sich aus, sich auf die gute Seite, auf Ardnehs Seite, zu stellen. Das habe ich gelernt.«
Mark schüttelte den Kopf. »Wir wissen doch gar nicht, ob es sein Tempel ist.«
»Es könnte aber sein.«
»Na gut, aber Sir Andrew sagt, Ardneh sei tot. Und unter den Göttern, von denen wir wissen, daß sie leben, ist keiner, dessen Aufmerksamkeit ich gern auf mich lenken möchte.«
Ben starrte ihn einen Augenblick lang an, dann zuckte er die Achseln und warf noch ein paar Brotkrumen auf den Altar.
»Wenn Ardneh tot ist, dann ist dies für den unbekannten Gott, der es gut mit uns meint – wer immer er ist. Oder für sie, wenn es eine Göttin ist. Schaden kann es ganz gewiß nicht.«
»Vermutlich nicht«, räumte Mark ein. Weil er wußte, daß Ben sich wohler fühlen würde, wenn er es täte, durchsuchte er auch seine eigenen Taschen nach Eßbarem und warf ein paar Brokken auf den Stein.
Barbara beachtete die beiden nicht, sie war mit nüchterneren Dingen beschäftigt. »Es war dunkel damals«, murmelte sie mehr zu sich als für die Ohren der beiden Männer. »Der Mond

schien, aber...« Sie schritt von einer Ecke zur anderen und hielt nur gelegentlich inne, um nachdenklich das alte Mauerwerk anzustarren. Die meisten der Steinblöcke, die sich noch an Ort und Stelle befanden, waren sauber zusammengefügt und nicht durch Mörtel verbunden. Nur wenige von ihnen waren besonders groß.
Schließlich beugte Barbara sich nieder und schob etwas beiseite, das aussah wie der Teil eines Fenstersimses. »Kommt und helft mir. Hier ist es.«
Unter den Händen der Männer bewegten sich die Steine noch schneller. Nach kurzer Zeit war das alte Sims verschwunden. Die niedrige Mauer darunter erwies sich als hohl. Zwischen den größeren Steinen, die den Sockel bildeten, klaffte eine geräumige Höhlung.
Barbara trat zurück, damit die beiden ihr Eigentum an sich nehmen könnten. »Greift nur hinein«, wies sie sie an.
Ben rollte den rechten Ärmel hoch und enthüllte einen Arm, der durch seine Dicke beinahe kurz wirkte. Er schob den Arm bis an die Schulter hinein und hatte im nächsten Moment ein schwertförmiges Bündel herausgezogen. Sofort fiel die äußere Umhüllung ab, und man konnte den Stoff sehen, der sich darunter befand. Am Muster erkannte Mark eine alte Decke, die Barbara früher im Wagen gehabt hatte.
Ben murmelte etwas von fühlbarer Kraft. Er schüttelte das Bündel, und die staubige Hülle fiel vollends ab. Vor ihren Augen schimmerte Drachenstecher, so, wie sie ihn das letzte Mal gesehen hatten, meterlang, schnurgerade und scharf. An den flachen Seiten des leuchtenden Stahls sah man das fleckige Muster, und keine Spur von Rost war zu entdecken. Als Ben das Schwert mit beiden Händen waagerecht in die Höhe hielt, erblickte Mark am kohlschwarzen Heft die zierlichen weißen Umrisse eines stilisierten Drachen.
Ben machte ihm an der Wand Platz, und Mark kniete davor nieder und tastete in dem Hohlraum umher. Er fühlte Steine und Staub unter seinen Fingern, aber keine Hülle und keine Klinge. Er tastete weiter und streckte seine Finger langsam und

vorsichtig aus – vorsichtig für den Fall, daß die Klinge offen dalag. Er wußte sehr wohl, wie überaus scharf diese Schwerter waren. Aber seine Hände fanden nichts. Doch, da war etwas. Ein kleiner, harter, runder Gegenstand.
Verwundert holte Mark die Münze ans Licht. Er hielt sie hoch und sah, daß sie aus Gold war. Die Sprache der Schriftzeichen darauf kannte er nicht, und das Gesicht auf dem Revers sah aus wie das des Hermes, der wie gewöhnlich mit seiner Mütze dargestellt war.
»Es müßte dort drin sein«, versicherte Barbara. »Es sei denn...« Ihre Stimme erstarb, als sie sah, was Mark in der Hand hielt.
Mark reichte ihr die Münze, damit sie sie betrachten konnte. Zusammen mit Ben räumte er derweilen weitere Steine beiseite und schaute tiefer in die Mauer hinein. Der Hohlraum war jetzt völlig freigelegt. Würfelwender war nicht mehr da. Keiner von ihnen sang Würfelwenders Liedstrophe laut. Aber in Gedanken hörten sie sie alle.

Als sie sicher waren, daß das Schwert des Glücks nicht mehr da war, richteten sie die halb verfallene Mauer wieder her, so daß sie schließlich besser aussah als bei ihrer Ankunft.
Dann setzte Mark sich auf das neuerrichtete Sims und betrachtete die Goldmünze in seiner Hand. Ben und Barbara standen neben ihm und sahen ihn an.
»Die Münze gehört dir«, stellte Barbara fest.
»Selbstverständlich«, fügte Ben hinzu.
»Sie ist ziemlich viel wert«, meinte Mark und drehte sie zwischen den Fingern. »Aber sie ist kein Schwert. Ich will mit einem Schwert zu Sir Andrew zurückgehen.«
»Nicht mit meinem«, erklärte Ben. Er schwieg und setzte dann hinzu: »Aber ich weiß, wo noch mindestens eines liegt.«
Mark, der den Schatz für eine Weile vergessen hatte, erwog Bens Angebot. Dann hob er den Kopf und wollte etwas erwidern, aber ein merkwürdiger, kleiner Schatten am Himmel

lenkte ihn ab. Er sprang auf und gebot Barbara, die eben zu reden anheben wollte, mit einer Handbewegung zu schweigen. Hoch über ihren Köpfen flog ein Wesen dahin, klein und dunkel vor dem hellen Hintergrund des Himmels. Mark sah, daß es ein Mönchsvogel war – das auffällig verdrehte Flattern der Schwingen war nicht zu verwechseln. Es war ungewöhnlich, hier oben im Hochland, fern von seinem eigentlichen Lebensraum, einen Mönchsvogel zu sehen.
Das Tier flog senkrecht über ihnen im Kreis, als beobachte es mit einer bestimmten Absicht die Tempelruine und die drei Menschen darin.
Barbara kletterte auf eine der verfallenen Mauern, um besser den Hang hinunterspähen zu können. »Ein paar Männer kommen durch den Canyon herauf«, meldete sie. »Es sind sechs, glaube ich.«
Ben und Mark kletterten selbst ein wenig höher, um zu sehen, wer dort auf sie zukam. Auf dem Pfad, der von der Hauptstraße zur Ruine heraufführte, näherten sich zwei Reiter, dahinter vier Männer zu Fuß. Einige dieser Leute waren schwer bewaffnet.
»Folgen sie unseren Wagenspuren?«
»Nein, vielleicht nicht. Seht ihr, daß der Reiter sein Schwert gezogen hat? Ich glaube, er läßt sich von ihm führen.«
»Dann ist es Würfelwender!«
»Es könnte auch Wegfinder sein.«
Während sie die Ankömmlinge noch beobachteten, hörte der Mönchsvogel auf zu kreisen und flog auf die kleine Prozession zu. Er landete auf der Schulter des Mannes am Ende der Kolonne, und anscheinend berichtete er ihm, was er gesehen hatte.
Barbara sprang von der Mauer herunter. »Was sollen wir tun? Bergauf können wir uns mit dem Wagen nicht zurückziehen.«
Ben spuckte aus. »Ich habe aber keine Lust, ihnen ein Zuggespann und einen Wagen zu schenken. Sechs sind nicht so viele, selbst wenn man annimmt, daß sie tatsächlich Böses im Schilde

führen.« Also blieben die drei, mit großen Steinbrocken hinter sich und durch ihre erhöhte Position im Vorteil, einfach stehen und erwarteten die Männer, die den Pfad heraufkamen.
Der Anführer der sechs, der sein gezogenes Schwert vor sich ausgestreckt hielt, zügelte sein Reittier, als er sie erblickte. Er war ein kleiner Mann mit einem gewaltigen Schnurrbart. Seine Gebärden zeigten, daß er es gewohnt war, Befehle zu erteilen. Zweifellos war es eines der Zwölf Schwerter, was er in der Hand hielt, auch wenn man vorläufig noch nicht erkennen konnte, welches weiße Symbol seinen Griff zierte.
Der zweite Reiter war ein hochgewachsener, graubärtiger Mann – ein Zauberer, dachte Mark, wenn er je einen vor sich gehabt hatte. Vier weitere Männer folgten den beiden zu Fuß, aber keiner von ihnen wirkte besonders eindrucksvoll.
Als der Anführer etwa zwanzig Schritte vor ihnen sein Tier anhielt, ließ Ben – gewissermaßen als Erwiderung auf die blanke Klinge des Reiters – Drachenstechers Hülle fallen. Mark hatte bereits einen Pfeil auf die Bogensehne gelegt und Barbara ihre Schleuder aus dem Gürtel gezogen und einen glatten Stein aus ihrem Beutel in die Schlinge gelegt. Mit kundigen Händen hielt sie die Waffe bereit, der Stein schwang sanft in der Schlinge hin und her.
Die bewaffneten Männer der anderen Gruppe zückten ebenfalls ihre Waffen. Allerdings ließen sie dabei keinen sonderlich großen Eifer erkennen. Aber der Mann, der offensichtlich ein Zauberer war, runzelte die Stirn und schüttelte den Kopf.
»Friede!« rief er mit mächtiger Stimme, und dabei breitete er die Arme aus und hielt ihnen seine leeren Hände entgegen.
Ben machte keine Anstalten, Drachenstecher sinken zu lassen, und auch Mark hielt seinen Bogen schußbereit. Eine gezückte Waffe war für Leute, die des Zauberns unkundig waren, vermutlich die beste Möglichkeit, einen Zauberspruch abzuwehren.
»O ja, ich will Frieden halten, wenn ich kann.« Die Stimme des Schnurrbärtigen war so laut, daß die drei mühelos hören konnten, was er dem Magier antwortete. Als Ben sein Schwert

schwenkte, wandte er sich ihm zu und verkündete: »Krieg oder Frieden, meinen Schatz werde ich bekommen. Wenn es nicht Schildbrecher ist, mit dem du da so unbeholfen hantierst, junger Mann, dann werde ich ihn dir entringen können, wenn ich will.«
Es war Mark, der darauf antwortete. »Und wenn es Würfelwender ist, den du da in deinen geschickten Fingern hältst, dann wisse, daß er mir gehört und ich ihn zurückzubekommen gedenke. Und wenn es Stadtretter ist, gilt das gleiche, denn ihn beanspruche ich mit dem Recht des Erben.«
Der Reiter zügelte sein Tier. »Hah! Den Besitzer zweier Schwerter haben wir getroffen, beim Hades! Leider hat er im Augenblick keines davon bei sich... Aber da du so wohlbewandert in der Kunde dieser Schwerter zu sein scheinst, will ich dir sagen, daß es Wegfinder ist, den ich in meinen Händen halte. Er hat mich hierher geführt, und nun muß ich feststellen, warum.« Wieder mußte er sein temperamentvolles Reittier im Zaume halten. »Ich bin Baron Doon«, fügte er dann hinzu. »Und zu meiner Rechten steht der Zauberer Indosuarus. Und wer seid ihr?«
»Mark«, antwortete Mark und legte seine freie Hand auf die Brust. Dann deutete er auf seine beiden Gefährten. »Ben und Barbara.«
»Hah! Bemerkenswert sparsam, diese Namen. Und kein übertriebener Prunk, was Titel angeht. Aber warum nicht?« Der Bärtige wandte sich dem Zauberer zu, der sein Reittier, ein fahles Lasttier, das man an den Sattel gewöhnt hatte, an ihn herangetrieben hatte, um mit leiser Stimme auf ihn einzureden.
Nach einer kurzen, geflüsterten Unterredung sah der Mann, der sich Baron Doon genannt hatte, wieder zu ihnen herüber. »So. Es ist also Drachenstecher, den ihr da habt. Zweifellos just dasjenige Werkzeug, das ich brauche, um das zweite Siegel zu brechen.« Er redete wie ein Mann, der seine privaten Pläne laut erörtert.
Einen Moment lang herrschte ominöses Schweigen. Dann sag-

te Ben mit ruhiger Stimme: »Von einem Drachensiegel habe ich schon in einem Lied gehört. Es war ein altes Lied über einen Schatz, und da ist die Rede von sieben Siegeln.«

Gelassen betrachtete der Baron die drei, die ihm gegenüberstanden. Allmählich glaubte Mark, daß es tatsächlich ein Baron sei; nach seinem Stolz zu urteilen, hätte er sogar ein König sein können. »Es ist leicht möglich«, erwiderte er schließlich, »daß ich bei meinem Unternehmen den einen oder anderen unter euch gebrauchen kann, und dieses Schwert ebenfalls. Wir sollten darüber reden.«

Barbara ergriff das Wort, nicht minder kühn als er. »Bei was für einem Unternehmen? Und um welchen Lohn?«

Der Baron betrachtete sie einen Augenblick lang abschätzend. Dann antwortete er: »Ich will Benambras Gold. Ihr sagt, ihr kennt das alte Lied. Dann wißt ihr vielleicht auch, daß es mehr als ein Lied, mehr als eine Sage ist. Es ist wahr, und diejenigen, die ich mir zu Helfern erwähle, werden großzügig entlohnt werden.«

Stille trat ein. Man hörte nichts als den Wind, der den Paß herunterwehte, um zwischen den Steinen des verfallenen Tempels zu klagen. Und jetzt trug er auch Stimmen herbei, die leisen Stimmen der fernen Pilger, die zu Ardneh sangen, während sie heraufzogen.

Mark wechselte einen Blick mit Ben. Dann rief er Doon zu: »Kann sein, daß wir mitkommen. Aber erst müssen wir mehr hören.«

Der Baron rief zurück: »Ich will Wegfinder befragen, wen ich mitnehmen soll – wenn überhaupt jemanden. Ihr werdet mir verzeihen, wenn ich mich mit blanker Klinge nähere.«

»Solange du uns verzeihst, daß auch wir unsere Waffen bereithalten«, entgegnete Barbara.

Langsam ritt Doon auf sie zu, während die übrigen seiner Gruppe an Ort und Stelle verharrten. Als er bis auf drei oder vier Schritte herangekommen war, hielt er inne und richtete die Klinge in seiner Hand nacheinander auf Mark, Barbara und Ben. Mark sah, daß die Spitze erbebte, fein und schnell, als sie

auf ihn und auf Ben deutete, aber sie schien ruhig zu bleiben, als Doon damit auf Barbara zeigte.
»Euer junges Weib wird nicht mitkommen«, ließ Doon die beiden Männer schließlich wissen. »Würdet ihr ihrem Stillschweigen euer Leben anvertrauen?«
»Sprich mit Achtung von der Dame«, versetzte Ben, »sonst wirst du Drachenstecher zu spüren bekommen, wo es dir nicht gefallen wird.«
Doon hob eine Augenbraue, eine Geste, die weit eleganter wirkte als sein Gewand. »Ich bin sicher, Ihr werdet mir verzeihen, gnädige Frau. Ich wollte nichts weiter zum Ausdruck bringen als die Tatsache, daß ich es vorziehe, Euch nicht zur Teilnahme an meinem Unternehmen einzuladen. Und ich rate Euch mit allem Nachdruck, zu niemandem ein Wort darüber zu verlieren.«
Furchtlos funkelte sie ihn an. »Es ist nur gut, daß du es vorziehst, mich nicht einzuladen, denn ich würde es sonst vorziehen, deine Einladung abzulehnen. Falls aber meine Freunde mit dir gehen, so wird meine Zunge sie gewiß nicht in Gefahr bringen.« Ihre Miene wurde ein wenig sanfter. »Du kennst mich nicht, denn sonst würdest du dir nicht darüber den Kopf zerbrechen.«
Doon ließ sein Schwert in die schäbige Scheide gleiten, und sogleich schien er ein wenig zu schrumpfen, obwohl er noch immer gebieterisch und tatkräftig erschien. Eine Weile saß er stumm im Sattel und betrachtete die drei Menschen, die ihm gegenüberstanden. Anscheinend befriedigte ihn, was er sah, denn plötzlich lächelte er, und es war ein freundlicheres Lächeln, als die drei erwartet hätten.
»Wenn ihr euch zu verabschieden habt, dann tut es jetzt«, forderte er sie auf. »Meine Männer und ich werden unten am Hang auf euch warten.« Damit wandte er ihnen den Rücken zu und ritt langsam davon. Er gebot seinen Männern, die Waffen einzustecken. Sie folgten ihm und begaben sich, ohne zurückzuschauen, durch den Cañon den Hang hinunter.
Die drei waren stehengeblieben und sahen einander an.

Ben atmete tief und wandte sich an Mark. »Tja, dann... ich nehme an, wir gehen mit?«
»Benambras Gold...« Mark schüttelte erstaunt den Kopf.
»Und Schwerter«, ergänzte Ben, »für Sir Andrew.«
»Ja, ein Schwert ist auch da, hast du gesagt.«
»Vielleicht mehr als eines.«
»Ich muß mitgehen«, beschloß Mark. »Ich muß es riskieren.«
»Und du gehst auch mit, das weiß ich«, stellte Barbara, an Ben gewandt, fest.
Mark sah sie an und drückte ihr die Goldmünze in die Hand. »Was sagst du dazu, daß wir dich verlassen?« fragte er. »Ich sehe keinen anderen Weg.«
»Ich glaube, ich auch nicht«, antwortete Barbara. Wenn sie erregt war, dann wußte sie ihre Gefühle geschickt zu verbergen. »Da ziehen ein paar Pilger über den Paß, und ich schätze, sie werden froh sein, wenn sich jemand mit einem Wagen zu ihnen gesellt – für eine Weile jedenfalls.« Sie warf die Münze hoch, fing sie auf und schob sie unter ihr Gewand. »Ich werde sie für dich verwahren. Die Wahrscheinlichkeit, daß ich sie verliere, ist weniger groß als bei dir, wenn man bedenkt, was ihr vorhabt.«
»Du kannst sie auch ausgeben, wenn es sein muß, das weißt du. Einen Laden in einer sicheren Stadt wirst du dafür nicht bekommen, aber vielleicht kannst du einen kaufen, wenn Ben zurückkommt.« Mark verstummte. Er sah, daß auch Ben sich verabschieden wollte. »Gehst du zurück zur Jahrmarktstruppe?«
»Ich hatte es nicht vor, als ich sie verließ. Aber jetzt – was soll ich sonst tun? Aber vorher werde ich euch von einem Berggipfel aus im Auge behalten, um zu sehen, ob die Bande euch nicht umbringt.«
»Dann werden wir laut um Hilfe rufen«, versprach Ben. Er nahm sie in die Arme und küßte sie ungeschickt. Dabei verlor sie den Boden unter den Füßen. »Ich werde dich also auf dem Jahrmarkt finden, wenn ich mit einem Vermögen zu-

rückkomme. Und noch etwas: Sag' diesem Muskelmann, falls er noch da ist, daß – daß...«
»Mit ihm werde ich schon fertig. Bisher ist es mir immer gelungen.«
Mehr hörte Mark nicht, denn er ging ein Stück beiseite, damit die beiden sich ungestört verabschieden konnten. Als er sich umschaute, sah er, wie Ben Barbara in den Wagen hob. Sie winkte Mark noch einmal zu und fuhr dann davon.
Anscheinend hatte eine alte Scheide im Wagen gelegen, denn Ben hatte sie jetzt in der Hand. Er schob Drachenstecher hinein und schnallte sie sich um den Leib, als Mark zu ihm trat.
»Laß uns den Schatz holen, Kamerad.«
Sie folgten dem flott dahinrollenden Wagen den Hang hinunter. Barbara passierte die Stelle, an der Doon und seine Männer die beiden Rekruten erwarteten, und kurz darauf sahen sie, wie sie auf einem kleinen Hügel anhielt und zurückschaute.

6

Doon begrüßte die beiden knapp, als sie den Berg herunter auf ihn zukamen. Unverzüglich machten sie sich gemeinsam auf den Weg zur Hauptstraße hinunter. Während des Abstiegs stellten sie sich einander vor.
Als sie die Stelle erreicht hatten, wo der Pfad aus dem Seitencañon wieder auf die Paßstraße stieß, zog Doon wiederum sein Schwert und befragte es. Barbaras Wagen war hinter der Biegung der Hauptstraße verschwunden, und der Gesang der Pilger schallte, schwach hörbar, aus dieser Richtung herüber. Doons Schwert deutete zurück nach Norden, in die Richtung, aus der Ben, Barbara und Mark gekommen waren. Der Baron war abgestiegen und führte sein Reittier am Zügel. Er winkte Mark und Ben heran und ließ sie dicht neben sich gehen.
Er begann ein Gespräch mit ihnen, indem er ihnen ein paar behutsame Fragen über ihre Herkunft stellte. Er schien erfreut zu sein, als er hörte, daß sie auf einige Erfahrung als Drachenjä-

ger zurückblicken konnten. Um so bereitwilliger, fand Mark, schenkte er ihnen Glauben, da sie ihm diesen Anspruch so bescheiden vermittelten.
»Und wie ist es mit Euch, Herr?« fragte Mark dann zurück.
»Was ist mit mir?«
»Wie kommt Ihr dazu, diese Expedition zu führen?« fragte Mark unverblümt. »Mir scheint, hier sind Fähigkeiten vonnöten, die das Maß des Gewöhnlichen überschreiten.«
Doon schien nichts dagegen zu haben, in dieser Weise befragt zu werden. Er lächelte huldvoll. »Wohl wahr«, stimmte er zu. »Und meine Fähigkeiten sind auch schon auf die Probe gestellt worden, nicht nur einmal. Hauptsächlich aber ist es eine Frage des Willens.«
»Wie das?« wollte Ben wissen.
Wieder lächelte Doon. »Meine Herren«, begann er, »der Mann, den ihr vor euch seht, besitzt so gut wie nichts von dem, was die Welt Reichtümer nennt. Die Mächte, die das Universum regieren, haben – ich weiß nicht, aus welchen Gründen – die Armut zu meinem Los bestimmt. Ich hingegen habe in dieser Hinsicht eine andere Entscheidung getroffen. Ich will reich sein.« Er sprach diese Worte mit majestätischer Ehrlichkeit.
»Ich bin beeindruckt«, sagte Mark.
»Das solltest du auch sein, junger Mann. Wenn ich bereit bin, Göttern, Dämonen und unbekannten Mächten zu trotzen, dann siehst du, wie wenig wahrscheinlich es ist, daß menschliches Trachten mich von meinem Wege abzubringen vermag.«
»Aber ganz können die Götter nicht gegen Euch sein«, meinte Ben. »Sonst hättet Ihr kein Schwert.«
»Sie können niemals alle einig sein, oder? Aber sagt mir...«
»Was?«
»Warum wart ihr beide so rasch bereit mir zu glauben, als ich Benambras Gold erwähnte? Die meisten Menschen, die halbwegs bei Verstand sind, hätten größere Skepsis an den Tag gelegt.«

»Ich war einmal ein Barde«, antwortete Ben. »Ich kannte das alte Lied.«

»Du kennst mehr als das.«

»Ja.« Ben hielt Doons Blick stand, während er dahinstapfte. »Vor ein paar Monaten habe ich dabei geholfen, einen Teil des Schatzes zu vergraben. Ich habe ihn mit meinen eigenen Augen gesehen.«

»Ah. Was genau hast du gesehen?« Die Frage des Barons klang gelassen und zurückhaltend.

»Das Gold des Blauen Tempels, das sagte ich doch. Sechs Lasttiere voll. Es waren fest verschnürte Bündel, aber es bestand kein Zweifel daran, was sie enthielten.«

»Und du sagst, du hast geholfen, es zu vergraben.«

»Es wurde in eine Höhle gelegt, und ich weiß, wo diese Höhle ist.«

»Ich habe aber gehört, die Männer, die diese Arbeit tun, werden stets getötet, sobald sie damit fertig sind«, gab Doon zu bedenken.

»Wir waren sechs, und ich glaube, fünf sind tot. Ich habe nicht gewartet, um mich zu vergewissern.«

»Aha.«

Der Zauberer ritt dicht hinter den dreien. Zweifellos hörte er ihnen zu. Die vier anderen hielten sich ebenfalls in der Nähe und verschlangen gierig jedes Wort.

»Natürlich kann Wegfinder mich zu dem Platz führen«, meinte Doon. »Aber es wird nützlich sein, das Versteck schon vorher von dir zu erfahren, damit wir sorgfältiger planen können.«

Ben schaute mit zusammengekniffenen Augen zur Sonne hinauf, um sich zu orientieren. »Ich will Euch vorläufig so viel sagen: Das Schwert führt Euch in die richtige Richtung.«

»Aha. Wißt ihr, seit einem Monat führt es mich im Zickzack durch das Land. Als ich es bemerkte, fragte ich mich zunächst, weshalb, aber der Grund wurde mir rasch klar. Als ich auszog, war ich allein, und so mußte ich die notwendigen Helfer und Werkzeuge finden. Das Schwert hat mich zu verschiedenen Menschen – wie zu euch – und zu anderen notwendigen Din-

gen geleitet. Aber es ist stets an mir gewesen, sie auf die eine oder andere Weise für mich und meine Sache zu gewinnen.«
»Ich verstehe.« Mark nickte. »Und wann ist Eure Expedition vollständig und bereit?«
»Vielleicht ist sie es schon, was weiß ich? Dein Freund sagt, wir sind jetzt auf dem Weg zum Gold.«
Unverhofft schaltete sich der Zauberer ein. »Ich wünschte, wir besorgten uns noch ein paar Dinge, bevor wir das Versteck erreichen und es aufzubrechen versuchen.«
Mark sah ihn an. »Was zum Beispiel?«
»Einer von euch beiden – warst du es oder dein Freund? – sprach von den Siegeln, als wir uns begegneten. Wißt ihr wirklich, was diese sechs Siegel sind?«
»Das Lied sagt, es sind sieben, nicht wahr, Ben? Es müssen verschiedene Schutzvorkehrungen sein, die den Schatz sichern.«
Doon sah sich derweilen um. Er schien die Zahl derer, die ihm inzwischen folgten, zu überdenken. Bei sich murmelte er: »Noch ein paar mehr, und ich muß sie in Kompanien einteilen und Dienstpläne aufstellen... Nun, eine große Schar hat Vorteile, aber auch Nachteile. Je mehr wir sind, desto mehr von dem Schatz werden wir davonschleppen können. Wenn ich erst weiß, wo er liegt, werde ich auch dazu bessere Pläne schmieden können. Die Götter wissen, daß genug für uns alle da sein wird. Kein Grund für habgieriges Gezänk.«
»Überhaupt nicht«, pflichtete Ben ihm bei, und Mark brummte etwas Ähnliches. Dann sah er noch einmal nach dem großen, grauhaarigen Mann um, der hinter ihm ritt. »Herr Zauberer, welche anderen Dinge wünschtet Ihr Euch noch?«
»Kennt ihr das Lied?« fragte der Zauberer.
Statt zu antworten, sang Ben leise:

>»Benambras Gold
>Hat sieben Siegel...«

Er brach ab.

Doon lachte leise. »Ich weiß schon, wie die nächsten Verse gehen, und ich habe keine Angst, sie zu singen.« Aber er marschierte weiter, ohne für eine solche Vorstellung anzuhalten. »Indosuarus haben unser Wissen in einen Topf geworfen. Wir wissen, daß es sechs Siegel sind, die das Gold bewachen. Die Zahl sieben beruht auf einer poetischen Konvention.« Er warf dem Grauhaarigen einen Blick zu.
Indosuarus nickte bestätigend. »Das Lied nennt uns nicht sieben einzelne Schranken.«
»Nein, das tut es nicht«, bestätigte Ben.
»Also gut.« Mark war nicht zufrieden. »Welches sind dann die sechs?«
»Das erste«, erklärte Doon, »ist die Lage des Platzes. Es ist ja ziemlich unmöglich, etwas zu rauben, wenn man nicht weiß, wo es ist. Dieses Geheimnis hat man lange und mit unglaublichem Erfolg bewahren können. Aber da dein Freund es kennt und wir Wegfinder besitzen, dürften wir in dieser Hinsicht keine Schwierigkeiten haben.« Falls er bezweifelte, daß Ben die Wahrheit gesagt hatte, dann ließ er es sich nicht anmerken.
»Die zweite Barriere«, meinte Mark, »ist vermutlich eine Art Zaun oder eine Patrouille oder beides – rings um das Gebiet, in dem die Höhle liegt.«
»Der Zaun«, antwortete Indosuarus, »besteht aus Drachenzähnen.«
»Ein Landdrache«, fügte Doon hinzu. »Ich darf wohl annehmen, daß du, mein starker Freund, ihn gesehen hast?«
Ben nickte nur. »Mit Drachenstecher, denke ich, können wir an ihm vorbeikommen. Leicht wird es allerdings nicht sein.«
»Wir kennen noch ein oder zwei Kunststücke, die wir versuchen können«, versicherte ihm Doon.
»Das dritte Siegel ist wohl etwas, das ich im Innern der Höhle gesehen habe«, vermutete Ben. »Es war dunkel, und ich habe nur einen kurzen Blick erhaschen können, aber es waren große, weiße Hände. Sie fingen die Schatzsäcke auf, die wir in das Loch im Boden warfen, und sie sahen... na ja, sie sahen tot

aus, aber gleichzeitig überaus kräftig und lebendig. Im Lied ist von dergleichen nicht die Rede, aber...«
Der große Zauberer, dessen Gestalt sich auf dem schwankenden Lasttier hin und her wiegte, schüttelte den Kopf. »Nein, das glaube ich nicht, das glaube ich nicht. Diese riesigen, bleichen Geschöpfe sind nichts als Arbeiter und Gehilfen. Ihre Herren vom Blauen Tempel können ihnen vertrauen, weil sie nie das Licht des Tages erblicken und sie nur über die Priester des Blauen Tempels Verbindung mit der Außenwelt haben.«
»Sie sind sehr groß und stark«, wiederholte Ben zweifelnd. »Wie nennt man sie denn?«
»Ich kenne sie aus anderen Zusammenhängen.« Der Zauberer warf einen kurzen Blick über die Schulter, als fürchte er, jemand oder etwas von Bedeutung könne ihm folgen. »›Weißhände‹ taugt als Name so gut wie alles andere«, schloß er.
»Was immer sie sein mögen«, beharrte Ben störrisch, »sie haben sehr große Hände.«
»Die hast du auch«, versetzte Doon. »Und meine Hände sind bewaffnet wie die deines Freundes, der neben dir geht. Zudem haben wir kräftige Gefährten.«
»Ich will nur wissen, womit wir es zu tun haben werden.«
»Eine bewunderungswürdige Absicht. Nein, das dritte Siegel ist etwas anderes. Die Forschungen meines gelehrten Freundes hier« – er bedachte den Zauberer mit einer formellen Neigung seines Kopfes – »bestätigen das Ergebnis einiger kleiner Erkundungen, die ich selbst angestellt habe. Tatsächlich ist das dritte Siegel ein unterirdisches Labyrinth, und zwar eines, das voller Schwierigkeiten und Gefahren steckt. Aber an meiner Seite trage ich einen langen Schlüssel, mit dem ich es öffnen werde.« Er strich über Wegfinders Knauf.
Schweigend marschierten die acht Männer eine Weile dahin. In der Ferne, am Ende des Passes, erstreckte sich das flache Land viele Kilometer weit, und hier und dort grünten Felder oder auch Wildpflanzen im Aufblühen des Sommers. Jenseits davon, weit, weit weg und kaum sichtbar, erhoben sich neue Berge.

»Und das vierte Siegel?« drängte Mark nach einer Weile.
»Wieder eine Art Labyrinth«, antwortete Indosuarus. »Diesmal aber eines aus reinem Zauber. Seit mehr als hundert Jahren bereite ich mich darauf vor, es zu entschlüsseln, und ihr könnt euch zuversichtlich darauf verlassen, daß wir auch dazu den Schlüssel bei uns haben.«
»Und dann? Das fünfte?« fragte Ben.
»Es gibt eine unterirdische Garnison, die Benambras Reichtum bewacht«, antwortete der Zauberer. »Es sind menschliche Soldaten, aber sie sind nicht menschlich wie du und ich.«
»Was heißt das?«
»Wir werden herausfinden müssen, was es heißt. Aber wir können sie bestimmt überwinden.«
Mark hatte noch eine Frage. »Wer ist eigentlich Benambra?«
Ben, den man in der Geschichte der Institution, der er einst angehört hatte, ein wenig unterwiesen hatte, konnte darauf eine Antwort geben. »Er war der erste Hohepriester des Blauen Tempels. Aus ihm beziehen alle, die den Reichtum verehren, noch heute ihre Inspiration.«
Doon betrachtete den massigen Mann neben sich aufmerksam. Offenbar war er dabei, den ersten Eindruck, den sein neuer Rekrut auf ihn gemacht hatte, zu korrigieren.
»Versuchen wir doch, unsere Bestandsaufnahme zu vollenden«, sagte Mark. Während er redete, merkte er, daß er seine eigene Haltung bereits geändert hatte. Er hatte das Gespräch begonnen, um Doons Pläne zu erfahren, und jetzt nahm er unversehens an der Planung teil, als habe er sich dem Unternehmen bereits angeschlossen. »Wer immer die Wachsoldaten des fünften Siegels sein mögen, sie scheinen uns im Weg zu stehen. Welche Mittel haben wir, um an ihnen vorbeizugelangen?«
»Wegfinder wird es uns zeigen, wenn es soweit ist«, antwortete Doon. »Selbstverständlich wird es nicht ohne Gefahren abgehen, aber gibt es einen größeren Lohn als den, der uns erwartet?«
»Damit kommen wir zum sechsten Siegel«, drängte Ben. »Ihr habt gesagt, es seien sechs.«
Indosuarus antwortete knapp. »Das sechste – und letzte – ist

anscheinend eine Art Dämon. Du brauchst dir darüber nicht den Kopf zu zerbrechen, junger Mann. Tu du nur deinen Teil, um uns bei den anderen zu helfen. Mit Dämonen hatte ich schon zu tun, so wie ihr beide mit Drachen zu tun hattet.«
Ben war anscheinend nicht völlig zufriedengestellt. »Ich nehme an, Ihr habt nicht das Leben dieses Dämons in der Hand? Nein? Dann kennt Ihr aber Zaubersprüche, mit denen Ihr ihn bannen könnt?«
Der Schatten eines angstvollen Gemurmels wehte durch die Gruppe der Männer hinter ihnen. Der Zauberer schien seinen Ärger nur mühsam zu zügeln. »Sein Leben habe ich nicht in der Hand, nein. Seinen Namen wohl, wenngleich ich ihn jetzt besser nicht ausspreche. Ich habe gesagt, es gibt einige Dinge, von denen ich wünschte, wir hätten sie. Aber was wir haben, wird auch genügen. Sonst wäre ich jetzt nicht hier.«
»Was immer wir wirklich brauchen«, schloß Doon mit fester Stimme, »Wegfinder wird uns bei der Suche danach helfen.«

Vier Tage vergingen, und sie gelangten in Gegenden, die keiner der Männer sonderlich gut kannte.
Ben teilte ihnen – zuerst Mark im Vertrauen und dann auch den anderen – warnend mit, daß die letzten Weggabelungen, die das Schwert ihnen gewiesen hatte, sie immer weiter von dem Ort wegführte, an dem das Gold ruhte. Doon bestritt dies nicht, er beharrte gelassen darauf, daß es leicht noch etwas anderes geben könne, das sie zunächst an sich bringen müßten. Er drängte Ben aber auch nicht, die Lage des Hortes zu verraten.
Im vertraulichen Gespräch hatte Ben diese Information allerdings schon an Mark weitergegeben. Die beiden hörten nicht auf, sich häufig allein und ohne die anderen zu besprechen, um sich ein Bild von der Situation zu machen. Auch eines Spätnachmittags unterhielten sie sich wieder über diese Dinge. Sie saßen an einem Hang, der von einem wilden Obst-

garten aus hohen, fast baumartigen Büschen bewachsen war, die um diese Jahreszeit von zarten rosafarbenen und weißen Blüten übersät waren. Zahllose Bienen summten darüber hin. Sie hatten sich auf einer Wiese niedergelassen, und Mark fragte eben: »Läuft es nicht auf eine einzige Frage hinaus? Nämlich: Wie lange können wir Doon vertrauen?«

»Solange er uns braucht. Und er dürfte uns brauchen, bis wir an dem Drachen vorbei sind. So lange mindestens.«

»Danach braucht er natürlich immer noch jede Hilfe, die er bekommen kann, um an den anderen fünf Siegeln vorbeizugelangen.«

»Und *dann*, wenn uns *das* gelingt, werden wir so viele Schätze vor uns haben, daß achtzig Männer sie nicht davonschleppen könnten, geschweige denn acht. Ich wüßte keinen Grund, weshalb wir darum kämpfen sollten.«

Noch immer erfüllte es Mark mit stummem Erstaunen, wenn er darüber nachdachte. Wenn er Sir Andrew zwei Schwerter bringen könnte... oder sogar drei... »Und du meinst, der Blaue Tempel wird die Gegend nicht bewachen? Das kann ich kaum glauben.«

»Wenn sie sie bewachen, dann werden wir das merken, wenn wir in die Nähe kommen. Und dann... ich weiß es auch nicht. Aber ich glaube nicht, daß es dort Wachen gibt. Wahrscheinlich halten sie mich für tot, wie ich schon sagte. Und selbst wenn sie daran zweifeln, werden sie nicht glauben, daß ich so schnell zurückkommen könnte, und dazu mit einer so wohlorganisierten Bande wie dieser.«

»Wahrscheinlich hast du recht. Weißt du, Ben, was Doon angeht...«

»Ja?«

»Indosuarus hätte sich ihm doch wohl kaum angeschlossen, wenn Doon nicht genau wüßte, was er tut, oder? Ich habe nämlich das Gefühl, der Zauberer weiß sehr wohl, was *er* tut.«

»Das habe ich auch. Ein guter Gedanke.« Ben reckte die Arme, dann ließ er sich ins Gras zurücksinken und starrte zum

Himmel hinauf. »Ich hoffe nur, Barbara hat unversehrt zum Jahrmarkt zurückgefunden.«
»Wir könnten den Magier bitten, eine seiner Mächte auszusenden, um es herauszufinden.«
Ben schüttelte den Kopf. »Ich möchte seine Aufmerksamkeit nicht gern auf sie lenken.«
»Hm. Ja. Ich frage mich, weshalb er den Blauen Tempel so sehr hassen mag.«
»Hah! Warum nicht?« Ben stützte sich auf einen Ellbogen. »Wenn ich einmal jemanden treffe, der den Tempel nicht haßt, dann werde ich verblüfft sein und ihn fragen, wieso.«
Ein kleiner, schwarzer Schatten unterbrach ihr Gespräch. Über das rosafarbene Blütenmeer hinweg kam er auf sie zugeschossen. Der Mönchsvogel war offenbar nicht beauftragt, sie auszuspionieren, sondern er sollte sie zu den anderen zurückrufen. Einen Moment lang klammerte er sich mit seinen handähnlichen Füßen an einen Ast neben ihnen und pfiff mit sanfter Dringlichkeit zu ihnen herüber. Im nächsten Augenblick verschwand er in der gleichen Richtung, aus der er gekommen war; dabei flog er dicht über die Büsche hinweg.
Wortlos griffen Mark und Ben nach ihren Waffen, und so leise wie möglich hasteten sie dem kleinen Boten hinterdrein.
Doon und die anderen warteten oben an einem Abhang. Sie spähten zwischen den Büschen hindurch auf eine Straße hinunter, die sich kaum hundert Meter vor ihnen dahinschlängelte. Der Baron streckte den Zeigefinger aus. »Seht.«
Eine Sklavenkarawane zog von links nach rechts die Straße entlang. Sie bestand zum großen Teil aus kurzen Kolonnen aneinandergeketteter Menschen, Männer, Frauen und Kinder in separaten Gruppen. Berittene Speerträger in der rotschwarzen Uniform des Roten Tempels bewachten sie und trieben sie voran. Auch einige Sänften gehörten zu dem Zug, einige von Sklaven, andere von Lasttieren getragen.
Mark hörte, wie der Baron die Luft durch die Zähne sog, und drehte den Kopf. Doon hielt Wegfinder in den Händen. Das

Schwert deutete geradewegs auf die Karawane hinunter. Die Spitze der Klinge vibrierte heftig.
Plötzlich flog der Mönchsvogel zwitschernd in Augenhöhe zwischen den Männern umher. Dann suchte er Schutz auf der Schulter seines Herrn, und im selben Augenblick erhob sich ein Geräusch ein Stück weit hügelaufwärts zwischen Bäumen und Gebüsch.
Die Männer hatten ihre Waffen gezogen, aber sie hatten kaum Zeit, sich darüber hinaus kampfbereit zu machen, als die Patrouille des Roten Tempels mit Gebrüll aus dem Buschwerk hervorbrach und über sie herfiel. Säbel blitzten, und scharlachrot gefütterte Mäntel wehten im Sturmangriff.

7

Der Angriff war ungeschickt geplant. Er kam aus hinderlichem Gebüsch und ging deshalb zwangsläufig langsam und lärmend vonstatten. Die Männer, denen er galt, hatten genug Zeit und genug Platz, um beiseite zu springen. Trotzdem – die langen Kavallerieschwerter waren schreckliche Waffen. Mark sah, wie Pu Chou beim ersten Angriff zu Boden ging, umwirbelt von einem Schneesturm aus rosigen und weißen Blüten. Auch Golok war niedergestreckt worden, oder er hatte sich selbst auf die Erde geworfen, während sein Vogel Dart kreischte und wie ein Kolibri über seinem gefallenen Herrn schwebte. Indosuarus und Mitspieler kauerten im Blütenregen und mühten sich anscheinend, mit Hilfe ihrer magischen Fertigkeiten zu tun, was sie unter solchen Umständen zuwegebringen konnten. Ebenso wie Mark hatte Ben hinter einem Busch Schutz gesucht. Im richtigen Augenblick war er hervorgesprungen und hatte Drachenstecher erfolgreich gegen einen vorüberstürmenden Soldaten geschwungen. Doon und Hubert waren nach derselben Taktik verfahren, und auch sie hatten den Gegnern Schaden zufügen können.
Mark legte einen Pfeil auf den Bogen, während er dem ersten

Ansturm auswich. Als er schußbereit aus der Deckung kam, fand er zum erstenmal Gelegenheit, das Gesicht des Rottempler-Offiziers, der den Angriff leitete, deutlich zu sehen. Der Mann wirkte aufgeregt, und sein Blick war glasig, als er sein Reittier zwischen den hinderlichen Büschen hin- und herriß, anscheinend mit der Absicht, eine zweite Attacke zu reiten. Aber diese Attacke wurde nicht mehr befohlen und nicht mehr ausgeführt, denn einen Augenblick später fuhr Marks Pfeil dem Offizier in die Kehle.

Die übrigen Reiter der Patrouille umkreisten das Gebüsch. Anscheinend waren sie in heillose Verwirrung verfallen. Mark sah, wie einer der Männer von tiefhängenden Ästen gepackt und von seinem Tier gerissen wurde; ein Streich von Huberts Kampfaxt machte ihm den Garaus. Viele der Tiere waren bereits reiterlos. In panischer Hast brachen sie krachend durch das Buschwerk, und der Schneesturm aus zierlichen Blütenblättern ließ nicht nach.

Doon, der wieder im Sattel saß, parierte eben einen Säbelhieb und erschlug dann den feindlichen Reiter. Auch Drachenstecher bohrte sich in Menschenfleisch. Rot-schwarze Mäntel lagen zerknüllt und zertreten am Boden zwischen Blutlachen und Blütenblättern. Huberts Bogensehne schwirrte. Der letzte Überlebende der Patrouille hatte seinen Säbel fallenlassen und sein Tier herumgerissen, um zu fliehen, als Marks zweiter Pfeil sich in seinen Rücken bohrte. Mit einem Aufschrei stürzte der Reiter zu Boden.

Plötzlicher noch, als es begonnen hatte, verstummte das Kampfgetöse. Mark sah sich um und suchte nach Ben. Der schwere Mann stand aufrecht und schien unverletzt zu sein. Er winkte Mark zu und hob Drachenstecher zum Salut.

Jetzt war es beinahe still. Mark hörte, wie ihm das Blut in den Ohren rauschte, er hörte sein Keuchen, seinen abgehackten Atem, und er hörte, wie ein gestürztes, verwundetes Reittier sich am Boden wälzte. Doon, den das Tier am Lauschen hinderte, setzte ihm den Fuß auf den Hals und schnitt ihm die Kehle durch.

Golok hatte sich auf Hände und Knie aufgerichtet und kroch auf das Tier zu, anscheinend, um ihm irgendwie zu helfen. Jetzt hielt er inne, starr vor Grauen und Unglauben, als er sah, was Doon getan hatte.

Sein Anführer beachtete ihn nicht. Doch jetzt begann Doon sich zu entspannen. Von neuen heranstürmenden Feinden war nichts zu hören, und es schien auch niemand davongekommen zu sein, um die anderen Soldaten bei der Karawane zu alarmieren.

Auch Indosuarus und Mitspieler standen wieder auf den Beinen. Anscheinend waren auch sie unversehrt. Sie hatten die Arme ausgebreitet und die Münder zu einem leisen Gesang geöffnet.

Ein rascher Blick zeigte, daß Pu Chou nicht mehr zu helfen war. Ein schwerer Säbelstreich hatte ihn in die Stirn getroffen. Der feindliche Kommandant war der einzige unter den Gefallenen, der noch atmete; Marks Pfeil ragte ihm aus dem Hals. Das war ein guter Pfeil, dachte Mark unversehens. Wenn der Schaft nicht gesplittert ist, werde ich ihn herausziehen, bevor wir gehen.

Der Offizier bewegte die Lippen. Doon beugte sich über ihn und versuchte zu verstehen, was der Mann sagen wollte. Dann schnüffelte er und richtete sich auf, wobei er vor Verachtung die Stirn runzelte.

»Im Vollrausch«, knurrte er abschätzig. »Man riecht es.« Er schaute umher und betrachtete die sterblichen Überreste derer, die der Offizier befehligt hatte. »Wahrscheinlich war die gesamte Patrouille in diesem Zustand. Typisch für den Roten Tempel.«

Hubert sah von seiner selbstgewählten Aufgabe hoch. Er war dabei, Pu Chous Taschen zu durchsuchen. »Aber normalerweise sind sie nicht so erpicht darauf, sich in einen Kampf zu stürzen.«

»Normalerweise«, gab Doon zurück und wischte sein Schwert ab, bevor er es wieder in die Scheide steckte. Der gefallene Offizier würde nichts dagegen haben, daß er dazu seinen Mantel mißbrauchte, denn jetzt atmete er nicht mehr.

Wegfinder vergrößert die Gefahren, dachte Mark. Ein Blüten-

blatt schwebte an seinem Gesicht vorbei. Es wehte seitwärts und landete knapp neben dem Kopf eines Toten.
Und Wegfinder, der schon wieder makellos schimmerte, deutete in die Richtung, die die Karawane genommen hatte.
»Nun, wir müssen sie einholen«, verkündete Doon, der dieses Kapitel schon abgeschlossen hatte. Mit geschickten Bewegungen erkletterte er einen Baum, um die Hügelflanke und die Straße, die unten verlief, besser einsehen zu können. »Unter uns ist der Hang von Spalten durchzogen. Von hier aus hätten wir ihre Karawane kaum überfallen können. Nicht besonders schlau, diese Patrouille. Golok, laß deinen kleinen Mönch aufsteigen, damit er uns Neuigkeiten über die Karawane bringt, denn ich kann sie von hier aus nicht mehr sehen. Indosuarus, jetzt, da die Schwerter weggesteckt sind, könntet Ihr versuchen, die Reittiere zu beruhigen und herzubringen. Wir brauchen sechs – nein, Pu Chou ist nicht mehr da, also genügen fünf.«
Der Magier und sein Gehilfe begannen einen besänftigenden Zauber zu wirken, und sie brachten die verletzten, verängstigten Tiere dazu, sich den Händen fremder Menschen anzuvertrauen. Als die Reittiere in Goloks Nähe gelangten, berührte er sie und sprach mit ihnen, und mit den Mitteln eines erfahrenen Tiermeisters gelang es ihm, sie zu beschwichtigen und zu zähmen.
Doon sah all dem ungeduldig zu und erteilte den anderen Befehle. »Wir werden die Uniformen des Roten Tempels anziehen – zumindest Teile davon. Es macht nichts, wenn wir liederlich und nur halb uniformiert aussehen; auch das ist typisch für den Roten Tempel. Wenn wir aussehen wie die Schweine, werden sie glauben, wir gehörten zu ihren Söldnern, und vielleicht halten sie uns sogar für reguläre Truppen. Ich möchte ohne weitere Gefechte an die Karawane herankommen.«
Golok und Mitspieler mußten die Verletzungen zweier Tiere behandeln, bevor fünf Reittiere bereitstanden. Inzwischen hatten die Männer einen Teil ihrer Kleidung gegen die der gefalle-

nen Feinde ausgetauscht und sich dabei hier und da mit brauchbaren Waffen versorgt. Wenig später verließ eine kleine Kolonne den Kampfplatz, die große Ähnlichkeit mit einem Söldnertrupp des Roten Tempels hatte.

Die Karawane hatte keinen sonderlich großen Vorsprung, und sie kam nur so schnell voran, wie ein müder Sklave sich antreiben ließ. Aber Doons Männer mußten zunächst ihre neuen Reittiere meistern und zur Eile anspornen. Außerdem war der Hang, über den sie zur Straße hinuntergelangten, schwieriges Gelände. Als sie die Straße schließlich erreicht hatten, war die Karawane längst nicht mehr zu sehen, aber Dart meldete, daß sie nicht schneller als vorher vor ihnen dahinziehe.
Gleichwohl wurde es schon dunkel, als die Reiter die Karawane wieder erblickten. Wenn Doon eine Gelegenheit gesucht hatte, auf einsamer Straße über sie herzufallen, so war diese jetzt verstrichen: Die Karawane überquerte eine verkehrsreiche Kreuzung, und nur wenige hundert Meter weiter wurde sie von den offenen Toren eines Roten Tempels erwartet.
Doon hob die Hand und ließ seine Schar langsamer reiten, damit sie sich das Tempelgelände genauer ansehen konnten, während sie sich ihm näherten. Es war, wie man schon beim ersten Blick hatte vermuten können, eine Anlage von beträchtlicher Größe. Die Mauern, die sie umgaben, waren kaum mehr als mannshoch, aber von einem scharfzackigen Schutzzaun gekrönt, der es schwierig machen würde, sie zu überklettern. Innerhalb des Mauerringes standen mehrere große, aber flache Gebäude. Häuser wie Schutzmauern schienen im wesentlichen aus Lehmziegeln zu bestehen. Die rot-schwarzen Banner wehten unübersehbar über dem Komplex.
Das Haupttor blieb offen, nachdem die Karawane hindurchgezogen war. Es war von Fackeln flankiert, die jetzt, in der einsetzenden Dämmerung, angezündet wurden. Schon eine

kurze Beobachtung zeigte, daß der Verkehrsstrom, der durch dieses Tor ein- und ausging, recht stark war, aber das war bei einem Roten Tempel an der Kreuzung zweier verkehrsreicher Straßen nicht überraschend.

»Eine Menge Kunden«, bemerkte Golok. Er hatte seine Empörung offenbar überwunden. »Es muß eine betriebsame Stadt in der Nähe sein, womöglich zwei. Vielleicht auch eine Burg.«

»Ja.« Hubert lachte leise. »Der Rote Tempel pflegt gute Geschäfte zu machen.«

»Ich glaube, wir werden einfach hineinreiten können, ohne daß uns jemand anspricht«, meinte Doon.

»Und wenn uns doch jemand anspricht?« fragte Indosuarus. Er hatte sich einen schwarz-roten Hut aufgesetzt, so daß er aussah wie ein niederer Magier im Dienst des Roten Tempels.

»Das werden wir sehen«, antwortete Doon. »Wartet auf mein Stichwort – verstanden? Also los.«

Im Schilderhaus am Haupttor saß ein einziger Wächter. Der Kopf hing ihm auf die Brust. Vielleicht schlief er halb, oder er war von Drogen berauscht. Den Leuten, die aussahen, als seien sie eine Söldnerpatrouille, schenkte er wenig oder keine Beachtung.

Von innen gesehen war die Anlage so groß und betriebsam, wie sie aus der Ferne von außen gewirkt hatte. Der Hauptteil, in dem sie sich jetzt befanden und der im allgemeinen der Öffentlichkeit zugänglich war, wurde von vielen Fackeln hell erleuchtet. Für Fahrzeuge und Tiere der Kunden gab es Abstellplätze und Balken zum Anbinden. An drei Seiten des geräumigen Innenhofes standen die verschiedensten Vergnügungshäuser, die zum Roten Tempel zu gehören pflegten. Zur Rechten Doons und seiner Männer befanden sich die Tanz- und Freudenhäuser. Spielhäuser standen links, und Speisen und Getränke gab es in der Mitte. Seit sie durch das Haupttor gekommen waren, schien Musik so allgegenwärtig wie der Duft von Rauschgift.

Durchgänge zwischen den Gebäuden führten in diejenigen Bereiche, die vermutlich nicht öffentlich waren. Mark erhasch-

te dort einen Blick auf eine der Sänften aus der Karawane, die in einer dieser Gassen verschwand, bevor ein Tor sich schloß und die Sicht vollends versperrte. Der Sklavenzug, den man zu Fuß hereingetrieben hatte, war vermutlich schon dort hinten, in einem Stall oder etwas Ähnlichem, untergebracht.
Doon zog sein Schwert für einen Moment aus der Scheide und stellte fest, daß es ihn nach rechts wies. Zwei vorüberziehende Kunden starrten ihn neugierig an, und er steckte das Schwert wieder ein.
Er wandte sich nach rechts und bedeutete seinen Männern, ihre Tiere zu zügeln und aus dem Sattel zu steigen. Sie banden die Reittiere an einen Balken neben dem Eingang der Tanzhalle. Bislang schien sich noch niemand auf dem Platz für sie zu interessieren.
»Golok«, befahl der Baron leise, »du bleibst hier und achtest auf die Tiere. Mach dich darauf gefaßt, daß wir rasch von hier verschwinden, wenn wir zurückkommen.« Golok nickte nur. Der verhüllte Mönchsvogel hockte hinter ihm auf dem Sattel. Doon ließ das Schwert in der Scheide. Er schnallte sie mitsamt dem Gürtel ab und trug das Ganze in der Hand. Hin und wieder blieb er stehen, um seinen weiteren Weg zu ertasten – beinahe wie ein Blinder mit seinem Stock. Er sah zwar immer noch sonderbar aus, fand Mark, aber es würde weit weniger Aufmerksamkeit erregen, als wenn der Baron eine meterlange Klinge vor sich herumgeschwenkt hätte.
Kassierer hüteten den Eingang zur Tanzhalle, aber wie Mark es erwartet hatte, ließen sie die roten Uniformen eintreten, ohne ihnen Geld abzunehmen. Söldner des Roten Tempels erhielten vermutlich nicht besonders viel Bargeld, aber dafür gab es anscheinend andere, ausgleichende Vergünstigungen. Im Tanzhaus ließ Trommelmusik die dicke, warme Luft erdröhnen. Das Innere des Hauses bestand großenteils aus einem einzigen, riesigen niedrigen Raum. Spärlich bekleidete Mädchen und junge Frauen und nur hier und da ein paar Knaben und junge Männern saßen überall in den Ecken des Raumes. Es waren Sklaven des Tempels, die darauf warteten, daß ein Kun-

de auf einen von ihnen aufmerksam würde. Einige Paare drehten sich auf der Tanzfläche, und in der Mitte des weiten Saales stand eine Gruppe von berufsmäßigen Musikern und Tänzern.
Zunächst schien Doon den Tanzboden schnurstracks überqueren zu wollen, doch dann überlegte er es sich offenbar anders. Anstatt die Tänzer zu stören, führte er seine Männer außen herum. In den hinteren Ecken sah Mark jetzt die traditionellen Statuen des Roten Tempels: Aphrodite, Bacchus, Dionysos, Eros. An der einen Seite führte eine breite Treppe nach oben. Vermutlich gab es in einer oberen Etage eine Verbindung zum benachbarten Freudenhaus. Ein bunt bemalter junger Mann stieg eben kichernd die Stufen hinauf, flankiert von zwei Kunden, einem Mann und einer Frau. Gleichzeitig kamen auf der anderen Seite der Tanzfläche vier Männer aus einem Nebenzimmer. Sie waren in blau-goldene Uniformen gekleidet, und obwohl sie den Tänzern einige Aufmerksamkeit schenkten, als sie an ihnen vorbeischlenderten, glaubte Mark, daß sie eher in Geschäften als zum Vergnügen hier waren. Es war kein Geheimnis, daß es zwischen dem Blauen und dem Roten Tempel gewisse Verbindungen gab, vor allem auf der oberen Ebene der Organisation.
In der vom Eingang am weitesten entfernt gelegenen Ecke des Tanzsaales führte eine breite Treppe abwärts. Doon ging voran, den heimlichen Weisungen des Schwertes folgend, und Mark erkannte, daß ein großer Teil dieser Anlage des Roten Tempels offenbar unterirdisch ausgebaut war. Hier unten, in einem unsichtbaren Winkel, spielten andere Musikanten auf, und ihre Musik klang anders: Irgendeine unerfindliche Pein lag darin. Auch die Luft war dicker hier, erfüllt von Fackelqualm und den schweren Schwaden von Weihrauch und Rauschgift.
Eine Zeitlang gingen Doon und seine Männer schweigend einen leeren Korridor hinunter. Unvermittelt glaubte Mark zu wissen, wohin das Schwert sie führte: Zu einem Teil des Tempels, von dem er zwar gehört, den er aber noch nie gese-

hen hatte, wenn er als Kunde in anderen ähnlichen Niederlassungen geweilt hatte.

Der Korridor teilte sich, und immer noch wies ihnen das Schwert der Weisheit den Weg.

»Gehen wir etwa zur Wurmgrube?« brummte Hubert leise. »Was oder wer könnte denn *dort* sein und uns Nutzen bringen?«

Keiner wußte darauf eine Antwort. Aber bald würde das Schwert es ihnen sagen.

Noch immer führte der Pfad, den Wegfinder ihnen erwählt hatte, durch öffentliche Bereiche der Tempelanlage, und so fragte sie niemand, was sie hier verloren hätten. Schließlich gelangten sie durch einen mit schweren Vorhängen verdeckten Durchgang in einen weiteren großen Raum mit niedriger Decke; dieser aber war viel dunkler und übelriechender als der Tanzsaal oben.

Nur ein paar Kerzen brannten, und in ihrem trüben Licht sah der Raum aus wie der Schlafsaal einer Kaserne oder wie eine Krankenstation in einem Kerker-Krankenhaus, wenn eine solche Kombination denkbar gewesen wäre. Zu beiden Seiten zogen sich Pritschen und Liegen dahin, und etwa die Hälfte davon war besetzt. Einige gebeugte Gestalten, männliche und weibliche Helfer, huschten durch die Düsternis. Als eine von ihnen an einer Kerze vorbeiging, sah Mark, daß sie ein kleines, schüsselförmiges Gefäß mit Erde und Geräte, die aussahen wie eine Pinzette und ein großer, feingezahnter Kamm, in den Händen trug.

Am Vorhang der Tür, durch die Doon und seine Männer hereingekommen waren, herrschte ein etwas besseres Licht. Hier plauderten einige der Kunden von Couch zu Couch und nippten dabei an Weinbechern. Man sah, daß Männer und Frauen größtenteils nackt unter den Laken lagen. Einer oder zwei waren eben im Zustand der Ekstase, die von den Freudenwürmern hervorgerufen wurde. Schluchzend und ächzend lagen sie auf ihren Pritschen, sie zuckten und verkrampften sich, stießen die Wolldecken beiseite und kratzten sich mit den

Kämmen über die Haut, bald langsam und bald in hektischer Wut.
Doon, der immer noch bemüht war, das Schwert in der Scheide unauffällig vor sich zu halten, führte sie langsam zwischen den Reihen der Pritschen hindurch. Mark sah, wie eine Dienerin mit einem Gefäß voller Erde neben einem liegenden Kunden stehenblieb. Aus der Schüssel hob die Dienerin mit Hilfe einer Pinzette einen kleinen, fahlgrauen Wurm, der – das wußte Mark – mehr wert war als sein eigenes Gewicht in Gold. Es war ein unauffälliges Tierchen, und man hätte es vermutlich gar nicht zur Kenntnis genommen, wenn man ihm nicht soviel Mühe hätte angedeihen lassen. Die Kundin, eine untersetzte Frau mit einem sichtlich gut gepflegten Körper, drehte sich unter dem Laken um und bot der Dienerin ihren breiten Rücken dar. Diese berührte die Schulter der Kundin mit der Pinzette und führte mit der anderen Hand flink eine Kerze heran. Als die Pinzette den kleinen Wurm losließ, verschwand er augenblicklich. Mark wußte – auch wenn er es nicht gesehen hatte –, daß der Wurm, angespornt von seinem Grabinstinkt und dem hellen Kerzenschein, sich in die Haut gebohrt hatte. Wurmgruben befanden sich immer in unterirdischen Räumen, denn die Tiere konnten nicht bei Tageslicht gezüchtet werden.
Eine Dienerin näherte sich Doon, als er seine Gruppe durch den Raum führte, aber der Baron schüttelte wortlos den Kopf und eilte weiter, dicht gefolgt von seinen Leuten. Die Dienerin, fand Mark, sah ihn einen Augenblick lang verdutzt an, doch dann widmete sie sich wieder ihren Aufgaben. Wie alle anderen, die hier arbeiteten, wirkte sie schmal und ungesund.
Sie kamen an einem anderen Kunden vorbei, einem Mann, der vor einer Weile mit einem oder mehreren Würmern infiziert worden war und jetzt unter dem Ansturm der Gefühle aufschrie. Mit zitternden Händen kratzte er sich, alle zehn Fingernägel bearbeiteten die Haut über den Rippen auf der linken Seite. Die Würmer folgten den Bahnen des Nervengewebes im Körper ihres Wirts, und im Austausch für Nahrung und Schutz im Körper des Säugers riefen sie angenehme Entzückungszu-

stände hervor. Manchmal wurde dieses Behagen zu einem unerträglichen Kribbeln – daher die aufgeregt arbeitenden Fingernägel und Kämme. Mark hatte gehört, daß man die Würmer in den Kerkergewölben des Roten Tempels zur Folter benutzte: Man infizierte die Opfer einfach und hinderte sie dann daran, sich zu kratzen.
Auf den einzelnen Betten lagen Leute, die sich stöhnend hin- und herwarfen und sich am ganzen Körper kratzten. Diener bearbeiteten einige von ihnen mit Kämmen. Im Weitergehen vermutete Mark, daß die Süchtigen vermutlich nach Klassen eingeteilt waren, wobei die Anfänger und solche, die sich nur gelegentlich dem Laster hingaben, in der Nähe des Einganges lagen, und diejenigen, die von der Sucht schon stärker versklavt waren, zur Mitte hin eingewiesen wurden. Im dunklen, hinteren Teil des Raumes, den Mark und seine Gefährten jetzt durchquerten, fanden sich Leute, die ihre Pritschen allem Anschein nach überhaupt nicht mehr verließen. Ihre Körper hatten ein ausgemergeltes, erschöpftes Aussehen, und sie waren übersät von alten Narben und frischerem, erst kürzlich getrocknetem Blut. Hier gingen die Bediensteten weniger aufmerksam zu Werke. Manchmal geschah es – und Mark hatte gehört, daß es letzten Endes unausweichlich sei –, daß die Würmer sich von der Haut weiter in den Körper hinein und schließlich durch das Rückenmark bis ins Hirn wühlten.
Im hintersten Winkel des Raumes fanden sie eine unauffällige Tür. Es war wohl der Ausgang für solche Kunden, die nicht mehr bezahlen oder gehen konnten. Das Schwert leitete Doon geradewegs auf diese Tür zu. Sie war unverschlossen, und als er sie berührte, schwang sie auf und gab den Blick in einen trübe erleuchteten Gang frei. In einem Nebenzimmer abseits dieses Ganges hantierte ein Diener zwischen Schüsseln und Regalen voller Erde. Er sah auf, als die sechs Bewaffneten an seiner Kammer vorüberstampften. Aber er protestierte nicht, er blieb stumm.
Der Versorgungskorridor teilte sich nach einer Weile. Wegfinder entschied sich für die nach links führende Gabelung, die sie

nach kurzer Zeit zu einer schweren, vergitterten Tür brachte. Die Tür war geschlossen und vermutlich fest verriegelt. Auf der anderen Seite der Gittertür stand ein rotbehelmter Soldat auf Posten, und hinter ihm konnte Mark eine Reihe von Türen längs des Korridors erkennen, die offenbar zu einzelnen Zellen führten.
»Mach auf«, befahl Doon und rüttelte kühn am Gitter.
Aber der Soldat dachte nicht daran, sich einschüchtern zu lassen. »Hier kommt niemand ohne schriftlichen Befehl herein. Was wollt ihr überhaupt hier? Ihr Feldsoldaten glaubt wohl, ihr könnt jederzeit herkommen und euch amüsieren, ohne ...«
Wegfinder fiel mitsamt Gürtel und Scheide dumpf klappernd zu Boden, und beinahe gleichzeitig erschien in Doons rechter Hand ein Dolch — ein weit besseres Werkzeug für einen so körpernahen Einsatz. Doons schlanker linker Arm schoß durch das Gitter, packte den Posten beim Aufschlag seiner Jacke und riß ihn heftig gegen die Stäbe. Blitzschnell stieß die Rechte des Barons mit dem Dolch zu, und die Klinge drang dem Soldaten unter dem Brustbein hindurch nach oben ins Herz. Die Augen des Mannes quollen aus den Höhlen und wurden dann glasig. Wenn er überhaupt einen Laut von sich gab, dann war er zu leise, als daß man ihn durch die von Ferne herüberklingende Musik hätte hören können.
»Die Schlüssel«, sagte Doon lakonisch und hielt sein Opfer am Gitter aufrecht. Der Mann trug einen Schlüsselbund am Gürtel. Mark langte durch das Gitter, löste den Schlüsselring und nahm ihn an sich. Ein Teil seines Herzens protestierte gegen diesen kaltblütigen Mord, aber ein anderer frohlockte triumphierend angesichts der Gewandtheit, die Doon demonstriert hatte. In einem Krieg brauchte man fähige Führer, und dies war ein Krieg: er war Teil von Sir Andrews Kampf gegen den Dunklen König und die grausame Silberne Königin. Dieser Raub war ein Handstreich gegen diejenigen, die sich mit Sir Andrews Feinden verbündet hatten, gegen den Roten und den Blauen Tempel. Sie schlossen die Gittertür auf und setzten den Toten aufrecht an die Wand, bemüht, ihn im engen Gang so unauffällig wie

möglich erscheinen zu lassen. Anscheinend hatte noch keiner der anderen Templer bemerkt, daß etwas nicht stimmt. Hinter den Türen in einiger Entfernung spielte die Musik weiter, als wäre nichts geschehen. Irgendwo in der Nähe, hinter einer Ecke, verrieten klappernde Töpfe und schwappendes Wasser, daß in einer Küche gearbeitet wurde.
Der Baron nahm das Bündel mit Wegfinder wieder vom Boden auf und führte seinen kleinen bewaffneten Trupp durch den von Zellen gesäumten Gang. Alle Türen waren geschlossen.
Dann gebot das Schwert ihnen, anzuhalten. »Diese Tür. Versucht, sie aufzuschließen.«
Das Schlüsselbund bestand aus sechs Schlüsseln. Mark nestelte einen beiseite, der offensichtlich nicht zu dem plumpen Schloß gehörte, und versuchte es mit einem anderen, der aussah, als passe er, doch auch dieser war der falsche. Der dritte Versuch hingegen glückte, und die messingbeschlagene Eisentür schwang auf. In dem Raum dahinter war es sehr dunkel, wie man es von einer Zelle nicht anders erwarten konnte.
Marks gute Reflexe bewogen ihn, sich schleunigst zu ducken, als etwas Metallenes herangeflogen kam. Als das Geschoß klirrend und spritzend an der gegenüberliegenden Korridorwand auftraf, erkannte er, daß es ein Nachttopf aus Messing war.
»Bleibt weg von mir!« Die Stimme, die aus der Zelle hallte, gehörte zweifellos einer Frau, aber sie war kräftig genug, um einem Infanteriesergeanten zu dienen. »Ihr stinkenden Klumpen Lasttierkot, wißt ihr nicht, wer ich bin? Wißt ihr, was mit euch passiert, wenn ihr mich anrührt?«
Doon, der eben durch die offene Tür hatte springen wollen, zuckte zurück und stieß einen den finstersten Dämonen gewidmeten Fluch aus, als ein zweites Wurfgeschoß dicht an seinem Kopf vorbeiflog. Jetzt erschien die einzige Bewohnerin der Zelle im Lichtschein, der durch die offene Tür hereinfiel. Es war eine große, kräftig gebaute junge Frau. Ihre blasse Haut war schmutzverkrustet und ihr rotes Haar verfilzt. Ihre Kleidung war kostbar, oder sie war es doch gewesen, lange bevor sie

den gegenwärtigen Zustand von Verschleiß und Besudelung erreicht hatte. An Körpergröße überragte sie Doon, der sich eben wieder in die Zelle vorwagte, um ein beträchtliches Maß, ja, sie war nur wenige Zentimeter kleiner als Mark, der unter den anwesenden Männern der größte war.
Doon murmelte etwas, das sie zweifellos entweder erschrecken oder beruhigen sollte, packte sie beim Arm und wollte sie aus der Zelle zerren. Sie sträubte sich und beschimpfte ihn. Ihre weißen Händen und in zerrissenen Ärmeln steckenden Arme kratzten und schlugen nach ihm.
Dem kleineren Mann war nicht daran gelegen, todbringende Gewalt anzuwenden, und so balgte er sich recht wirkungslos mit der großen jungen Frau – dem großen Mädchen eigentlich, wie Mark erkannte, denn sie war in der Tat sehr jung. Die Klemme, in der Doon sich augenblicklich befand, wäre zu einem anderen Zeitpunkt sicherlich komisch gewesen. Jetzt aber war sie es nicht.
»Ich bin Ariane!« brüllte das Mädchen ihnen entgegen, als Mark hinzusprang, um seinem Anführer zu helfen. Ihr Geschrei hatte widerhallendes Getöse aus den anderen Zellen geweckt, so daß der Gang schließlich von ohrenbetäubendem, unverständlichem Lärm erfüllt war. Das Mädchen kreischte: »Ich bin die...«
Ihre Stimme versagte, als sie Mark zum erstenmal geradewegs ins Gesicht blickte. Als sie wieder sprechen konnte, klang sie völlig verändert. Mit verträumtem Flüstern, das zu dem plötzlichen Erstaunen in ihren Augen paßte, hauchte sie: »Mein Bruder...« Im nächsten Augenblick verdrehte sie die Augen nach oben. Er war gerade noch rechtzeitig zur Stelle, um Doon zu helfen, ihren zusammensackenden Körper aufzufangen. Anscheinend war sie in Ohnmacht gefallen.
Doon drehte sich um, ohne sie loszulassen, und suchte nach dem Zauberer. »Indosuarus, was...?«
»Nicht meine Sache«, erwiderte der Magier, eine machtvolle Gestalt, seltsam fehl am Platze vor diesem schäbigen Hintergrund.

Doon hatte nicht die Absicht, sich in diesem Augenblick den Kopf zu zerbrechen. Er überließ Mark das Mädchen und befragte erneut sein Schwert. »Es deutet dahin, wo wir hergekommen sind... Nehmt sie mit und laßt uns verschwinden.« Mark, der durch den langen Bogen auf seinem Rücken behindert wurde, hatte alle Mühe, das schwere Mädchen durch den engen Gang zu schleppen. Ben hielt ihn schließlich fest und nahm ihm seine Bürde wortlos ab. Ohne Mühe warf er sich das Mädchen über die Schulter und marschierte weiter. Ihr langes rotes Haar reichte, so verfilzt es auch war, doch fast bis zum Boden, und ihre kräftigen weißen Arme baumelten wie leblos hin und her.
Als sie an dem toten Wachsoldaten vorbeimarschierten, schien es Mark, als starrten ihn dessen leblose Augen an.

8

Hier in den oberen Stockwerken der zentralen Verwaltung war der Blaue Tempel auf das eleganteste ausgestattet, vor allem in den Zimmern, in denen die Mitglieder des Inneren Rates zusammenkamen, um über geschäftliche Angelegenheiten zu reden, untereinander und auch mit anderen Persönlichkeiten von vergleichbarer Bedeutung. Schreiber und Buchhalter, die in den unteren Stockwerken arbeiteten, mußten sich vielleicht mit abgenutzten Möbeln und kahlen, getäfelten Wänden begnügen, doch hier oben herrschte kein Mangel an Sklaven und Springbrunnen, an Marmor und Gold, an feinen Wandbehängen und an Zerstreuungen jeglicher Art.
Nicht, daß man Radulescu mit Sklaven versehen hätte, die ihm Zerstreuung bringen und Gesellschaft leisten sollten, während er hier im Vorzimmer des Hohenpriesters schmorte – genaugenommen im Vorzimmer einer Suite von Vorzimmern. Aber er hörte Saitenmusik aus der Ferne, und er konnte sich, wenn er wollte, ablenken, indem er sich von dem üppig gepolsterten Diwan erhob und im Raum ein wenig auf und abging oder

durch den Vorhang aus dem Fenster starrte. Von diesem Fenster aus sah man Mauern und Zinnen, einige niedrigere Türme, die von weniger bedeutenden Leuten bewohnt waren, und über die Dächer hinweg konnte man bis zur Innenseite der Stadtmauer selbst blicken. Diese Mauer allerdings war noch höher als der Turm, in dem er sich befand, und sie war es nicht zufällig. Sie war berühmt für ihre Höhe und Stärke, und die Stadt war berühmt für die Uneinnehmbarkeit, zu der ihr diese Mauer verhalf. Viele Menschen glaubten deshalb sogar, daß der Hauptort des Blauen Tempels sich unter eben diesem Gebäude in einem unterirdischen Gewölbe befinde.
Radulescu wußte das natürlich besser. Aber er, der Hohepriester und zwei oder drei Angehörige des Inneren Rates – Radulescu wußte nicht einmal, wer sie waren –, kannten als einzige den genauen Ort, an dem Benambras Gold verwahrt wurde, und niemand außer ihnen wußte, wie man hingelangen konnte.
Unter denen, die etwas von der Welt verstanden, herrschte allgemeine Eintracht hinsichtlich der Tatsache, daß der derzeitige Hohepriester *de facto* der Herrscher dieser Stadt und eines großen Teils der umliegenden Ländereien war, wenngleich er diese nicht offiziell beanspruchte. Aber Städte, mochten sie noch so stark und sicher sein, pflegten stets die Aufmerksamkeit geldgieriger Könige und anderer Potentaten auf sich zu ziehen, und bewahre, der Blaue Tempel würde seinen Schatz, den eigentlichen Grund für seine Existenz, doch nicht an einem so naheliegenden Ort wie diesem verstecken.
Den Uneingeweihten erschien die ganze Organisation so offenkundig und ehrlich, während sie in Wahrheit doch mehr als raffiniert und verschlagen angelegt war. Radulescus Gedanken waren eben mit dieser Erkenntnis und deren Auswirkungen auf seine bisherige Karriere beschäftigt, als sich plötzlich der Vorhang an einer Tür bewegte und ein kahlköpfiger, golden gewandeter Sekretär erschien.
»Der Vorsitzende wird Euch jetzt empfangen.«
Während Radulescu dem Adjutanten eilig durch eine Flucht

von fein ausgestatteten Büros folgte, gestattete er sich einen leisen Seufzer der Erleichterung. Wenn der oberste Würdenträger des Blauen Tempels geruhte, diesen Titel zu benutzen, handelte es sich bei der Angelegenheit, um die es ging, vermutlich um Geschäftliches und nicht etwa um irgendein kultisches Ritual, wie etwa die Relegation eines Priester-Offiziers, der seine Pflichten vernachlässigt hatte.

Die letzte Tür, die der Sekretär öffnete, führte in einen weitläufigen Raum. Neben anderen luxuriösen Einrichtungsgegenständen stand hier ein Konferenztisch, der groß genug war, um zwanzig Potentaten Platz zu bieten. Aber es befand sich nur ein einziger Mensch im Raum, ein ziemlich kleiner Mann mit rotglänzendem Gesicht und einem Schädel so kahl wie der des Sekretärs, der ihm zu Diensten war. Der Mann saß am anderen Ende des Tisches und hatte ein Bündel Papiere vor sich auf dem polierten Holz der Tischplatte ausgebreitet.

Der Hohepriester – oder der Vorsitzende – hob den Kopf und wandte Radulescu sein rundes, rotes Gesicht entgegen. Der oberste Funktionär wirkte überaus leutselig – aber so sah er immer aus, zumindest, soweit es Radulescus begrenzte Erfahrungen betraf.

»Oberst Radulescu, tretet ein, setzt Euch hin.« Der Vorsitzende deutete auf einen Stuhl in seiner Nähe. »Wie kommt Ihr mit dem Sonderdienst zurecht? Habt Ihr genug Arbeit, um Euch zu beschäftigen?«

In den Monaten, die seit jener unglückseligen Schatzlieferung vergangen waren, hatte man Radulescu unter verschiedenen formalen Klassifikationen hin und her versetzt, während sein Fall vom Inneren Rat und vom Hohenpriester beraten wurde. In den letzten zehn Tagen etwa hatte Radulescu zu spüren geglaubt, daß die offizielle Haltung gegen ihn sich allmählich zu normalisieren begann, und dies hatte er als günstiges Zeichen aufgefaßt.

»Ich habe mich in das Problem vertieft, neue Wege zu finden, auf denen sich dem Tempel Tribut zollen ließe, Vorsitzender, und ich hoffe, ich habe es nicht ohne Erfolg getan.« Zum Glück

hatte er eine solche Frage vorausgesehen, und die Abfassung einer guten Antwort betrachtete er als einen Teil der Arbeit, die er gefunden hatte.
»Schön, schön«, sagte der Vorsitzende vage und schaute wieder auf die vor ihm liegenden Papiere. Radulescu fand, daß sie aussahen wie Berichte, die mit seinem Fall zu tun hatten. Die Fenster hinter dem Vorsitzenden waren von solcher Art, wie sie nur wenige je zu Gesicht bekamen. Die Scheiben waren aus echtem, beinahe makellosem Glas, und an ihren Rändern waren Halbedelsteine eingesetzt, die das Licht wie feine Glassplitter durchschimmern ließen. Radulescu mußte plötzlich daran denken, daß der Vorsitzende in Wirklichkeit nur ein Mensch war, ein Mann mit einem Namen: Hyrcanus. Nur selten aber bedachte man in Worten oder auch nur in Gedanken eine so hochstehende Persönlichkeit mit einem schlichten menschlichen Namen. Nur ein paar skurrile und bedauerlich populäre Lieder taten das.
»Schön... gut. Nun, wie ich hier sehe, sind schon mehr als zwei Monate seit Eurem... Mißgeschick vergangen. Würdet Ihr sagen, daß ›Mißgeschick‹ eine angemessene Bezeichnung für das Geschehene ist?« Der Vorsitzende hob den Kopf und sah Radulescu mit plötzlicher Schärfe an. Seine Augen waren unversehens kalt wie blaues Eis.
Radulescu fiel es nicht schwer, gehörig ernst und feierlich dreinzusehen, als er über diese Frage nachdachte. »Meine eigene Auffassung zu diesem Ereignis hat sich, wie ich gestehen muß, im Laufe dieser zwei Monate nicht zum Positiven gewandelt, Vorsitzender.« Fast seufzte er. »Ich wäre über die Maßen erfreut, wenn Ihr mich mit der Euren bekanntmachen wolltet.« Sei müde, sei ratlos, sei nicht *allzu* reumütig, mahnte er sich. Niemals hatte Radulescu sich der Ereignisse jener Nacht für schuldig bekannt, zumindest nicht über das Mindestmaß hinaus, dem ein anwesender, verantwortlicher Offizier sich beim besten Willen nicht entziehen konnte.
Die eisigen Augen betrachteten ihn, das rote Gesicht nickte leise und senkte sich dann wieder über die Papiere auf dem

Tisch. »Was aus dem Mann geworden ist, hat man noch immer nicht in Erfahrung bringen können«, meinte der Vorsitzende sinnend. Es war nicht notwendig, daß er genauer erklärte, wovon er sprach. »Den Drachen hat man inzwischen ersetzt. Allein dies war schon überaus kostspielig... Den Drachen, der in die Geschehnisse verwickelt war, haben wir kurz danach töten lassen, um seinen Mageninhalt zu untersuchen. Das Resultat, ich sage das mit Bedauern, ermöglichte keine zwingende Schlußfolgerung. Ein paar Tuchfetzen, die wir im Magen fanden, konnten immerhin identifiziert werden: Sie stammten vom Mantel des Schurken – oder doch von einem regulären Infanteristenmantel. Ihr werdet Euch erinnern, daß man seinen Mantel zwischen dem Höhleneingang und der Uferklippe fand. Er sah aus, als habe der Drache eine Weile darauf herumgekaut.«
»Daran erinnere ich mich, Herr. Selbstverständlich löste ich den Bann, mit dem ich den Drachen belegt hatte, sobald ich in der Höhle wieder zu mir gekommen war und begriffen hatte, was geschehen sein mußte...«
»Ja...ja.« Papier raschelte. »Das habt Ihr bereits so zu Protokoll gegeben. Auch in den, äh... Abschlußbesprechungen.«
»Ja, Herr.« Diese Verhöre waren kaum weniger schrecklich gewesen als der erste Schock der Erkenntnis in der finsteren Höhle, wo der körperliche Schmerz des unfreiwilligen Treppensturzes bald von der Angst vor dem, was als nächstes kommen würde, verschlungen worden war.
Die fünf Soldaten, die nichts weiter begriffen hatten, als daß man sie eingesperrt hatte, waren in ein entsetzliches Geheul ausgebrochen. Die Weißhände hatten wie gewöhnlich auf dieses Signal reagiert und waren in die obere Höhle hinaufgestiegen, um ihres Amtes zu walten, wie sie es stets nach einer Lieferung zu tun pflegten. Im flackernden Kerzenschein hatte Radulescu sie mit seinem Schwert zurücktreiben müssen. Es war ein Glück gewesen, daß er nicht vergessen hatte, den Bann von dem Drachen zu nehmen. Er hatte ihm ein wenig Zeit gelassen, um den Schurken draußen zur Strecke zu bringen, dann hatte

er ihn mit einem anderen Zauberspruch veranlaßt, den Stein vor dem Höhleneingang beiseitezuwälzen.
Einen kurzen Augenblick lang war Radulescu versucht gewesen, das ganze Fiasko vor seinen Vorgesetzten geheimzuhalten. Aber als er vor die Höhle getreten war und von dem verschwundenen Mann nur den Mantel entdeckt hatte, war ihm klargewesen, daß er sich mit einem solchen Versuch auf sehr dünnem Eis bewegen würde.
Die Tiere waren von dem riesigen Drachen, der in ihrer Nähe gewütet hatte, in panische Angst versetzt worden. Sie hatten sich losgerissen und waren davongestürmt. Mit den gräßlichsten Flüchen hatte er die überlebenden Soldaten zum Schweigen gebracht und sie mit dem Schwert in der Hand zu der immer noch wartenden, allmählich unruhig werdenden Kavallerie geführt. Er wußte, es hatte jetzt keinen Sinn mehr, die fünf zu töten. Man würde sie befragen wollen.
Der Vorsitzende beschäftigte sich, vorläufig zumindest, mit einem anderen Aspekt der Situation. »...Unterwassersuche entlang der Küste dort hat einen zerbeulten Helm zutage gefördert, wie sie die Soldaten unserer Garnison tragen... Bedauerlicherweise steht aber nicht fest, ob dies der Helm ist, der an den vermißten Mann ausgegeben wurde.«
Radulescu hob die Brauen. »Ich nehme doch an, Herr, daß eine magische Untersuchung des Helmes vorgenommen worden ist?«
»O ja. Gewiß.«
»Und selbst danach wissen wir immer noch nicht, ob er diesem Ben gehörte oder nicht?«
Wieder richtete der Vorsitzende seine ganze Aufmerksamkeit auf Radulescu. »Bedauerlicherweise nicht. Gewisse verderbliche Einflüsse haben sich störend ausgewirkt.«
»Herr?« Radulescu spürte jäh, daß er rettungslos verloren war – ein Gefühl, das unter den gegebenen Umständen unausweichlich und schnurstracks in die Verzweiflung führen würde.
Der Vorsitzende sah ihn an und schien einen Augenblick lang

selbst Unsicherheit zu empfinden. Dann faßte er einen Entschluß. Er erhob sich von seinem Stuhl am Kopf des Tisches und ging zu einer der langgestreckten Wände des Konferenzsaales, wo eine Landkarte hing. Die Lage der Schatzgrube war natürlich weder auf dieser noch auf irgendeiner anderen Karte eingezeichnet, aber Radulescus Blick wanderte trotzdem ohne Umschweife zu dem bewußten Punkt an der Küste.
Der Vorsitzende hob einen Zeigestock und deutete nicht auf diesen Punkt, sondern auf einen, der dicht daneben lag. »Hier, dieses Kap auf der anderen Seite des Fjordes – seht Ihr, wem dieses kleine Territorium direkt auf der Landzunge gehört?«
Radulescu sah nichts als einen kleinen, farbigen Punkt, der ihm nichts sagte, bevor er den Farbenschlüssel am Fuße der Karte konsultiert hatte. »Kaiserliches Land«, stellte er dann mit leiser Stimme fest. Er zögerte und setzte dann hinzu: »Ja, Herr. Ich glaube, ich verstehe.«
Schon dies war eine verwegene Behauptung, und der Vorsitzende ließ ihn nicht aus den Augen. Offensichtlich erwartete er von Radulescu genauere Aussagen. Dieser begann zu stottern. »Der Kaiser ist ... ist also... eine gegnerische Macht?«
Sorgsam legte der Vorsitzende den Zeigestock aus der Hand, verschränkte die Hände hinter dem Rücken und stellte sich vor der Karte in Positur. »Ich bezweifle, daß Ihr tatsächlich schon versteht. Im Grunde nicht Eure Schuld. Man kann es nicht erwarten... Aber Ihr solltet es bald verstehen. Ein Mann in Eurer Position, den man vermutlich in den Rat befördern wird, sobald dort ein Sitz frei wird... Ja, wir müssen Euch bald einmal mit unseren obersten Zauberern zusammenführen, auf daß man Euch darüber ins Bild setzt, was es mit dem Kaiser auf sich hat. Vorausgesetzt natürlich, Euer Rang wird Euch nicht in nächster Zukunft aus irgendeinem Grunde aberkannt.« Diese Bemerkung brachte Radulescus Hoffnungen, die bei der Erwähnung einer nahen Beförde-

rung zuversichtlich aufgelodert waren, rasch wieder auf ein angemessenes Maß herunter. »Aber Ihr wißt doch wenigstens, daß der Kaiser kein Mythos ist, sondern ein realer Faktor, dem man Rechnung tragen muß?«
Auf diese Frage konnte es nur eine einzige Antwort geben.
»Ich will sehen, daß man Euch bald aufklärt – falls sich nichts ergibt, was dies verhindern könnte.« Der Vorsitzende kehrte an seinen Platz zurück, und seine Stimme nahm ihren gewohnten, leutseligen Tonfall wieder an. »Ich glaube, nach allem, was wir bisher wissen, liegt die Schlußfolgerung nahe, daß dieser Mann aus – wie hieß es gleich – Purkinje, daß also Ben aus Purkinje bei einem Sprung oder Sturz ins Meer zu Tode gekommen ist, falls es ihm überhaupt gelungen ist, dem Drachen zu entgehen. Allen Berichten zufolge war er ein wenig langsam zu Fuß, daher dürfte die Wahrscheinlichkeit, daß er dem Drachen entrinnen konnte, doch nicht allzu groß sein.
Euch würde ich nun gern die folgende Frage stellen: Seht Ihr selbst einen Grund, weshalb wir, die Leitung des Tempels, diesen Zwischenfall nicht zu den Akten legen sollten? Selbstverständlich wären einige routinemäßige Vorkehrungen zu treffen. Beispielsweise wären die Bannsprüche für den Wachdrachen zu ändern – was im übrigen schon geschehen ist –, aber könnten wir ansonsten nicht alles mehr oder weniger so weiterlaufen lassen wie bisher?«
Radulescu räusperte sich vorsichtig. Diese unverblümte Frage konnte leicht eine tückische Falle enthalten; das zu erkennen bedurfte es keiner großen Gerissenheit. »Hat man die fünf Soldaten verhört, Herr?« fragte er. »Ich nehme an, man hat es getan?«
»Oh, selbstverständlich. Aber bei den Vernehmungen hat sich kein Hinweis auf eine Verschwörung ergeben.«
Radulescu versuchte nachzudenken. »Herr, ich vermute, man hat inzwischen auch eine aktuelle Bestandsaufnahme des Hortes vorgenommen?«
Der Vorsitzende nickte. »Ich habe es persönlich unternommen. Es ist alles unversehrt und sicher.«

Nach einer kurzen Pause sprach Radulescu weiter. »Nun, Herr, es gibt immer noch ein paar Dinge, die mich beunruhigen.«
»Aha. Was zum Beispiel?«
»Ein kluger Mann, der von einem Drachen verfolgt wird, könnte durchaus auf die Idee kommen, seinen Mantel fortzuwerfen, um die Bestie abzulenken. Nach allem, was ich über Drachen weiß, könnte eine solche List sehr wohl für kurze Zeit wirkungsvoll sein.«
»Aber dieser Ben aus Purkinje war alles andere als ein kluger Mann, wie die Offiziere, die ihn kannten, berichtet haben. Ihr wißt, daß man für diese Lieferungen im allgemeinen keine klugen Männer auswählt.«
»Das stimmt natürlich, Herr. Aber...«
»Aber was?«
»Wie Ihr wißt, habe ich drei Transporte vor dieser unglückseligen Lieferung geführt. Von mehr als zwanzig Soldaten bei vier Transporten, für die ich verantwortlich war, hat keiner außer ihm Verdacht geschöpft und geahnt, daß etwas nicht stimmte. Daß von seinem Standpunkt aus gesehen etwas nicht stimmte, meine ich. Zumindest war er der einzige, der etwas unternahm, um sein erbärmliches Leben zu retten.«
Der Vorsitzende schwieg eine Weile und dachte nach. Radulescu war ein wenig überrascht, als er schließlich meinte: »Ein elendes Leben müssen diese Burschen führen. Ich kann mir nicht denken, was sie dagegen haben könnten, wenn man es für sie beendet. Habt Ihr es schon einmal so betrachtet?«
»Nein, Herr, das habe ich wohl nicht.«
Nach kurzem Sinnen fuhr der Vorsitzende fort. »Wie dem auch sei – ich nehme doch an, man hat Euch, bevor man Euch die Transporte überantwortete, warnend darauf aufmerksam gemacht, daß andere Offiziere bereits mit aufsässigen Soldaten zu tun hatten.«
»Man hat mich auf die Möglichkeit solcher Schwierigkeiten aufmerksam gemacht, Herr, das stimmt. Aber ich hatte den Eindruck, solche Zwischenfälle lägen bereits geraume Zeit zurück.«

»Und hat man Euch auch gesagt, daß die verantwortlichen Offiziere bis dahin stets in der Lage waren, dieser Schwierigkeiten Herr zu werden? Deshalb sorgen wir schließlich dafür, daß der Offizier bewaffnet ist und die Soldaten nicht, versteht Ihr?«
Radulescu fühlte, wie seine Ohren brannten. »Jawohl, Vorsitzender, das war mir bekannt.«
»Was, meint Ihr, sollten wir jetzt tun, Radulescu? Ihr hattet zwei Monate Zeit, um darüber nachzudenken. Was würdet Ihr anordnen, wenn Ihr an meiner Stelle wärt? Es überrascht Euch vielleicht zu hören – wenngleich ich es nicht glaube –, daß ich Feinde im Rate habe, Leute, die nur auf einen Fehler von mir warten, um mich stürzen zu können.«
Radulescu hatte in der Tat über diese Frage nachgedacht, aber ihm war, als sei dieses Nachdenken von zweifelhaftem Nutzen gewesen. »Nun, Herr, wir könnten eine Zeitlang mehr oder weniger regelmäßige Streifen in die Gegend entsenden. Ich weiß wohl, daß wir das gewöhnlich nicht tun, weil...«
»... weil es nicht länger geheim bleiben könnte, welche Bedeutung diese Gegend für uns hat, wenn dort regelmäßige Patrouillen unterwegs wären, und das ist ja wohl ein überzeugender Grund. Natürlich, wenn wir *sicher* wären, daß Euer Mann entkommen ist, dann – ja, dann würden wir vielleicht Patrouillen entsenden. Zumindest so lange, bis wir den ganzen Hort anderswo untergebracht hätten. Und wie groß wäre unsere Hoffnung, das neue Versteck geheimzuhalten? Und was würde die Umlagerung uns kosten, die Umlagerung allein? Habt Ihr eine Ahnung? Nein, natürlich habt Ihr keine Ahnung. Seid nur froh, daß ich nicht vorschlage, so etwas aus Eurem Sold zu finanzieren.«
Ein Scherz! Bei allen Göttern!

9

Das kleine Schiff schien alt zu sein; zumindest machte es auf Mark, der zugegebenermaßen kein Fachmann war, diesen Eindruck. Aber seinem betagten Aussehen und seinem plumpen Rumpf zum Trotz bewegte es sich mit einer gewissen Anmut. Ob dies seiner Bauweise oder schierer Zauberei oder der Tatsache, daß es von einem Djinn gesteuert wurde, zuzuschreiben war, vermochte Mark beim besten Willen nicht zu sagen.

Das Schiff hatte zwei Masten und zwei Kajüten, und es gehörte Indosuarus, der es an die Küste beordert hatte, wo es Doons Trupp, der nach Arianes Errettung aus dem Roten Tempel in einem harten Drei-Tage-Ritt hierher unterwegs war, erwarten sollte. Das Schiff war ohne sichtbare Besatzung in seichtes Wasser geglitten und fast auf Grund gelaufen, um sie aufzunehmen. Als die acht Passagiere mit ihrem spärlichen Gepäck an Bord gekommen waren, hatte es nur eines Wortes von Indosuarus bedurft, um es wieder in See stechen zu lassen – und das alles, ohne daß eines Menschen Hand Seil, Segel oder Ruder berührt hätte. Der Djinn war nicht gefährlich, zumindest nicht für Indosuarus' Freunde, wie Mitspieler ihnen allen versicherte. Sichtbar war er nur hin und wieder, als kleine Wolke oder als verschwommenes Flirren in der Luft, zumeist über den Masten, und manchmal hörte man eine widerhallende Stimme, die aus großer Ferne zu kommen schien und ein paar Worte mit Indosuarus wechselte.

Jetzt, im hellen Tageslicht des Vormittags, war der Djinn nicht zu sehen. Was man sehen konnte, war eine Nebelbank voraus. Meistens lag eine Nebelbank dicht vor ihnen, wenn sie nicht gerade hinter ihnen lag, zwischen dem Schiff und der Küste oder das kleine Fahrzeug ganz und gar einhüllte. In den drei Tagen der Seereise hatten sie die Küstenlinie nur aus den Augen verloren, wenn der Nebel sie verhüllt hatte.

Das Wetter beschäftigte die Aufmerksamkeit der Menschen an Bord zu einem großen Teil. Abgesehen von den Nebelfetzen hatte es keinerlei Störung gegeben, und Mark vermutete, daß

auch das Wetter zumindest teilweise von Indosuarus gesteuert wurde. Mark und Ben, beides Landratten, waren zu Beginn der Schiffsreise seekrank gewesen, aber Mitspieler hatte ihnen eine geringfügige Dosis von einem magischen Elixier gegeben, das sie sogleich von allem Unwohlsein kurierte.
Jetzt hockten Mark und Ben auf dem Vorderdeck. Doon und Indosuarus hatten sich in eine der kleinen Kabinen unter Deck zurückgezogen, Ariane in die andere. Golok und Hubert schauten über das Heck und waren in ein Gespräch vertieft. Mitspieler kam dauernd an Deck und ging wieder nach unten, beschäftigt mit einer endlosen Reihe von Beobachtungen und Berichten über das Wetter, die Schiffsposition und vielleicht noch andere Faktoren, für deren Verständnis Marks magische Empfindsamkeit nicht ausreichte. Dart, der Mönchsvogel, kletterte derweilen in der Takelage herum. Den größten Teil der Zeit verbrachte er jetzt dort oben. Mit dem Djinn, der das Schiff führte, hatte er einen nicht ganz spannungsfreien Waffenstillstand geschlossen.
Vermutlich zum zehntenmal seit ihrer Flucht aus dem Roten Tempel fragte Ben Mark: »Wieso, glaubst du, hat sie dich ›Bruder‹ genannt?«
Mark gab die gleiche Antwort, die er schon neunmal gegeben hatte. »Ich habe immer noch keine Ahnung. Sie sieht überhaupt nicht aus wie die Schwester, die ich habe. Marian ist blond; sie ist kleiner als dieses Mädchen und älter als ich. Diese aber behauptet, sie sei achtzehn. Dabei wette ich, sie ist drei Jahre jünger als ich, so groß sie auch sein mag.«
»Und ich wette, sie ist ein bißchen verrückt«, bemerkte Ben. »Wahrscheinlich mehr als nur ein bißchen.«
Mark erwog diese Theorie. »Sie sagt, man habe ihr in der Karawane Drogen gegeben, um sie ruhig zu halten. Als wir sie fanden, war sie noch berauscht davon, deshalb hat sie sich so merkwürdig aufgeführt – die Ohnmacht und das alles.«
Ariane war wieder zu sich gekommen, als sie ins Freie gelangt waren und noch bevor sie das Gelände des Roten Tempels verlassen hatten. Ben hatte sie auf die Füße gestellt, und sie war

die letzten Schritte bis zu den wartenden Reittieren aus eigener Kraft gegangen. Inzwischen hatte sie ihren Verstand wieder so weit beisammen gehabt, daß sie begriffen hatte, was die Fremden von ihr wollten, daher hatte sie sich nicht länger gesträubt. Golok hatte auf der Stelle und mit großem Geschick ein Reittier für sie gestohlen. Die Männer hatten sie in ihre Mitte genommen, und sie waren zum Haupttor hinausgeritten, ohne daß jemand versucht hätte, sie aufzuhalten.
»Die Ohnmacht und ihre Verwirrung verstehe ich ja«, meinte Ben. »Aber Tochter einer Königin? Und das behauptet sie immer noch.«
»Nun, Könige und Königinnen werden manchmal Töchter haben wie andere Menschen auch, nehme ich an. Und sie sieht aus wie – na, jedenfalls liegt etwas Besonderes in ihrem Aussehen, abgesehen davon, daß sie wohlgeformt und hübsch ist.«
»Ja, und rothaarig und riesenhaft. Ja.« Ben schien nicht überzeugt zu sein.
»Es ist vielleicht nicht das Dümmste, Briganten wie uns gegenüber zu behaupten, sie sei eine Königstochter, damit man sie gut behandelt. Weißt du, manchmal habe ich das Gefühl, sie lacht über uns.«
»Na, wenn das in ihrer Lage nicht Wahnsinn ist, dann weiß ich nicht, was Wahnsinn ist.«
Mitspieler war einen Augenblick zuvor unter Deck gegangen, um einen seiner ungezählten Berichte abzugeben. Jetzt kam Doon mit dem Schwert in der Hand herauf. Es sah so aus, als wolle er mit eigenen Augen sehen, was man ihm eben gemeldet hatte. Als das Mädchen ihm ihre Geschichte erzählte, hatte er sie geduldig angehört und dazu genickt, als wolle er ihr gern glauben, so verrückt ihre Erzählung auch klingen mochte. Wahrscheinlich, dachte Mark, war es dem Baron gleichgültig, ob sie eine Prinzessin, eine Bettlerin oder eine Königin war, solange sie ihm nur in irgendeiner Weise dabei half, seine Pläne zu verwirklichen.
Kaum hatten sie Ariane in ihre Mitte genommen, hatte Doon seine Männer auch schon grimmig warnend darauf aufmerk-

sam gemacht, daß sie unter seinem persönlichen Schutz stehe. Eine der beiden winzigen Kabinen an Bord des Schiffes gehöre ihr und dürfe von niemandem sonst betreten werden. Doon selbst schlief auf dem Gang vor ihrer Tür und überließ die zweite Kabine den Magiern.
Jetzt, als Doon eben sorgfältig an seinem Schwert entlangpeilte und mit gerunzelter Stirn durch den Nebel zu spähen versuchte, kam Ariane selbst an Deck. Einen Augenblick lang verstummte das Geplauder zwischen den Männern. Sie trug jetzt Männerkleider, ein sauberes, festes Hemd und eine Hose aus der reichhaltigen Ausrüstung, die Indosuarus für die Expedition zusammengestellt hatte. Ihre Füße steckten in einem Paar großer Sandalen.
Ohne Umschweife sprang sie nach vorn in den Bug und blieb dort aufrecht stehen. Mit der erhobenen Rechten hielt sie sich an einem Tau fest. Für eine Weile sah sie aus wie das Modell für eine extravagante Galionsfigur, wie sie so dastand und versuchte, mit ihren Blicken den Nebel zu durchdringen. Da sie nun nicht mehr in Sänften und Zellen eingesperrt war, hatte ihre helle Haut bereits den ersten Sonnenbrand davongetragen. Ihr Haar, das sie in der Abgeschiedenheit ihrer Zelle gewaschen hatte, umwehte ihren Kopf in einer weichen, roten Wolke.
»Klippen voraus!« rief sie munter. Ihre Stimme klang beinahe wie die eines Kindes, ganz anders als in ihrer Zelle im Roten Tempel, als sie die fremden Eindringlinge beschimpft hatte. Sie drehte sich um und ließ sich, ohne Doon zu beachten, neben Mark und Ben auf die Decksplanken sinken. Sie lächelte die beiden an, als sei das Ganze nichts als ein fröhlicher Picknickausflug. Soweit Mark wußte, hatte sie noch nicht ein einziges Mal gefragt, wohin die Reise ging.
Weder Ben noch der Baron schienen so recht zu wissen, was sie sagen sollten. Deshalb ergriff Mark als erster das Wort. »Wer ist deine Mutter – ehrlich?«
Ariane kreuzte die Beine, lehnte sich zurück und wurde unvermittelt ernst. »Vermutlich ist es schwer zu glauben. Aber ich

bin wirklich die Tochter der Silbernen Königin. Mag sein, daß ich noch benommen war, als ich es euch zum erstenmal sagte, aber es ist gleichwohl die Wahrheit.« Sie warf Doon einen Blick zu. »Wenn Ihr allerdings glaubt, Ihr könntet ein Lösegeld für mich erpressen, dann schlagt Euch das ruhig aus dem Kopf. Sie ist meine Todfeindin.«

Doon winkte gleichgültig ab. »Nun, Mädchen – oder Prinzessin, wenn dir das lieber ist –, es kümmert mich herzlich wenig, ob deine Geschichte wahr ist oder nicht. Aber aus purer Neugier wüßte ich doch gern, wer dein Vater ist. Yambu regiert ohne einen festen männlichen Gefährten, soweit mir bekannt ist. Ich glaube, das war schon immer so.«

Ariane schüttelte ihren prachtvollen roten Schopf. »Ich würde auch nicht darauf rechnen, daß mein Vater Euch Lösegeld zahlt.«

Doon wiederholte seine Gebärde. »Ich sage doch, ich will kein Lösegeld... Du solltest dir übrigens dein Haar besser hochbinden, zu Zöpfen flechten oder sonstwie bändigen. Da, wo wir hingehen, könnte es dir sonst hinderlich werden... Wieso ist dir deine Mutter denn so spinnefeind? Hat sie dich etwa in die Sklaverei verkauft?«

»Ja, das hat sie getan.« Ariane schien die Anordnung hinsichtlich ihrer Haarfülle widerspruchslos hinzunehmen, denn sie hantierte bereits damit, als suche sie nach dem besten Verfahren, mit dem sich der gewünschte Erfolg erzielen ließe. »Gewisse Leute im Palast trugen sich, wie ich hörte, mit der Absicht, meine Mutter zu beseitigen und mich statt dessen auf den Thron zu setzen. Die Köpfe dieser Leute sind jetzt an hervorragender Stelle auf den Zinnen unserer Festung zu sehen. Vielleicht waren sie tatsächlich schuldig, ich weiß es nicht. Mit mir haben sie jedenfalls nie gesprochen. Und meine Mutter habe ich in meinem ganzen Leben nur sehr selten zu Gesicht bekommen. Ich weiß nicht...«

»Was weißt du nicht?« fragte Mark.

»Nicht wichtig. Auch ich verfüge manchmal über bestimmte Kräfte...«

»Das weiß ich«, unterbrach der Baron. »Ehrlich gesagt, ich verlasse mich sogar darauf.«
Wieder sah sie ihn an. »Tatsächlich? Ich wünschte, ich könnte mich ebenfalls auf sie verlassen, aber wie gesagt, ich verfüge nur manchmal über diese Kräfte. Sie sind unzuverlässig. Man hat mir gesagt, dies habe unter anderem damit zu tun, daß noch kein Mann mich je erkannt hat. Der Rote Tempel versprach sich einiges von meiner Jungfräulichkeit, nachdem ihre Zauberer sich vergewissert hatten, daß sie unberührt war. Sie hätten mich für ein Vermögen weiterverkauft, vermutlich an jemanden, der andere als magische Interessen daran hätte. Übrigens – wohin fahren wir denn, daß ich mein Haar hochbinden muß?«
Aber Doon hatte selbst noch eine Frage zu stellen. »Warum ließ deine Mutter dich nicht einfach töten, statt dich zu verkaufen?«
»Vielleicht, weil sie dachte, die Sklaverei sei ein schlimmeres Schicksal. Vielleicht hat ein Seher oder Orakel ihr abgeraten, mich zu töten. Wer weiß schon, warum die großen Königinnen tun, was sie tun?« Mark hatte genau den gleichen Unterton von Bitternis in der Stimme jener Bäuerin gehört, der die Soldaten die Augen ausgestochen hatten.
Der Baron hatte sein Schwert unterdessen in die Scheide geschoben. Mit gekreuzten Armen stand er da und betrachtete seine Gefangene – falls dies die richtige Bezeichnung für ihren Status war, überlegte Mark. »Du sagst, deine Mutter sei deine Feindin«, stellte Doon fest. »Bist du dann auch ihre?«
Arianes blaue Augen waren plötzlich die eines zornigen Kindes. »Gebt mir Gelegenheit, es zu beweisen, und ich werde es tun.«
»Eben dies gedenke ich zu tun. Die Silberne Königin hat ein großes Interesse am Blauen Tempel, nicht wahr?«
Das Mädchen mußte einen Augenblick lang nachdenken. Anscheinend hatte sie etwas anderes erwartet. Aber dann nickte sie. »Ja, ich bin sicher, Ihr habt recht. Warum?«
»Weil wir in das zentrale Schatzhaus des Blauen Tempels eindringen und es seiner Reichtümer berauben werden. Mein

Schwert hier sagt mir, daß du, besser gesagt, deine Kräfte, für die Durchführung unseres Planes von großem Nutzen sein werden. Arbeite freiwillig mit mir zusammen, und ich werde dich nicht vergessen, wenn es ans Verteilen der Schätze geht. Und ich verspreche dir, bis dahin wird kein Mann dir ein Haar krümmen.« Dabei warf er einen vielsagenden Blick auf die beiden anwesenden Mitglieder seiner Truppe.
Dabei ist sie so schön, daß eine Menge Männer um sie kämpfen würden, dachte Mark. Allerdings lag etwas zu Eindrucksvolles in ihrer Schönheit, das ebenso warnend wie einladend wirkte. Und Mark konnte jenen Augenblick nicht vergessen, da Ariane ihn als ihren Bruder begrüßt hatte. Auf seine späteren Fragen hin hatte sie immer wieder erklärt, sie könne sich nicht erinnern. Sie sei berauscht gewesen, als sie ihn so genannt habe. Er sagte sich, er könne unmöglich ihr Bruder sein. Dennoch...
Doon sprach noch immer zu dem Mädchen. »... und wie würde es dir gefallen, in deinen Taschen ein Mitgift aus Gold und Juwelen des Blauen Tempels davonzutragen, wenn wir uns trennen? Eine Mitgift oder was immer sonst du daraus machen willst. Du wirst dann von keinem Prinzen und keinem König mehr abhängig sein, wenn du es nicht willst.«
Ariane überlegte. »*Ihr* Gold und ihre Juwelen in meinen Händen... Ich glaube, das würde mir gut gefallen.« Die Vorstellung, in die Schatzgewölbe des Blauen Tempels einzubrechen und sie auszuplündern, schien ihr keine besonderen Schwierigkeiten zu bereiten. Mark und Ben wechselten einen Blick, und Ben nickte kaum merklich. Offenbar hatte das Mädchen den Kontakt zur Realität wenigstens teilweise verloren.
Mitspieler war wieder an Deck gekommen. Er hielt sich im Hintergrund und versuchte, Doons Aufmerksamkeit auf sich zu lenken. Kaum war es ihm gelungen, verschwand Doon wieder unter Deck, um sich mit den Zauberern zu beraten.
Als der Baron außer Sicht war, kam Hubert, dicht gefolgt von Golok, vom Heck heran. Mark hatte schon früher bemerkt, daß Hubert von Ariane fasziniert war und ihre Nähe suchte, wann immer sich dazu Gelegenheit bot.

Jetzt aber schien irgend etwas im Meer oder im Nebel vor dem Schiff den Soldaten abzulenken, und als er die anderen erreicht hatte, runzelte er die Stirn. Das erste, was er sagte, war: »Ich hoffe, wir werden nicht zu dicht an diese Steilküste herankommen.«
Ben, der immer noch auf den Decksplanken saß und sich an die Reling lehnte, sah zu ihm auf. »Wieso nicht?«
»›Wieso nicht?‹ fragt dieser große Kerl. Na, wegen demjenigen, der vielleicht dort oben ist – deshalb nicht. Ich habe gehört, was unsere Herren gesagt haben. Na schön, wenn du sie nicht so nennen willst, sag' ich eben Anführer. Und das eine oder andere weiß ich auch selbst über diesen Teil der Welt, ohne daß ich sie erst fragen müßte.«
»Und welche wichtige Persönlichkeit sitzt dort oben auf dem Kliff?« wollte Ariane wissen. Sie schien plötzlich brennend interessiert zu sein, obwohl ihr sonst nie etwas an Huberts Geschwatze lag.
Hubert lachte, entzückt darüber, daß es ihm einmal gelungen war, Eindruck zu machen. »Das ist des Kaisers Land dort oben, junge Dame. Das Kliff dort vor uns, jenseits der Nebelbank.«
Ariane verschlug es fast den Atem, als sie dies hörte. »Nein, das kann nicht sein!« Mark beobachtete sie scharf, aber er hätte nicht zu sagen vermocht, ob sie tatsächlich beeindruckt war, ob sie sich fürchtete oder ob sie Hubert insgeheim verspottete.
Der kleine Mann hatte zumindest keinerlei Zweifel daran, welchen Eindruck er auf sie machte. Er schien ein wenig anzuschwellen. »O doch. Dachtest du denn, der Kaiser sei nur eine Märchengestalt? Die meisten Leute glauben das, aber ein paar Gewitzte wissen es besser. Ich habe schon von diesem Ort gehört. Dort unten, unter den Klippen, liegt eine Grotte, und in dieser Grotte hält der Kaiser sich eine Horde seiner Lieblingsdämonen. Oh, er hat auch noch andere Ländereien, überall auf der Welt, aber dieser Ort hier ist etwas Besonderes. Ich habe davon gehört. Leute, die schon dort gewesen sind, haben mir davon erzählt.
Vielleicht hast du geglaubt, das Ganze sei ein Märchen oder gar

139

ein Witz? Aber nein, mein Kind, den Kaiser gibt es, und er ist keine Witzfigur. Er sitzt gern dort oben auf einem Felsen, in einen grauen Mantel gehüllt, und sieht aus wie ein gemeiner Mann, der darauf wartet, daß ein Schiffbrüchiger oder sonst jemand dort landet und vom Meer her zu ihm heraufklettert. Und wenn das geschieht, pfeift er mit Vergnügen seine Dämonen herbei, und die Dämonen schleifen das Opfer in ihre Grotte hinunter, wo es den Rest von Zeit und Ewigkeit damit zubringt, sich den Tod zu wünschen. Was ist los mit dir, du großer Kerl? Ist die Seekrankheit zurückgekommen? Genau das sind die Streiche, die der Kaiser gern spielt... Oh, du glaubst mir wohl nicht, wie, Mädel?«
Mark warf Ben einen verwunderten Blick zu, denn dieser schien in der Tat durch irgend etwas aufgebracht zu sein. Nicht so Ariane. Sie war alles andere als aufgebracht oder auch nur beeindruckt von Huberts Geschichte: Sie brach in lautes Gelächter aus.
Es ärgerte Hubert, daß sie ihn auslachte, und seine Ohren röteten sich. »So, du findest es komisch! Und wenn jemand sich zur Wehr setzt oder wegzulaufen versucht, dann braucht der Kaiser nichts weiter zu tun als seinen grauen Mantel aufzuschlagen. Sein Körper darunter ist so verwachsen und aller menschlichen Gestalt entfremdet, daß jeder, der einen Blick darauf wirft, den Verstand verlieren muß...«
Das Gelächter des Mädchens klang nicht gerade verrückt, fand Mark. Eher schien es ein gesundes Gefühl für das Lächerliche zu bekunden. Hubert funkelte sie wutentbrannt an, seine Finger krümmten und streckten sich. Aber Mark und Ben saßen rechts und links von ihm und behielten ihn im Auge, und Doon hatte sie alle ausdrücklich gewarnt. Der kleine Mann wandte sich ab und marschierte zum Heck zurück. Golok hielt sich im Hintergrund und sah alles mit an.

Nach einer Weile kam Doon zurück an Deck, begleitet von Indosuarus. Kurz darauf änderte das Schiff den Kurs und glitt jetzt auf das Land zu, allerdings nicht auf das Kliff, auf dem, wie

es hieß, der Kaiser lauerte. Der Zauberer gab dem Djinn nun beinahe unaufhörlich gemurmelte Anweisungen. Die anderen Menschen trachteten, ihm soweit wie möglich aus dem Weg zu gehen, während das Schiff, von der unsichtbaren Macht gesteuert, durch die Brandung auf einen schmalen Sandstrand zulief. Kurz bevor es auf Grund geriet, lag das Schiff still. Das Wasser war hier so seicht, daß sie von Bord gehen konnten.
Ariane, die sich das Haar bereits säuberlich hochgebunden hatte, half wie alle anderen dabei, Gepäck und Waffen ans Ufer zu befördern.
Nach wenigen Augenblicken standen sie alle tropfend am Strand. Nur Indosuarus tropfte nicht. Seine Gewänder nahmen kein Wasser an, selbst wenn man sie untertauchte. Der Magier vertiefte sich in eine kryptische Beratung mit seinem Djinn, der in Gestalt einer kleinen Wolke aus flirrender Luft über dem Schiff schwebte.
Doon schaute derweilen an der turmhohen Steilküste hinauf und fragte Ben: »Bist du hier heruntergeklettert?«
Ben hatte noch niemandem die Details seiner Flucht vor dem Drachen und seines Abstiegs an der Uferklippe geschildert, und jetzt, da Huberts grausige Geschichte ihm noch in den Ohren klang, zögerte er, davon anzufangen. Unsicher betrachtete er die Felswand, dann wanderte sein Blick nach rechts und nach links. »Ich glaube, es war ein bißchen weiter südlich von hier, aber es ist schwer zu sagen, es war ja Nacht, und diese Steilküste sieht eigentlich überall gleich aus.«
»Ja, ja.« Doon ließ seinen prüfenden Blick über die Steilwand streichen, erst nach Norden, dann nach Süden. »Und dann hast du dich vermutlich am Ufer entlang nach Süden vorgearbeitet... Und wie bist du über den Fjord hinweggekommen?«
»Ich bin geschwommen. An einer schmaleren Stelle.«
Doon nickte zustimmend, und wie ein Infanteriekommandeur, der sich anschickt, auf eine gefahrvolle Patrouille zu gehen, befahl er, alles Gepäck zu öffnen und den Inhalt am Strand auszubreiten. Er prüfte Wasserflaschen und Schläuche und vergewisserte sich, daß sie allesamt frisch gefüllt waren. Jedes

Mitglied der Expedition erhielt eine Seilrolle. Die Proviantvorräte waren vollständig – Ben hatte von dem mit magischen Mitteln aufgetischten Festmahl gehört, das Indosuarus in seinem Anwesen gegeben hatte, aber unterwegs hatte nichts darauf hingedeutet, daß er diese Art der Verköstigung weiter zu praktizieren gedachte. Sie hatten Waffen und Geräte zum Klettern und zum Steinschneiden. Hubert stattete sich mit einer Armbrust aus Indosuarus' Waffenkammer aus. Auch Ariane bekam, wie selbstverständlich, einen Tragesack, und nach einer kurzen Unterredung mit Doon gab man ihr ein Messer und eine Schleuder, die sie sich an den Gürtel hängte. Der Zauberer und sein Gehilfe hatten sich um ihre eigene Ausrüstung zu kümmern, und schließlich gab Indosuarus bekannt, daß sie bereit seien.

Das Schiff, befreit von seinen Passagieren und deren bescheidenem Gepäck, dümpelte ein paar Dutzend Meter vom Ufer entfernt im Wasser. Es bewegte sich nicht von der Stelle, als habe es Anker geworfen.

Doon watete ein paar Schritte weit hinaus, um seinen Magier zu befragen, der gestikulierend im wadentiefen Wasser stand.

»Was ist mit dem Djinn?«

»Er muß beim Schiff bleiben, um es zu beschützen, um es zu bewegen, falls es notwendig ist, und es uns zurückzubringen, wenn wir rufen.«

Auf eine weitere Geste von Indosuarus hin erschlafften die Segel. Sie flatterten und wölbten sich dann wieder, als der Wind sie füllte. Das Schiff drehte ab und richtete den Bug auf die offene See hinaus.

»Halt!« rief Doon laut. Als eine neuerliche Geste des Zauberers das Schiff hatte anhalten lassen, sprach der Baron weiter. »Zuvor will ich noch eines wissen, Magier: Nehmen wir an, wir kehren mit Schätzen beladen an diesen Strand zurück, und zufällig seid weder Ihr noch Euer ehrenwerter Gehilfe mehr bei uns. Wie können wir dann auf das Schiff gelangen? Und wo wird es bis dahin sein? Es kann leicht geschehen, daß wir mehere Tage wegbleiben.«

»Es wird draußen auf See warten«, antwortete Indosuarus und sah dabei würdevoll auf den kleineren Mann herab. »Immerhin nahe genug, um rasch wieder hier sein zu können. Der Djinn wird genug Nebel in der Umgebung halten, um das Schiff so gut wie unsichtbar zu machen.«
»Das ist gut. Und wie bekommen wir es zurück? Ihr wißt, es besteht die – wenn auch geringe – Möglichkeit, daß Ihr nicht hier sein werdet. Der Ort, den wir besuchen werden, ist nicht ohne Gefahren.«
Für einen langen Augenblick lag fühlbare Spannung in der Luft. Dann antwortete Indosuarus mit unerwarteter Milde: »Ich werde Euch einige Beschwörungsformeln sagen. Eure Leute sollen sie ebenfalls hören, für den Fall, daß *Ihr* nicht mehr bei ihnen sein solltet, wenn *sie* zurückkommen.«
Wenn Doon dagegen etwas einwenden wollte, so versagte er sich dies. Der Magier nannte ihnen vier Beschwörungsformeln und ließ sie von jedem laut wiederholen, um sicherzugehen, daß alle sich die Worte eingeprägt hatten. Nach einem Versuch, bei dem Ariane das Schiff erfolgreich zum Ufer zurückbefohlen hatte, wurde es entgültig fortgeschickt und verschwand in den Nebelschwaden.
Doon zog Wegfinger aus der Scheide. Niemand war überrascht, als es senkrecht an der Felswand hinaufdeutete.
Sie begannen mit dem Aufstieg. Doon übernahm wie immer die Führung. Der Mönchsvogel flatterte voraus und kam immer wieder zu Golok zurück, um ihm Bericht zu erstatten.
Einmal wandte Doon sich um und sprach Ben an, der dicht hinter ihm kletterte. »Die Steilwand ist rissiger, als ich dachte. Man sieht es nicht, wenn man von unten hinaufschaut. Hier kann es leicht ein Dutzend verborgener Höhlenöffnungen geben. Hältst du es für möglich, daß es so etwas gibt – einen Seiteneingang zu der Höhle, die wir suchen? Das würde uns die Begegnung mit dem Drachen ersparen, des uns oben erwartet.«
»Es mag ein Dutzend solcher Eingänge geben, was weiß ich? Es war Nacht, als ich herunterstieg. Euer Schwert würde Euch doch einen solchen Eingang zeigen, wenn es einen gäbe.«

»Ich weiß nicht... Manchmal glaube ich, es gibt zwei Wege, und es weist mir absichtlich den gefahrvolleren.«
Sie kletterten weiter.
An der Kante angekommen, hielten sie an und spähten vorsichtig über den Rand. Noch einmal wurde der Mönchsvogel ausgeschickt, damit er die Lage erkundete. Wegfinger deutete geradewegs landeinwärts.
Auf der felsigen Landspitze erhoben sich Hunderte von steinigen Hügelchen, die aussahen wie rauhe Wellen in einem erstarrten Lavameer. Ben fand, daß die dornige Vegetation jetzt noch karger wirkte als in der Nacht seiner ungeheuerlichen Flucht. Damals hatte er das Gefühl gehabt, bei jedem Schritt in die Dornen zu treten. Überhaupt wirkte die ganze Szenerie, die jetzt zum erstenmal bei Tageslicht vor ihm lag, unvertraut und fremd. Sein Zutrauen in seine Fähigkeiten, die Höhle ohne magische Hilfe wiederzufinden, schwand zusehens dahin.
Der Mönchsvogel kam zurück und meldete, der Weg sei frei. Unverzüglich wurde er wieder ausgesandt. Die Menschen kletterten über den Rand des Kliffs und bewegten sich wachsam landeinwärts. Doon übernahm die Spitze.
Das schwarze Flattertier kam fast augenblicklich zurück. Es klammerte sich an Goloks Schulter, und es klang, als berichte es ihm von einem Laufdrachen, der sich offenbar ziemlich genau auf ihrem Weg befand.
»Wie weit?«
Dart zwitscherte seinem Meister etwas ins Ohr. Die anderen konnten nicht verstehen, was er sagte.
Golok übersetzte. »Fast einen Kilometer weit von hier, glaube ich. Horizontale Entfernungen zu schätzen fällt ihm nicht leicht. Was Dart erzählt, klingt so, als fresse der Drache gerade etwas.«
Das Schwert wies noch immer in dieselbe Richtung.
Doon kaute auf seinem Schnurrbart, ein Zeichen von Nervosität, das Ben an ihm noch nicht gesehen hatte. »Du hast gesagt, wir hätten fast einen Kilometer bis zur Höhle, starker Mann?«
»Nein, so weit ist es längst nicht, nein.«

»Dann werden wir wahrscheinlich hineinkommen, bevor...
Wir werden es riskieren.« Doon führte sie mit schnellem
Schritt weiter landeinwärts.
Golok warf seinen fliegenden Späher wieder in die Luft, und
Dart flatterte in geringer Höhe landeinwärts. Nach wenigen
Augenblicken war er wieder da, jetzt eindringlich schnatternd.
»Der Drache kommt auf uns zu«, übersetzte Golok. »Er kommt
schnurstracks hierher.« Der junge Bursche lief an Doon vorbei,
der stehengeblieben war, um die Warnung des Vogels mitanzu-
hören. »Laßt mich vorausgehen«, drängte Golok. »Ich will
versuchen, ihn zu bändigen. Nach allem, was Ihr sagt, ist er ja
daran gewöhnt, geführt zu werden.«
»Du willst einen Drachen bändigen?« Aber Doon ließ Golok
laufen und führte die anderen dann rasch hinter ihm her.
Ben verfiel in Laufschritt und zog Drachenstecher aus der
Scheide. Er sah, wie Mark neben ihm den Langbogen vom
Rücken nahm und nach einem Pfeil griff. Hubert blieb einen
Augenblick lang stehen, um sich auf die Armbrust zu stellen,
sie zu spannen und den Abzug einrasten zu lassen.
Einen großen Landdrachen mußte man genau in den großen
Rachen treffen, dachte Ben, oder in das winzige Auge. Sonst
hilft einem auch ein Armbrustbolzen nicht viel. In diesem
Moment hörte er das erste Grollen des Drachen. Noch war er
hinter den Hügeln außer Sicht, aber er war nicht mehr weit
entfernt. Kein Zweifel, er kam ihnen entgegen.
Ben erklomm den nächstgelegenen Hügel, um bessere Sicht zu
haben. Fünfundzwanzig oder dreißig Meter vor ihm war Golok
auf einen anderen Hügel gestiegen, und von dort aus redete er
bereits gurrend und gestikulierend auf das Ungeheuer ein.
Das ist nicht derselbe Drache, den ich in der Nacht gesehen
habe, dachte Ben. Dieser hier war ein wenig kleiner. Er war
etwa zwanzig Schritte vor Golok stehengeblieben. Mit einer
seiner vorderen Gliedmaßen stützte er sich auf einen drei
Meter hohen Hügel, so daß er einen Augenblick lang wie die
Parodie eines erzürnten Wirtes hinter seinem Tresen erschien.
Er war erzürnt, weil Golok war, wo er war. Wahrscheinlich war

er erzürnt, weil er existierte. Ben hörte die Wut in der beinahe musikalisch läutenden Stimme. Bis jetzt schien das Ungetüm Ben und die anderen noch nicht bemerkt zu haben. Es neigte den Kopf vor Golok, als wolle es damit seine Anwesenheit formell zur Kenntnis nehmen, und stürmte dann ohne weiteres in einer unbeholfenen Attacke auf ihn los. Feuer zischte und prasselte in seinen Nüstern.
Die Menschen rings um Ben hasteten in wildem Durcheinander zwischen den Felsen hin und her. In einem überraschend anmutigen Satz gab Golok seine nutzlose Position auf dem kleinen Hügel auf. Mit wenigen Sätzen sprang er auf eine andere Erhebung, weiter weg von Menschen und Drachen und näher an der Uferklippe. Noch immer bemühte er sich singend und mit beschwichtigenden Gebärden auf den Drachen einzuwirken. Seine Methode blieb nicht ohne Erfolg. Die Bewegungen des Drachen verlangsamten sich jäh, und aus seinem Angriff wurde ein bloßes Voranstapfen. Der Mönchsvogel umflatterte seinen Kopf wie ein Sperling, als wolle er ihn ablenken, doch der Drache schenkte ihm keinerlei Beachtung.
Doon hielt sich dicht neben Ben und wisperte scharf: »Indosuarus?«
Die geflüsterte Antwort klang ebenso angespannt. »Wir dürfen hier keine Magie einsetzen, wenn es sich vermeiden läßt. Es werden Spuren unserer Anwesenheit zurückbleiben, wenn wir es tun.«
Ben spürte Doons Unentschlossenheit. Der Baron wollte seine Leute so rasch wie möglich in die Höhle bringen – und nach Möglichkeit auch ohne einen offenen Kampf gegen den Drachen. Er wollte aber auch Golok nicht verlieren oder auch nur von ihm getrennt werden.
Golok wich zum zweiten Mal seitwärts aus und lockte den Drachen noch weiter von ihrem Weg herunter. Wieder warf das Monstrum sich zur Seite und folgte ihm nach, und diesmal begleitete es sein Vordringen mit einem Seitenhieb seiner mächtigen Vorderpranke gegen einen der kleinen Hügel. Fel-

sen splitterten, und Steine flogen umher, als habe die Schleuder eines Riesen sie durch die Luft gewirbelt.

Diese Bewegung genügte für Mark. Die Sehne seines Langbogens sang, und der gerade Pfeil, von einem Dreißig-Kilo-Zug des Bogens getrieben, traf nach weniger als zwanzig Metern eine Handbreit neben dem rechten Auge des Drachen auf eine der kleinen Schuppen dort und zersplitterte. Wie ein Zweig prallte der abgebrochene Schaft zurück. Der Drache schien überhaupt nichts zu spüren.

Doon flüsterte: »Ich will meinen Tierbändiger nicht verlieren, bevor wir unten sind. Wir werden ihn dort brauchen. Wir müssen ihn retten, und wenn es sein muß, werden wir den Drachen töten.«

Wenn wir es können, dachte Ben. Immer noch drang das Ungeheuer zuckend und tobend auf Golok ein. Unter größten Mühen gelang es dem Jungen, die Wut des Drachen hin und wieder für Sekunden abflauen zu lassen, aber zum Rückzug vermochte er die Bestie nicht zu bewegen. Er wich dem Untier aus, zog sich zurück, versuchte, seine Position zu halten und wurde erneut zurückgedrängt.

Schritt für Schritt wurde Golok auf den Rand des Kliffs zugetrieben. Jetzt gähnte der Abgrund nur noch wenige Meter hinter ihm. Die sieben anderen schlüpften von einem schützenden Felsen zum nächsten und folgten den beiden so dicht, wie sie es nur wagten.

»Klettere über die Kante«, rief Ben. Er war bemüht, seine Stimme nicht lauter klingen zu lassen, als nötig war, damit der Junge ihn hören konnte, denn er fürchtete, er könne sonst den Drachen erschrecken und zu einer neuen Attacke veranlassen. »Klettere über den Rand und klammere dich fest. Dann sieht er dich nicht mehr. Vielleicht...«

Wieder stürmte der Drache unvermittelt gegen Golok an, und diesmal stieß er dabei ein donnerndes Gebrüll aus. Das hauchfeine Netz der Beherrschung, gewoben aus dem Wissen des Tiermeisters, war schließlich vollends zerrissen.

Unterdessen hatten sich Hubert und Mark von Ben abgesetzt,

und der Drache stürmte jetzt mehr oder weniger geradewegs auf sie zu. Es gelang ihnen, einen guten Schuß in den Gaumen des offenen Rachens zu jagen. Ben umklammerte Drachenstecher mit beiden Händen und hastete, so schnell er konnte, auf die Flanke des Ungeheuers zu. Die Bogenschützen konnten auch unter den günstigsten Bedingungen kaum hoffen, das Gehirn des Drachen zu treffen, dachte er, und selbst wenn ihre Pfeile das Gehirn erreichten, mußte das nicht notwendigerweise bedeuten, daß ihre Probleme mit dem Drachen damit vorüber wären... Und schon waren Drachenstechers Kräfte erwacht. Ben fühlte das Schwert, er hörte es singen, während er rannte.
Golok war gestürzt und kroch auf allen vieren auf den Rand zu. Langbogenpfeil und Armbrustbolzen drangen gleichzeitig in den klaffenden Rachen über ihm. In einer feurigen Explosion zerbarst die linke Wange des Drachen, und das flüssige Höllenfeuer, das Golok hatte vernichten sollen, versprudelte zischend, zum Teil über den Rand der Steilküste, zum Teil auf die umliegenden Steine. Offenbar hatte eines der Geschosse eine Feuerdrüse in der Wange getroffen.
Ariane schleuderte unter tapferem Gebrüll Stein auf Stein gegen den Drachen. Ob sie ihn dabei traf oder nicht, war ohne jede Bedeutung. Die beiden Zauberer waren vernünftigerweise in Deckung gegangen.
Das Ungeheuer sabberte Feuer, und jetzt litt es zweifellos auch Schmerzen. Es wandte sich den Menschen entgegen, die ihm solchen Schmerz verursacht hatten. Doon war hastig über Felsbrocken und Steine hinweggeklettert und befand sich jetzt hinter dem Feind. Mit Wegfinder schlug er gegen eines der Hinterbeine. Er zielte auf einen Punkt, wo sich unter den Schuppen eine Sehne befinden mußte. Die schwere, rasiermesserscharfe Klinge sprang von dem Schuppenpanzer zurück wie ein Spielzeugschwert von einem Amboß. Der Drache sah und spürte nichts davon.
Aber Ben sah er, und er hörte ihn auch. Ben hielt das Schwert der Helden in seinen Händen, dessen schrilles Singen die Luft

erfüllte. Jetzt fühlte er, wie die übermenschliche Kraft der Klinge in seine Arme strömte.

Die verfluchten Riesenbestien waren stets unberechenbar gewesen. Im letzten Augenblick wandte der Drache sich von Ben ab und beugte sich nieder, um den kreischenden Golok mit der linken Vorderklaue zu packen. Ben sah, wie der Junge wild um sich trat. Er lebte noch. Ben überließ sich dem Schwert, ließ sich von seiner Kraft zum Angriff ziehen. Der Streich, den Drachenstecher führte, war so schnell, daß Bens Gedanken ihm fast nicht hätten folgen können, und er trennte dem Drachen säuberlich die rechte Pranke ab, als dieser nach ihm schlug. Das abgehackte Glied schlug mit dumpfem Donnern wie ein gepanzerter Leichnam auf dem Boden auf, und schillerndes Blut strömte hervor.

Das Schwert der Helden kreischte.

Noch einmal sah Ben Goloks lebendes Gesicht aus der Nähe. Drachenstecher stieß nach dem Herzen und zerspaltete handdicke Schuppen wie zartes Laub. Der Laufdrache taumelte rückwärts, das Schwert sang noch immer in Bens Händen. Die baumdicken Beine traten reflexartig gegen die Felsen und schleuderten Steine und Staub umher. Mit einem letzten Aufbrüllen, das in einem keuchenden Gurgeln endete, stürzte die Bestie rückwärts über die Kante. Golok hielt sie gegen die schuppige Brust gepreßt.

Ben hatte noch Zeit, bis zum Rand zu taumeln und das Ende des Sturzes mitanzusehen. Die beiden Körper trennten sich erst, als sie unten auf Wasser und Felsen trafen.

10

Der Mönchsvogel kreischte, er kreischte und kreischte. Ben kam es vor, als kreische er schon seit Tagen so. Vom Schwert der Helden in seiner Rechten tropfte noch das Drachenblut, als er sich an die Steine am Rande des Kliffs klammerte und hinunterstarrte, wo sich hundert Meter tiefer die Wellen to-

send brachen. Es war ein schöner Tag, und der Meeresspiegel war zum größten Teil mit feinen Grün- und Blautönen überzogen. Der Sturz auf die Klippen hatte den riesigen Körper des Ungeheuers wie Fallobst aufplatzen lassen. Nun waren die Wellen dabei, das Fleischwrack zu sichten, zu sortieren und aufzulösen, bis sie es schließlich säuberlich beseitigt hätten. Goloks Leichnam war bereits nicht mehr zu sehen.
Mark war herangekommen. Er nahm Ben beim Arm und zog ihn fort. Doon schäumte vor Wut. »Der Vogel, bei allen Dämonen! Der verdammte Vogel!« Er starrte zu der kleinen Gestalt hinauf, die in panischem Schrecken dicht über seinem Kopf hin- und herschwirrte, und es sah aus, als wolle er mit seinem Schwert darauf einschlagen. Darts stimmloses Schrillen mischte sich mit dem Geschrei einer Wolke von Seevögeln, die von den Uferklippen aufgescheucht worden waren. »Was können wir jetzt mit ihm anfangen?«
Als habe Dart die Absicht, seine Frage zu beantworten, stieß er plötzlich in jähem Sturzflug auf Ariane herunter, die in der Nähe stand. Sie hatte den linken Arm ausgestreckt, wie es die Tierbändiger zu tun pflegten, wenn sie ihre fliegenden Schützlinge anlocken wollten. Der Mönchsvogel schmiegte sich mit seinem dunkelbraunen Fell in die Locken ihres roten Haars, und in fast stummer Trauer um seinen toten Meister klammerte er sich mit Krallen und Flügeln dort fest, beinahe wie ein menschliches Waisenkind. Ariane streichelte ihn wispernd. Als Mitspieler herankam, um zu sehen, ob er ihr helfen könnte, wies sie ihn mit leisem Kopfschütteln zurück und fuhr fort, das Tier zu beruhigen.
Doon sah dies mit sichtlicher Erleichterung. »Gut gemacht, Prinzessin. Vielleicht haben wir hier doch nicht allzuviel verloren.« Er warf einen kurzen Blick zum Himmel. »Womöglich werden sie glauben, sie hätten ihren Drachen durch einen Unfall verloren – etwa, weil er bei der Jagd nach einem Kaninchen das Kliff hinuntergestürzt ist. So oder so – wenn wir es richtig anstellen, sind wir da und wieder fort, noch ehe der Drache vermißt wird. Also los.«

Mit gezücktem Schwert übernahm er die Führung. Ben hatte Drachenstecher so gut es ging mit Laub gesäubert, jetzt folgte er ihm dicht auf den Fersen. Mark lief neben Ben, und die übrigen kamen gleich hinter ihnen.
Noch immer erkannte Ben keinerlei Einzelheiten der Gegend wieder, wenngleich sie im großen und ganzen so aussah wie die, aus der er in jener Nacht geflohen war. Am hellichten Tage nun war, abgesehen von den Abenteurern selbst, von Menschen oder menschlichen Werken nichts zu entdecken. Ödland erstreckte sich nach Norden, Westen und Süden, Kilometer um Kilometer, leer und von grimmiger Schönheit.
»Wo ist denn der Blaue Tempel, in dem du warst?« erkundigte sich Mark, als er neben Ben den Kopf über einen Hügel schob, um den weiteren Weg zu erkunden.
»Ein Stück landeinwärts, in dieser Richtung. Aber es sind einige Kilometer bis dorthin. Wir haben einen halben Tag und eine halbe Nacht gebraucht, um herzukommen, und dabei sind wir einen Teil des Weges geritten.«
Einem Impuls folgend, drehte Ben sich um und schaute zurück über das Meer. Auf der anderen Seite des Fjordes erhob sich eine Landzunge, die eben mit einiger Verspätung aus den letzten Morgennebeln emporstieg, um sich in den Strahlen der Frühsommersonne zu wärmen. Die Wiese und der Wald oben auf der Hochebene waren auf diese Entfernung und in diesem Licht nicht zu erkennen. Die Steilwand der Küste, die jetzt von der Sonne beschienen wurde, schimmerte blaßblau. Bin ich wirklich den ganzen Weg geschwommen und dann dort hinaufgeklettert? fragte Ben sich in Gedanken. Bin ich nachts durch die Fluten geschwommen, ohne zu wissen, wohin? Eines Tages, dachte er, werde ich meinen Enkelkindern davon erzählen. Meinen und Barbaras Enkelkindern, in unserem hübschen Haus. Ich habe den Kaiser gesehen. Er saß da in seinem grauen Mantel und sah aus wie ein gewöhnlicher Mann... Ben hatte diesen Zwischenfall schon fast vergessen, als Hubert ihn mit seiner Geschichte erschreckt hatte. Aber jetzt war es unnütz, sich den Kopf darüber zu zerbrechen, ob

dies alles die Wahrheit war – er jedenfalls hatte die Dämonen nicht gesehen.
Er wandte sich wieder landeinwärts und marschierte weiter, den anderen nach, die schon weitergezogen waren.
Doon führte sie mit dem Schwert in den Händen stetig weiter durch weglose Wüstenei. Ein paarmal murmelte Ben den anderen zu, daß es bis zu dem betreffenden Hügelchen nun nicht mehr weit sein könne. Bei der Suche danach wurde ihm zum erstenmal bewußt, wie sehr sich alle diese Steinhaufen glichen. Anscheinend hatte sogar jeder dieser Hügel an einer Seite einen mächtigen Steinblock aufzuweisen, und jeder dieser Blöcke war von einer Größe und Form, daß er die balancierende Tür sein konnte, die den Eingang zu der Höhle versperrte. Diese Tatsache fiel nicht sogleich ins Auge, weil keine zwei der riesigen Blöcke einander völlig glichen, und sie befanden sich auch nicht alle auf der jeweils gleichen Seite der Hügel. Aber soweit Ben sehen konnte, gab es hier mindestens hundert Hügel, die die Höhle hätten bergen können. Er fragte sich, ob dies durch einen Zauber so angelegt worden sein mochte, denn es erschien ihm unmöglich, daß hier allein der Zufall seine Hand im Spiel hatte.
Wegfinder war immun gegen diese wie gegen alle ablenkenden Elemente. Ben folgte Doon, der beinahe schnurgerade voranmarschierte und sich zu erinnern versuchte, in welcher Richtung der Höhleneingang lag. Unauslöschlich brannte in ihm die Erinnerung an den Augenblick, da er sich vom Höhleneingang abgewandt und, während Radulescus Schrei noch in der Luft hing, den großen Block ergriffen und hinuntergedrückt hatte, so daß der Eingang dröhnend versperrt wurde. Dann war er, selbst am Rande einer Panik, in die Nacht hinausgerannt, beinahe blind in der Finsternis. Er hatte sich die Beine an den Steinen zerschunden... und als er in jener Nacht gerannt war, hatte der Ozean zu seiner Linken gelegen...
»Hier«, sagte Doon unvermittelt. Er war vor einem Hügel stehengeblieben, der für Bens Augen genauso aussah wie alle anderen. Doon stand vor dem Hügel und streckte den Arm aus,

bis Wegfinders Spitze den Stein berührte. Jetzt sah Ben ganz deutlich, daß die Klinge stark vibrierte.
»Hier?« fragte Ben wie ein Echo. Noch immer sah er nicht, was diesen Hügel von allen anderen unterschied. Es gab nur eine Möglichkeit, sich zu vergewissern. Er warf seinen Tragbeutel ab. »Also gut. Faßt hier an diesem Ende des Steinblocks mit an und helft mir, ihn hochzuheben.« Er bückte sich, um auch selbst die Unterseite des mächtigen Steines zu ergreifen. Plötzlich, als er die Felsenfläche unter den Händen spürte, war er sicher, daß es sich um den richtigen Ort handelte.
Aber Indosuarus legte ihm die Hand auf die Schulter. »Warte.« Der Magier hob beide Hände und berührte den Stein mit allen zehn Fingerspitzen. Einen Moment lang blieb er so stehen und schloß die Augen. Dann trat er zurück und warf seinem Gehilfen einen Blick zu. »Ich spüre keinen Wachzauber. Ihr könnt ihn hochheben.«
Ben stemmte sich mit aller Kraft gegen den Stein, und mit Marks und Huberts Hilfe gelang es ihm, die Platte zur Seite zu kippen. Bens letzte Zweifel verflogen: Dahinter klaffte eine dreieckige Öffnung. Es war dieselbe Höhle.
Doon hielt sein Schwert bereit und spähte einen Augenblick lang durch die Öffnung. Dann trat er zurück und nickte befriedigt. »Lichter!« befahl er.
Sieben Altwelt-Lampen wurden aus einem der Beutel gezogen und verteilt. Sie waren in Form und Stil anders als die Fackel, die Ben bei Radulescu gesehen hatte, aber sie funktionierten genauso. An diesen hier waren jedoch moderne, handgefertigte Lederschlaufen befestigt.
Rasch demonstrierte ihnen Doon, wie man sich mit Hilfe dieser Schlaufen die Lampen wie einen Helm auf den Kopf setzen konnte, so daß man beide Hände freihatte. »Auch dafür müssen wir uns bei unserem Zauberer bedanken. Wir werden dafür sorgen, Indosuarus, daß die Jahre Eurer Vorbereitungen nicht umsonst gewesen sind.« Er nahm seinen Lampenhelm ab, um ihnen vorzuführen, wie er funktionierte. »Wenn ihr hier drückt, wird es hell. Drückt noch einmal, und es wird dunkel.

Dreht hier, und das Licht wird heller oder matter. Wenn ihr dreht und zugleich drückt, wie ich es euch hier zeige, könnt ihr das Licht zu einem Strahl bündeln. Dreht zurück und zieht, und das Licht breitet sich aus und erleuchtet einen Raum.«
»Wie lange werden sie brennen?« wollte Hubert wissen. Er war sichtlich fasziniert. Wahrscheinlich, dachte Ben, hatte er so etwas noch nie gesehen.
Doon zuckte die Achseln. »Sie sind fast so alt wie die Welt. Ich nehme an, sie werden brennen, bis die Welt untergeht. Scheut euch also nicht, sie zu benutzen.«
Der eigentliche Abstieg in die Höhle erschien Ben fast wie ein Antiklimax. Im neuen Licht, das von seiner Stirn strahlte, sah er, daß die alten Wachstropfen noch immer am Boden klebten. Von den sechs Männern, die er mit eigenen Händen hier eingesperrt hatte, war keine Spur zu sehen. Aber jetzt trat ihm die Erinnerung an jene Nacht deutlicher als je vor Augen, denn die Höhle sah jetzt nicht anders aus als damals, als er sie im Licht von Radulescus Altwelt-Fackel gesehen hatte.
Indosuarus stand vor der großen Öffnung im Boden und meldete wiederrum, daß er keinerlei Schutzzauber spüren könne.
»Hier nicht... aber tief unten wohl. Ein Zauber lauert in der Erde, tief unter uns. Zauber, und...«
»Und was?« fragte Doon nicht ohne Schärfe.
Der Magier seufzte. »Ich glaube, da ist... etwas aus der Alten Welt. Etwas Großes.«
»Ist das alles, was Ihr uns sagen könnt?«
»Technologie aus der Alten Welt.« Indosuarus verzog die Lippen. »Wer weiß etwas über Technologie zu sagen?«
»Aber der Zauber, den Ihr spürt, werdet Ihr ihn mit Eurer Macht überwinden können, wenn wir dort sind?«
Einen Augenblick lang sah es so aus, als sei der Zauberer mit einer innerlichen Bestandsaufnahme beschäftigt. Er starrte seinen Gehilfen an. Dann erklärte er mit fester Stimme: »Das werde ich können.«
»Nun«, meinte Doon energisch, »dann müssen wir uns jetzt darum kümmern, daß wir den Türstein öffnen können, wenn

wir hierher zurückkommen.« Er sprang die ausgetretene Treppe hinauf, um den schweren Felsblock zu studieren. Ben hatte schon allen erzählt, wie ihm dieser Block die Flucht ermöglicht hatte.
Jetzt seufzte Doon unzufrieden. Er betrachtete den Stein stirnrunzelnd, als habe er ihn beleidigt. »Ben, beantworte mir eine Frage. Die Priester müssen doch von Zeit zu Zeit zur Inspektion herkommen, um sich davon zu überzeugen, daß ihr Schatz in Sicherheit ist. Nicht wahr?«
»Das nehme ich an«, erwiderte Ben und stieg ebenfalls die Treppe hinauf. »Aber ich habe nie etwas darüber gehört.«
»Nun, du sagst, von innen läßt sich der Stein nicht beiseiterükken. Der Offizier hätte es getan, wenn er gekonnt hätte, und hätte dich verfolgt. Richtig?«
»Ich glaube nicht«, antwortete Ben, »daß ich den Stein von innen allein anheben könnte, und wenn mein Leben davon abhinge. Es kann aber nur ein einzelner Mann von innen herankommen. Hier ist nur Platz für einen.«
»Ich bezweifle, ob die Priester den Eingang offenlassen, wenn sie herkommen. Und ich frage mich, ob sie jedesmal ein halbes Dutzend Sklaven mitbringen, die draußen warten und den Stein hochheben müssen, wenn sie wieder hinauswollen.«
Wieder seufzte Doon. »Natürlich ist es möglich, daß wir, wenn wir erst unten sind, einen anderen Ausgang finden. Vielleicht aber finden wir keinen. Nun habe ich zwar Steinmeißel und Werkzeug, aber...« Er betrachtete den Felsblock und schüttelte stumm den Kopf. Dann warf er die Hände in die Höhe, als gebe er auf. »Indosuarus? Ich weiß, es war unser Plan, keine magischen Spuren auf unseren Weg zu hinterlassen, zumindest nicht so nahe an der Erdoberfläche. Aber uns in diese Höhle zu sperren, ohne zu wissen, wie wir wieder hinauskommen sollen, wäre noch schlechter.«
Mit düsterem Gesicht mußte der Zauberer zustimmen. »Ich fürchte, Ihr habt recht.« Indosuarus beriet sich hastig flüsternd mit Mitspieler, dann zogen die beiden einige Gegenstände aus einem Beutel. Kurz darauf standen sie draußen vor dem Ein-

gang und rieben den Felsblock mit etwas ein, das Ben für Scheiben rohen Gemüses hielt.

Die ganze Zeit über blieb Ariane unten in der Höhle. Sie vertrieb sich die Zeit damit, den Mönchsvogel zu streicheln und beruhigend auf ihn einzureden. Sie ließ wenig oder keine Angst erkennen.

Als die beiden Zauberer die Behandlung des Felsblockes beendet hatten, wandte Doon sich an Ben und schickte ihn zum Eingang, damit er den Stein herunterkippe. Ben hatte das Gefühl, als sei die Masse des Steines um ein beträchtliches vermindert worden: Als er es versuchte, gelang es ihm, den Stein im Fallen aufzufangen und ihn aus halber Höhe wieder mühelos hochzudrücken. Nacheinander versuchten nun alle, den Stein von innen beiseitezudrücken, und allen gelang es.

Endlich standen alle in der Höhle, und der Eingang war wieder versperrt. Doon versammelte seine Schar vor dem großen Loch unten im Boden.

»Hier war es, wo wir den Schatz hinabwerfen mußten«, erzählte Ben. »Und hier habe ich die Weißhände gesehen, die ihn in Empfang nahmen.«

Der Magier Indusuarus lächelte, als sei er entschlossen, zuversichtlich zu erscheinen. »So nahe kommen sie nur an die Oberfläche, wenn sie einen Schatz entgegenzunehmen haben – wie in der Nacht, in der du hier warst.«

»Woher wollt Ihr das wissen?«

Die Antwort auf Bens Frage war ein hochmütiger Blick, der zu besagen schien, daß der Quell des Magierwissens eine Sache sei, die Bens Fassungsvermögen zweifellos übersteige und ihm zudem auch nichts angehe.

»Es wäre sehr listig«, schlug Hubert vor, »wenn wir einen von ihnen fangen könnten, damit er uns als Führer dient. Sie müssen ja einen kurzen Weg zum Schatz kennen. Diejenigen, die alles schleppen müssen, kennen immer die kürzesten Wege.«

„Wenn wir einen von ihnen treffen«, murmelte Doon geistesabwesend, »werden wir ihn fragen.« Der Baron hatte sich

direkt über die Öffnung gestellt, richtete den Strahl seiner Lampe nach unten und spähte angestrengt in das Loch. »Hier an der Seite sind Stufen eingehauen«, meldete er. »Anscheinend ist es nicht sehr weit bis unten. Ich glaube nicht, daß ich ein Seil brauchen werde, aber gebt mir trotzdem eines. Zwei von euch halten es hier oben fest.«
Mark und Ben ergriffen eines der dünnen, geschmeidigen Seile und reichten Doon ein Ende. Doon schob Wegfinder in die Scheide, und einen Augenblick später war er verschwunden und glitt nach unten.
Beinahe unverzüglich wurde das Seil in ihren Händen schlaff. »Ich bin unten«, tönte die Stimme des Barons leise herauf. »Kommt mir nach.« Ben schaute durch das Loch nach unten und sah, wie sich die Lampe des Barons dort ganz in der Nähe bewegte. Im verdoppelten Licht war die Reihe der Aushöhlungen, die als Haltegriffe und Stufen dienten, in der Wand des kleinen Schachtes deutlich zu sehen. Eine Seite des Schachtes wurde zur Wand der unteren Kammer, und die Stufen reichten fast bis auf den Fußboden dieser Kammer.
Ben folgte seinem Anführer. Bald war die ganze Gruppe unten angekommen. Die Kammer, in der sie nun standen, entsprach in Größe und Form etwa der, aus welcher sie eben gekommen waren, und auch hier gab es wieder einen Ausgang, der nach unten führte. Diesmal aber war es eine Tunnelmündung in der Höhlenwand, ziemlich genau gegenüber dem Einstiegsschacht. Der Tunnel war eng und eben hoch genug, daß ein mäßig großer Mann darin aufrecht gehen konnte. Mark würde allerdings den Kopf einziehen müssen, vermutete Ben.
Wieder ging Doon voran, die anderen folgten gezwungenermaßen im Gänsemarsch. Der Tunnel krümmte sich zunächst nach rechts, dann wieder nach links, immer aber – und immer steiler – nach unten. Nach einer Weile, als es schon sehr abschüssig geworden war, wiesen die Wände Mulden und der Boden Stufen auf.
Sie waren einige Dutzend Schritte weit gekommen, als Doon

plötzlich stehenblieb und den anderen leise mitteilte, daß der Tunnel sich vor ihnen in einen lotrechten Schacht verwandle. Der Baron wies das Seil zurück, das man ihm bot, und benutzte nur die zahlreichen Nischen in der Schachtwand für den mühsamen Abstieg. Ben folgte ihm vorsichtig. Hinter, oder besser gesagt über ihm schaute Indosuarus nach unten, die Augen halb geschlossen, als taste er sich mit Sinnesorganen voran, über die ein normaler Mensch nicht verfügte. Hinter Indosuarus folgte Ariane. Auf ihrer Schulter hockte der Mönchsvogel unverhüllt und klammerte sich mit seinen Klauen in ihr Hemd. Als nächster kam Hubert, dann Mark, und Mitspieler bildete den Schluß.

Wieder erwies es sich als einfach, unten aus dem Schacht zu steigen. Er endete etwa einen Meter über einem kreisrunden Podest von zwei oder drei Metern Durchmesser, das vielleicht einen Meter höher als der Fußboden des Raumes war.

Das untere Ende des Schachtes bestand anscheinend aus uraltem Mauerwerk. Zwischen den einzelnen Steinblöcken zeigten sich haarfeine Risse, und Ben fragte sich verwundert, weshalb das Ganze unter seinem Gewicht nicht krachend eingestürzt war, bevor er die Haltesprosse losgelassen hatte.

Aber nach kurzer Zeit waren alle Expeditionsmitglieder unversehrt aus dem Schacht gekommen und standen rings um das Podest. Sie befanden sich in einer Kammer, die die Form eines gedrungenen Zylinders hatte, vielleicht zehn Meter im Durchmesser, grösser also als die beiden Räume oben. Die steinernen Wände, der Boden und die Decke waren hier glatt und ebenmäßig behauen. In mehr oder weniger regelmäßigen Abständen waren zwölf dunkle Türen in die kreisrunde Wand eingelassen. Die Gruppe stand fast in der Mitte des Raumes. Von hier aus war es nicht möglich, in eine dieser zwölf Öffnungen sehr weit hineinzuleuchten, denn die Gänge dahinter knickten nach wenigen Metern scharf ab und führten abwärts, seitwärts oder in beide Richtungen. Jeder dieser Gänge war, zumindest an seinem Eingang, gerade so breit, daß ein einzelner Mensch hindurchgehen konnte.

»Wir haben das dritte Siegel erreicht«, stellte Doon fest. Und er hob das Schwert wie zum Salut.

11

Doon stand neben dem Podest, das wie eine Radnabe in der Kammer lag, drehte sich langsam im Kreis und deutete mit Wegfinder auf die Türen, um festzustellen, welchem der dunklen Gänge sie nun folgen sollten. Mark beobachtete das Gesicht des Barons und sah, daß dieser zum erstenmal die Stirn runzelte, als das Schwert ihm den Weg wies.
Indosuarus, der Doon über die Schulter blickte, stieß ihn an. »Mir scheint, es gibt keinen Zweifel, oder? Das Schwert zeigt uns diesen Weg.« Der Zauberer deutete mit einem langen, knotigen Zeigefinger auf einen Tunnel.
Diese Bemerkung ließ Doon noch gereizter dreinblicken. Er bewegte das Schwert weiter. »Noch vor einem Augenblick hat es auf einen anderen Gang gedeutet – auf den da drüben. Dessen bin ich ganz sicher. Und jetzt tut es das nicht mehr.«
»Ganz gewiß nicht«, bestätigte Indosuarus. Er schwieg einen Moment und fügte dann hinzu: »Vielleicht hat Eure Hand gezittert, Mann. Vielleicht war das Licht einen Augenblick lang unstet.«
»Meine Hand hat nicht gezittert! Und ich brauche kein Licht, um das Vibrieren der Klinge zu spüren.«
Ben schaltete sich liebenswürdig ein. »Vielleicht liegt ein kleinerer Teil des Hortes am Ende des Ganges, auf den das Schwert zuerst gedeutet hat, und ein größerer am Ende dieses Tunnels hier. So jedenfalls würde ich dieses Zeichen deuten.«
»Oder der Schatz wird hin und herbewegt, noch während Ihr versucht, seine Lage ausfindig zu machen«, schlug Ariane vor. Etwas wie Vergnügen lag in ihrer Stimme, und es schwand nicht, als Doon sie wütend anfunkelte.
»Ich bezweifle, daß wir uns schon in der Nähe irgendeines Schatzes befinden«, knurrte der Baron.

Noch einmal ergriff der Magier das Wort. »Ich kann Euch nur raten: Entweder traut Ihr Eurem Schwert, oder Ihr traut ihm nicht. Wenn Ihr ihm nicht länger trauen wollt, dann werde ich jetzt versuchen, unseren Weg mit anderen Mitteln zu bestimmen.« Er ist ja eifersüchtig auf das Schwert! dachte Mark.
Der Baron dachte offensichtlich das gleiche. »Ihr wollt es versuchen? Aber nein. Ich denke, wir werden uns auf dieses gottgeschmiedete Metall noch ein Weilchen verlassen können. Wir werden den Weg einschlagen, den es mir zuerst gewiesen hat.« Die beiden Männer starrten einander an.
»Ein paar von uns sollten den einen Weg erkunden, und einige den anderen«, schlug Hubert vor, aber seine eigene Idee schien ihn nicht sonderlich zu locken.
Doon warf auch ihm einen wütenden Blick zu. »Nein, ich werde meine Kräfte jetzt nicht aufspalten. Vorerst jedenfalls nicht. Wir nehmen den Gang, den Wegfinder mir zuerst gewiesen hat.«
Mark, der einige Erfahrung damit hatte, sich von Würfelwendern führen zu lassen, fand, daß dieser Punkt noch einiger Erörterung bedurft hätte. Aber auch diese wären nicht ohne Gefahren vonstatten gegangen, und so hielt er den Mund. Als er Ben anschaute, las er Zustimmung in dessen Augen. Mark sah auch Arianes Blick, und ihm war, als sehe er dort zum erstenmal begründete Besorgnis aufsteigen – und noch andere Dinge, die nicht so leicht zu deuten waren.
Die kleine Schar begab sich in den Tunnel, für den Doon sich entschieden hatte. Sie bewegten sich wie zuvor im Gänsemarsch voran, und wieder fand Mark sich an vorletzter Stelle, vor dem schweigenden Mitspieler und hinter Hubert. Mark mußte sich fast ständig vorbeugen oder wenigstens den Kopf einziehen, um zu verhindern, daß seine Lampe beim Gehen unter der Decke entlangkratzte. Wenn dies lange so weitergeht, dachte er, werde ich die Lampe abnehmen und in der Hand tragen. Oder ich begnüge mich mit dem Licht der anderen, solange wir hier drin sind. Dieser Gang war zumindest ein wenig breiter als der vorherige, wenngleich immer noch nicht

breit genug, um zwei Menschen bequem nebeneinander gehen zu lassen.
Der Gang bog scharf nach rechts und dann wieder nach links und führte dabei gleichmäßig bergab. Er wurde an keiner Stelle so steil wie der vorige, und der rauhe Boden bot ihren Füßen sicheren Halt. Mark kam auf den Gedanken, die Decken nach Rußflecken abzusuchen. Gewiß würden ja nicht alle Blautempler, die durch dieses Labyrinth zum Hort gegangen waren, Lichter aus der Alten Welt benutzt haben, und im Laufe der Generationen müßte der Verkehr hier seine Spuren hinterlassen haben, wenn dies die richtige Strecke war. Und tatsächlich glaubte Mark, hier und da geschwärzte Stellen zu entdecken, obgleich er wegen des dunklen Felsgesteins nicht sicher sein konnte.
»Sieh mal«, sagte Ben plötzlich wenige Schritte vor ihm. Die Prozession blieb nicht stehen. Einen Augenblick später sah Mark, was Ben gemeint hatte. Sie passierten eine Öffnung, die einst ein Seitengang gewesen sein mußte, jetzt aber durch einen Einbruch völlig versperrt war. Felsbrocken und herabgestürztes Gestein füllten sie völlig aus. Aus dem Geröll dicht über dem Boden ragte ein Paar toter Knochenhände heraus – und Mark wurde plötzlich bewußt, daß sie von normaler menschlicher Größe waren. Die wortlose Warnung schien irgendwie um so stärkeren Eindruck zu hinterlassen, als sie nicht so aussah wie eine planmäßig angelegte Abschreckung für Eindringlinge.
Mark sah, daß Ariane im Vorübergehen auf die Knochen hinunterstarrte. Das Mädchen zeigte keinerlei Anzeichen von Schrecken oder Angst. Wie sie wohl aufgewachsen sein mochte, überlegte Mark. So außergewöhnlich wie er selbst – oder noch merkwürdiger? Vielleicht erkannte sie mich durch ihre Kräfte – falls sie tatsächlich welche besitzt – wenigstens in dieser Hinsicht als ihren Bruder...
Sie fanden keine weitere Kreuzung. Da ihnen vorläufig keine andere Wahl blieb, als diesem Gang zu folgen, konsultierte Doon sein Schwert nicht mehr. Sie marschierten jetzt durch

einen vergleichsweise geradlinigen Abschnitt, und Mark sah Doons Licht, das an der Spitze des Zuges dahinhüpfte und die Wände des Tunnels beleuchtete.

Dann endete der Tunnel, nicht weit vor ihnen, in einem schlichten, dunklen Kreis. Es sah aus, als münde der Gang in eine gewaltige Höhle. Als sie mit ihren Lampen näherkamen, sahen sie durch die Öffnung in der Ferne verschwommene Umrisse wie von zerklüfteten Felsen.

»Was ist denn das, bei allen Dämonen?«

Der Tunnel weitete sich an der Mündung ein wenig, und die Eindringlinge drängten sich so gut sie konnten zusammen, um zu sehen, was für einen Ort sie nun erreicht hatten. Tatsächlich gähnte vor ihnen eine riesige Höhle, die so aussah, als sei sie unüberwindlich. Der Boden – falls man es einen Boden nennen wollte – lag ein ganzes Stück tiefer als der Boden des Ganges, und er starrte vor stachligen Felsspitzen, die an manchen Stellen hell glitzerten und an anderen Stellen von dunklen Flecken überzogen waren, die im Schein der Lampen aussahen wie pilzartige Flechten.

Und wieder erblickte Mark hinter einem scharfkantigen Zakken das grauenerregende Weiß eines menschlichen Knochens. Knochen waren es auf jeden Fall, zersplittert und verstreut. Ob es tatsächlich menschliche Knochen waren, konnte Mark nicht mit Sicherheit feststellen.

Diese tödlich aussehende Kammer erstreckte sich etwa zwanzig oder dreißig Meter weit, und ein anderer Eingang oder Ausgang war nicht zu sehen. Nach links und nach rechts reichte sie nur ein paar Meter weit, und die Seitenwände rückten zur Tunnelmündung hin noch weiter zusammen. Nirgends war ein Spalt, der weit genug gewesen wäre, um einen Menschen durchzulassen. Mark spähte aus der Tunnelmündung hinaus nach oben, aber er sah nur die glatte, leicht gewölbte runde Wand, in der sie standen, und darüber eine unebene Felsendekke, die einige Meter weit außerhalb ihrer Reichweite lag. Wenn er nach unten schaute, war der Ausblick noch weniger ermutigend: Aufrechtstehende Steinzacken lauerten in den Schatten

Eine bunt zusammengewürfelte Gruppe auf der Suche nach einem Schatz in einem gefährlichen Höhlenabyrinth – das ist die typische Ausgangsposition für ein Rollenspielabenteuer. Mit dem vorliegenden Band haben Sie ein Buch vor sich, dessen Story man also auch spielen kann. Wenn Sie möchten, können Sie die Handlung nachvollziehen oder sie verändern, indem Sie selbst in die Rollen von Mark, Benn, Doon und den anderen schlüpfen. Sie benötigen dazu lediglich einige Freunde, Fantasie und das fantastische Rollenspiel »Das schwarze Auge«

Bitte umblättern ☞

Droemer
Knaur ®

Das Schwarze Auge ©

Ein fantastisches Fantasie-Spielvergnügen in neuen Dimensionen!

Lieben Sie fantastische Literatur, die Welt der Sagen und Mythen? Dann werden Sie an den Rollen-Spielen des »Schwarzen Auges« Ihre wahre Freude haben.
Sie schlüpfen in eine neue, aufregende Rolle. »Das Schwarze Auge« entführt Sie in eine geheimnisvolle, magische Welt.
Was Sie brauchen, sind Mut, Fantasie, ein paar wackere Mitspieler und – das Abenteuer-Basis-Spiel.
Es enthält alles, um nach Aventurien, in das Reich des »Schwarzen Auges« aufzubrechen und das erste Abenteuer zu bestehen.

Wenn Sie mehr über »Das Schwarze Auge« wissen wollen – Ihr Buchhändler informiert Sie gern. Fragen Sie ihn nach dem ausführlichen Prospekt – oder fordern Sie diesen direkt an bei:

Droemer Knaur Verlag
Postfach 80 04 80
8000 München 80

einer beängstigenden Tiefe. Nirgends konnte er etwas entdecken, das wie eine Fortsetzung ihres Weges ausgesehen hätte.
Auf Doons Drängen hin überredete Ariane den Mönchsvogel, einen kurzen Erkundungsflug in die Höhle zu unternehmen. Die Strahlen ihrer Lampen beleuchteten seinen Weg, aber er flatterte dennoch unsicher umher und mußte immer wieder angespornt werden. Schließlich flog er ein Stück weit hinaus und war in die Nähe eines wenig einladenden Felsensimses geraten, als von den Pilzgewächsen unter ihm plötzlich ein schnalzendes Geräusch heraufschallte. Eine Staubwolke wirbelte auf und umhüllte das fliegende Tier. Pfeilgeschwind kam der Mönchsvogel zu Ariane zurück und klammerte sich verängstigt an ihrer Schulter fest. Er brachte einen ekelerregenden Staubgeschmack mit sich, und ein beißender, giftiger Dunst wehte vom hinteren Teil der Höhle herüber und drang den Menschen in die Nasenlöcher.
Doon murmelte dämonische Flüche zwischen jähen Hustenanfällen. Er hatte sein Schwert gezogen und richtete die Klinge in verschiedene Ecken der Höhle. Aber erst als er wieder in den Tunnel zurückdeutete, spürte er eine Reaktion. Daraufhin verfinsterte sich seine Miene so sehr, daß selbst Indosuarus es für klüger hielt, sich einen Kommentar zu verkneifen.
Mark schaute in der Höhle umher. Plötzlich sah er etwas, das eine Idee in ihm weckte. Er zog seine Lampe vom Kopf, beugte sich nieder und stellte das Licht auf den Boden. Dann richtete er einen gebündelten Strahl auf ein paar Felsen in der Höhle, die etwa zwanzig oder dreißig Meter von ihnen entfernt waren.
»Schaltet alle anderen Lichter aus«, forderte er seine Gefährten auf. »Ich möchte etwas ausprobieren.«
Der Baron war eben im Begriff gewesen, neue Befehle zu erteilen. Er zögerte und tat dann, wie Mark geheißen hatte. Die übrigen murmelten Fragen und Proteste, und immer wieder niesten und husteten sie. Aber einen Augenblick später war Marks Lampe die einzige, die noch brannte.
Er richtete sich auf. »Seht nur. Meine Lampe bewegt sich nicht. Sie steht auf dem Boden. Achtet auf das Licht.«

Ein paar glänzende Gesteinsfacetten in der Ferne spiegelten helle Lichtpunkte, die matt auf den Wänden der Decke und auf den Gesichtern der Menschen leuchteten.
»Schaut.«
Die Lichtpunkte bewegten sich. Es war eine langsame Bewegung, stetig und gleichmäßig. Es sah so aus, als drehe sich das starre Gestein, die ganze Höhle dort draußen, in einer gleichförmigen, allmählichen Rotation an der Tunnelmündung vorbei. Wenn man die Höhle genauer ansah, wurde sogleich deutlich, daß sie sich in kurzer Zeit seit dem Eintreffen der kleinen Schar verändert hatt.
Die Menschen husteten, während die letzten Reste des giftigen Sporenstaubes verwehten, und sie blickten ratlos staunend umher.
»Das kann nicht sein.«
»Aber es bewegt sich doch.«
»Ich glaube, ich weiß, was hier geschieht«, behauptete Mark. »Laßt uns hier aus diesem Staub verschwinden und durch den Tunnel zurückgehen. Dann werde ich es euch erklären.«
Nur allzugern waren die anderen bereit, diesen Ort zu verlassen. Doon führte sie an. Kurz darauf waren sie durch den gewundenen Gang bergaufgestiegen und in den großen zylindrischen Raum zurückgekehrt.
Mark begann mit seiner Erläuterung. »Es ist nicht die Höhle dort unten, was sich bewegt. Wir sind es. Ich meine, es sind alle zwölf Gänge, und es ist der Raum, in dem wir jetzt stehen. Was so aussieht wie die Nabe eines Rades« – er legte eine Hand auf das kreisrunde Podest – »ist tatsächlich eine. Und seht hier – das Ende des Schachtes, durch den wir gekommen sind. Es sieht aus wie haarfeine Mauerspalten. Tatsächlich aber kann die Kammer dadurch am Schacht entlangrotieren. Indosuarus, im Licht des Tages dort oben habt Ihr gesagt, Ihr könntet etwas Gewaltiges hier unten spüren, etwas aus der Alten Welt.«
»Das konnte ich in der Tat.« Der Zauberer legte den Kopf zurück und schloß die Augen. »Und ich spüre es auch jetzt.

Technologie.« Und wie schon einmal, verzog er auch jetzt die Lippen verächtlich, als er dieses Wort aussprach.
Doon war ungläubig. »Dieser ganze Bereich im Felsgestein? Zwölf Gänge, die sich hindurchbewegen wie die Speichen eines Rades? Das Rad müßte so groß sein, daß man ein Dorf darauf erbauen könnte.«
Hubert meldete sich zu Wort. »Eine Scheibe von solcher Größe, die unablässig rotiert? Ohne das geringste Geräusch? Und ohne – nein, niemand könnte so etwas bauen. Niemand könnte...« Aber er sprach nicht weiter. Er wußte ebensogut wie der Baron und alle anderen, daß es in der Alten Welt tausend Wunder gegeben hatte, die um nichts geringer als dieses hier gewesen waren.
Mark wandte sich an Doon. »Aber das bedeutet, das Schwert hatte recht – beide Male. Wenn wir dem ersten Tunnel, den es uns zeigte, schnell genug gefolgt wären, wären wir an der richtigen Stelle herausgekommen... Versteht Ihr? Die rotierenden Gänge müssen auf einen festen treffen – oder auf eine andere Art Ausgang –, der irgendwo an der Peripherie des Rades in das starre Gestein gehauen ist. Wahrscheinlich fahren die zwölf Tunnelmündungen, eine nach der anderen, daran vorbei. Wenigstens einige von ihnen müssen es tun.«
»Es könnten übrigens auch mehr als zwölf sein«, gab Ben zu bedenken. »Es kommt darauf an, wie die Gänge sich innerhalb des Rades verzweigen.«
Doon schüttelte den Kopf, als sei ihm schwindlig. »Wir wollen sehen, was Wegfinger uns jetzt zu sagen hat.«
Diesmal wies das Schwert ihnen einen völlig anderen Gang, nicht etwa den nächsten hinter dem, durch welchen sie schon gegangen waren.
»Verstehe«, meinte Ben. »Sie schlängeln und winden sich, wie wir ja schon gesehen haben, und wahrscheinlich über- und unterqueren sie einander hier und da innerhalb des Rades.«
»Aber dann frage ich mich, wie die Priester, die manchmal herkommen, je ihren Weg hinein und wieder hinaus finden?«

sagte Hubert. »Ob sie wohl einen Zauberspruch kennen, mit dem man das Rad anhalten kann?«
»Technologie kann man nicht mit Zaubersprüchen anhalten und wieder in Gang setzen. Vielleicht sagt ihnen die Tageszeit beim Einsteigen, welcher Tunnel in den Ausgang mündet, wenn sie herkommen.«
»Noch ist nicht erwiesen, daß diese verrückte Idee zutrifft«, grollte der Baron. »Diesmal wird Wegfinger vor uns sein, wenn wir maschieren. Los!«
»Ja, wir sollten uns an Wegfinger halten«, murmelte Mark. »Ich dachte nur gerade... Mag sein, daß es im starren Fels rings um das Rad noch andere Ausgänge gibt, die uns an Orte führen könnten, die schlimmer sind als die Höhle, in der wir eben waren...«
Wieder drängte sich die Gruppe in einer Reihe in den auserwählten Tunnel. Diesmal gelang es Hubert, dem daran gelegen war, bei dieser ungewissen Unternehmung dicht bei Doon zu bleiben und gleich hinter ihm hineinzuschlüpfen.
Auch dieser Tunnel schlängelte sich abwärts. Wieder gelangten die Suchenden zu einem Quergang, aber diesmal war die Kreuzung nicht versperrt. Das Schwert traf seine Entscheidung. Es deutete nach rechts. Wiederum verlief der Tunnel, nachdem sie ihm ein kurzes Stück gefolgt waren, beinahe schnurgerade, doch jetzt war an seinem Ende etwas anderes zu erkennen.
Die Mündung deckte sich, wie Mark vorausgesagt hatte, beinahe mit einer passend geformten Öffnung auf der anderen Seite eines schmalen Spalts. Hier, wo Stator und Rotor des gewaltigen Systems kaum zwei Meter von einander getrennt waren, konnte man die langsam kriechende Rotation des zentralen Rades sehr viel deutlicher sehen.
Der Tunnel, durch den sie jetzt gekommen waren, weitete sich an seinem Ende beträchtlich. Die Öffnung auf der anderen Seite war ihm in Größe und Gestalt sehr ähnlich, und beide waren an der äußeren Kante mit einer Steinstufe ausgestattet, so daß man mühelos zwischen ihnen hin- und herspringen konnte. Eigentlich würde sich die Kluft mit einem großen

Schritt überwinden lassen. Der Zwischenraum war so tief, daß er ihre Lichtstrahlen beinahe restlos verschluckte, aber nicht einmal zwei Meter breit. Die gegenüberliegende Öffnung war zudem mit Handgriffen, einfachen Metallsprossen, versehen, die rechts und links in die Wand eingelassen waren.
Das Schwert deutete geradeaus und wies sie in den langsam vorüberziehenden Gang auf der anderen Seite. Doon sprang als erster hinüber und landete mühelos auf der Stufe. Sogleich stieg er eine Stufe höher in den Tunnel hinein, der gleich dahinter steil bergab zu führen schien. Mit der freien Hand winkte er den anderen gebieterisch, keine Zeit zu verlieren und ihm rasch zu folgen.
Ben trat einen Schritt vor und wäre gesprungen, wenn Arianes Hand ihn nicht plötzlich beim Ärmel gepackt und zurückgezogen hätte. Er hielt inne und wandte sich um. Dann sah er, daß in ihren Augen für einen Moment ein tranceartiger, beinahe blickloser Ausdruck lag.
Während Ben noch zögerte, tat Hubert mit wippender Armbrust einen Satz und landete auf der anderen Seite.
Unter Huberts Füßen löste sich die Steinstufe an einem Ende wie eine Falltür und schlug gegen die Wand. Seine Hände griffen reflexartig nach den Eisensprossen, um sich dort festzukrallen, aber sie trafen auf flachen, glatten Stein. Die Haltegriffe hatten sich zusammen mit dem Trittstein bewegt und waren in die Wand zurückgeglitten. Huberts Finger kratzten hilflos über die ebene Fläche und waren dann verschwunden. Mit einem grauenvollen Schrei stürzte er in die Kluft zwischen den Wänden.
Doon war herumgewirbelt und hatte ihn zu fassen versucht, aber kein menschliches Wesen hätte sich so schnell bewegen können. Auch von denen, die noch in der inneren, langsam vorübergleitenden Wand standen, konnte keiner rechtzeitig reagieren. Mark spähte in die schmale Schlucht hinunter und sah Huberts Lampe, wie sie sich im Fall drehte und abprallte, abprallte und sich wieder drehte, während sie mit dem Mann, an dem sie befestigt war, in die Tiefe stürzte. Der Mann schrie

nicht mehr. Das Licht blitzte und flackerte in seinem wirbelnden Fall, und für Augenblicke bestrahlte es phantastische Felsformationen, die gleich darauf wieder in der Finsternis verschwanden.
Noch einmal hüpfte das Licht, dann bewegte es sich nicht mehr. Der Strahl, hell wie zuvor, leuchtete gleichmäßig auf scharfkantige Felsen und auf etwas, das aussah wie ein Beinhaus der Gestürzten – ferne, weiße Splitter, überall verstreut, und anderes, das aussah wie runde Schädelknochen.
Die Überlebenden hatten keine Zeit, über Huberts Schicksal nachzudenken, denn die unablässige Rotation der inneren Wand ließ die Tunnelmündungen weiter und weiter auseinandergleiten. Irgendein innerer Mechanismus hatte den tückischen Trittstein schon wieder in seine unschuldig aussehende Stellung gehoben. Doon fing ein Seil auf, das Ben ihm über die Kluft hinweg zuwarf, und stemmte sich nach hinten in den absteigenden Tunnel. Ben umklammerte das andere Ende des Seils, und Mitspieler war der erste, der so gesichert hinübersprang. Er hielt das Seil umfaßt, während er sprang und auf der Stufe landete, die diesmal unter seinem Gewicht nicht nachgab. Mitspieler sprang sofort weiter zu Doon und half ihm, das Seil zu halten.
»Das Schwert hat uns nicht gewarnt!« klagte Ariane, als habe sich ein Freund unverhofft als Verräter entpuppt. Gleich darauf stand sie sicher auf der anderen Seite.
»Das ist auch nicht seine Aufgabe!« fauchte der Baron, als sie neben ihm auftauchte, um gleichfalls das Seil zu halten. Im nächsten Augenblick war Mark herübergekommen.
Indosuarus folgte ihm. Ben, der immer noch das andere Ende des Seiles hielt und dem der Mönchsvogel töricht um den Kopf flatterte, überquerte die Kluft als letzter. Die bewegliche Stufe trug seinen schweren Körper, ohne nachzugeben, wie sie es bei allen außer bei Hubert getan hatte.
Nun standen die sechs Überlebenden auf der Seite des Abgrunds, auf der sie den Schatz zu finden hofften. Sie schauten hinüber und sahen, wie die Tunnelmündung, aus der sie ge-

kommen waren, langsam hinter einem Felsvorsprung verschwand.
»Wir werden nicht lange darauf warten müssen, daß sich ein Durchgang öffnet, wenn wir zurückkommen«, meinte Doon. In seiner Stimme lag große Zuversicht, als sei Marks Idee von dem Tunnelrad von Anfang an die seine gewesen, mehr noch, als ob er, Doon, über allen Zweifel hinaus bewiesen habe, daß sie stimmte. »Wir sind zu dem Schluß gekommen, daß es zwölf oder mehr von diesen rotierenden Gängen geben muß. Wenn sich also das große Rad dort nur zweimal am Tag um sich selbst dreht, wird man niemals länger als eine Stunde auf eine Verbindung warten müssen. Dessen können wir sicher sein.«
Ob sie nun alle dessen sicher waren oder nicht, jedenfalls sagte keiner ein Wort.
Im Augenblick hatte Ben nur einen einzigen Gedanken im Kopf: Als das letzte, halbmondförmige Stück der gegenüberliegenden Tunnelöffnung verschwunden war, gab es vorläufig keine Möglichkeit zur Rückkehr mehr.
Der Baron redete weiter. »Es kann sein, daß wir es eilig haben, wenn wir zurückkommen. Bevor wir weitergehen, sollten wir deshalb herausfinden, wie diese verdammte Fallstufe funktioniert.« Er sprach in geschäftsmäßigem Tonfall. Dann begann er vorsichtig zu experimentieren, und bald zeigte sich, daß die Stufe felsenfest blieb, solange niemand auf der Stufe direkt darüber stand – wo Doon gestanden hatte, als Hubert seinen Todessprung vollführt hatte. Ein nennenswertes Gewicht auf der zweiten Stufe löste offenbar einen verborgenen Riegel, so daß die untere Stufe abwärts schwang, sobald sie belastet wurde.
»Ich nehme an, die Priester und die Weißhände haben sich die Spielregel genau eingeprägt. Ohnedies werden sie sie höchstens einmal vergessen, wenn sie zu zweit hierher kommen. Nun, jetzt kennen wir sie auch. Gehen wir also weiter.«
Obgleich es nur einen möglichen Weg zu geben schien, benutzte Doon das Schwert. Es deutete vorwärts, in den bergab füh-

renden Gang. Sie setzten sich in Bewegung. Nach einem kurzen, steilen Abstieg gelangten sie in ein Labyrinth von Stollen und Gängen, die manchmal durch Löcher im Boden oder in der Decke, manchmal auch durch gewöhnliche Türöffnungen miteinander verbunden waren. Es gab sogar Türen. Einige waren verschlossen, andere offen. Türen und Wände waren mit seltsamen Symbolen versehen, die eingeschnitzt oder aufgemalt waren.

Wegfinder ignorierte Symbole und Türen und zeigte ihnen einen offenen Weg. Doon hatte wie immer die Führung übernommen und hielt das Schwert vor sich ausgestreckt. Wachsam beäugte er den Steinboden, bevor er seinen Fuß niedersetzte, und die, die ihm folgten, taten desgleichen.

Ein oder zweimal in diesem Irrgarten blieb der Baron stehen und befahl Ariane, den Mönchsvogel vorauszuschicken. Beide Male kam er rasch zurück und hatte nur wenig zu melden. Ariane hatte Mühe zu verstehen, was er sagte, deshalb gaben sie ihre Versuche mit dem Vogel bald vollends auf.

Plötzlich gab es nur noch einen einzigen Tunnel. Er bog scharf nach rechts und dann wieder nach links. Hinter der letzten Biegung erstrahlte Licht. Ben fand, daß es aussah wie heiteres Tageslicht. Als er weiterging, hörte er Wasser plätschern, und dann zwitscherten Vögel.

12

Auf den letzten Metern gingen die glatten Wände des Ganges in rauhes Felsgestein über, so daß es aussah, als gelangten sie in eine natürliche Höhle. Mark, der hinter Doon aus der Höhle trat, blinzelte in dem Licht dessen, was Sonnenstrahlen zu sein schienen, die durch das Laub majestätischer Wipfel ein paar Meter hoch über ihnen hereindrangen. Die Luft war warm, und eine frische Brise bewegte die Äste. Vögel flatterten umher. Sie flogen auch über die rote Felswand hinweg, in welcher die Höhle klaffte. Irgendwo in der Nähe, aber außer Sichtweite,

hörte man rauschendes Wasser wie von einem kleinen Wasserfall oder einem munteren Wildbach.
Der Wald reichte bis dicht an das Kliff heran. Der grasbewachsene, freie Boden lag wenige Meter unterhalb des Felsensimses vor der Höhlenöffnung, auf dem die sechs Eindringlinge sich versammelt hatten. Von hier aus schlängelte sich ein kaum sichtbarer Pfad nach unten. Er führte zwischen rötlichen Felsblöcken hindurch und verschwand unter den Bäumen. Der obere Teil der Felswand war von Ästen der hochaufragenden Bäume verdeckt, und die Bäume verbargen auch den größten Teil des Himmels. Aber dieser scheinbare Himmel leuchtete so grell, daß die Folge davon nicht Düsternis, sondern willkommener Schatten war. Mark hob die Hand, um seine Lampe abzuschalten, und er sah, daß alle anderen das gleiche taten.
»Wir haben das Siegel der Magie erreicht«, verkündete Mitspieler mit dunkler, feierlicher Stimme. Er sprach so selten, daß ihn meist alle anschauten, wenn er es einmal tat. »Hätten wir die richtige Parole, könnten wir hindurchspazieren, wie die Priester des Blauen Tempels es tun. Meister, glaubt Ihr, es hat Sinn, wenn wir noch einmal diese Parole zu erahnen versuchen?«
Indosuarus sah ihn an, seufzte und schüttelte den Kopf.
»Das haben wir oft genug versucht, und wir haben nichts erfahren.«
Doon ergriff ungeduldig das Wort. »Das Schwert wird uns hindurchführen.«
Indosuarus nickte. »Ja, aber wir haben gesehen, daß es uns nicht vor Fallen warnt. Dieses Siegel zu überwinden, ist meine Aufgabe. Sie wird nicht leicht sein, und ich will ruhen, bevor wir beginnen.«
Der Baron überlegte. »Einverstanden. Wir alle können ein wenig Ruhe gebrauchen, wenn wir ein geeignetes Plätzchen dafür finden.«
Die beiden Zauberer schauten über die Landschaft hinweg und berieten sich eine Zeitlang mit leisen Stimmen. Dann erklärte Indosuarus: »Wir können zumindest bis zum Fuße des

Kliffs ungefährdet hinuntersteigen. Ich glaube, es versteht sich von selbst, daß nicht alles, was man hier sieht, auch der Wirklichkeit entspricht. Schon jetzt aber kann ich euch sagen, daß die Bäume und das Gras wirklich existieren, größtenteils wenigstens, auch wenn sie wahrscheinlich mit magischen Mitteln gehegt werden. Selbstverständlich befinden wir uns noch immer in einer Höhle. Dies ist eine sehr große Kammer – wie groß sie ist, vermag ich noch nicht zu sagen –, und natürlich dringt kein Licht herein. Was ihr für Sonne und Himmel und Wind haltet, sind magische Gaukeleien, und welche Wirklichkeit sie verbergen, muß ich erst feststellen. Aber ein kleines Stück können wir beruhigt hinuntersteigen.«
»Was ist mit dem Bach?« fragte Ariane knapp. Sie hatten sich schon darangemacht, den schmalen Pfad, einer hinter dem anderen, zum Fuße der Felswand hinunterzugehen, und nach wenigen Wegbiegungen war ein kleiner Wasserfall in Sicht gekommen, der nicht weit neben der Höhle über die zerklüftete Felswand hinabrauschte. Der kleine Bach plätscherte unten zwischen den Felsen dahin und stürzte sich dann in ein flaches Bett, das zwischen den Bäumen verschwand.
»Das Wasser ist echt«, antwortete Indosuarus nach einigem Überlegen. »Aber ob man es trinken oder auch nur berühren kann, vermag ich erst zu sagen, wenn wir dort sind.«
Dies war bald der Fall. Kaum hatten sie das Gras erreicht, dessen Untergrund aussah und sich anfühlte wie schwerer Waldboden, näherten sich die beiden Zauberer dem Ufer des Baches und knieten dort nieder. Eine Weile beschäftigten sie sich mit ihrer Kunst, dann erhoben sie sich und verkündeten, das Wasser berge keinerlei Gefahr.
»Es überrascht mich nicht«, bemerkte Doon. »In der Garnison dort unten sind lebende Menschen – zumindest in gewissem Sinne leben sie ja. Und die Priester, die zu Besuch kommen, brauchen Wasser, von den Weißhänden einmal gar nicht zu reden. Also kommt dies aus einer natürlichen Quelle.

Wir werden also hier ein wenig rasten, Zauberer, nachdem Ihr ein sicheres Gebiet für uns abgesteckt habt.«
Noch einmal machten sich die beiden Magier an die Arbeit. Sie schritten auf und ab, murmelten, gestikulierten und beobachteten Dinge, die normalen Menschenaugen verborgen blieben. Sie gingen davon und kehrten schließlich zu den anderen zurück. Indosuarus warnte die Gruppe. »Bleibt innerhalb der ersten Schleife dieses Baches, zwischen dem Bachlauf und dem Fuße des Kliffs.«
Das so begrenzte Gelände war angenehm geräumig. Sechs Menschen fanden hier genug Platz, um sich zu entspannen. Es enthielt sogar so viele Bäume, Felsen und Büsche, daß ein jeder sich ein wenig zurückziehen konnte, wenn er wollte. Alle ließen ihre Packsäcke zu Boden gleiten und legten ihre Waffen ab – freilich nicht außer Reichweite.
Mark beugte sich nieder und trank aus dem Bach, um sein mitgebrachtes Wasser zu sparen. Er fand, daß es klares, kaltes Wasser war, was hier floß. Mit einem müden Seufzer ließ er sich rückwärts in das weiche Gras sinken und schloß die Augen. Ringsum hörte er, wie die anderen es sich ebenfalls bequem machten.
Er beabsichtigte, bald wieder aufzustehen, Ben zu suchen und sich mit ihm über die Frage zu beraten, die jetzt seine Gedanken erfüllte: War es nicht vielleicht an der Zeit, aufzugeben und umzukehren – oder es wenigstens zu versuchen? Schon waren drei aus der kleinen Schar, mit der Doon ausgezogen war, zu Tode gekommen. Der Gedanke an Sir Andrews verzweifelt kämpfende Armee trieb Mark voran. Aber es würde weder Sir Andrew noch ihm selbst etwas nützen, wenn er in den sicheren Tod ging.
Die wichtigste Frage war natürlich, ob es weniger gefährlich war, jetzt umzukehren, und ob es überhaupt möglich wäre. Man würde Doon und den Zauberer überreden müssen, und das dürfte kaum gelingen. Dann aber würde man – mindestens gegen Doon – kämpfen müssen, und Mark konnte sich nur wenige Dinge vorstellen, die gefährlicher wären...

Obwohl er mit fast geschlossenen Augen im Gras lag, war er sich des grellen, trügerischen Sonnenlichtes hoch oben bewußt. Wenn er den Kopf ein wenig drehte, konnte er die Stelle sehen, an der sie aus der Felswand gekommen waren. Die Grenzlinie zwischen Felswand und Himmel war immer noch – wie planmäßig – von den Laubmassen der Bäume verdeckt. Er fragte sich, ob hier wohl das ganze Jahr über Sommer sein mochte.

Wenn er die Augen ganz schloß, konnte sogar sein stumpfes, ungeschultes magisches Empfinden die Magie ringsum spüren, stetig wie das rauschende Wasser des Baches. Sie war da, aber was sie tat, wußte er nicht.

Es war schwer, sich zu entspannen, und er hätte längst aufgegeben, wenn Ben nicht gewesen wäre, oder wenn das Bild von Sir Andrews leidendem Volk vor seinem geistigen Auge, das in hoffnungslosem Kampf gegen den Dunklen König nach der Hilfe schrie, die ein weiteres Schwert oder gar zwei ihm bringen konnten – wenn dies alles ihn nicht vorangetrieben hätte...

Jemand regte sich in seiner Nähe, ganz nah. Mark riß die Augen auf und fuhr hoch. Mitspieler kauerte auf Händen und Knien so dicht neben ihm, daß er ihn fast hätte berühren können. Die rechte Hand hatte er nach Marks Köcher und Bogen ausgestreckt, die dort im Gras lagen.

Der grauhaarige, untersetzte Mann zuckte zurück, als Mark sich so plötzlich bewegte.

»Was wollt Ihr?« fragte Mark schroff.

»Oh – nur einen Hauch, junger Herr... Ich bringe Euch einen Hauch von etwas, das Euch mein Meister sendet! Das heißt, Ihr sollt damit Eure Waffen salben. Seht Ihr? Das hier.« Und Mitspieler hielt etwas in die Höhe, das wie ein Bündel getrockneter Kräuter aussah. »Falls Ihr hier in diesem Reich der Magie Eure Waffen benützen müßt, werden sie Euch nicht im Stich lassen. Ich fürchte, bevor wir dieses Tal durchquert haben, werden wir auf Kreaturen stoßen, die größer sind als ein Singvögelchen.«

»Nun gut. Aber beim nächstenmal sagt ein Wort und schleicht Euch nicht so an mich heran.« Mark setzte sich auf und sah zu, wie Mitspieler sich kurz mit seinem Bogen und seinen Pfeilen beschäftigte, dann reichte er ihm sein Messer, damit er es in der gleichen Weise behandle. Dabei merkte Mark, daß Ben und Ariane ein paar Meter weiter nebeneinander saßen, die Köpfe plaudernd zusammengesteckt.
Kurz darauf ging er zu ihnen hinüber und wischte sich dabei frische Wassertropfen vom Mund. Aber er wurde abgelenkt, bevor er die beiden erreicht hatte. Hinter einem nahen Busch stritt Doon mit Mitspieler. Er erklärte, *sein* Schwert bedürfe keiner magischen Behandlung, gleich welcher Art, und – bei allen Göttern! – es werde auch keine erhalten.
Der Zaubergehilfe bestritt diese Behauptung, aber er achtete sorgsam darauf, es mit diplomatischen Worten zu tun. »Selbstverständlich mag das so sein, Herr, aber darf ich eine Probe machen, um sicherzugehen?«
Mark blieb stehen. Er beobachtete und belauschte die Auseinandersetzung so gut es ging.
»Was ist das für eine Probe, von der du redest?« fragte Doon herrisch.
»Laßt mich das Schwert nur einen Augenblick lang in der Hand halten, Herr. Ihr braucht nicht zu befürchten, daß ich es beschädige. Ah, ich danke Euch.« Mark sah, daß Mitspieler in der einen Hand ein Büschel frischgeschnittener Zweige oder Ruten hielt, das mit einer zierlichen Kordel umwunden war. Er entsann sich, eine solche Kordel in Indosuarus' Gepäck gesehen zu haben.
Mitspieler fuhr fort: »Wenn Euer Schwert in der Tat keiner weiteren Behandlung bedarf, damit es Euch seinen Dienst auch in diesem magischen Reich tut, dann müßte es die Zweige zurückstoßen, wenn ich es damit berühre. So –«
Ein greller Blitz ließ sogar Mark zusammenschrecken, obwohl er damit gerechnet hatte, daß etwas Spektakuläres geschehen würde. Mitspieler schrie auf und ließ das Schwert in der Scheide zu Boden fallen. Dann warf er das Reisigbündel fort, das bei

der Berührung mit Wegfinder jäh in Flammen aufgegangen war. Er stürzte hinter den Zweigen her und trat wütend auf sie ein, bis sie unter Doons schallendem Gelächter zischend in den Bach flogen.
Mark wartete nicht ab, um zu sehen, ob Indosuarus wohl erzürnt sein würde, weil seine hübsche Kordel verbrannt war. Er ging statt dessen weiter, um sich mit Ben und Ariane zu besprechen. Er erzählte ihnen, was er eben gesehen und gehört hatte, und sie lächelten darüber. Aber dann wurden ihre Mienen sogleich wieder ernst, wie sie es gewesen waren, als Mark herangekommen war.
Ariane hatte noch immer den Mönchsvogel in ihrer Obhut. Das Tier saß auf ihrer Schulter oder auf einem niedrigen Ast, während sie redete.
»Ihm gefällt dieses Reich der Magie ebensowenig wie mir«, stellte Ben fest, nachdem er das Tier eine Weile betrachtet hatte.
»Ich wünschte, ich könnte ihn fliegen lassen«, seufzte das Mädchen. »Mir ist, als hielte ich ihn gefangen, und ich weiß, was es heißt, gefangen zu sein.«
»Aber er kann nirgends hin«, wandte Ben ein. Mit einem Blick auf Mark fragte er sie: »Warum hast du mich festgehalten, als ich springen wollte? Du hast mir die Hand auf den Arm gelegt, als ich springen wollte, und ich glaube, du hast mir das Leben gerettet.«
»Wenn ich es getan habe, so weiß ich nicht mehr, warum. Natürlich bin ich sehr froh, wenn ich dir wirklich das Leben gerettet habe, aber... so wirken meine Kräfte eben. Wenn sie überhaupt wirken.«
»Ich bin sicher«, meinte Mark, »daß Doon damit rechnet, sie eines Tages gebrauchen zu können. Aber ich weiß auch nicht, wie oder wann.«
»Ich wünschte, ich könnte auf sie zählen«, flüsterte das Mädchen traurig. »Ich wollte gern herkommen und nach dem Schatz suchen. Ich dachte, es würde... Ich weiß nicht, was ich dachte. Eine mühelose, schnelle Sache habe ich vermutlich

erwartet, wie man etwa in einen Bienenstock eindringt und sich mit dem Honig davonmacht.«
Ein Lächeln erhellte, beinahe zögernd, Marks Gesicht. »Hast du das schon einmal getan?«
Fast hätte Ariane das Lächeln erwidert. »Man hat mich nicht in einem Palast großgezogen. Eigentlich nicht einmal in einem Haus... Die Leute, die für mich zu sorgen hatten, waren in vieler Hinsicht roh. Aber... vielleicht werde ich euch die Geschichte eines Tages erzählen. Ich wußte, daß ich die Tochter einer Königin war, aber das Leben, das ich führte, war nicht so, wie es vermutlich die meisten Königstöchter kennen.«
Sie durchwühlten ihr Gepäck und teilten sich ihren Proviant. Sie aßen ein wenig und plauderten dabei von unwichtigen Dingen, bis sie die Stimme des Barons hörten, der sie alle darauf aufmerksam machte, daß es an der Zeit sei, aufzubrechen.

Doon war wieder bester Stimmung. Er nahm sein Schwert zur Hand und bestimmte die Richtung, die sie einzuschlagen hatten. Wegfinder leitete sie geradewegs in den Wald. So ließen sie die unebene Felswand schräg hinter sich liegen und bewegten sich nach rechts. Ein Weg war in dieser Richtung nirgends zu erkennen, und gewohnheitsmäßig begann Mark, sich kleine Landmarken ins Gedächtnis einzuprägen, damit er den Rückweg würde finden können, wie er es immer tat, wenn er in einen unbekannten Wald eindrang. Sie wanderten durch Gras und Wildblüten, an verstreut stehenden Büschen und vereinzelten, aufrechten Rotsteinblöcken vorbei. In der Richtung, die sie eingeschlagen hatten, fiel das Land sanft ab. Der Bach hatte sich einen eigenen Weg gesucht. Er war hinter ihnen abgeknickt, und jetzt konnten sie ihn nicht mehr sehen. Ringsum gab es nur noch Wald, der inzwischen schon beinahe eintönig aussah, und inzwischen hatten sie auch genug Wald hinter sich gebracht, daß die Steilwand überhaupt nicht mehr zu erkennen war.
Bald kam eine sonnenhelle Lichtung in Sicht, die fünfzig oder

sechzig Meter vor ihnen auf ihrem Wege lag. Mark war ein wenig gespannt darauf, sie zu erreichen, denn dort würde er mehr oder weniger direkt in die Sonne dieses magischen Reiches blinzeln können. Doch um auf die Lichtung zu gelangen, waren kleine Umwege erforderlich; sie mußten einen dicken Baumstumpf und den umgestürzten Stamm umgehen, einige Bäume umrunden und einem einzelnen Busch ausweichen. Und als sie an die Stelle kamen, an der er die offene Lichtung gesehen hatte, fanden sie dort den gleichen dichten Wald, der sie überall umgab, beleuchtet nur von kleinen, tanzenden Lichtflecken, die zu klein waren, als daß man etwas anderes als diffuses Strahlen erkennen konnte, wenn man, den Strahlen folgend, zum Himmel schaute. Mark sah jetzt weitere sonnenbestrahlte Lichtungen, allesamt in einiger Entfernung. Das Schwert führte sie unerschütterlich weiter geradeaus.
Dieses unscheinbare Erlebnis flößte ihm eine unbestimmte Angst ein, und als sie ein paar Schritte weitergegangen waren, wandte er sich um und warf einen Blick zurück. Die letzte Landmarke, die er sich gemerkt hatte, war der Baumstumpf mit dem umgestürzten Stamm gewesen, und sie war bereits nicht mehr zu sehen. Jäh verließ ihn seine sonst so selbstverständliche Waldläuferzuversicht. Er war nicht mehr sicher, daß er den Rückweg finden konnte.
Nach einer Weile fanden sie den Bach wieder. Es mochte natürlich auch ein anderer Bach von ungefähr gleicher Größe sein, aber er sah aus wie der erste, und er klang auch so. Zudem kam er, wie er sich so über ihren Weg schlängelte, aus derselben Richtung, in die der erste Bach geflossen war. Das Schwert wies schnurstracks über das Gewässer hinweg, und sie durchwateten es mühelos.

Ben, der jetzt hinter Ariane ging, merkte, daß der Rhythmus ihrer Körperbewegungen seine Aufmerksamkeit immer wieder ablenkte. Mehrmals mußte er sich ermahnen, konzentriert und wachsam auf mögliche Gefahren zu achten. Wenn er darüber allerdings nachdachte, war er nicht mehr so sicher, ob

dies besonders nützlich sein würde, denn was immer er hier sehen oder hören konnte, war höchstwahrscheinlich eine magische Gaukelei...
Irgendwo über den Bäumen und dem scheinbaren Himmel lag, das wußte er, das Labyrinth, darin unter anderem die gewaltige rotierende Masse des Rades aus der Alten Welt mit allen darin verschlungenen Gängen – wenn Mark recht hatte, und anscheinend hatte er recht... Unvermittelt und erschreckend stand plötzlich ein Bild vor Bens geistigem Auge: Huberts zerschmetterter Körper, der trudelnd aus diesem magischen Himmel herabstürzte. Es würde in den Baumwipfeln rauschen, und dann würde man einen schweren, dumpfen Aufschlag hören. Würden sie ihn beim nächsten Schritt finden, die brennende Lampe noch auf dem zersplitterten Schädel?
Oder würde ein zerschellter Leichnam hier im Reich der Magie vielleicht wie etwas ganz anderes aussehen?
Was immer man hier betrachtete, worüber man auch nachdenken mochte, anscheinend konnte man es nur voller Angst tun. Doon führte sie unbeirrbar voran, und auf dem beinahe ebenen Boden schlug er einen flotten Schritt an. Der Wald zog an ihnen vorüber, die Zeit verging. Ben überlegte, ob es nicht klug gewesen wäre, seine Schritte zu zählen. Die stete Gleichförmigkeit, so dachte er, ließ den Marsch schon schier endlos erscheinen.
Wieder stießen sie auf den Bach und überquerten ihn. Er sah aus und klang wie vorher. Der Boden, merkte Ben, stieg jetzt unter ihren Füßen allmählich an, während sie weitermarschierten. Die Sonne stand, soweit es der Blick auf ferne Lichtungen offenbarte, irgendwo in der Nähe des Zenith, und so fiel es schwer, eine genaue Richtung zu bestimmen. Aber er hätte schwören können, daß sie in einer nahezu schnurgeraden Linie marschierten, wenn man die kleinen notwendigen Umwege wegen geringfügiger Hindernisse einmal außer acht ließ.
Wieder passierten sie eine sonnenbestrahlte Lichtung zu ihrer Rechten. Vögel sangen dort. Anscheinend genossen sie den senkrechten Sonnenschein.

Mark rief den Führern zu: »Wie groß ist eigentlich die Höhle, in der wir hier sind? Sind wir überhaupt noch unbedingt sicher, daß wir uns in einer Höhle befinden?«
Indosuarus, der als zweiter in der Reihe ging, sah sich mit nachsichtigem Lächeln zu ihm um. »Natürlich sind wir in einer Höhle. Aber wir bewegen uns nicht so schnell hindurch, wie du vielleicht glaubst.«
»Ich bezweifle, daß wir uns überhaupt bewegen. Könnt Ihr denn das andere Ende schon sehen?«
Der Zauberer wandte den Kopf wieder nach vorn und schien in weite Fernen zu starren, während er marschierte. »Nun, selbst für mich«, begann er zuversichtlich, »ist es...«
Seine Stimme verstummte. Unversehens war er stehengeblieben, und einen Augenblick später war die ganze Kolonne stolpernd zum Halten gekommen. Die beiden Zauberer besprachen sich flüsternd miteinander, dann starrten sie wieder beide in dieselbe Richtung.
Als Ben ebenfalls in diese Richtung blickte, sah er – oder war es Einbildung? – eine verschwommene Wolke über den Bäumen; zumindest schien das Sonnenlicht dort trüber zu sein. Die Verdunkelung vertiefte sich rasch und in mysteriöser Weise. Sie zog wie eine träge Welle vorüber.
Alle sechs Menschen hatten es jetzt gesehen. Den Mönchsvogel schien es nicht weiter zu bekümmern, aber die Menschen ließen bald erkennen, daß sie es auch fühlen konnten. Es war, als sei die Temperatur im Wald gesunken, obwohl die Sonne dort, wo sie standen, noch genauso hell durch das Laubdach schien wie zuvor. Aber die Blätter hingen reglos in der unbewegten Luft. Was immer da vorüberzog, ein Wind war es nicht. Ben hatte jetzt nicht mehr den geringsten Zweifel daran, daß sie sich unter der Erde befanden. Die Gaukelei von Licht und Himmel wirkte plötzlich wie eine schlechte, leicht durchschaubare Täuschung.
Da war etwas... dort drüben... eine Kraft, die vorüberzog. Sie zog vorüber, jawohl – den Göttern sei Dank! Und dann war sie fort.

Doon brach das Schweigen zuerst, und er hatte seine Stimme zu einem Flüstern gedämpft. »Was war das?«
Indosuarus wandte sich ihm langsam zu. Das Gesicht des Magiers war beunruhigend bleich, und Schweißperlen standen ihm auf der Stirn. »Das hatte ich nicht erwartet. Es war ein Gott.«
Ein Gemurmel erhob sich wie von selbst. Die meisten, einschließlich Ben, hatten noch nie im Leben einen Gott oder eine Göttin gesehen, und sie erwarteten eigentlich auch nicht, jemals einen zu Gesicht zu bekommen. In der menschlichen Gesellschaft war die Anwesenheit eines Gottes etwas noch Selteneres als die eines Königs oder einer Königin. »Welcher Gott?« fragten mehrere Stimmen zugleich.
»Ich glaube, es war Hades – oder Pluto, wie die meisten Menschen ihn nennen«, antwortete der Magier nachdenklich. »Niemand sieht ihn aus solcher Nähe oder gar von Angesicht zu Angesicht ohne zu sterben.«
»Aber was tut er hier?«
Die beiden Zauberer wußten darauf nichts Rechtes zu antworten. »Götter gehen, wohin sie wollen. Und Hades' Reich umschließt immerhin alles, was sich unter der Erde befindet. Doch der Blaue Tempel betet ihn nicht an, und so können wir hoffen, daß er in irgendeiner Weise als Widersacher der Blautempler hier ist und er unser Unternehmen mit Wohlwollen betrachtet – falls er es zur Kenntnis nimmt.«
Ben war beunruhigt. »Dann sollten wir ihm aber sofort ein Opfer darbringen, nicht wahr?«
Schon lange wußte er, daß Magier zumeist eine geringe Meinung von der Wirksamkeit routinemäßig dargebotener Gebete und Opfer an jedwede Gottheit an den Tag legten. Wie sich zeigte, bildeten diese beiden hier keine Ausnahme. Indosuarus würdigte ihn nur eines Blickes und wandte sich dann ab. Mitspieler tat es ihm nach, aber dann drehte er sich noch einmal um und meinte: »Tu es leise und für dich, wenn du glaubst, daß dir dann wohler ist. Ich werde es jedenfalls bleiben lassen. Wenn es überhaupt eine Wirkung hätte, dann die, daß es die

Aufmerksamkeit eines Wesens auf mich zöge, an dessen Aufmerksamkeit mir nichts liegt.«
Doon befragte sein Schwert. Es zeigte in die gleiche Richtung wie zuvor – in die Gegend, über der sie den Schatten hatten vorüberziehen sehen. Zum erstenmal zögerte der Baron sichtlich, dem Rat Wegfinders zu folgen. Statt dessen wandte er sich an Ariane. »Mädchen, ist dieses Geschöpf bereit und willens, zu fliegen? Wenn ja, dann schickt es uns voraus.«
Ariane sprach flüsternd mit Dart, und einen Augenblick später war der Mönchsvogel aufgestiegen. Seine Flugbahn krümmte sich leicht nach links, und kurz darauf war er zwischen den Bäumen verschwunden, genau dort, wo der Schatten des Gottes am längsten geschwebt zu haben schien. Wenig später wehte ein leiser Schrei, matt und klagend, zu ihnen herüber. In Bens Ohren klang er mehr wie ein Schrei der Erschöpfung als wie ein Schmerzens- oder Schreckensschrei.
Die sechs Menschen warteten, aber sie hörten nichts mehr, und der Mönchsvogel kehrte auch nicht zurück.
»Kommt, wir gehen weiter«, befahl Doon schließlich. Er sah Ariane an. »Der Vogel kann uns wieder einholen, wenn ihm nichts zugestoßen ist.«
Sie protestierte. »Sollten wir nicht nach ihm suchen?«
»Er hat sich nicht so nützlich gezeigt, wie ich gehofft hatte«, erwiderte Doon, und der große Magier schüttelte den Kopf. »Nicht hier, nicht jetzt. Wenn er zu uns kommen kann, wird er es tun.«
Ariane starrte noch eine Zeitlang in den Wald zur Linken, aber sie erhob keine weiteren Einwände. Schweigend zogen sie weiter, und Ben war, als ob dieser Marsch sich endlos dahinzöge. Es war sinnlos, die Tageszeit und die Dauer ihrer Wanderung mit Hilfe des konturlosen Lichtes bestimmen zu wollen, das durch die hohen Baumwipfel herabsickerte. Ben hatte keine Ahnung mehr, an welchem Teil des Himmels die Sonne stehen mochte, falls es dort oben überhaupt so etwas wie eine Sonne gab. Immer noch war es taghell, daran hatte sich nichts geändert, seit sie dieses magische Reich betreten hatten. Und Ben

hatte immer noch das Gefühl, daß sie die ganze Zeit über in einer schnurgeraden Linie gelaufen waren.
Endlich ließ Doon wieder zu einer Rast haltmachen. Diesmal schob er sein Schwert gar nicht erst in die Scheide, sondern setzte sich damit ins Gras, hielt es in der Hand und starrte es an, und seine Zweifel standen ihm deutlich lesbar ins Gesicht geschrieben.
Die beiden Zauberer hatten sich ein wenig abgesondert; anscheinend waren sie in eine ihrer regelmäßig wiederkehrenden Besprechungen vertieft. Aber als Indosuarus zu den anderen zurückkehrte, ließ er sie wissen, daß er Mitspieler vorausgeschickt habe, damit er sich ein wenig umsehe.
Doon platzte vor Wut, als er dies erfuhr. Er drängte sich an dem anderen vorbei und spähte mit wild verzerrter Miene in die Richtung, in der der Zaubergehilfe anscheinend verschwunden war. Dann fuhr er herum und funkelte Indosuarus an. »Was soll das? *Ich führe hier das Kommando!* Wie könnt Ihr es wagen, dergleichen anzuordnen, ohne mich zu fragen?«
Anstatt sich zur Wehr zu setzen, zog Indosuarus ein Gesicht, als sei er plötzlich krank. Er lehnte sich mit dem Rücken an einen Baum und glitt dann langsam daran herunter, bis er schließlich im Grase saß.
»Was ist los mit Euch?«
Der Graubärtige blickte auf. »Es wird vorübergehen. Ich rate Euch, zu warten, bis Mitspieler wieder da ist, bevor Ihr etwas unternehmt.«
»Falls er überhaupt zurückkommt, wollt Ihr wohl sagen! Bei allen Göttern und Dämonen, Mann – was ist in Euch gefahren, daß Ihr ihn fortschicken könnt, ohne mich zu fragen?«
Jetzt bekam Doon gar keine Antwort mehr. Indosuarus hatte die Augen geschlossen, und Ben sah erschrocken, daß der Zauberer – nunmehr der einzige Zauberer, den sie noch hatten – immer mehr in sich zusammensackte und aussah, als leide er Schmerzen.
Doon starrte die anderen an, als wolle er ihnen etwas befehlen

und wisse nicht, was. Nach einer Weile wandte er sich ab und schaute wieder dem verschwundenen Mitspieler nach.
Ariane hatte sich ebenfalls auf den Boden gesetzt und die Augen geschlossen. Aber anscheinend ruhte sie nur aus, oder sie dachte nach. Krank schien sie jedenfalls nicht zu sein. Nach einer Weile sagte sie leise: »Ich glaube, es ist die Magie um uns, die den alten Mann krank werden läßt.«
»Aber was können wir dagegen tun?« fragte Mark, als glaube er tatsächlich, sie könne darauf eine Antwort wissen.
»Wir müßten ihn hinausschaffen. Aber ohne einen Führer können wir nicht wieder herkommen.«
Doon betrachtete sein Schwert. Er fluchte und stieß es wütend in den Boden, statt es wieder in die Scheide zu stecken.
Mark und Ben berieten sich miteinander, aber auch sie konnten zu keinem Entschluß kommen. Während sie redeten, merkten sie nach einer Weile, daß der Wald um sie herum allmählich dunkler wurde, aber dies war ein anderes Phänomen als die vorige Verdunklung. Jetzt nämlich verfinsterte sich langsam der gesamte Himmel, ganz so, wie es an einem wolkigen Tage gegen Abend geschieht.
Indosuarus faßte sich so weit, um den anderen bestätigen zu können, daß dies in der Tat einem natürlichen Abend im Freien entspreche und an sich nicht weiter gefährlich sei. Dann ließ er sich zurücksinken. Er bettete den Kopf auf seinen Packsack und wickelte sich in seine Gewänder, als wolle er sich für die Nacht zum Schlafen niederlegen. Doon trat auf ihn zu, als wollte er eine neuerliche Auseinandersetzung beginnen, doch als er das Gesicht des Magiers aus der Nähe sah, zuckte er die Achseln und schien die Sache vorläufig aufzugeben.
Die vier anderen tranken ein wenig aus dem in der Nähe dahinfließenden Bach und aßen noch einmal ein paar Bissen von ihrem Proviant. Als die Dunkelheit sich zwischen den Bäumen herabsenkte, schalteten sie die Helmlampen wieder ein. In dem diffusen Licht erschien der Wald beinahe tröstlich normal.

Mark fragte sich laut, ob wohl jemand das Licht ihrer Lampen bemerken würde.
Doon schnüffelte. »Das ist nicht zu befürchten, denke ich. Jeder hier weiß längst, daß wir auch hier sind.«
Noch einmal untersuchten sie Indosuarus, und soweit sie erkennen konnten, schlummerte der Zauberer beinahe normal, wenngleich er krank aussah. Sie kamen überein, ihn bis zum Morgen schlafen zu lassen, wobei niemand einen Zweifel äußerte, daß der Morgen auch kommen würde.
Die Nacht senkte sich immer tiefer über den Wald herab, und schließlich war die Finsternis so schwarz, daß es in der überirdischen Welt unnatürlich erschienen wäre. Sie stellten ihre Lampen auf Streulicht ein und setzten sich kreisförmig um die Gruppe auf den Boden, so daß der umgebende Wald beleuchtet wurde, während die kleine Schar im Halbschatten saß. Auch Indosuarus lag im Innern des Lichtkreises, während die vier Wachenden abwechselnd plaudernd und dösend die Nacht verbrachten.
Es war eine lange Nacht, und Ben lag geraume Zeit wach und hielt Arianes Hand fest in der seinen. Die beiden lagen sittsam Seite an Seite. Ihre Augen betrachteten die seinen, dann schlossen sie sich ruhend oder schlafend. Doon und Mark dösten zu beiden Seiten der zwei, und Indosuarus lag ein wenig abseits und schnarchte leise. Bens rechte Hand hielt die Rechte des Mädchens umfaßt. Ihre Hand war groß und kräftig, und hier und da fühlte er Schwielen, die bezeugten, daß sie nicht in einem Palast aufgewachsen war. Die meiste Zeit über dachte er nicht bewußt an irgend etwas; bewußt war er sich nur ihrer Hand und des seltsamen Wunders Leben, das sie durchströmte. Er war froh darüber, daß sie schlafen konnte, und nach einer geraumen Weile schlief er auch endlich selbst ein.
Als er erwachte, war die Luft ein wenig kühler geworden. Mark kroch umher und schaltete die Lampen aus. Das Morgengrauen – oder etwas Entsprechendes – begann den Himmel über den Bäumen wieder zu erleuchten.
Jetzt richtete auch Doon sich auf, und Ariane erwachte eben-

falls. Im rasch heller werdenden Licht des Morgens sahen sie allesamt ein wenig hohläugig und hager aus, und die Bärte der Männer wuchsen struppig und ungepflegt. Indosuarus schien in einem katastrophalen Zustand zu sein. Abwechselnd versuchten die anderen, ihn zu wecken, zunächst sanft, dann heftig, aber nichts brachte ihn dazu, die Augen zu öffnen oder etwas anderes als Stöhnen von sich zu geben.

Doon schüttelte ihn brutal und schlug ihm ins Gesicht.

»Was ist los mit Euch, Mann? Was können wir tun?«

Ein unzusammenhängendes Murmeln war die einzige Antwort. Mehr zu sich selbst als zu den anderen knurrte Doon: »Ich weiß nicht, soll ich ihn hier zurücklassen oder nicht?«

Ariane protestierte. »Das könnt Ihr nicht tun!«

»Aber vielleicht bleibt uns nichts anderes übrig? Glaubt Ihr denn, wir könnten ihn tragen?«

»Und was ist mit Mitspieler?«

»Da er bis jetzt nicht zurückgekehrt ist, glaube ich nicht, daß er überhaupt noch kommt.«

»Als nächstes müssen wir uns fragen, in welche Richtung wir gehen, falls wir weiterziehen«, meinte Mark. »Wollen wir weiter versuchen, den Schatz zu finden, oder wollen wir umkehren und ...«

Doon schnitt ihm das Wort ab. »Wir werden den Schatz finden. Wir werden uns davon nehmen, was uns gefällt, und dann werden wir versuchen, den Weg hinaus zu finden. Das sage ich, und mir gehört das Schwert, und ich halte es in meinen Händen. Jeder, der etwas anderes sagt, wird gegen mich kämpfen müssen.« Er starrte jeden der Reihe nach an, und plötzlich lag Wegfinder in seiner Hand, so schnell und natürlich, als sei er die ganze Zeit über dort gewesen.

»Wollt Ihr auch gegen uns alle zugleich kämpfen?« erkundigte sich Ben.

Der Baron sah einen nach dem anderen an, und sein Blick ruhte lange auf jedem von ihnen. »Ich will gegen keinen von euch kämpfen, wenn es nicht sein muß«, antwortete er schließlich in sachlichem Ton. »Hört, ihr Burschen, und auch Ihr, Jungfer.

Es ist unvernünftig, jetzt und hier davon zu reden, daß wir gegeneinander kämpfen wollen. Aber ich glaube, es wäre ebenso unvernünftig, wenn wir uns jetzt trennen oder umkehren wollten, nachdem wir schon so weit gekommen sind. Woher wollen wir wissen, ob nicht ein weniger beschwerlicher Ausgang vor uns liegt?«
Er schwieg einige Augenblicke und schien sich mit dem Schwert zu beraten. Dann fuhr er fort. »Ihr drei wartet noch ein Weilchen hier bei Indosuarus. Ich werde vorausgehen und ein wenig kundschaften. Mir ist, als seien wir fast durch diesen verfluchten Wald hindurch.«
»Ihr habt eben gesagt, wir sollten uns nicht trennen.«
»Es wird eine sehr kurze Tennung sein. Ich werde mich nicht mehr als hundert Schritte entfernen und kehre dann gleich um. Seht ihr, das Schwert bedeutet mir, dem Bachbett zu folgen. Das hat es bisher nicht getan. Wartet also auf mich, es sei denn, ihr zöget es vor, den Zauberer liegen zu lassen und mich zu begleiten.«
Die anderen sahen einander an. »Dann warten wir eben«, beschloß Mark.
Ben nickte. »Eine angemessene Frist zumindest.«
»So wartet. Ich gehe nicht weit und komme sofort zurück.«
Platschend watete Doon bachabwärts. Offensichtlich führte ihn das Schwert, wie er behauptet hatte, am gewundenen Lauf des Gewässers entlang. Als er etwa vierzig Schritte gegangen war, verbarg ihn der dichte Wald vor ihren Blicken, und im endlosen Murmeln des Baches ertrank das Platschen seiner Schritte.
Die übrigen sammelten sich wieder um Indosuarus. »Wir müssen ihn wecken«, erklärte Ariane. »Sonst werden wir tatsächlich gezwungen sein, ihn hierzulassen.«
Die Gestalt des Magiers in seinen Gewändern sah inzwischen unglaublich ausgemergelt aus, aber als sie ihn aufheben wollten, fanden sie, daß er ungewöhnlich schwer zu sein schien. Sein Atem war jetzt kaum noch wahrzunehmen. Sein Gesicht war runzlig und eingefallen, und seine Augenlider und Lippen

sahen aus, als würden sie von unsichtbaren Klammern zusammengepreßt.
Plötzlich fuhr Ben herum, er duckte sich und bedeutete den anderen zu schweigen. »Da kommt jemand... oder etwas«, wisperte er. »Den Bach herauf. Paßt auf.«
Sie griffen nach ihren Waffen, versteckten sich hinter den Büschen und Bäumen in der Nähe und warteten bewegungslos. Einen Augenblick später war Doons unverwechselbare Gestalt in ihr Blickfeld getreten. Er hielt sein Schwert vor sich gestreckt, als wolle er die ganze Welt herausfordern, und kam den Bach herunter auf sie zugewatet.
Der Baron war überraschter als die drei anderen. »Was soll das? Wieso seid ihr hergekommen?«
»Wir haben uns nicht von der Stelle gerührt, Doon. Seht doch, der Zauberer liegt unter demselben Baum wie vorhin.«
Zunächst konnte Doon es nicht glauben. »Aber... ich bin den Bach hinuntergewatet, seit ich euch verließ.« Einen Moment glaubte Ben, der kleine Mann würde sein Schwert von sich schleudern.
Bevor eine neuerliche Auseinandersetzung ausbrechen konnte, nahte eine weitere Gestalt. Es schien, daß alle sie beinahe gleichzeitig entdeckten. Als sie sie in der Ferne erblickten, schien sie zunächst zwischen den Bäumen hin und her zu flimmern, als sei sie Teil einer Luftspiegelung. Als sie näher kam, sah man, daß es ein Mensch war. Dann wurde erkennbar, daß es sich um einen Mann handelte. Und schließlich sahen sie auch, daß er so etwas wie ein Schwert in der Hand hielt, mit dem er sich offenbar vorantastete. Er hatte sie fast erreicht, als sie in ihm Mitspieler erkannten, der in ganz normalem Gang auf sie zukam.
Bevor jemand etwas sagen konnte, hatte Indosuarus sich aufgerichtet und stützte sich auf einen Ellbogen. Mit einem matten, freudenvollen Aufschrei wandte er sich dem Herannahenden zu. »Meister!«
Mitspielers grauhaarige, drahtige Gestalt war unverändert, aber er trug jetzt etwas, das Ben noch nicht gesehen hatte:

Einen Gürtel mit einer reich geschmückten Schwertscheide. Aus der Nähe sah man deutlich, daß die Klinge in Mitspielers Hand eines der Zwölf Schwerter war, aber da seine Hand den Griff umfaßt hielt, war nicht auszumachen, welches.
Er kam heran, ohne der ersten Schwall von Fragen zu beachten, und beugte sich unverzüglich über Indosuarus, der wieder zurückgesunken war und flach auf dem Boden lag.
Nach einer Weile richtete sich Mitspieler wieder auf. »Ich fürchte, ich kann jetzt nichts für dich tun«, sagte er zu dem Hingestreckten, der nicht reagierte und ihn vielleicht nicht einmal gehört hatte.
»Was ist das für ein Schwert, das Ihr da habt?« fragte Doon herausfordernd. Plötzlich klang seine Stimme mißtrauisch. Dann fuhr seine Hand nach der Waffe an seiner Seite, doch die verschwand, als er den Griff berührte. Sie löste sich vor Bens Augen in nichts auf.
Einen Moment lang starrte Doon mit ausdruckslosem Gesicht auf seine leere Rechte. Dann hätte er sich beinahe mit seinem Dolch oder mit bloßen Händen auf Mitspieler gestürzt, wenn dieser ihm nicht mit unversehens waffengewandt aussehender Faust das Schwert entgegengestreckt hätte.
»Stürzt Euch nicht in diese Klinge, Baron, denn vielleicht kann ich Euch nicht kurieren, wenn Ihr es tut. Hört mich an!« Und die Stimme des grauhaarigen Mannes dröhnte von plötzlicher Autorität. »Ja, ich habe das Schwert der Weisheit hier. Ich hoffe, es wird wieder in Eurer Hand sein, wenn wir dieses Siegel hinter uns lassen, damit Ihr es benutzen könnt, wenn wir das nächste erreichen, aber bevor ich es Euch zurückgebe, fordere ich, daß Ihr mich anhört.«
Doon zügelte sich. »So sprecht, aber rasch.«
»Vor einer Weile borgte ich Wegfinder aus, unter dem Vorwand, es auf die Probe stellen zu wollen. Dann gab ich Euch ein Phantomschwert, das ich geschaffen hatte, für Eure Scheide, und selbstverständlich konnte Euch dieses Phantomschwert nirgends hinführen. Aber ich brauchte das echte Schwert, um selbst auf meinen Erkundungsgang zu gehen,

und ich sah voraus, daß Ihr es mir nicht aus freien Stücken geben würdet.«

Doon nickte in grimmiger Zustimmung. »Soweit lest Ihr die Zukunft recht gut... Wie ist überhaupt Euer wirklicher Name?«

»Mitspieler wird immer noch genügen. Und sein Name« – er warf einen Blick auf den, der neben ihm am Boden lag – »ist tatsächlich Indosuarus. Und jetzt hört mir zu, ihr alle. Der Gott, der gestern an uns vorüberzog, war in der Tat Hades. Ich habe ihn zu finden versucht, zu sehen, wohin er gegangen ist, aber es ist mir nicht gelungen. Ich glaube, er hat die Höhlen inzwischen ganz und gar verlassen. Jedenfalls sieht es so aus, als sei der Weg vor uns frei, und wir können weitergehen... Ich nehme an, ihr alle wollt immer noch weitergehen?«

»Wir wollen«, erwiderte der Baron. »Jetzt gebt mir mein Schwert.«

»Da ist noch etwas.«

»Das dachte ich mir. Nun, redet.«

»Der Schatz, den *ich* suche«, erklärte Mitspieler, »besteht weder aus Gold noch Juwelen, und er liegt auch nicht bei dem Gold in den Gewölben unter dem Dämonensiegel, sondern auf der nächsten Ebene unter dieser hier. Baron, schwört bei Eurer Ehre und bei Eurer Hoffnung auf Reichtum, daß Ihr mir helft, ihn zu bekommen. Ich für meinen Teil gelobe jetzt auf das feierlichste und mit meinem magischen Eid, mit Euch zu gehen, wenn Ihr mir geholfen habt, und Euch zu helfen, so gut ich es vermag, auf daß Ihr die letzte Ebene erreichen und dort Euer Glück machen mögt.« Er wandte seinen Blick von Doon und richtete ihn nacheinander auf Mark, Ben und Ariane. »Auch euch will ich dies geloben, wenn ihr mir zuerst helfen wollt.«

Doon schüttelte zweifelnd den Kopf. Er starrte Mitspieler aus schmalen Augenschlitzen an, als sei der Mann schwer zu erkennen, und erwiderte dann: »Jetzt sollen wir beide einander vertrauen und unseren gegenseitigen Gelübden Glauben schenken? Jetzt, nachdem Ihr mein Schwert gestohlen habt? Nachdem Ihr uns die ganze Zeit über belogen habt, was diesen

hier betrifft?« Mit einer brüsken Gebärde deutete er auf den darniederliegenden Indosuarus.
»Ich habe Euer Schwert geborgt, mehr nicht. Weil ich es haben mußte, blieb mir nichts anderes übrig. Jawohl, ich werde Eurem Gelübde vertrauen, wenn Ihr es mir so schwört, wie ich es gesagt habe. Ihr seid ein Mann von Ehre, Baron Doon. Schwört jetzt, und die Klinge ist sogleich wieder in Eurer Hand. Ich gelobe sogar, Euch auch meinen Anteil dessen zu überlassen, was wir in der untersten Ebene an Schätzen finden werden.«
Von diesem letzten Angebot schien Doon wider Willen beeindruckt zu sein. »Diesen Schatz unter uns aufzuteilen, darüber brauchen wir nicht zu reden. Es ist so viel da...«
»Sagt das nicht, bevor Ihr ihn gesehen habt... wie ich ihn gesehen habe, wenn auch nur in Trancevisionen. Es sind gewisse Dinge darunter, die erlesener sind als der Rest... Nun?«
Doon entschloß sich vielleicht eine Spur zu schnell, fand Ben.
»Gut denn, Ihr habt mein Wort: Ich werde Euch auf der Ebene unter dieser helfen, solange es mich nicht daran hindert, mein eigenes Ziel zu erreichen.«
»Habe ich Euren feierlichen Eid, wie ich ihn haben will?«
Eine kurze Pause trat ein. »Ihr habt ihn.«
Wegfinder flog mit dem Heft voran auf Doon zu. Der hatte keine Mühe, das Schwert leichthin aus der Luft zu fangen.
»Meister...« Der Ruf war eher ein ersterbendes, mattes Stöhnen, und er kam aus der verfallenden Hülle des Indosuarus. Ariane hockte neben ihm. Sie hielt eine seiner verdorrten Hände, von deren Fingern einige der schmuckvollen Ringe bereits abgefallen waren.
»Man kann jetzt nichts für ihn tun, Mädel.« Mitspieler sah betrübt aber nicht übermäßig traurig auf seinen Gefährten hinab. Vielleicht hätte er so den Tod seines zweitliebsten Schoßtieres mitangesehen. »Hätte er diese Reise beenden können, wäre sie sein – wie heißt noch das Wort, das andere Gilden und Zünfte manchmal benutzen? – sein Meisterstück geworden, sein Paß für die oberen Ränge der Magie... aber jetzt wird er nie ein Meister werden. Er war einfach nicht stark genug.«

»Aber was fehlt ihm denn? Woran... stirbt er?«
»Ihr, die ihr keine Zauberer seid, könnt unversehrt durch dieses Siegel hindurchgelangen, sofern ihr den Weg findet. Aber wir, die wir diesen Beruf ausüben, sind vom Augenblick unseres Eindringens an in einen unablässigen Kampf mit den hiesigen Mächten verwickelt. Unsere besonders entwickelten Sinne sind hier niemals endenden Angriffen ausgesetzt. Ich bin stark genug, das zu ertragen. Mein getreuer Helfer hier war es bedauerlicherweise nicht. Zumindest war er es nicht, als ich nicht an seiner Seite war, um ihn zu stärken.«
»Warum habt Ihr ihn bis jetzt den Herren spielen lassen?« wollte Doon wissen.
»Ach ja, das. Wie Ihr ja wohl wißt, Baron, bringt es Probleme wie Vorteile mit sich, ein Führer zu sein. Man ist erhöht, aber eben dadurch wird man oft auch zur Zielscheibe. Zunächst konnte ich nicht sicher sein, ob Ihr und Eure Leute die schlichten Abenteurer wart, die Ihr zu sein scheint, oder ob sich hinter Euch etwas anderes verbarg. Ihr hattet etwas Verschlagenes, Gefährliches an Euch, das Euch wie ein Hauch umgab. Ich glaube jetzt, es war das Schwert, weiter nichts... Nun, Baron, jetzt habt Ihr es wieder in der Hand. Gehen wir weiter oder nicht? Ich bin bereit, Euch zu folgen, wenn Ihr uns vorangehen wollt.«
Doon sah aus, als sei er selbst in Trance versunken. Er betrachtete die Waffe in seiner Hand. Er betastete sie und zog sie ein oder zweimal aus der Scheide und schob sie wieder hinein. Dann streckte er die Klinge wie ein Schlafwandler vor sich aus und bewegte sie nach rechts, nach links und wieder zurück.
»Aber was wird aus...« Ben blickte auf die zusammengefallenen Gewänder, in denen Indosuarus steckte, und wollte protestieren. Aber dann sah er, daß diese Robe keine menschliche Gestalt mehr umhüllte.
Immer noch ungläubig, hob Ariane die Gewänder auf und schüttelte sie. Eine riesige Spinne fiel heraus, huschte davon und verschwand im Gras.

Das Schwert – zum erstenmal war es hier im Siegel der Magie das richtige Schwert – leitete Doon in einem Winkel weg vom gewundenen Bachbett. Mit verbissener Zuversicht folgte er ihm. Mitspieler hatte Insosuarus' Ringe an sich genommen und das, was er brauchte, aus seinem Gepäcksack gezogen. Er marschierte jetzt als zweiter in der wiederum verkürzten Reihe. Ariane ging in der Mitte, dicht gefolgt von Mark. Ben bildete die Nachhut.

Das echte Schwert folgte nicht dem Bachlauf und führte sie auch nicht auf einer scheinbar geraden Linie zwischen den Bäumen hindurch. Statt dessen veranlaßte es die kleine Schar zu plötzlichen und scheinbar sinnlosen Kursänderungen. Sie gingen fünfzig Meter in gerader Linie, bogen scharf ab und gingen vierzig Meter weit in die neue Richtung. Wieder folgte ein Knick, und Mark hatte das Gefühl, in einem großen Kreis entgegen dem Uhrzeigersinn zu gehen. Nach einem weiteren Richtungswechsel wanderten sie in einem nach rechts gekrümmten Kreis. Mark fragte sich allmählich, ob wohl das echte Schwert jetzt auch versagte, als er zwischen den Baumwipfeln vor sich plötzlich etwas erblickte, das wie die vertraute Felswand aussah.

Die Felsformation war nicht mehr als fünfzig Meter entfernt, als sie sichtbar wurde. Sie hatten unterdessen die Stelle, an der sie Indosuarus zuletzt gesehen hatten, nicht mehr als hundertfünfzig Meter weit hinter sich gelassen. Jetzt führte das Schwert sie zügig auf die Felsen zu, wenngleich sie sich noch immer nicht schnurgeradeaus bewegten. Wieder tauchte der unvermeidliche Bach auf, der sich auf die Suchenden zuschlängelte und auf das Kliff zufloß, und einige Augenblicke später waren sie so nahe, daß Mark die Stelle sehen konnte, an der das Gewässer sich in rauschendem Fall in eine Höhle am Fuße der Felswand ergoß.

Er schaute an der felsigen Wand nach oben und versuchte den Eingang zu finden, durch den sie in dieses Reich der Magie eingedrungen waren – in weiter Vergangenheit, wie es ihnen allen erschien. Die Felsen sahen noch ganz genauso aus, aber

wenn es den Höhleneingang tatsächlich gab, dann konnte Mark ihn jetzt nicht sehen.
Doon ließ sie in das seichte Wasser hineinwaten. Sie folgten dem Verlauf des Bachbettes bis dicht vor das Loch, in dem das Gewässer verschwand. Dann erst gelangten sie wieder auf einen trockenen Pfad, der neben dem Wasserlauf in die Erde hinunterführte. Das Wasser verschwand in einem Gewirr von Felsen, aber das donnernde Rauschen begleitete sie noch eine Weile.
Am Fuße der dunklen Klippe kam der Bach wieder zum Vorschein. Sein Bett war jetzt zu einem Komplex aus künstlichen Bassins und Wasserfällen geworden, der in einem ausgemauerten Graben endete.
Das falsche Sonnenlicht erstarb hinter der Expedition, und vor ihnen erstrahlte Licht von anderer Art. Es dauerte eine Weile, bis sie seinen Ursprung erreicht hatten.

13

Das rötliche Licht kam von lodernden, fackelartigen Flammen – Flammen, die aus einer großen Zahl von Öffnungen hoch oben in den Wänden einer neuen, weiträumigen Höhle flakkerten. Anscheinend verzehrten diese Flammen unsichtbaren Brennstoff, als würden sie mit Gas gespeist, das irgendwoher aus dem Innern der Erde heraufströmte. Die Höhle war so groß, daß das seltsame Licht sie nur teilweise zu beleuchten vermochte. Deshalb waren ihre tatsächlichen Ausmaße schwer abzuschätzen. Aber sie war ohne jeden Zweifel gewaltig.
Der Bach verschwand hier erneut. Diesmal aber hatte sein Verschwinden etwas Endgültiges an sich: Er floß in ein weites Rohr, eine Leitung, die aussah, als bestehe sie aus uraltem Mauerwerk, und ein schweres, rostiges Gitter versperrte die Öffnung. Von jetzt an wurde auch das Rauschen des Baches leiser, bald war es ganz verstummt.

Hier endete der Pfad an der Oberkante eines sich fächerförmig ausbreitenden Geröllhangs. Mark sah hohe Mauern, die sich hier und dort zu beiden Seiten des Pfades erhoben. Es sah aus, als habe hier einmal eine Verteidigungsanlage gestanden, die von einem machtvollen Angriff überrannt und nicht wieder instandgesetzt worden war. Und in der Tat – der dunkle Abhang, den die Schar jetzt hinaufkletterte, erschien im Licht ihrer Lampen wie der Alptraum eines alten Schlachtfeldes. Splitter von alten Gebeinen und rostigen Waffen mischten sich mit Erde und den herabgefallenen Steinen der Mauer.

Ein neues Geräusch hallte ihnen jetzt entgegen, dumpf, schwer und rhythmisch, laut wie eine mächtige Pauke, bedrohlich wie ein erregtes Herz.

»Ich fürchte, man hat unsere Anwesenheit bemerkt«, stellte Mitspieler fest, als er das Dröhnen vernahm. »Ich werde tun, was ich kann, aber ich rate Euch, macht euch kampfbereit.«

Etwa zwanzig Meter vor ihnen schien sich die Höhlenbeleuchtung ein wenig zu verstärken. Die Wände rückten dort enger zusammen, so daß die Gasflammen über ihren Köpfen entsprechend näher kamen. Gleichzeitig nahm das Gefälle des Geröllhangs ab, bis es überhaupt kein Hang mehr war. Die Trommel – wenn es eine Trommel war – dröhnte in der Ferne unaufhörlich weiter. Andere, genauso dumpfe Donnerschläge begleiteten sie jetzt. Mark dachte unwillkürlich an steinerne Sarkophagdeckel, die beiseitefielen. Sogleich wünschte er sich, dieses Bild wäre ihm nicht in den Sinn gekommen, denn nicht weit vor ihnen, jenseits der schmalen Stelle der Höhle, sah er jetzt lange Reihen von Objekten, die wie Bahren oder – in der spärlichen Beleuchtung – wie erhöht aufgestellte Särge aussahen. Auf einigen davon, vielleicht auch in ihnen, lagen verhüllte menschliche Gestalten. Oder hielt ihn etwa seine Phantasie zum Narren? Und er sah, wie ein paar dieser Gestalten zum Leben erwachten, als die große Kriegstrommel allmählich schneller zu schlagen begann...

...aber es waren zwei Trommeln, merkte Mark jetzt, und

vermutlich überhaupt kein Sarkophagdeckel. Er erwog, den Strahl seiner Lampe in die Ferne zu richten, um sich zu vergewissern, doch dann hielt er es für ratsam, niemanden, der dort vielleicht lauern mochte, mit einem grellen Licht aufzustören. Doon und seine vier Gefolgsleute setzten ihren Vormarsch fort. Aber plötzlich erschien mitten auf ihrem Wege, dort, wo die Höhle schmaler und das Licht heller wurde, eine hinkende, menschliche Gestalt und versperrte ihnen den Durchgang. Die Gestalt war mit Schild, Speer und Helm bewaffnet. Rasch sprangen ihr noch zwei weitere zur Seite. Immer mehr tauchten auf, bis es zehn waren, in bunt zusammengewürfelter Kleidung und regelloser Bewaffnung und Panzerung. Verschiedene Uniformen, verblichen und zerfetzt, hingen an ungesund aussehenden Körpern, die teils ausgemergelt, teils aufgedunsen aussahen. Die Mageren unter ihnen waren so mager, daß Mark einen Moment lang fürchtete, er und seine Gefährten hätten es mit Skeletten zu tun, die durch magische Kräfte beseelt worden seien. Aber als sie näherkamen, verflog dieser Eindruck.
Die Kompanie, die sich ihnen entgegenstellte, schien schlagkräftiger zu sein, als der erste Eindruck hatte vermuten lassen. Als der Anführer ein kurzes Kommando bellte, wurde es tatkräftig ausgeführt. Sie zogen ihre Waffen und erhoben sie. In einigen Fällen waren diese Waffen kaum mehr als rostige Stangen, aber sie hielten sie entschlossen und kampfbereit in den Händen.
Derjenige, der die Rolle des Offiziers spielte, trat einen schleifenden Schritt vor und stand mitten vor der uneinheitlichen Reihe. »Die Parole!« rief er herausfordernd und starrte Doons herankommender Gruppe entgegen. Seine Stimme war ein trockenes Krächzen, als sei die Kehle, die sie hervorbrachte, lange Zeit nicht benutzt worden. »Gebt mir die Parole!«
»Gleich«, rief Doon gelassen zurück. »Ich habe sie hier in der Hand.« Er zückte Wegfinder. Im Halbdunkel neben Mark hatte Arianes Schleuder ihren dumpfen Warngesang begonnen, und als er das Schwirren hörte, durchzuckte ihn der hoffnungsvolle

Wunsch, sie möge mit dieser Waffe ebenso gewandt umgehen können wie Barbara. Mark hielt seinen Bogen bereits in der Hand, seinen Packsack hatte er zu Boden fallen lassen. Er langte mit der Rechten über die Schulter und zog einen Pfeil aus dem Köcher. Gleichzeitig sah er, wie Bens Schwert aus der Scheide fuhr. Aus dem Augenwinkel nahm er Mitspieler wahr, der die Hand hob und verschwand.
Der gegnerische Anführer stieß ein weiteres Kommando hervor, und die zerlumpte Reihe ging zum Angriff über. Die Soldaten bewegten sich mit sichtbarer Disziplin und Entschlossenheit, wenngleich weder sonderlich energisch noch schnell. Mark konnte zwei Pfeile abschießen und zwei Treffer erzielen, bevor er den Bogen fallenlassen und sich im Nahkampf mit dem langen Messer verteidigen mußte. Einen Augenblick später aber hatte Drachenstecher in Bens Händen dem Speerträger, der ihn bedrohte, die dürren Beine unter dem Leib weggeschlagen.
Zwei Feinde waren schon vom Baron niedergestreckt und zwei durch Marks Pfeile außer Gefecht gesetzt worden. Einem von ihnen hatte Ariane eine Keule entrissen, die sie jetzt so geschickt durch die Luft schwang, daß sich niemand in ihre Nähe wagte.
Das erste Handgemenge war vorüber und Doons kleine Schar unversehrt geblieben. Sechs oder acht Feinde waren noch auf den Beinen – offenbar hatten sie Verstärkung erhalten, ohne daß Mark es während des Scharmützels bemerkt hatte – und hatten sich ein Stück zurückgezogen. Ihre Verwundeten hatten sie mitgeschleift. Noch während sie sich neu formieren wollten, fiel eine unsichtbare Kraft über sie her. Einer nach dem anderen stürzte zu Boden, als habe ihn eine unsichtbare Hand niedergestreckt. Als der dritte am Boden lag, stob der Rest in Angst und Verwirrung auseinander. Unter Alarmgeschrei zerstreuten sie sich in den schattendunklen Tiefen der geräumigen Höhle zwischen den Bahren.
Als sie verschwunden waren, nahm eine menschliche Gestalt allmählich Konturen an. Mitspieler materialisierte aus dem

Nichts. Der Zauberer hielt einen blutigen Dolch in der Hand und kam auf seine Gefährten zu.

»Es wird wohl ein Weilchen dauern, bis die Hilfe, nach der sie schreien, eintreffen kann. Aber wenn sie kommt, wird sie in großer Zahl kommen, und deshalb sollten wir keine Zeit verschwenden. Baron – und auch ihr übrigen –, ich nehme Euch nun bei Eurem Wort. Leiht mir noch einmal das Schwert, oder richtet Euren eigenen Willen darauf, mir zu helfen, damit ich finde, was ich suche.«

Wie auch die übrigen war der Baron gerade dabei, sein Gepäck aufzuheben, das er vor dem Kampf auf den Boden geworfen hatte. Er zögerte nur kurz, bevor er antwortete. »Und was sucht Ihr?«

»Ich suche jemanden, der zu dieser Garnison gehört. Er kam hierher als Räuber wie wir, aber das ist mehr als hundert Jahre her. Wahrscheinlich liegt er in einem dieser Kasernenbetten, aber es gibt so viele davon, und wir könnten lange suchen, wenn das Schwert nicht dabei hilft.«

»Also gut«, seufzte Doon resigniert und ergriff Wegfinder mit beiden Händen, als wolle er damit einen mächtigen Streich führen. Er starrte die Klinge an. »Möge Wegfinder uns zu ihm führen, wer oder was immer er sein mag, und dann zum Golde.« Er schwenkte die Spitze der Klinge in weitem Bogen herum, bis die Kraft des Schwertes ihm ein Zeichen gab.

Der Schein ihrer Lampen tastete ihnen voraus, als die fünf in die angewiesene Richtung stürmten, zwischen langen Reihen von Sarg-Bahren hindurch und in düstere Regionen, die von den Fackellichtern an den zurückweichenden Wänden noch weiter entfernt waren. Nach und nach wurde die gewaltige Größe dieser Höhle immer deutlicher. Die Bett-Katafalke, auf denen hier und da die Gestalten toter oder schlafender Krieger lagen, sahen aus der Nähe betrachtet wie eine Mischung aus normalen Betten und Bahren aus. Mark fühlte sich plötzlich an die Liegen der Wurmsüchtigen in den Kellern des Roten Tempels erinnert.

»Die Garnison ist ja gigantisch«, bemerkte er, während sie weitertrabten. »Woher kommen denn all diese Leute?«

Mitspieler, der nur keuchend mithalten konnte, antwortete: »Es waren Banden wie wir, große, kleine, und alle hatten das gleiche Ziel wie wir: den Blauen Tempel zu berauben.«
»So viele?«
»Es geht seit Jahrhunderten so. Lange bevor der erste von uns zur Welt kam, versuchte man es schon... Ein starker Zauber fesselt sie an diesen Teil der Höhle, bis der Tod sie schließlich befreit. Oder bis jemand einen stärkeren Zauber bringt, der sie rettet – wie ich es für einen von ihnen heute zu tun gedenke.«
»Eine Garnison von ungewöhnlicher Größe«, stimmte Doon zu.
»Aber die, mit denen wir eben kämpften, schienen mir nicht sehr widerstandsfähig zu sein.«
»Es gibt zähere.« Mitspieler trabte keuchend dahin und schüttelte den Kopf. »Die dort hinten waren nur die ersten Vorposten. Es ist leicht möglich, daß hier irgendwo Stoßtrupps versteckt sind, Eliteeinheiten... Allerdings denke ich, daß jemand, der Jahrhunderte hier unten verbringt, irgendwann zwangsläufig an Körper und Geist zu verfallen beginnt. Deshalb habe ich gewisse Befürchtungen beim Gedanken an das, war wir vielleicht finden werden... Ah, diese Reihe ist es.«
Sie näherten sich einer Stelle, wo die Wände der Höhle wieder zusammenrückten und das Licht der Fackelflammen infolgedessen heller wurde. Irgendwo in der Ferne dröhnte immer noch der Trommelalarm, und Mark hörte leise die Warnrufe der Überlebenden des ersten Kampfes.
»Schade«, meinte Ariane, »daß uns der Zauberer nicht allesamt unsichtbar machen kann.« Sie hatte die eroberte Keule fortgeworfen und hielt leichtfüßig mit den trabenden Männern Schritt.
»Das kann ich nur für mich selbst tun«, bekannte Mitspieler. »Und auch nur für kurze Zeit.« Mark glaubte nicht, daß die Anspannung, die in Gesicht und Stimme des Magiers lag, nur auf das ungewohnte Laufen zurückzuführen war. »Und es ist doppelt schwer, wenn Götterschwerter im Spiel sind. Ich verschleudere heute magisches Kapital, das ich hundert Jahre lang habe ansparen müssen... Erwartet von mir keine Zauber-

kunststücke mehr, denn ich habe die Grenzen meiner Kraft fast erreicht.«
Noch immer zogen die Pritschen der Garnison in ungleichmäßigen Reihen vorüber. Sie schienen sich in eine traumartige Unendlichkeit zu erstrecken. Die einzelnen Bahren standen nicht mehr als zwei oder drei Meter voneinander entfernt. Das Muster ihrer Belegung war noch unregelmäßiger. Reihenweise standen unbesetzte Liegen, und dann wieder war eine Zeitlang beinahe jede einzelne belegt. Wie weit mochte sich das noch hinziehen? Mark bündelte das Licht seiner Lampe zu einem scharfen Kegel und leuchtete damit in die Ferne. Aber rollende Nebelwolken schienen den Lichtkegel zu verschlukken, die hintere Wand war nicht zu sehen.
»Löscht eure Lampen!« befahl Doon. »Das Licht der Flammen reicht bis hierher, wir können ohne die Lampen genug sehen. Wir müssen ja nicht jedem zeigen, wo wir sind.«
Die Lampen erloschen. Und dann, gerade als Mark glaubte, die Suche werde nun ewig so weitergehen, magisch verlängert wie der Streifzug durch den Wald in der oberen Ebene, gerade da blieb Doon unvermittelt stehen.
»Hier. Dieses Bett. Wer es auch sein mag...«
Ein lockiger Haarschopf schimmerte dunkel im Licht von Mitspielers Lampe, als dieser sie für einen Augenblick einschaltete. Die Hand des Magiers riß das rauhe Laken zurück, mit dem die liegende Gestalt bedeckt war. Das Gesicht des Mannes, der sich ihnen offenbarte, war jung und schön wie das eines Gottes. Der Oberkörper des jungen Mannes war kompakt und muskulös. Die verschlissene Kleidung, die er trug, sah nicht aus wie eine Uniform, und die wenigen Rüstungsstücke auch nicht.
Mitspieler beugte sich über den jungen Mann und nahm seine Hand. »Dmitry«, murmelte der Zauberer mit veränderter, sanfter Stimme. Gleich darauf ließ er die Hand wieder los, nahm seinen Packsack vom Rücken und durchwühlte ihn nach seiner magischen Ausrüstung.
Der rituelle Gesang, den er hierauf erklingen ließ, war äußerst kurz und schien gründlich geübt worden zu sein. Die Macht

dieses Gesangs war offenkundig, denn bei seinen letzten Worten spürte sogar Mark mit seinem schwachen magischen Empfinden einen Schock. Wie ein Krampf durchlief es den Körper des jungen Mannes, dann saß er kerzengerade da und blinzelte mit blauen Augen in den milden Schimmer von Mitspielers Lampe.
»Vater?« murmelte der junge Mann und starrte den Zauberer an.
»Was tust du hier? Wer sind diese Leute?«
»Dmitry, ich hole dich hier heraus und bringe dich wieder in die Welt dort oben. Die Leute sind meine Freunde, sie helfen uns. Die Bande, die dich hier gehalten haben, sind zerrissen. Steh rasch auf, wir müssen gehen... Dmitry, es ist so lange her. Schrecklich lange. Aber du hast dich nicht verändert.«
»Wir müssen gehen? In die Welt? Aber...«
Als Dmitry auf die Beine kam, mußte der Ältere ihn stützen. Gleich darauf aber stieß er die stützende Hand beiseite und stand schwankend, aber ohne fremde Hilfe auf den Füßen. Wie sein Vater, war er etwas kleiner als der Durchschnitt und von kräftigem Körperbau, ansonsten hatten sie wenig Ähnlichkeit miteinander. »Warte. Ich kann nicht fort. Nicht ohne meine Freunde.«
»Was für Freunde?«
Dmitry taumelte rückwärts und entzog seinen Arm dem Griff Mitspielers. Ratlosigkeit und Verwirrung waren aus dem Gesicht des Burschen gewichen, und ein kindisches Stirnrunzeln war an ihre Stelle getreten. »Ich rede von meinen Freunden! Ohne sie gehe ich nirgendwohin.«
Der Zauberer, dessen sanfter Gesichtsausdruck schon wieder verflogen war, funkelte ihn wütend an. »Wenn du die Banditen meinst, mit denen du hergekommen bist, dann vergiß es. Ich vergeude nicht...«
»Dann gehe ich nicht. Ich meine die beiden in meiner Kompanie hier, Vater. Willem und Daghur. Sie sind meine besten Kameraden. Ohne sie werde ich nicht... Hallo.« Jetzt erst hatte er Ariane erblickt.

Doon hatte jetzt mehr als genug. Mit wütend gedämpfter Stimme stieß er einen Fluch aus. »Wer sich nicht augenblicklich in Bewegung setzt, den werde ich durchbohren. Los jetzt!«
Dmitry hatte sein Gleichgewicht inzwischen gefunden. Mit einer Flanke setzte er über das Bett, von dem er eben aufgestanden war. Seine Waffen, ein Schwert und ein Dolch, waren daneben verstaut gewesen, und er griff nach ihnen. Mit glücklichem Grinsen sprach er Doon an. »Für wen zum Teufel hältst du dich? Ich gehe, wenn es mir paßt.«
Mit der Erfahrung eines Jahrhunderts fand Mitspieler die Gebärde und die Worte, mit denen die beiden gebändigt werden konnten – zumindest vorläufig. »Weg mit den Waffen, ihr beide. Weg damit, sage ich! Es wäre Wahnsinn, wenn wir hier miteinander kämpfen wollten. Dmitry, wo sind diese beiden anderen? Ich werde sie rasch aufwecken, wenn ich es vermag.«
Er wandte sich an Doon und fügte hinzu: »Es bedeutet, daß wir zwei neue Männer bei uns haben. Zwei Kämpfer.«
»Also gut. Aber sputet Euch, bei allen Dämonen!«
Dmitry zeigte seinem Vater zwei in der Nähe stehende Bahren. Die Ritualgesänge, die nun folgten, waren noch schneller absolviert als der erste, aber als Mitspieler sich vom letzten aufrichtete, hatte Mark das Gefühl, daß er merklich schwächer aussah als zuvor.
»Genug«, flüsterte der Zauberer erschöpft. »Und jetzt kommt, wir müssen weiter.«
Zwei lümmelhaft aussehende Männer, die neuesten Früchte seiner Künste, waren von den Bahren gesprungen und standen wankend vor ihnen. Sie erkannten Dmitry, der sie angrinste. Mit lauten, plärrenden Stimmen forderten sie ihn auf, sie ins Bild zu setzen. Er schlug ihnen auf den Rücken und fluchte ausgelassen. »Wir werden uns den Schatz doch noch unter den Nagel reißen!«
Willem war groß und schwarzhaarig, sein Gesicht bestand aus einer weißlichen Narbe, die vermutlich von einer oder mehreren alten, schlecht behandelten Wunden herrührte. Unter zahllosen Flüchen brüllte er nun die Beteuerung, daß er bereit

sei, Dmitry überallhin zu folgen. »Der beste Zugführer in der ganzen verdammten Garnison!«
Daghur stimmte ihm hierin zu und brachte es mit beredsamem Grunzen zum Ausdruck. Er war klein und blaß, und starke Muskeln wölbten sich unter einer dicken Schicht ungesund aussehenden Fetts. Ein gehörnter Helm, an dem das eine Horn abgebrochen war, saß schief auf seinem Kopf. Seine plumpen Arme waren über und über tätowiert, und viele seiner Zähne waren abgebrochen.
»Woher hast du dieses Gesindel?« fragte er Dmitry und betrachtete dabei Mark, Ben und Doon mit glitzernden Augen. »Glaubst du denn, die können mithalten?«
»Es waren die besten, die ich so kurzfristig auftreiben konnte«, schrie Dmitry zurück und umarmte die beiden Kerle. »Kümmert euch nicht um sie. Kommt.«
»Und wer ist der Alte hier?« wollte Willem wissen.
»Laß ihn, der kommt auch mit!«
»Wir machen also eine Revolte, was, Dmitry? Ich bin dabei! Also los, zum Teufel, laßt uns gehen!«
Dann brach Willem plötzlich ab und starrte Ariane an. Es war, als bemerke er sie absichtlich zuletzt. »Junge! Die gehört wohl schon dir, nehme ich an?«
Mark hatte schon vor einer Weile bemerkt, daß Doon seinen Zorn sehr wohl im Zaum zu halten wußte, wenn es ihm nicht tunlich erschien, ihn zu zeigen oder ihm gar freien Lauf zu lassen. So war es auch jetzt. Der Baron redete rasch und sehr ernsthaft mit Mitspieler, und der Zauberer, der jetzt noch bleicher war als zuvor, sprach eindringlich mit seinem Sohn. Dmitry gab seinen ansonsten eher begriffsstutzigen Freunden mit einem Blick und einem Kopfnicken rasch etwas zu verstehen. Sodann setzte sich die kleine Kompanie von Eindringlingen und Flüchtlingen unverzüglich in Bewegung und marschierte in die Richtung, in die Doon sie nach Weisung des Schwertes führte. Mark, der dicht hinter dem Baron ging, hörte, wie er murmelnd zu der Klinge sprach, als wäre sie eine Frau. »Jetzt führe uns zu dem Schatz, Schönste.«

Doons kleiner Trupp zählte jetzt acht Menschen, die ihm schnellen Schritts folgten. Aber noch bevor sie hundert Schritte gekommen waren, gingen gemurmelte Warnungen zwischen ihnen hin und her. Mark blickte nach rechts und sah in etwa vierzig oder fünfzig Metern Entfernung eine zweite Gruppe, die mit ähnlicher Geschwindigkeit auf einem parallel verlaufenden Kurs dahintrabte. Doons Leute löschten ihre Lichter. Die andere Gruppe war nicht allzu deutlich zu erkennen, aber sie war zweifellos vorhanden.

Mark hatte großes Vertrauen zu dem Schwert, und er neigte dazu, auch auf Doons Führungskraft zu vertrauen. Er rannte jetzt, um den Baron, der seinen Schritt beschleunigt hatte, nicht zu verlieren. Aber Daghur und Willem keuchten bereits, sie blieben zurück und begannen atemlos zu protestieren. Auch Dmitry fiel immer weiter zurück. Nach Luft schnappend erklärte er, er werde bei seinen Kameraden bleiben, aber es klang wie eine äußerst durchsichtige Ausrede, mit der er seine eigene erbärmliche Kondition zu verbergen suchte.

Trotzdem hatten sie gegenüber der Gruppe zu ihrer Rechten einen kleinen Vorsprung gewonnen. Aber jetzt sah Mark eine zweite Schar in ungefähr gleichem Abstand zur Linken, die ebenfalls in die gleiche Richtung lief. Fackelschein schimmerte auf ihren Waffen. Anscheinend erwachte nach und nach die Garnison, um sich den Eindringlingen entgegenzustellen. Jetzt rief jemand in der linken Gruppe etwas, und Mark erkannte, daß es Frauen waren.

»Amazonen«, keuchte jemand neben ihm. »Banditen und Söldner wie der Rest dieser Garnison. Lieber würde ich mich mit den Männern schlagen.«

Doon dachte nicht daran, um seiner Nachzügler willen Zeit zu verlieren, und Dmitry und seine beiden Freunde fielen immer weiter zurück. Als Mark einen Blick über die Schulter warf, sah er, daß auch geradewegs hinter ihnen Verfolger aufgetaucht waren: Was immer also vor ihnen lauern mochte, ein Zurück gab es nun wohl nicht mehr.

Und jetzt sammelte sich direkt vor ihnen ein viertes bewaffne-

tes, fackeltragendes Kontingent. Die Soldaten bezogen ihre Stellung, um ihnen den Weg zu versperren.
Doon hielt an. Seine Leute drängten sich um ihn, wobei sie noch von den Anstrengungen des fruchtlosen Laufens keuchten. Die feindliche Formation, die ihnen den Weg abschnitt, hatte Aufstellung genommen und die Speere nach vorn gerichtet. Sie allein war den Eindringlingen schon zahlenmäßig überlegen. Zweifellos würden die drei übrigen Trupps in ihren Flanken und hinter ihnen Zeit genug haben, an sie heranzukommen, bevor ihnen ein Durchbruch gelingen könnte.
In der Höhle war es für kurze Zeit still. Man hörte nur das immer näher kommende Schlurfen zahlloser Füße, das allmählich erst erstarb, und das leise Zischen und Tröpfeln der Fakkeln, die einige der Feinde trugen. Auch das schwere, keuchende Atmen der hart arbeitenden Lungen verstummte langsam. Jetzt löste sich aus der Mitte der ihnen gegenüberstehenden Front eine grotesk gedrungene, dickleibige Gestalt und watschelte ein paar Schritte vorwärts. Der Mann trug einen hohen Helm, als wolle er durch diesen lächerlichen Putz an Körpergröße gewinnen und eindrucksvoller erscheinen. Sein merkwürdiger Watschelgang veranlaßte Mark, auf seine Füße zu schauen, und auch diese schienen durch merkwürdig dicksohlige Stiefel erhöht zu sein. Fackeln zu beiden Seiten warfen flackerndes, rotes Licht auf sein birnenförmiges, rotnasiges Gesicht. Mit heiserer Stimme brüllte die Gestalt: »Ergebt euch, ihr räudigen Söhne von Tragtieren! Wir haben euch umzingelt!« Er unterstrich seine Worte, indem er mit seinem Kurzschwert fuchtelte.
Dmitry hielt erstmalig den Mund. Aus dem Augenwinkel sah Mark, daß der Bursche verstockt zu Boden blickte. Doon hingegen war nicht einzuschüchtern. Mit bester Kommandostimme und herrischer Haltung erwiderte er: »Wer spricht da? Wo ist euer Hauptmann?«
Der Dicke brüllte zurück: »Ich habe hier das Kommando! Kommandant der Blutgarnison im Haupthort des Blauen Tempels, Feldmarschall D'Albarno! Je von mir gehört?« Er wälzte

sich ein paar Schritte weiter vor, bis er in helleres Licht geriet. Offensichtlich war er stolz auf seine bizarre Erscheinung. Jetzt konnte man sein Gesicht deutlicher sehen. Es war aufgedunsen und von spektakulärer Häßlichkeit.
»Er hat Zwergenblut in seinen Adern, darauf möchte ich wetten.«
Das angespannte Flüstern kam von Ariane, die neben Mark stand. Er sah sie an. Zwerge und Elfen gehörten ins Reich des Aberglaubens; zumindest hatte er gedacht, daß alle gebildeten Menschen diese Auffassung teilten.
Feldmarschall D'Albarno – Mark hatte weder von diesem Rang noch von dem Namen je gehört – schrie jetzt: »Wollt ihr euch nun ergeben, ihr blutigen Klumpen Dämonenkot! Oder müssen wir euch in Stücke hacken und unsere Waffen besudeln?«
»Bei Aphrodites Achselhöhlen!« Doons donnernde Antwort war ebenso herzerfrischend lautstark. Auch er wußte zu fluchen, und dies mit einiger Kunstfertigkeit. »Schweig still, du Wurmgehirn, und höre mir zu! Was ist das Wichtigste im Leben, für dich, für mich, für jeden Soldaten?«
D'Albarno blinzelte, und sein beinahe tierhaftes Gesicht war sichtlich bemüht, überrascht dreinzublicken. »Oh.« Die Stimme des feindlichen Kommandanten war zu einem bloßen Donnern gedämpft. »Oh, dazu kommen wir bald. Es wird immer fällig, wenn wir zum aktiven Dienst gerufen werden: Unser Sold, den wir bekommen, wenn wir euren verfluchten Überfall zurückgeschlagen haben.« Wieder schwoll seine Stimme zu einem unmenschlichen Gebrüll an. »Ergebt ihr euch, oder...?«
»Beim Auswurf Vulkans, Mann, natürlich ergeben wir uns!« So laut der andere auch werden mochte, bis jetzt war es Doon noch immer gelungen, es ihm gleichzutun. »Die einzige Frage ist: Behalten wir unsere Waffen und haben wie gute Kameraden an eurem Freudenfest teil? Oder müssen wir erst die Hälfte deiner Truppen niedermetzeln, bevor du auf unsere Bedingungen eingehst? Dann wirst du aber nicht mehr viel

Kraft haben, um dein Gelage zu genießen, oder was meinst du? Und vielleicht auch nicht sehr viel Zeit dazu.« Der letzte Satz war in einem wissenden Ton gesprochen, als wolle Doon auf irgendwelche internen Kenntnisse anspielen.
Der selbsternannte Feldmarschall – er schien allerdings eine Menge Auszeichnungen auf der Brust zu tragen – stemmte seine schinkengroßen Fäuste auf seine ausladenden, unmilitärischen Hüften, dabei drehte er den Kopf von rechts nach links und wieder zurück, als fordere er die Umstehenden auf, zu bezeugen, was hier geschah.
»So«, grollter er mit einer wieder auf beinahe menschliches Maß gedämpften Stimme. »Da haben wir einen Mann, der etwas vom Soldatenleben versteht. Es müßte eine Freude sein, ihn in der Garnison zu haben. Ein Kamerad, mit dem ich sicher verdammt gut würde saufen können. Vielleicht könnte ich es sogar über mich bringen, seine Geschichten von Kriegen und Schlachten zu ertragen. Vielleicht könnte ich – Hoho! Du da, weg mit dem verdammten Bogen!«
Dieser letzte Satz richtete sich an einen verwest aussehenden Bogenschützen in D'Albarnos Truppe, der unter großen Mühen mit zitternden Fingern einen Bogen auf die Sehne gelegt hatte und anscheinend nicht daran dachte, dies umsonst getan zu haben und munter plante, seinen Pfeil in Doons Gruppe schwirren zu lassen.
»Weg damit, sage ich!« wiederholte der Feldmarschall. »Und ihr, ihr verfluchten Eindringlinge, reiht euch bei uns ein und kommt mit. Ich werde eine verflucht formelle Siegesmeldung an die Zivilisten schicken, aber das hat Zeit. Die verfluchten verdrießlichen Trottel haben sich verkrochen, wie sie es immer tun, wenn Alarm gegeben ist. Nach allem, was sie wissen – oder zu wissen brauchen –, sind wir hier noch in blutige Gefechte verwickelt. Wenn sie erst wissen, daß ihr euch ergeben habt, kommen sie aus ihren Löchern, halten uns eine Predigt, und das Fest ist aus. Uns, die wir dem Tod ins Antlitz geschaut haben, um ihr Metall zu bewachen, wird man den Spaß verderben, und man wird uns wieder in unsere Kisten

packen, bis das Vergnügen wieder losgeht. Verstehst du, was ich meine?«
Doon fragte noch einmal und mit Nachdruck, um sicherzugehen: »Wir behalten also unsere Waffen? Bis die Siegesfeier vorüber ist?«
»Ja, ihr könnt sie behalten, bis die verfluchte Kapitulation offiziell ist. Aber wenn ihr sie benutzt, werden wir euch zu verfluchtem Hackfleisch verarbeiten!«
Doon bedeutete seinen eigenen Leuten, Schleudern und Bogen sinken zu lassen und Schwerter in die Scheiden zu stecken. Er selbst steckte Wegfinder wieder ein. D'Albarno gab die gleichen Befehle und schob sein eigenes Schwert mit einem kühnen Schwung in die Scheide. Die Trupps vereinigten sich. Langsam und unter einigem Mißtrauen verwandelte sich die Konfrontation in eine Marschkolonne, und nur allmählich wich das Unbehagen von den Mienen.
Was nun? fragte sich Mark. Haben wir uns ergeben oder nicht? Er suchte Bens Blick auf sich zu lenken, aber die verwirrte Miene des Großen war ihm auch keine Hilfe. Doon marschierte neben D'Albarno, und die beiden plauderten bereits miteinander wie zwei alte Bekannte. Und Mitspieler schien wieder einmal verschwunden zu sein.
Die hartgesichtigen Amazonen-Kriegerinnen eilten herbei und begrüßten Ariane als neue Rekrutin. Mark erhaschte einen letzten, angstvollen Blick von ihr, und dann wurde sie fortgedrängt.
Zumindest marschierten sie alle in dieselbe Richtung.
Zur Siegesfeier!

14

Der Ort des Gelages war nicht gänzlich von der düsteren Höhlenumgebung abgetrennt, die sich dem Betrachter halb wie eine Kaserne, halb wie ein Friedhof darbot. Mannshohe Trennwände aus übereinandergestapelten Kasernenbetten, Fässern,

Kisten und Kästen versperrten den Blick nur zum Teil. Diese Behältnisse, schloß Mark, enthielten die Vorräte, die für eine ordentliche Feier nötig waren. Anscheinend hatte D'Albarno die Nachricht über seinen Triumph im Felde zumindest bis hierher vorauseilen lassen, denn die Schänke war schon beinahe bereit zum Öffnen, als die kombinierte Truppe aus Soldaten und Gefangenen, inzwischen nahezu unentwirrbar vermischt, hier eintraf. Die Schänke selbst war ein roh gezimmerter Verschlag mit drei Wänden aus Kasernenpritschen, die, teils mit der Unterseite nach oben, aufeinandergestapelt waren, allerdings nicht so hoch wie die Trennwände. Kleinere Stapel dienten als Tische, und einzelne, einfach aufgeschlagene Pritschen waren die Bänke. Fackeln, die in Haltern befestigt waren, beleuchteten die Szenerie.

Das einzig halbwegs dauerhaft aussehende war ein Herd aus roh behauenen Steinen, dessen Seiten aber so niedrig waren, daß man schon fast von einer offenen Feuerstelle sprechen konnte. Ein Angehöriger der Garnison, der entweder ein niederer Zauberkünstler war oder sich dafür hielt, wedelte davor mit den Armen, in der Hoffnung, er könne einen Zauberbann bewirken, der den Qualm schnurgerade und steil in die ergründliche Finsternis aufsteigen ließ. Neben ihm lag ein Haufen von gewöhnlich aussehendem Brennholz, das vielleicht aus dem Zauberwald aus der oberen Ebene stammte. Über den frischentfachten Flammen wurde ein großes, vierbeiniges Tier von unbestimmter Art buchstäblich am Stück geröstet. Ein paar magere und schwächlich aussehende Soldaten drehten den Bratspieß und beschäftigten sich mit anderen niederen Aufgaben.

Bei vornehmeren Tätigkeiten im Innern des dreiseitigen Verschlages der Schänke fanden sie drei Geschöpfe einer Art, die Mark nach Bens Beschreibungen sofort erkannte, wenngleich er sie selber noch nie zuvor gesehen hatte.

Ben stieß ihn in die Seite. »Weißhände«, murmelte der starke Mann. In der Tat, das wesentliche Merkmal dieser Wesen sprang sofort ins Auge: die großen, bleichen Hände, die sich

jetzt daranmachten, Bierfässer, Weinflaschen und Krüge aufzustellen, die, dem süßlichen Geruch nach zu urteilen, der plötzlich die Luft erfüllte, Met enthielten. Obwohl man sah, welche Kraft in diesen großen Händen stecken mußte, wirkten sie zart und weich. Auch in ihrem sonstigen Erscheinungsbild unterschieden sich diese Geschöpfe von normalen Menschen. Sie hatten fahle Gesichter mit großen, starr blickenden Augen – damit sie, wie Mark vermutete, im Dunkeln besser sehen könnten –, große Ohren und sorgenvolle, dünnlippige Münder. Ihr Haar war dünn oder gänzlich ausgefallen, ihre Haut runzlig. Die drei anwesenden waren von unterschiedlicher Größe. Alle drei trugen Uniform: Blaue Hemden mit hohen Stehkragen und glatte, goldene Umhänge. Ihre Kleidung war makellos, verglichen mit den schäbigen Lumpenuniformen der Garnisonssoldaten.
Der Kommandant dieser Garnison und Feldherr ihrer jüngsten erfolgreichen Verteidigungsoperation, watschelte ohne Umschweife an den Tresen. Bevor er ein Wort sagen konnte, fiel das größte der drei Wesen über ihn her und fragte ihn, ob die Kämpfe hart gewesen seien. »Von hier aus hat es sich schlimm angehört. Gab es viele Verletzte? Schwere Verluste?«
Der Feldmarschall gab brüllend zur Antwort: »Verluste – wenn ich mit meinen besten Leuten im Einsatz bin? Nicht sehr wahrscheinlich! Und jetzt bringt uns zu trinken, wir haben es verdient! Und bereitet den Braten! Was ist mit der Musik?«
Ein Aufschrei der Zustimmung erhob sich unter D'Albarnos Leuten, die sich bereits hinter ihm in der Schänke drängten. In dem Getöse waren nur die letzten Worte der nächsten Frage zu verstehen, die der Anführer der Weißhände aufgeregt an D'Albarno richtete. ». . . die Gefangenen?«
»Selbstverständlich behalten wir die Gefangenen! Wer ist eigentlich der Kommandant dieser Garnison, he? Doch bestimmt nicht du, du verfluchter weißhändiger Klumpen Münzentalg!«
Das Geschöpf hinter der Bar schien sich seiner Überlegenheit gegenüber solchem Benehmen sicher zu sein und wirkte nur beiläufig beleidigt. »Sobald der Erste Vorsitzende Benambra

hier erscheint, werde ich mit ihm über diese Angelegenheit sprechen.«

Mark hatte den Eindruck, daß diese Drohung ihre Wirkung auf D'Albarno nicht verfehlte. Aber der Feldmarschall würde sich nichts anmerken lassen, solange es sich vermeiden ließe. »Erzähl es ruhig!« donnerte er. »Aber bis es soweit ist, wirst du uns *zu trinken* servieren!«

Wieder wallte ein explosiver Ruf der Bekräftigung hinter ihm auf. Männer und Amazonen drängten sich an den Tresen. Die Schwächeren – oder waren sie nur weniger erpicht darauf, etwas zu trinken? – wurden beiseitegedrängt. Der Weißhändige, der mit D'Albarno gesprochen hatte, nickte seinen Artgenossen fatalistisch zu, und alle drei begannen, Becher zu füllen und zu verteilen.

Ben zog derweilen ein noch nachdenklicheres Gesicht als zuvor. Er sah Mark an und fragte: »Was redet er da von ›Benambra‹?«

Ein anderer Mann antwortete, ehe Mark den Mund auftun konnte. »Die meisten Leute, denen wir hier drinnen begegnen, kennen diesen Namen.« Es war ein Soldat der Garnison, ein vergleichsweise gesund aussehendes Exemplar, das durch den Anstrum der anderen in die Nähe der Gefangenen gedrängt worden war. (Und waren es wirklich *so viele*, die uns dort draußen gegenüberstanden? fragte Mark sich in Gedanken. Wenn ja, dann hatte Doon sicherlich klug gehandelt.)

Der Soldat, der eben gesprochen hatte, war wie durch Zauberei bereits mit einem gefüllten Becher ausgestattet. Er redete weiter. »Der Hohepriester. Ihr wißt schon. Es gab einmal ein altes Lied über ihn, als ich noch oben war. Er ist noch hier, obwohl ich wetten würde, daß die Höhle sich mächtig verändert hat, seit er anfing, hier seine Schätze aufzutürmen. Aber jetzt solltet ihr euch nach vorn schieben und dafür sorgen, daß ihr etwas zu trinken bekommt, solange noch Gelegenheit dazu ist.«

Mark und Ben wechselten noch einen Blick. Zusammen

kämpften sie sich durch das Gewühl, bis sie den Tresen erreicht hatten.
Die Amazonen waren als Gruppe zum Fest gekommen, und sie blieben unter sich, wenngleich sich ihre Geschlossenheit aufzulösen begann. Ben spähte immer wieder auf ihre Schar und versuchte, Ariane unter ihnen zu entdecken. Hin und wieder erhaschte er einen Blick auf ihr rotes Haar oder ihr blasses Gesicht, aber dem spärlichen Anschein nach schien sie guter Verfassung zu sein. Er wußte allerdings nicht, was er tun würde, wenn sie beim nächstenmal, da er sie zu Gesicht bekäme, anders aussähe. Einen Kampf zu beginnen, bedeutete Selbstmord. Bislang versuchte Doon zu verhindern, daß man sie umbrachte, zu Sklaven machte oder auch nur entwaffnete. Aber...
Der redselige Soldat hatte sich zusammen mit Ben und Mark nach vorn gedrängt. Der Trinkbecher in seiner Hand war immer noch fast voll, also hatte er vermutlich etwas anderes im Sinn. Als er nun neben Ben stand, berührte er beiläufig Drachenstechers Heft mit der Hand. Ben schlug ihm auf die Finger.
»Nettes Schwert«, bemerkte der Mann ungerührt. »Du könntest es ebensogut sofort abgeben und dir damit weiteren Ärger ersparen, denn es wird mein Beuteanteil sein. Ich will gar nicht versuchen, die Lampe zu kriegen, denn darauf werden sich die Priester oder die Weißhände stürzen, soviel steht fest.«
»Werden sie das?« Etwas Besseres fiel Ben nicht ein.
»Klar. Die Gefangenen verlieren alle Waffen und Ausrüstungsgegenstände, die sie bei sich haben. Wenn ihr die Grundausbildung in der Garnison hinter euch habt, könnt ihr euch neue Waffen aus der Waffenkammer holen. Ihr könnt dann unter dem, was vorhanden ist, wählen.«
»Was vorhanden ist, ist ein Haufen rostiger Mist«, beschwerte sich ein anderer Mann, der in der Nähe gestanden und den letzten Teil des Gespräches mitgehört hatte.
Der erste zuckte die Achseln. »Vielleicht findet ihr bei der

nächsten Bande, die den Hort rauben will und dabei gefangengenommen wird, etwas Besseres.«
»Und wann wird das sein?« Ben hatte inzwischen wieder sein dümmstes Gesicht aufgesetzt. Er redete am besten einfach weiter, während er auf die Gelegenheit wartete, etwas zu unternehmen. Womöglich würde er dabei sogar etwas Nützliches in Erfahrung bringen.
»Wer weiß? Wer kann hier unten schon sagen, wieviel Zeit vergeht? He, was ist denn oben so los in diesen Tagen? Liegt der Blaue Tempel im Krieg? Ich wünschte, es gäbe einmal einen richtigen Krieg, dann bekämen wir hier unten jede Menge Rekruten. Man würde mich befördern. Einen Krieg mit den Amazonen zum Beispiel. Der Haufen, den wir hier unten haben, wird allmählich ein bißchen alt.« Er fuhr sich mit der Zunge über die Lippen und starrte zu den Amazonen hinüber.
Ben, der bis zu diesem Tage kaum je von Amazonen gehört hatte, schaute noch einmal in die gleiche Richtung. Ariane schien ihre Angst inzwischen niedergekämpft zu haben. Sie erzählte gerade irgendeine Geschichte, die sie mit weit ausgreifenden Armbewegungen begleitete, aber die kleine Zuhörerschaft von Kriegerinnen, die sie umringte, schien nur teilweise interessiert. Nicht weit von den Frauen saßen Willem und Daghur, die nicht im mindesten so aussahen, als betrachteten sie sich als Gefangen, als ertappte Deserteure. Sie schwatzten kameradschaftlich mit anderen Männern, die anscheinend zu ihrer Kompanie gehörten. Und Dmitry, der vor Lachen schier platzen wollte, saß auf dem Schoß einer der größeren Amazonen, während diese aus seinem Becher trank.
Doon und D'Albarno, die trotz ihrer unterschiedlichen körperlichen und physiognomischen Erscheinung eine undefinierbare, aber gleichwohl starke Ähnlichkeit miteinander hatten, saßen mit einigen anderen an einem Führertisch, der ein wenig erhöht auf einem Podest stand. Mark sah, daß junge Garnisonsangehörige, großenteils furchteinflößend aussehende Amazonen, die ersten Platten mit Speisen auftrugen – fast rohes, in Scheiben geschnittenes Fleisch. Von irgendwoher

waren Musiker aufgetaucht, die auf ihren Plätzen nicht weit unterhalb des Führungstisches saßen. Ob sie gut oder schlecht spielten, je, ob ihre Instrumente überhaupt irgendwelche Klänge von sich gaben – im allgemeinen Lärm war es nicht zu hören.

D'Albarno war jetzt offensichtlich dabei, Doon eine Geschichte zu erzählen, und die vollbusigen Figuren, die der Feldmarschall mit seinen großen Händen in die Luft malte, ließen leicht erraten, was für eine Geschichte es war. Zahllose Becher und Flaschen wurden jetzt allenthalben und mit unglaublicher Geschwindigkeit herumgereicht. Fässer und Tonnen wurden – hauptsächlich von Weißhänden – herbeigeschafft und auf Tische gewuchtet, wo sie aufgeschlagen und angestochen wurden, während die regulären Soldaten ungeduldig den Tresendienst übernahmen. Irgendwo inmitten des Gedränges kreischte eine Frau, aber es schien mehr Entzücken als Entsetzen gewesen zu sein, was sie dazu veranlaßt hatte.

Ein Mann, der auf einem Ende eines Tisches gestanden hatte, fiel herunter. Im Fallen griff er nach dem Faß, das er und seine Kumpane hatten öffnen wollen. Das Faß schwankte, kippte und stürzte dann mit unheilvollem Dröhnen auf den Steinboden. Flüssigkeit und Dünste barsten in überwältigender Flut aus ihm hervor. Menschen stürzten und verknäulten sich ineinander. Einige ließen sich auf Hände und Knie sinken und leckten den Boden ab. Die Menge verlagerte sich, und der Mann, der nach Drachenstecher gegriffen hatte, wurde von den schiebenden Leibern davongeschwemmt.

Ben hatte Mitspieler seit ihrer Gefangennahme nicht mehr gesehen, und diese Tatsache hatte ihm unbestimmte Hoffnung eingeflößt. Jetzt sah er ihn; er saß am oberen Tisch zwischen den Offizieren der Garnison, doch so unauffällig, daß Bens suchender Blick ihn bisher wohl übersehen hatte.

Ben bahnte sich einen Weg zu dem Tisch, an dem Mitspieler saß, um zu erfahren, wie es nun weitergehen würde. Als Ben herankam, hob der Zauberer den Kopf. Er sah erschöpft aus.

Der kleine, halb geleerte Becher, der vor ihm stand, schien bereits genügt zu haben, ihn zu berauschen.
Sie brauchten nicht zu befürchten, daß jemand sie belauschen würde. Mitspieler mußte brüllen, damit Ben ihn verstand, obgleich dessen Ohren nur wenige Zentimeter von seinem Munde entfernt waren.
»Ich bin umhergegangen, unsichtbar... versucht, alle aufzuwecken... dachte, wenn wir die ganze Garnison hätten... in dem Durcheinander entkommen...« Wütend funkelte er Ben an, als gäbe er diesem die Schuld, daß sein Plan gescheitert war. »Und dann habe ich meine Unsichtbarkeit verloren.«
»Ihr habt Euer Bestes versucht.«
Die Antwort des Magiers verlor sich teilweise im allgegenwärtigen Getöse. »...Bestes versucht, ja. Alles gegeben, hundert Jahre und mehr. Und da ist er. Da steht er. Also wozu die Umstände? Werde niemals Vater, mein Junge. Bekomme niemals Kinder. Es ist ein großes... eine Zauberei, das ist es. Stellt dein ganzes Leben auf den Kopf.«
Mark, dem es gelungen war, das andere Ende des Tisches zu erreichen, arbeitete sich auf Ben zu, bis er ihm nahe genug war, um durch das Geschrei mit ihm zu sprechen. »Man hat uns noch nicht entwaffnet. Doon sagt, wir sollen uns gedulden und auf sein Zeichen warten.«
»Und dann? Was sollen wir dann tun?«
»Er konnte mir nicht mehr sagen. Ich gehe jetzt zurück und bleibe ein Weilchen in seiner Nähe, wenn ich kann.«
»Und ich gehe zu Ariane.« Ben stieß sich von dem Podest ab und zwängte sich durch die Menge.
Die Amazonen hatten sich inzwischen weitgehend unter den übrigen verteilt. Sie waren deutlich in der Minderzahl, aber trotzdem war die Konkurrenz derer, die sich um ihre Gunst bemühten, nicht allzu groß. Tatsächlich zogen es die meisten Männer der Garnison vor, zu saufen und mit ihren sexuellen Fertigkeiten lauthals zu protzen, als sich handfest mit Frauen zu befassen. Gröhlende Prahlgesänge hallten gegen die Decke; aber die Sänger lagen hier und da schon flach auf dem Rücken.

Zwischen dem Podest und der Stelle, an der Ben Ariane zuletzt gesehen hatte, drängten sich noch mehr Menschen als vorher. Vielleicht war Mitspielers Taktik doch nicht ohne Erfolg. Vielleicht würde sie zumindest helfen, wenn Doon sich entschlösse, seinen Plan in die Tat umzusetzen. Natürlich würde Doon wohl kaum ein leichtes Spiel haben, wenn er versuchen wollte, sich vom Tisch zu entfernen, ohne Verdacht zu erregen. Zu diesem Zwecke aber konnte er immer noch ein dringendes Bedürfnis vorschützen, das bei einem Saufgelage nicht ungewöhnlich war: Ein paar Meter weit hinter den Trennwänden, abseits vom Zentrum des Trubels, hatte man die Bodenplatten herausgestemmt und eine provisorische Sickergrube angelegt. Ein paar Soldaten standen im Kreis um sie herum, während andere warteten, bis sie an der Reihe waren.

Jemand drückte Ben einen Becher in die Hand, und um zu zeigen, daß er ein braver Bursche war, nippte er daran, bevor er weiterging. Es schmeckte entsetzlich, aber hinsichtlich der Stärke ließ sich nichts Nachteiliges darüber sagen.

Es war nicht sonderlich schwer, Ariane ausfindig zu machen. Einer der Soldaten machte ihr mit so großer Hartnäckigkeit den Hof, daß er durch freundliche Appelle – von ihr und Ben – nicht abzuweisen war. Als Ben ihm zum zweitenmal die Hand auf den Arm legte, griff er nach seinem Dolch. Ben bog ihm den Arm so weit nach hinten, daß der Bursche sich nicht mehr rühren konnte, und schlug ihm dann mit der Faust an die Schläfe. Mit angewidertem Gesicht ließ er den erschlafften Körper in eine klebrige Pfütze unter die Bank sinken. Ben verabscheute das Kämpfen besonders, wenn es um persönliche Dinge ging.

»Ich habe mein Gepäck verloren«, erzählte ihm Ariane unvermittelt. Auch sie mußte schreien, damit er sie hören konnte.

»Das macht nichts. Zerbrich dir darüber nicht den Kopf. Wir werden bald versuchen, von hier zu entkommen. Doon will uns ein Zeichen geben.« Und irgendwie schmiegte sie sich plötzlich schutzsuchend in seinen Arm, obwohl sie ihn eigentlich um fast zwei Zentimeter überragte.

Wieder rief sie ihm etwas in die Ohren. »Den nächsten steche ich nieder, wenn er nicht hören will.«
»Noch nicht. Halte dich zurück. Kein Blutvergießen, wenn es nicht sein muß. Ich werde bei dir bleiben. Oder, besser noch, du kommst mit mir.«
Ohne Ariane aus seiner schützenden Umarmung zu entlassen, drängte Ben sich zurück an einen Platz in der Nähe des erhöhten Tisches. Der Boden unterhalb des Podestes war überschwemmt. Vielleicht – höchstwahrscheinlich sogar – war noch ein zweites mit Met gefülltes Faß umgestürzt und zerbrochen. Es war, als sei der Boden mit Leim bestrichen worden. Wenn es ihnen je gelingen sollte, zu entkommen, dann, so dachte Ben, würde es ihren Verfolgern schier unmöglich sein, ihre Spur zu verlieren. Falls noch jemand in der Verfassung sein sollte, sie zu verfolgen...
Die Anführer saßen noch ungefähr genauso da wie vorher. Doon schaute hohläugig auf, aber in seinem Blick lag nichts von Bedeutung. D'Albarno, der immer noch neben dem Baron saß, brüstete sich im Augenblick lauthals mit seinem Trinkvermögen, das er an diesem Tage demonstrieren werde wie nie zuvor. Mitten im Satz aber verlor er zuerst den Faden und dann das Bewußtsein. Aber nur wenige merkten, daß er schnarchend zu Boden glitt, um sich zu seinen alten Kameraden zu gesellen, die es sich unter dem Tisch bequem gemacht hatten.
Ben, Mark und Ariane drängten sich rasch an Doon heran, der ihnen, so leise es ging, zu verstehen gab: »Verschwindet von hier, aber einzeln. Wir treffen uns zweihundert Schritte weiter in dieser Richtung.« Der Baron deutete vorsichtig mit dem Zeigefinger in eine Richtung, die er, wie Ben vermutete, auf irgendeine Weise mit Hilfe des Schwertes ermittelt hatte.
Augenblicklich löste sich die kleine Gruppe auf. Doon selbst schob sich am Tisch entlang, um mit Mitspieler zu sprechen. Die anderen zwängten sich in unterschiedlichen Richtungen durch das Getümmel. Ben verabschiedete sich mit einem heftigen Händedruck von Ariane und von Mark mit einem vielsagenden Blick.

Dann bahnte er sich durch das allmählich dünner werdende Gedränge seinen Weg zur Senkgrube. Von dort aus bewegte er sich in einer Kurve weiter, die ihn Schritt für Schritt von dem Gelage wegführte. Wankend, als sei er betrunken, schob er sich von einer Pritsche zur nächsten. Auf einigen davon ruhten zusammengebrochene Festteilnehmer, andere waren leer.

Ab und zu hielt er inne, um zu sehen, ob ihm jemand folgte. Aber er konnte niemanden entdecken. So schwankte er weiter in seiner scheinbar ziellosen Kurve. Er beabsichtigte, im rechten Winkel zum Treffpunkt zu stoßen. Nach einer Weile ließ er sich auf alle viere fallen. Da er längst nicht der einzige war, der sich in dieser Weise bewegte, hoffte er, so noch unauffälliger voranzukommen.

Inzwischen waren alle Bahren, an denen er vorbeikam, leer, und immer mehr Soldaten strömten von den äußeren Bereichen der Höhle dem Trubel in der Mitte entgegen. Natürlich, dachte Ben, hätte der Lärm allein schon ausreichen müssen, um jeden im Umkreis von einem Kilometer aufzuwecken, mochte er nun schlafend, tot oder verzaubert daliegen. Niemand beachtete ihn, und so kroch er ungehindert weiter.

Er fragte sich, ob er die Entfernung oder die Richtung, in die Doons Zeigefinger gewiesen hatte, falsch eingeschätzt haben mochte. Dann stieß er auf Mark und Ariane, die geduckt unter einer leeren Bahre kauerten. Unter der nächsten Bahre lugte Doons bärtiges Gesicht mit funkelnden Augen hervor. Der Baron winkte Ben, er solle sich ebenfalls in Deckung begeben und still hocken bleiben.

Ben gehorchte und wartete ab. Kurz darauf erschien Mitspieler. Er kroch nicht, aber er taumelte in einer Weise, die das mehr als überzeugende Porträt eines Geschlagenen präsentierte. Ein paar Schritte hinter Mitspieler kamen Dmitry, Daghur und Willem. Natürlich war der Magier nicht imstande gewesen, zu verschwinden, ohne seinem Sohn Bescheid zu sagen. Der Sohn und seine beiden Kumpane forderten einander mit übertriebenem Gestikulieren zur Vorsicht auf, und

hin und wieder platzten sie in halb unterdrücktem, trunkenem Gekicher heraus.
Als Doon aus seinem Versteck auftauchte und ihnen entgegenblickte, zeigte sein Gesicht unterdrückte Wut. Aber Ben begriff, daß der Baron kaum etwas unternehmen konnte. Er war immer noch entschlossen weiterzugehen – ohne diese wahrhaft fanatische Entschlossenheit wäre er ja gar nicht erst so weit gekommen –, und er brauchte den Zauberer, irgendeinen Zauberer, auf der nächsttieferen Ebene, wo sie es mit wenigstens einem Dämon zu tun haben würden. Und auch Ben war bereit weiterzugehen. Jetzt, mit der Aussicht auf endlose Sklaverei in der Garnison vor Augen, konnte er an einem fernen und noch unsichtbaren Dämon ganz und gar nichts Schreckenerregendes finden. Ben war nicht nur bereit, er konnte es kaum erwarten.
Man wechselte kaum ein Wort. Die wiedervereinigte Gruppe stahl sich in die Richtung, die Doon ihnen wies, davon und entfernte sich in gerade Linie von der lärmenden Menge. Vor ihnen lagen Regionen, in denen kein Wachender sich aufhielt. Einige hatten während der Gefangenschaft ihre Packsäcke verloren – Mitspieler war es irgendwie gelungen, seinen zu behalten –, aber alle waren noch bewaffnet, und keiner hatte seine Lampe vergessen. Doon befahl ihnen allerdings, sie vorläufig nicht zu benutzen.
Nach und nach, je weiter der Schauplatz der Siegesfeier hinter ihnen zurückblieb, richteten sie sich wieder auf und verwandelten sich zusehens in eine Marschkolonne, statt als Horde von Individuen in dieselbe Richtung zu schleichen. Immer noch wurde wenig gesprochen.
Nach einer Weile blieb Doon stehen, um seine Probleme mit Mitspieler zu bereinigen. Aber der Magier drängte ihn weiterzugehen.
»Nicht hier, nicht jetzt. Ich weiß, was Ihr sagen wollt, und ich bedauere es. Aber wir müssen die nächste Ebene erreichen, ehe wir innehalten können, um zu reden oder zu streiten. Und dann muß ich ausruhen, bevor es weitergeht.«
Nach einem kurzen, stummen Kampf mit sich selbst lenkte

Doon widerwillig ein. Wortlos wanderte die kleine Prozession weiter. Sogar Dmitry und seine Freunde waren seit einer Weile still. Vielleicht, dachte Ben, war ihnen schlecht, weil sie zuviel getrunken hatten.
Ben merkte, daß die Höhle ringsumher immer enger wurde, je weiter sie kamen. Erst ging die Veränderung nur allmählich vonstatten, doch dann immer schneller. Doon gestattete ihnen immer noch nicht, die Lampen zu benutzen, aber sie konnten dennoch erkennen, daß sie sich geradewegs auf eine Wand zubewegten, eine Wand, die nicht weit vor ihnen von der Decke der Höhle gebildet wurde, die sich in einer weiten Kurve auf den Boden herabsenkte. Die Seitenwände rückten jetzt noch näher zusammen, und gleichzeitig neigte sich der Boden abwärts. Und plötzlich befanden sie sich nicht mehr in der riesigen, scheinbar grenzenlosen Halle des Garnisonssiegels, sondern waren, wie durch einen Trichter, in einen engeren, nur drei oder vier Meter breiten Gang gelangt.
Die Wandfackeln in der Höhle hinter den Reisenden warfen immer noch genug Licht herein, um den Weg zu beleuchten. Die Decke hing jetzt nur wenige Meter über ihnen und knickte über den Felssimsen, die die Wände zu beiden Seiten krönten, scharf nach unten ab.
Doon führte sie rasch voran. Das Licht hinter ihnen wurde zusehends schwächer, und bald würden sie ihre Lampen brauchen.
»Wir haben es geschafft«, sagte Ben laut. Als wären diese Worte ein Signal gewesen, schossen von den hohen Simsen an beiden Seiten des Ganges mit Steinen beschwerte Netze aus Seilen und Schnüren hervor und senkten sich über sie herab. Einer der herabfallenden Steine traf Ben mit beinahe betäubender Wucht an der Schulter. Er hatte eben noch Zeit, nach Drachenstecher zu greifen, bevor seine Arme sich im Netz verhedderten – aus der Scheide brachte er die Klinge nicht mehr. Immer neue Schnüre wickelten sich um ihn, und er fiel zu Boden.
Irgend jemand ließ seine Lampe in hellem Strahl aufgleißen,

vielleicht, um die Angreifer zu blenden. Es wäre eine gute Idee gewesen, bevor das Netz geworfen wurde, aber jetzt war es zu spät. Ben wälzte sich wütend auf dem Steinboden umher und versuchte freizukommen, dabei sah er Ariane und auch Mark. Beide wehrten sich erfolglos gegen den Klammergriff einiger Weißhände, von denen einige jetzt wie plumpe Affen von den hohen Steinsimsen heruntersprangen, auf denen sie im Hinterhalt gelegen hatten. Sie mochten plump sein, aber sie waren auch stark und nicht annähernd so unbeholfen wie ihre Opfer, die sich in den geschickt verknüpften Schnüren verstrickt hatten.
Jetzt kamen vier vergleichsweise große Weißhände aus dem Gang vor ihnen herangetrabt. Auf ihren Köpfen trugen sie kleine, golden glühende Lampen von einer Art, wie Ben sie noch nie gesehen hatte, und auf den Schultern schleppten sie eine Sänfte – eigentlich eher eine Tragbahre, ein einfaches, ärmlich aussehendes Traggestell.
Ben versuchte gar nicht erst, herauszufinden, was die Ankunft dieser Gestalten zu bedeuten hatte, sondern warf sich weiter von einer Stelle auf die andere, in einem wütenden, aber bislang fruchtlosen Versuch, mit seiner ganzen Kraft auf die Stricke einzuwirken, die ihn umschlungen und gefesselt hielten. Vielleicht, wenn er eines der dickeren Seile richtig zu fassen bekam...
Die Sänfte wurde ein paar Meter vor ihnen abgestellt, und mit einiger Hilfe stieg eine offensichtlich steinalte Weißhand heraus und kam heran, um sich Ben und die anderen Gefangenen aus der Nähe anzusehen. Die Uniform des Alten war aus purem Gold; etwas Ähnliches hatte Ben noch nie gesehen.
»Vorsicht, o Begründer! Nicht so nah. Dieser dort wehrt sich noch.«
»Ihr habt mir gemeldet, daß sie bereits eure Gefangenen seien, ha hum?« Die Stimme des Alten paßte zu seiner scheußlichen Erscheinung. Er war so bleich, daß die übrigen neben ihm beinahe sonnengebräunt aussahen.

»Jawohl, Erster Vorsitzender, das waren sie.« Dies war ein anderer Subalterner, der den ersten eifersüchtig anfunkelte.
»Ha, hum. Ich glaube, heute will ich Erster Hoherpriester sein. Ja, eine Funktion in dieser Eigenschaft möchte sich als notwendig erweisen.« Er war gebeugt, kleiner als die übrigen Weißhände und verwelkter. Wider Willen fühlte Ben sich von seinen hilflosen Befreiungsbemühungen abgelenkt.
»Ja«, wiederholte der Alte. Er sprach offensichtlich mehr zu sich selbst als zu seinen Untergebenen, wenngleich zweifellos von ihnen erwartet wurde, daß sie jedes Wort mitbekamen. »Ja, dieser Narr Hyrcanus hat es noch nie vermocht, die Dinge ordnungsgemäß zu führen.« Und der alte Mann – denn selbstverständlich war er, wie alle anderen, ein veränderter Mensch – mit den grotesk großen und runzligen weißen Händen, die nahezu nutzlos an seinen Seiten herabbaumelten, trat gegen einen der am Boden liegenden Gefangenen, zu schwach allerdings, dessen war Ben sicher, als daß es hätte schmerzen können. »Nun, hier unten, Krösus sei Dank, heißt der Verantwortliche immer noch Benambra.« Und eine der impotent wirkenden Riesenhände hob sich und schlug klatschend gegen die Brust ihres Besitzers.
Dann beugte sich der Begründer, Erste Vorsitzende und Erste Hohepriester dicht über einen anderen Gefangenen. »Ah, eine ausgezeichnete Waffe, an sich schon ein Schatz.« Langsam richtete sich das krumme alte Rückgrat wieder auf. »Und unser famoser Feldmarschall ist vermutlich wieder betrunken, wie immer nach einer Affäre dieser Art, und denkt sich einen strahlenden Siegesbericht aus. Nach diesem Debakel werde ich ihn aber wohl ersetzen müssen. Seid ihr sicher, daß wir sie alle erwischt haben?
Wir müssen Hyrcanus mitteilen, daß noch einmal überall die Parolen geändert werden müssen... Ich frage mich, ob die da oben überhaupt noch einen Rest Pflichtgefühl in ihrer Brust haben. Bereitet diese Gefangenen für das Einführungsverfahren vor und übergebt sie dann der Grundausbildung. Bringt mir eine Liste ihrer Besitztümer, sobald sie fertig ist.«

Er redete noch weiter, aber Ben vernahm fast nichts mehr. Er hörte, wie Doon etwas brüllte, dann beugte sich eine Weißhand, die, wie ein Magier gestikulierend, vor ihm umherhüpfte, plötzlich zu ihm herunter und blies ihm ein weißes Pulver ins Gesicht. Er nieste einmal, dann war die Welt nicht mehr da.

Als man ihn weckte, glaubte er zunächst, die Zeit der Frühwache sei gekommen. Er würde sich also aus diesem unbequemen, aber ach so willkommenen Bett wälzen müssen...
Nein. Es war nicht die Frühwache, zu der er aufstehen mußte. Er war eben erst in den Dienst des Blauen Tempels getreten, er stand noch in der Grundausbildung, und ein neuer Tag des Geschliffenwerdens war angebrochen... aber zumindest tat seine Schulter nicht mehr so weh. Im Laufe der Zeit war die Wunde verheilt.
Ben stöhnte und brummte vor sich hin. Heute würde er noch einmal versuchen, einen Brief an Barbara abzuschicken, falls eine Karawane in die Richtung ziehen sollte, und er hoffte, sie würde ihm diesmal antworten...
»Schläfst wohl noch, hah?« *Rumms.* Der Sergeant war wieder da.
Von der hölzernen Pritsche gestoßen, schaffte Ben es gerade noch, dem Steinboden ein Bein und einen Arm entgegenzustrecken, um seinen Fall zu mildern. Er rappelte sich auf und fühlte sich zerschlagen, dann bemerkte er etwas: Dieses Bett sah nicht aus wie das, an welches er sich vom Abend her erinnerte. Merkwürdig. War denn die Sonne noch nicht aufgegangen?
Dann, mit einem Ruck, als stürze er in einen Alptraum, wurde ihm vieles klar. Er begriff, daß er noch immer in dieser Höhle war. Das Grauen und die Angst der neuerlichen Gefangennahme stieg wieder in ihm auf, und verschwommen erkannte er, es war bei weitem nicht das erste Mal, daß man ihn auf diese Weise, an diesem finsteren Ort, aus dem Schlaf gerissen hatte. Aber was immer bei früheren Gelegenheiten danach mit ihm passiert sein mochte, war schon wieder in den Wolken dunkler

Magie versunken, welche die Kanäle seiner Erinnerung vernebelten und verstopften.

Anziehen... nein, er war schon angezogen. Es waren seine eigenen Kleider, aber sie waren inzwischen erbärmlich schmutzig, abgetragen und zerschlissen. Zu sehr zerfetzt, dachte er, als daß nun die Erlebnisse seit jener unglückseligen Stunde, da er Doon in die obere Höhle gefolgt war, dafür verantwortlich sein konnten...

Doon, ja. Und Mark. Und Ariane. Und die anderen. Wo waren sie? Und was war aus ihnen geworden? Die anderen Gestalten, die fluchend ringsumher durch die Dunkelheit stolperten, waren allesamt Fremde. Mitrekruten, Mitgefangene, aber er kannte keinen von ihnen. Keiner von ihnen sprach mit irgend jemandem, während sie eine unregelmäßige Kette bildeten und sich durch die Finsternis tasteten, um... Ben wußte nur eines, und auch dies war nur eine verschwommene Erinnerung: Man erwartete von ihnen, daß sie sich irgendwohin begäben und dort in Formation aufstellten, weil es dem Feldwebel gut gefiel. Drachenstecher hing natürlich nicht mehr an seiner Seite. Gürtel und Scheide waren ebenfalls fort, außerdem seine Lampe, sein Packsack und der einfache kleine Dolch, der seine einzige andere Waffe gewesen war.

Die Bürde der Grundausbildung und der Angst war wieder da, und sie lastete auf ihm wie ein totes Gewicht. Taumelnd stellte Ben sich mit der Gruppe dieser Unbekannten in einer Reihe auf. Irgendwoher wußte er, wo sein Platz in dieser Reihe war. Etwas wie Klarheit blitzte in ihm auf, und er begriff, daß nicht alle diese Männer neue Gefangene sein konnten. Vielleicht war dies eine Art Strafkompanie... aber es war kaum von Bedeutung.

Das Exerziergelände war recht klein, ein Platz, der an vier Ecken von Fackeln beleuchtet wurde und von Pritschen und anderen Hindernissen geräumt war. Hier übte die kleine Formation das Marschieren, und dann exerzierten sie mit plumpen Holzspeeren.

Der Feldwebel trug kein Rangabzeichen, aber was er war, sah

man trotzdem. Er benahm sich wie ein Feldwebel, stolzierte durch die Reihen, kläffte Befehle, flößte Angst ein, brüllte und trat nach jedem, der ihm mißfiel. Der Drill wollte kein Ende nehmen. Schon immer war es so gegangen, dachte Ben, und immer würde es so weitergehen, und selbst der letzte Schlaf, aus dem man ihn, wie er sich erinnern konnte, geweckt hatte, war in Wirklichkeit nur eine Illusion, geboren aus der Magie. Nirgends sah Ben einen Punkt, an dem die Hoffnung hätte anknüpfen können, die er benötigt hätte, um gegen die Befehle des Feldwebels zu rebellieren.
Er wußte nicht, wo er war. Er wußte nur, daß er noch in der Höhle war. Aber in welcher Richtung lag der Ausgang? Und wo waren die anderen, die mit ihm gefangengenommen worden waren? Ariane, Mark, Doon – waren sie alle tot? Einmal versuchte er, dem Feldwebel eine Frage zu stellen, aber die einzige Antwort, die er bekam, war ein Fluch und ein Fußtritt. Der Drill, das Marschieren – es nahm kein Ende. Es lag eine Sinnlosigkeit darin, die sogar Sadismus als Motiv ausschloß. Es war, wie fast jede Grundausbildung, ganz und gar sinnlos, aber es förderte die Gewohnheit des augenblicklichen Gehorsams gegen jeden Befehl, und es vertrieb die Zeit.
Aber endlich kam das Ende doch, oder wenigstens eine Unterbrechung. Man erlaubte Ben, zu seiner Pritsche zurückzukehren und sich auszuruhen. Aber er hatte das Gefühl, kaum die Augen geschlossen zu haben, als man ihn schon wieder weckte und erneut zum Drill wanken ließ. Diesmal dauerte es noch länger als vorher. Er war inzwischen jenseits aller Erschöpfung angelangt und fühlte sich, als wühlten sich sein Körper und sein Geist gleichermaßen durch dicke Wattepolster. Er war gefangen in einem Netz von Magie, so daß er kaum noch wußte, wer er war oder gewesen war, oder ob dieses Dasein das Leiden erst konstituierte oder ob es der Standard des Universums war, da es im Universum nichts weiter gab, woran man es hätte messen können.
Marschieren und ruhen. Drillen und ruhen. Wieder marschieren. Die Wirklichkeit vermischte sich mit dem Unwirklichen.

Ben sagte sich immer wieder, daß er dieses Grauen träume. Es mußte so sein, denn sonst war der Rest seines Lebens, bevor er mit Doon in diese Höhle gekommen war, ein wunderbarer, aber verlogener Traum gewesen.
Stimmen, manche real, andere phantastisch (und er konte sie nicht unterscheiden) verhöhnten ihn mit der Vorstellung, er werde Ariane nie wiedersehen. Nie... nur einmal vielleicht, alle hundert Jahre, würde er in irgendeinem Gefecht quer über das Schlachtfeld hinweg einen Blick auf sie erhaschen können, und dann würde er sehen, wie die zahllosen Jahrzehnte als Amazone sie verändert hatten. Wenn alles andere ihn im Stich ließ, würde er sie immer noch an ihren Haar erkennen. Und dann, nach der Schlacht, würde er sie vielleicht noch einmal in der Halle der Siegesfeier zu Gesicht bekommen, und unaussprechliche, unüberwindliche Fäulnis würde den Raum zwischen ihnen erfüllen...
...und von Zeit zu Zeit gestattete man ihm, sich auf seine Pritsche fallen zu lassen und auszuruhen. Wenn er die Augen schloß, fürchtete er zu träumen, und wenn er träumte, graute ihm vor dem Erwachen.
Er wußte, irgendwo in der wirklichen Welt, wo immer das sein mochte, vergingen viele, viele Tage.
Einmal kam Benambra, der Erste Hohepriester, in einer Sänfte vorbei und sah ihn an. Mit welken Lippen sagte er etwas, lächelte und verschwand...
Von Zeit zu Zeit erlaubte man ihm, in einem trüb erleuchteten Raum, den man Messe nannte, an einem Tisch zu sitzen, und man brachte ihm etwas auf einem Teller. Als Essen mochte er es nicht bezeichnen. Es war Schleim, schlimmer als alles, was ihm der Blaue Tempel während seiner ersten Dienstperiode vorzusetzen versucht hatte. Es war das zweitemal, daß er in Diensten des Blauen Tempels stand, und wenn sie das je erführen, wenn sie herausfänden, wer er war und wie sein Dienst beim erstenmal geendet hatte...
Aber meistens war Ben zu benommen, um sich deswegen den Kopf zu zerbrechen.

So, wie man ihm die Mahlzeit erlaubte, war es auch mit seinen Träumen. Manchmal waren die Träume, die man ihm gestattete oder aufzwang, keine gewöhnlichen Alpträume, sondern seltsame, sehnsuchtsvolle Visionen, in denen Ben oben über süße, warme Erde wanderte, ohne je an Gold zu denken, und dabei Arianes Gesicht sehen konnte. Auch sie war frei, und sie lächelte ihn an. Ein- oder zweimal tauchte ein kleiner Mann mit buntbemaltem Clownsgesicht auf. Er trug einen grauen Mantel und lachte und deutete umher, als sei alles nichts als ein fröhlicher Scherz. Und als nächstes spürte Ben dann, daß *sie* bei ihm war. Sie hielt seine Hand und lächelte und fragte ihn, wohin er nun gehen wolle...

... dann erwachte er in der Finsternis, und neben ihm stöhnte jemand unter irgendeiner magischen Bestrafung.

O ja, eines Tages würde er sie wiedersehen dürfen. Auf dem Schlachtfeld, wie die quälenden Stimmen ihm verrieten. Und wenn er nach der Schlacht noch lebte (vielleicht, nachdem er sie hatte sterben sehen), würde er trinken dürfen, er würde mit seinen Kameraden spaßen und schreien dürfen, er würde betrunken zu Boden fallen und so allmählich vergessen dürfen, daß er einmal jemand anderer gewesen war.

Beim eigentlichen Drill oder beim Marschieren kamen die klaren Augenblicke häufiger über ihn. In solchen Augenblicken war Ben in der Lage, sich selbst feierlich zu geloben, niemals für den Blauen Tempel zu kämpfen. Aber noch während er dieses Gelübde ablegte, fürchtete er, daß die Zwänge, denen er unterworfen war, ihm gar keine Wahl lassen würden, wenn es erst soweit wäre. Vielleicht hatte er ja einmal geschworen, daß er ein Dasein, wie er es jetzt ertrug, niemals auf sich nehmen würde. *Wenn die Zeit kommt, dann wirst du kämpfen. Oder sterben – und sterben willst du nicht.* Wer hatte das noch gesagt? Der Feldwebel? Und wahrhaftig, das Leben war kostbar, sogar jetzt.

Dann, ohne jede Vorwarnung, kam der Tag und die Stunde, da die Nebel des magischen Zwangs beiseitegefegt wurden. Ben schlief, dann war er wach, und einen Augenblick später war es,

als hätten diese Nebel niemals existiert, obgleich die Höhle und der Bereich der Strafkompanie so grauenhaft real wie eh und je vor ihm standen, als er die Augen aufschlug.
Mit freiem Geist und als Herr seiner Sinne durfte Ben aufstehen. Zwei nüchtern dreinblickende Weißhände standen neben seiner Pritsche. Sie hielten Fackeln in den Händen, und er mußte ob des ungewohnten Lichtes blinzeln. Ein großes graues Kampftier kauerte in der Nähe, eine katzenartige Kreatur, größer als ein Mensch, die Ben jetzt mit intelligent klingender Stimme warnend entgegenknurrte.
Eine weitere Gestalt, ein Mensch, stand neben der Bestie. Es war eine reale Gestalt, jemand, den Ben in seinen Träumen nie gesehen hatte.
Aber es war nicht Ariane, die jetzt zu ihm gekommen war.
Radulescu.

»Ben aus Purkinje, so sehen wir uns wieder. Schweig still!«
Der Befehl am Ende war ganz und gar unnötig. Der Offizier sah es und lächelte matt. Dann machte er eine Gebärde, und einer der Fackelträger setzte sich gehorsam in Bewegung und zeigte Ben den Weg. Ben folgte ihm automatisch, und dabei dachte er, daß Radulescu gut aussehe, wohlgenährt und gesund. Sein kleiner Bart war sauber getrimmt, Kleidung und Körper waren ebenfalls sauber. Bevor Radulescu sich ihm anschloß, hatte Ben Gelegenheit, ein Schwert an seinem Gürtel zu sehen. War es nicht dasjenige, das er einst draußen vor der Höhle zu ziehen versucht hatte? Anscheinend trug er auch denselben blau-goldenen Offiziersmantel wie damals. Heute allerdings war er trocken, und die Kapuze hing auf dem Rücken. Allem Wichtigeren zum Trotz spürte Ben augenblicklich, in welchem Kontrast er selbst zu all dem stehen mußte – so, wie er sich fühlte, wie er roch und wie er aussah.
Er hatte jetzt einen klaren Kopf, und er war vollständig Herr seines Körpers und seiner Gedanken. Aber das Kampftier schnüffelte an seinen Fersen, während er marschierte, und so

war er eigentlich nicht freier als zuvor. Es sei denn, er hätte die Sache schnell zu Ende bringen wollen, bevor Radulescu mit seinem Verhör und seiner Rache beginnen konnte. Aber nein, es war unwahrscheinlich, daß die Bestie ihn schnell töten würde, wenn es ihr nicht befohlen war. Kampftiere waren intelligent genug, um auch fein abgestuften Befehlen entsprechen zu können.

Sie waren etwa hundert Meter weit gekommen, als sie zu Bens gelinder Überraschung auf Mitspieler und Doon trafen. Die beiden sahen genauso schäbig aus, wie Ben sich fühlte. Sie wurden gleichfalls bewacht, und offensichtlich hatten sie Ben und Radulescu hier erwartet. Eine zweite Kampfbestie und zwei weitere Weißhände waren bei ihnen. Das Fackellicht war hier hell genug, so daß Ben in einiger Entfernung die Wand sehen konnte, die von der sich in weitem Bogen herabsenkenden Höhlendecke gebildet wurde. Es sah aus, als sei es die Stelle, an der man sie gefangengenommen hatte – doch vielleicht sah diese Höhle ja an mehreren Enden so aus.

Als Ben die Wartenden erreicht hatte, befahl man ihm stehenzubleiben. Er gehorchte. Dann schrak er zusammen, und mit gemischten Gefühlen sah er, daß auch Mark und Ariane in der Nähe warteten. Sie saßen dort, wo eben noch der Schatten eines leeren Bettes gewesen war und jetzt eine Fackel den Boden bestrahlte. Sie blickten auf, als seien sie froh, ihn zu sehen, aber sie sagten nichts. In Marks vertrautem Blick las Ben, daß es Neuigkeiten gab – etwas von Wichtigkeit, das aber vorläufig nicht verraten werden konnte. Im Augenblick war es aber ratsam, sich dumm zu stellen.

Und dort, in einem anderen Schatten, saß Dmitry, und auch Willem und Daghur waren da. Jetzt glaubte Ben zu verstehen. Doons gesamte Truppe wurde in ein Spezialgefängnis überführt. Ihr Eindringen war ziemlich erfolgreich gewesen, und er, Ben, war darin verwickelt. Jetzt würden die Priester eine Untersuchung der Angelegenheit durchführen.

Im Augenblick empfand er alles, was ihn der Grundausbildung enthob, als eine Erleichterung.

Was kam jetzt? Ben sah sich um und begriff, daß Radulescu dabei war, die Weißhände fortzuschicken, alle vier.
»Ich komme jetzt sehr wohl allein zurecht. Ich habe ja die Tiere.«
Einer der fahlen Wärter machte ein besorgtes Gesicht.
»Aber Herr...«
»Du hast meinen Befehl gehört.«
»Jawohl, Herr.«
Die Kampfbestien schien es nicht länger danach zu gelüsten, augenblicklich über Ben herzufallen. So wagte er einen vorsichtigen Schritt, der ihn so nah an Ariane heranbrachte, daß er ihr zuflüstern konnte: »Geht es dir gut?«
»Einigermaßen«, flüsterte sie zurück. Er fand, ihr Tonfall klang munterer, als er es mit Fug und Recht hätte sein dürfen – so, als kenne sie ein ermutigendes Geheimnis. Vielleicht aber, dachte er, war sie auch noch nicht bei Sinnen.
»Und wie geht es dir?« fragte sie. Die Art, wie sie die Frage stellte, ließ erkennen, daß ihr an der Antwort etwas gelegen war.
Ben überlegte, wie es ihm gehe. Er betastete seinen struppigen Bart und strich sein strähniges Haar zurück. Er war in einem erbärmlichen Zustand, hungrig und müde, aber im wesentlichen fühlte er sich immer noch einsatzfähig. »Bei Ardneh, wie lange sind wir schon hier?«
»Seit vielen Tagen.« Ihre Stimme klang immer noch lebhaft.
»Seit wie vielen Tagen?«
Jetzt verstand sie, wie er die Frage gemeint hatte. »Nein, es waren nur Tage, nicht Monate oder Jahre. So lange hätte es dauern können. Es hätte tatsächlich so lange gedauert, wenn nicht...«
Ariana brach ab, aber sie wirkte zufrieden. Sie lächelte leise und sah an Ben vorbei. Radulescu kam mit einer Fackel in der Hand heran. Hinter ihm verschwanden die vier Weißhände mit den restlichen Fackeln in der Dunkelheit. Sie kehrten in die Mitte der Höhle zurück.
Mit einer Handbewegung befahl Radulescu seinen beiden

Kampftieren, sich niederzulegen. Er bedachte Ariane mit einem schiefen Grinsen, deutete auf Ben und meinte: »Da ist er.«
»Danke«, antwortete sie ruhig. Sie stand auf und strich sich mechanisch über ihre verschmutzte Hose, als wolle sie sie ausbürsten. »Jetzt können wir weitergehen.«

Ben, der als letzter befreit worden war, brauchte noch ein paar Augenblicke, um seine Verwirrung zu überwinden. Er verstand nicht, was hier geschah, bis Doon nach einer kurzen Unterredung mit Radulescu wieder begann, in seiner altbekannten, feurigen Art auf seine Leute einzureden.
»Wieso macht ihr alle so verblüffte Gesichter? Wieso? Glaubt ihr, ich sei so töricht, zu einem Ort wie diesem zu kommen, um mir einen Schatz zu holen, ohne daß auf dem Wege mit Hilfe zu rechnen wäre? Eine solche Gefahr zu laufen, müßte ich so dumm wie ihr sein! Seit über einem Jahr plant der Oberst zusammen mit mir, wie man den Hort berauben könnte. Er kann natürlich allein hereinkommen, aber er kann die kostbare Fracht nicht wieder hinausbringen.«
Während Doon noch redete, hockte er sich nieder und wickelte ein großes Bündel aus, das Ben erst jetzt bemerkt hatte. Es hatte zu Radulescus Füßen gelegen. Es waren Waffen darin, wie Ben benommen sah, außerdem ihre Packsäcke und auch die Lampen. Die Leute drängten sich um das Bündel und nahmen sich, was ihnen gehörte.
Ben trat einen Schritt vor, und da stand Radulescu vor ihm und hielt ihm ein Schwert entgegen... Es war unglaublich: Der Offizier gab ihm Drachenstecher zurück.
»Weißt du, ich würde mich nicht so bereitwillig davon trennen, wenn ich nicht wüßte, daß dort unten noch Besseres liegt«, erklärte Radulescu. »Außerdem sind wir beide jetzt Kameraden und Partner.« Es klang fast, als glaube Radulescu selbst, was er sagte. »Wir machen schließlich gemeinsame Sache.«
»Ja.« Ben schluckte. »Das scheint mir auch so. Ich hatte übrigens nicht die Absicht, Euch zu verletzen, damals, als ich Euch

in die Höhle hinein- und die Treppe hinunterstieß. Es war nur... ich mußte eben weg.«
Der Offizier nickte. »Ich sehe ein, daß es notwendig war – von deinem Standpunkt aus, meine ich. Nun, ich trage dir nichts nach.« Aber immer noch redete ein Offizier mit einem gemeinen Soldaten, dachte Ben. Die Hand hatte er ihm nicht gereicht.
Doon, der mit Wegfinder in den Händen wieder groß und gesund aussah, erprobte die Kräfte der Klinge. Er beriet sich kurz mit Mitspieler. Vermutlich ließ er sich bestätigen, daß er die echte Waffe in Händen hielt, nicht etwa ein neues Phantom.
Dann wandte sich der Baron an Radulescu, und in seiner Stimme schwang ein Unterton seines alten Mißtrauens, als er den Offizier fragte, weshalb er ihn nicht wegen der Stufenfalle am Rande des Rades gewarnt habe. »Ich habe dort einen Mann verloren, und beinahe hätte diese Falle mich in die Unterwelt geschleudert – in mehr als einer Hinsicht. Ich verstehe, weshalb ich das Zauberwort für das magische Siegel nicht erfahren konnte. Es liegt auf der Hand, daß man es geändert hatte, und Ihr hattet keine Gelegenheit, mir das neue zu verraten. Aber diese Stufe...«
Radulescu unterbrach ihn mit einer gebieterischen Handbewegung. »Selbstverständlich hätte ich Euch vor jeder einzelnen Falle gewarnt, wenn wir unsere letzte Zusammenkunft hätten abhalten können, wie wir es geplant hatten. Aber den größten Teil der letzten drei Monate habe ich mehr oder weniger unter Hausarrest verbracht. Ich konnte nicht hoffen, Euch eine Nachricht zukommen zu lassen. Es wäre Selbstmord gewesen, hätte ich es versucht.«
Doon nickte. »Das hatte ich gehofft. Ich meine, ich hatte gehofft, daß Euch nichts Schlimmeres zugestoßen sein möge. Als der Bursche hier mir den Namen des Offiziers nannte, den er in die obere Höhle gestoßen hatte, nun... aber selbst da konnte ich mich nicht dazu durchringen, den Versuch aufzugeben. Nicht ernstlich.

»Das hatte ich auch nicht angenommen. Ich war nicht sonderlich überrascht, als ich Euch fand, wo ich Euch gefunden habe.«
Plötzlich schaute Doon den Offizier noch durchdringender an.
»Was habt Ihr denn jetzt hier unten zu tun?«
Der andere lachte leise. »Na, ich lasse mir natürlich neue Wege einfallen, wie der Hort noch besser zu sichern ist, was glaubt Ihr? Der Vorsitzende hat mir aufgetragen, mich eine Zeitlang hier unten umzusehen und das Problem gründlich zu studieren. Nach einer ausführlichen Untersuchung sieht er es als erwiesen an, daß Ben aus Purkinje und ich nicht in eine räuberische Verschwörung verwickelt gewesen waren – ergo, daß ich in überhaupt keine Verschwörung verwickelt bin. Infolgedessen bin ich unter allen Offizieren, denen er vertraut, derjenige, dessen Unschuldsbeweis noch der frischeste ist. Nochmals ergo: Mir kann man eine solche Aufgabe anvertrauen. Hyrcanus will Resultate sehen. Er hat mich buchstäblich auf Bewährung gesetzt, bis ich ihm eine Liste mit echten Verbesserungen des Sicherheitssystems präsentiere. Vielleicht lasse ich ihm eine da, wenn wir von hier verschwinden.« Jetzt war Radulescu an der Reihe, unverhofft eine bohrende Frage zu stellen. »Habt Ihr eine Möglichkeit, den Schatz fortzuschaffen? Habt Ihr ein Schiff mitgebracht?«
»Wir haben ein Schiff. Es erwartet uns, magisch verborgen – so hoffe ich.« Doon warf Mitspieler einen Blick zu. »Nein, ich bin sicher, daß es da sein wird. Aber wenn wir das Gold auf dem Rücken von der untersten Ebene durch alle sechs Siegel nach oben schleppen sollen, dann weiß ich nicht, wieviel...«
Radulescu lächelte geheimnisvoll. »Was das betrifft, so finden wir sicher einen besseren Weg, wenn wir erst unten angekommen sind.«
Ben fragte sich, was damit gemeint sein mochte. Er wechselte einen Blick mit Mark. Aber weiter konnten sie den Dialog nicht verfolgen. Die beiden Anführer hatten sich abgewandt, um sich vertraulich weiter bereden zu können.
Ben seufzte. Er sah, daß Dmitry und sein Vater einander wütend anstarrten, und er sah, wie Willem und Daghpur ki-

chernd beieinandersaßen und darauf warteten, daß man ihnen sagte, was sie als nächstes tun sollten, damit sie sodann versuchen könnten, darüber ihre Witze zu reißen.

15

Wieder bewaffnet und mit leuchtenden Lampen zogen sie weiter, und die beiden Kampftiere trotteten friedfertig neben ihnen her. Mark war jetzt sicher, daß sie sich auf dem Weg befanden, der sie beim erstenmal in die Gefangenschaft geführt hatte. Sie kamen rasch voran. Beim Aufbruch hatten sie sich in kleine Gruppen aufgespalten, aber sie waren gleichwohl vereint durch den Wunsch, diese Ebene der Höhle hinter sich zu lassen, bevor Benambra oder sonst jemand bemerkte, daß sie wieder entkommen waren. Radulescu hatte ihnen gesagt, es gäbe einen guten Rastplatz nicht weit hinter dem Eingang zur nächsten Ebene. Sie würden ihn bald erreichen, und er liege noch vor der Gegend, in der man gewöhnlich den Dämon antraf.
In hastigem Gespräch mit Ben und Ariane hatte Mark bald erfahren, daß sie während der Gefangenschaft im großen und ganzen die gleichen Erfahrungen gemacht hatten wie er: Von Drogen und Magie benebelt, hatten sie exerziert und marschiert. In der Erinnerung an die Gefangennahme erörterten sie, was sie wohl hätten tun können, um sie zu vermeiden, aber keiner von ihnen hatte einen Einfall, der tatsächlich brauchbar gewesen wäre.
»Wenigstens haben wir jetzt einen Führer mit Erfahrung«, flüsterte Mark, zu Ben gewandt, der neben ihm ging.
»Ja. Und vertrauenswürdig ist er auch – zumindest, solange er uns braucht.« Ben schwieg einen Moment lang. »Lieber hätte er mich eben wohl gelassen, wo ich war.« Er sah Ariane an, die an seiner anderen Seite marschierte. »Ich danke dir, daß du dich geweigert hast, weiterzugehen, bevor ich befreit war. Das hast du doch getan, nicht wahr?«

»Für mich hat sie es auch getan«, setzte Mark hinzu, »und ich danke ihr noch einmal dafür. Weißt du, Ben, im Grunde werden wir beide bei diesem Teil des Unternehmens nicht mehr gebraucht – es sei denn, Doons Schwert hätte noch einmal auf uns gedeutet, bevor er es verlor... Wie auch immer, vermutlich haben sie sich gedacht, wir könnten ihnen noch als Schatzträger von Nutzen sein und notfalls auch unsere Waffen benutzen. Aber die junge Dame hier brauchen sie auf jeden Fall, und zwar so dringend, daß sie uns mitgenommen haben, nur um sie bei Laune zu halten. Sie unternehmen alles, um sie zur Mitarbeit zu bewegen. Und sie schienen sehr erleichtert zu sein, als Mitspielers Magie ihnen die Bestätigung gab, daß sie noch eine Jungfrau ist.«
»Sie glauben eben immer noch, daß ich über Kräfte verfüge, die ihnen irgendwie hilfreich sein werden«, bemerkte Ariane. Dann sah sie die beiden nachdenklich an. »Vielleicht werdet ihr mir euren Dank noch in anderer Weise abstatten müssen, bevor wir dieses Unternehmen hinter uns haben.«
»Dann werden wir es tun«, versprach Ben und nahm für einen Augenblick ihre Hand in die seine.
Jetzt zogen sie unter den hohen Steinsimsen hindurch, auf denen diesmal kein Hinterhalt auf sie wartete. Die Wände des Ganges rückten zusammen, und der Boden neigte sich. Sie hatten eine Gegend erreicht, in der sich niemand außer Radulescu auskannte. Donn hatte Wegfinder gezogen und benutzte die Klinge, um sich von der Richtigkeit des Weges zu überzeugen. Offensichtlich wollte er sich nicht blindlings der Führung des Priester-Offiziers anvertrauen.
Der Gang wurde immer steiler, und schließlich verwandelte sich der Boden in eine Treppe. Kleine Gasflammen, die in regelmäßigen Abständen im säuberlich geglätteten Mauerwerk der Wände brannten, spendeten genügend Licht. Mark fand, daß es hier fast so aussah, als befänden sie sich in einer Festung oder einer militärischen Anlage an der Erdoberfläche. Die Wände hier waren anders bearbeitet als die im Labyrinth oder in den anderen oberen Regionen des Höhlenkomplexes.

Aber es gab natürlich keinen Grund, anzunehmen, daß die gesamte Anlage zur selben Zeit oder unter der Leitung eines einzelnen Planers aus dem Stein gehauen oder ausgemauert worden war.

Die Treppe erstreckte sich über vierzig oder fünfzig Meter und führte großenteils in einer weiten, gleichmäßigen Kurve abwärts. An ihrem Fuße begann ein geradliniger Gang, der sich nach vierzig oder fünfzig Metern teilte. Mit einer knappen Geste geleitete Radulescu sie nach rechts.

Doons Schwert hatte offensichtlich die andere Richtung gewiesen, denn anstatt abzubiegen, blieb er stehen und sah den anderen fragend an.

»Der Ruheplatz liegt dort«, erklärte Radulescu geduldig. »Wenn ich euch ansehe, glaube ich, ihr alle könntet eine kurze Rast gebrauchen.«

Die rechte Abzweigung führte durch einen engen Durchgang in eine roh ausgehauene Höhlenkammer von vielleicht fünfzehn Metern Breite und zwanzig Metern Tiefe. Unregelmäßig verstreut liegende Felsbrocken säumten die Wände, der Boden in der Mitte war frei und sandig, und die Decke fiel zu den Seiten hin ab. Mark hörte Wassergeplätscher. Als er den Schein seiner Lampe in den hinteren Teil der Kammer lenkte, sah er einen kleinen Teich. Er wurde von einem Rinnsal gespeist, das einem Spalt oben in den Felsen entsprang und an der anderen Seite der Höhle gurgelnd abfloß. Wahrscheinlich war es derselbe Bach, dem sie schon in den oberen Ebenen des Komplexes begegnet waren.

Die Kampftiere trotteten ohne Umschweife zu dem Teich und begannen durstig das Wasser aufzulecken. Die Menschen hielten sich vorläufig zurück und sahen wortlos zu, wie Mitspieler an den Rand des Wassers trat. Er berührte es, kostete davon und trank schließlich ein paar Schlucke. Gleich darauf beugten sich alle außer Radulescu über den Tümpel. Sie tranken, füllten ihre Wasserflaschen und wuschen sich, so gut es ging. Mark wollte sich die letzten Reste des Abfallgeschmacks, den die Messeverpflegung hinterlassen hatte, aus dem Mund spülen.

Nachdem er etwas getrunken hatte, wusch Mitspieler sich sparsam. Wenige Augenblicke später lag er lang ausgestreckt auf dem Boden und schlief tief und fest. Sein Kopf ruhte auf dem Packsack wie auf einem Kissen. Im Schlaf trug sein Gesicht den Ausdruck tiefster Erschöpfung, ähnlich dem, den Indosuarus in seinen letzten Stunden gezeigt hatte. Mark überlegte eine Zeitlang, welcher Art von Grundausbildung man wohl einem gefangenen Magier in der Garnison würde angedeihen lassen, aber er kam zu keinem Ergebnis und gab bald auf.
Jetzt waren alle damit beschäftigt, ihre Packsäcke zu öffnen und nach Proviant zu durchwühlen. Anscheinend war weder etwas gestohlen noch etwas verdorben. Für Menschen, die viele Tage lang von Gefangenenkost hatten leben müssen, waren die kargen Feldrationen wie ein Bankett. Dmitry, der kein Gepäck hatte, durchstöberte das seines Vaters, mit geschickter Sorgfalt darauf achtend, den Schlafenden nicht zu stören. Er teilte widerwillig seine Beute mit Daghur und Willem.
Mark, der auf einem Stein saß und Dörrobst kaute, merkte plötzlich, daß er dem Offizier in die Augen starrte. Radulescu, der nicht weit von ihm hockte, gab sich geduldig – ganz wie ein Mann, der seine Herde saufen und grasen ließ, bevor er sie schließlich weiterpeitschte, fand Mark.
Einem Impuls gehorchend, fragte Mark den Priester-Offizier unvermittelt: »Was hat Euch eigentlich veranlaßt, zu rauben, was Ihr bewachen sollt, und Euch mit dem Baron zu verbünden?«
Wahrscheinlich war Radulescu überrascht von dem, was ihm wie eine ungeheuerliche Dreistigkeit erscheinen mußte. Aber er ließ sich nichts anmerken und antwortete ohne langes Zögern. »Hast du Benambra gesehen?«
»Jah. Er hat die Weißhände angeführt, die uns gefangennahmen.«
»Nun, ich habe ihn auch gesehen. Als ich ihn vor einem Jahr zum ersten Mal sah, habe ich mich dazu entschlossen, das zu rauben, was ich bewachen sollte. Ich habe gesehen, was ich zu erwarten habe, wenn ich pflichtbewußt wie ein guter Offizier

arbeite, wenn ich klug, hingebungsvoll und fanatisch genug bin, um mit einigem Glück an die Spitze der Blautempler-Hierarchie zu gelangen.«

Die Rast dauerte länger, als die beiden Anführer geplant hatten. Nach einer Weile begannen Doon und Radulescu zu seufzen. Sie wurden unruhig und wanderten nervös hin und her. Aber Mitspieler schlief weiter tief und fest. Als Doon in das Gesicht des Zauberers geblickt hatte, beschloß er, ihn nicht zu wecken, obwohl der Oberst ihn drängte. Die übrigen waren derweilen nur zu gern bereit, die Rastzeit, die ihnen gewährt wurde, zu nutzen.
Als Mitspieler schließlich doch erwachte, geschah dies ganz unvermittelt und vielleicht auch von allein. Mark allerdings, der es zufällig sah, hatte den Eindruck, als habe eine unsichtbare Macht dem Zauberer etwas ins Ohr geflüstert. Der Mann richtete sich auf und war sofort hellwach. Sein erster, recht grimmiger Blick galt seinem Sohn. Dann betrachtete er Ariane mit einem merkwürdigen Gesichtsausdruck.
Mitspieler stand auf und wandte sich sogleich an Radulescu.
»Wißt Ihr das Zauberwort, das uns an dem Dämonen vorbeibringt?«
»Natürlich weiß ich es. Ich wäre nicht in die Höhlen herabgekommen, wenn ich es nicht wüßte.«
»Und Ihr seid sicher, daß man es nicht geändert hat, seit Ihr hier unten seid? Hyrcanus kann es von oben aus jederzeit ändern, nicht wahr?«
Radulescu runzelte die Stirn, als er dies hörte. »Selbstverständlich kann er es, aber er wird es nicht tun, denn er weiß, daß ich hier unten bin. Wenn er sich meiner entledigen wollte, würde er es gewiß nicht auf diese Weise tun.«
»Da bin ich nicht so sicher.« Mitspieler schaute den Offizier nachdenklich an. »Die Weißhände brauchen natürlich keine Parole.«
»Natürlich nicht. Der Dämon ist magisch darauf abgerichtet, ihr Kommen und Gehen zu ignorieren. Die einzigen, die eine

Parole brauchen, sind normale menschliche Besucher.« Radulescu lächelte. »Wie wir.«
Mitspieler seufzte und schien seinen Verdruß aufzugeben. »Nun, wie dem auch sei, laßt uns weiterziehen.«
Wenige Augenblicke später hatten alle ihre Besitztümer eingepackt und sich wieder in Bewegung gesetzt. Jetzt brannten die Lampen, denn Radulescu hatte sie gewarnt, daß es gleich sehr finster werden würde. Mark verspürte Unbehagen bei dem Gedanken, daß er demnächst zum erstenmal einem Dämon gegenübertreten sollte, auch wenn er im Grunde volles Vertrauen zu Radulescus magischem Schutz besaß.
Sie hatten die Ruhekammer eben erst verlassen und die Gabelung des Ganges passiert, als von der oberen Ebene ein schwacher Laut wie ein ferner Schrei zu ihnen herunterwehte.
Die beiden Anführer berieten sich murmelnd, doch dann setzten sie den Marsch fort, ohne den Schrei weiter zu beachten.
Ben fragte Mark: »Was war das? Ein Alarm?«
»Wenn es einer war, dann sind wir jetzt daran vorbei. Ebensogut können wir also weitergehen.«
»Aber wenn sie dort oben nach uns suchen, werden wir in Schwierigkeiten geraten, wenn wir zurückwollen.«
Radulescu hatte Bens Befürchtungen gehört und drehte sich mit beruhigender Miene nach ihm um. »Es gibt andere Wege. Ich kenne diese Höhlen – vorwärts, rückwärts, in- und auswendig.«
»Aber vielleicht hat inzwischen außer Euch noch jemand herausgefunden, daß der Drache nicht mehr da ist. Außerdem ist der Stein vor dem Eingang behext, damit man ihn von innen beiseiteschieben kann.«
Der Oberst runzelte die Stirn. Er verlangsamte seinen Schritt für einen Augenblick, damit die beiden ihn einholen konnten. »Natürlich habe ich alles das bemerkt. Deshalb war ich ja sicher, daß ich euch alle hier unten irgendwo finden würde. Aber ich war allein. Oben gibt es keine regelmäßigen Patrouillen. Hyrcanus schlummert wie immer in gesegneter Ahnungslosigkeit. Und Benambra – wenn man ihm überhaupt gemeldet

hat, daß ich euch mitgenommen habe, wird denken, ich hätte euch irgendwo hingeführt, um euch zu verhören. Er ist nicht von gestern, aber er wird vorläufig genug damit zu tun haben, den Feldmarschall und seine munteren Männer zu disziplinieren – oder es wenigstens zu versuchen. Glaubt mir, ich weiß, wie es hier zugeht.«

Die Kolonne kam unterdessen langsamer voran, denn die Führer ließen jetzt mehr Vorsicht walten. Der Tunnel, dem sie folgten, öffnete sich plötzlich nach oben und zur Seite hin und wurde zu einem bloßen Sims, das sich an einer unterirdischen Felswand entlangzog. Die glatte Wand stieg hier etwa zehn Meter senkrecht an und wurde immer höher, während der Pfad, auf dem sie gingen, sie allmählich bergab führte.

Der Rand des gewundenen Pfades war durch eine kniehohe Steinmauer gesichert. Jenseits dieser Mauer ging es steil hinunter in die trostlose Finsternis einer trockenen Schlucht. Die Schlucht war nur wenige Meter breit, und auf der anderen Seite stieg ein zweiter Steilhang der Decke entgegen. Die beiden Steilhänge waren von herabgestürzten Felsbrocken übersät. Mark erwartete wieder, Gebeine dazwischen zu finden, aber er entdeckte etwas anderes. Als er seinen Lichtkegel auf das seltsame Objekt richtete, sah er, daß es entweder eine groteske Puppe oder ein menschlicher Körper war, der mit Kleidern und allem, was dazugehörte, auf die Größe eines ausgemergelten Kindes zusammengeschrumpft war. Aber die Gestalt war bärtig wie ein alter Mann gewesen.

»Eines von Dactylarthas Opfern«, sagte Ariane, die neben Mark ging. Ihre Stimme klang eher verträumt als ängstlich.

»Dactylartha?«

»Der Name des Dämons.«

»Woher weißt du das?«

Sie antwortete nicht. Die beiden Kampfbestien zeigten jetzt Unbehagen. Sie stöberten vor den Menschen her und blieben dann ein Stück zurück. Immer wieder mußte Radulescu sie rufen, damit sie an seiner Seite blieben.

Die Luft roch sonderbar in dieser Höhle, fand Mark. Nein, es

war weniger ein Geruch als viel mehr ein Gefühl – so, als sei es ungemütlich warm. Oder kalt...?
»Läßt er seine Opfer so liegen?«
»Manche Dämonen tun das. Andere... tun andere Dinge, vielleicht noch häßlichere.« Ihre geistesabwesende Stimme beunruhigte ihn.
»Was weißt du von Dämonen? Wo bist du schon einem begegnet?« Diese Frage kam von Ben.
Wieder antwortete Ariane nicht. Sie ging weiter, mit sicheren und gewandten Bewegungen, aber dennoch so, als sei sie in Trance verfallen. Mark und Ben wechselten einen hilflosen Blick hinter ihrem Rücken.
Das Gefühl von... Verkehrtheit... in der Luft wurde stärker. Mark hatte schon gehört, daß Dämonen auf diese Weise ihre Nähe kundzutun pflegten, aber gefühlt hatte er es noch nie. Er schaute sich nach den anderen um und sah, daß es sie jetzt offenbar auch störte, alle mit Ausnahme von Radulescu, der daran vielleicht gewöhnt war, und womöglich auch Doon, dessen Stolz es wohl nicht gestattete, daß er sich seine Übelkeit anmerken ließ. Sogar Mitspieler, der sich wahrscheinlich bis zu einem gewissen Grad dagegen wehren konnte, war blasser als zuvor.
Dann blieb der Offizier stehen und drehte sich um. Er hob die Hand und gebot den anderen, die ihm jetzt im Abstand von wenigen Schritten folgten, ebenfalls anzuhalten. »Zauberer, Ihr kommt zu mir nach vorn, wenn es Euch recht ist – für den Fall, daß es, wie Ihr ja zu bedenken gabt, Schwierigkeiten mit der Parole geben sollte.«
»Weshalb sollte so etwas geschehen?« wollte Doon wissen.
Zweifellos hätte Radulescu diese Frage nur zu gern übergangen, aber er wußte, daß es keinen Sinn haben würde. »Ich weiß es nicht. Für alle Fälle. Ihr übrigen wartet hier. Kobold, mein Junge, komm mit mir.« Die letzte Aufforderung richtete sich an das grauere, größere der beiden Kampftiere, das auf diesen Befehl hin zu winseln begann, aber dennoch widerwillig gehorchte.

Sieben Menschen und ein Kampftier blieben zurück, als Radulescu, Mitspieler und Kobold weitergingen und hinter der nächsten Wölbung des Kliffs verschwanden. Mark wußte nicht recht, was er als nächstes erwartete, aber was dann geschah, überraschte ihn. Es begann mit einem Feuerwerk aus bunten Lichtern, die auf der gegenüberliegenden Höhlenwand dreißig Meter jenseits der Schlucht spielten.
Zu hören war im ersten Augenblick wenig. Dann erklangen ein paar unverständliche Worte. Es war Radulescus Stimme. Es folgte ein grauenerregender, rollender Baß und menschliche und tierische Schreie.
Das Tier kehrte nicht zurück, aber die beiden Männer tauchten plötzlich wieder auf: Mit wirbelnden Armen stolperten sie in panischer Hast den Pfad entlang auf die Wartenden zu. Einmal drehte Mitspieler sich um und gestikulierte, als schleudere er mit seinen Fingerspitzen unsichtbare Waffen hinter sich.
Die Wartenden bedurften keiner Aufforderung, keiner ausdrücklichen Warnung. Sie drehten sich um und nahmen die Beine in die Hand. Ben zog Ariane hinter sich her. Sie schrie und schien sich einen Moment lang zu sträuben. Mark warf noch einen letzten Blick über die Schulter und sah, wie Mitspieler mit seinen Gebärden einen Dunst von Magie über den Weg herabsenkte und dann zusammen mit Radulescu ebenfalls die Flucht ergriff. Hinter den beiden rennenden Männern konnte Mark die Gestalt des Dämons selbst erkennen. Er sah aus wie ein großer Mann in dunkler Rüstung. Das Merkwürdigste an diesem Anblick war, daß der felsige Pfad selbst sich unter den Schritten des Dämons zu strecken und zu biegen schien.
Doon, der wie immer selbstbewußt die Spitze übernommen hatte, hielt sein Schwert vor sich ausgestreckt. Mark war allerdings sicher, daß er im Augenblick nicht den Weg zum Schatz erfahren wollte, sondern den zu einem sicheren Schlupfwinkel.
»In die Höhle!« schrie jemand. Mark sah, wie Doon scharf nach links abbog und in die Kammer eilte, in der sie gerastet hatten. Die anderen hetzten in heilloser Flucht hinterdrein. Mark, der

Ben und Ariane auf dem Fuße folgte, war als letzter vor den beiden Magiern in der Kammer. Kurz bevor er durch den Eingang schlüpfen konnte, hätte das verbliebene Kampftier ihn beinahe über den Haufen geworfen. Es rannte, wahnsinnig vor Angst, quer über den Pfad, den Steilhang hinauf und hinunter. Mit knapper Not schlüpften die beiden Magier, atemlos keuchend, als letzte in die Höhlenkammer und warfen sich gleich hinter dem schmalen Eingang zu Boden. Sie zerrten magische Gerätschaften aus Ärmeln, Taschen und aus Mitspielers Packsack. Damit woben ihre vier Hände ein feines Netz aus Magie vor den Durchgang, dessen Substanz sich aus der Luft zu materialisieren schien. Sie vollendeten es keinen Augenblick zu früh. Schwere Schritte dröhnten draußen heran, und das übelkeiterregende, verquere Gefühl, das dem Dämon vorauswehte, schlich sich tückisch herein und griff nach ihnen allen. Aber der Druck blieb erträglich. »Wir sind in Sicherheit, allerdings nur vorläufig«, keuchte Mitspieler.

»Das Zauberwort«, stieß Radulescu hervor, »ist geändert worden.« Und er wühlte einen weiteren Gegenstand aus seiner Tasche hervor, als sei er ihm erst jetzt eingefallen, und verstärkte damit die Sicherung an der Tür. Der Durchgang war jetzt von etwas erfüllt, das aussah wie durchscheinendes Papier oder ein dünnes Tuch, aber es war offensichtlich haltbarer, als es zu sein schien. Dactylartha versuchte von außen etwas dagegen zu unternehmen, aber bis jetzt war er erfolglos geblieben.

»Ja, daran ist wohl nicht zu zweifeln«, erwiderte Doon eisig. »Also beabsichtigt Hyrcanus doch, Euch zu töten. Und das bedeutet, er weiß von der ganzen Verschwörung.«

Radulescu starrte ihn an. »Wir können trotzdem davonkommen, wenn das Schiff, das Ihr versprochen habt, tatsächlich auf uns wartet.«

»Und wenn es uns gelingt, aus dieser Kammer herauszukommen, ohne verschlungen zu werden. Aber sagt mir, Ihr, der Ihr diese Höhlen in- und auswendig kennt: Wie wollen wir das anstellen?«

Dem Oberst blieb es erspart, darauf antworten zu müssen – wenigstens vorläufig. Denn jetzt erhob der Dämon draußen vor der Tür seine Stimme, und jeder andere Laut wurde davon verschluckt. »Kommt heraus, ihr Menschen. Kommt heraus. Ein Paar Kampftiere, das ist ein karges Mahl, und ich bin hungrig. Mein Hunger schreit nach menschlichem Geist, nach menschlichem Fleisch.«

In der Kammer blieb es ein paar Augenblicke totenstill. Dann sagte Ariane mit ihrer Mädchenstimme: »Als ich klein war, lehrte man mich einmal einen Zauber der alten Weißen Magie.« Niemand würdigte sie einer Antwort. Aller Augen richteten sich auf den Zauberer und den Priester des Blauen Tempels.

Mitspieler seufzte leise. »Wir haben getan, was wir konnten, um die Tür zu versiegeln, aber es wird nicht lange genügen.« Er wandte sich an Doon und fuhr mit entschlossener Stimme fort. »Ich glaube, es ist jetzt Zeit.«

»Zeit wofür?« wollte Mark wissen.

Aber Doon wußte, wovon der Magier sprach, und bereitwillig begann er zu erklären.

»Das Versagen der Parole braucht nicht unbedingt verheerende Folgen zu haben. Mitspieler und ich – und Indosuarus – haben eine solche Möglichkeit in Betracht gezogen, lange bevor wir auch nur in die Nähe dieser Höhle kamen. Wir wußten, daß wir einen zweiten Weg brauchten, um an dem Dämon vorbeizukommen, falls der erste nicht gangbar sein sollte. Und Wegfinder hat ihn gefunden.«

Der Baron sah Ariane an, aber es war Mitspieler, an den sich seine Worte richteten. »Zauberer, seid Ihr bereit? Können wir es tun?«

Mitspieler antwortete in verändertem Tonfall. In seiner Rede klang Härte und Macht. »Ja, ich bin ziemlich sicher, daß wir es tun können. Sie ist nicht nur eine Jungfrau, sondern darüber hinaus auch die Tochter einer Königin. Ich habe mich dessen inzwischen vergewissert. Aber wir dürfen keine Zeit verlieren. Lange kann unser Schutzzauber diese Tür nicht versperren.«

Wie um diese Feststellung zu unterstreichen, fand draußen eine tobende, wenn auch gedämpfte Demonstration der dämonischen Macht statt. Das Licht, das durch die Öffnung hereinsickerte, veränderte sich, und Wut, Haß und dumpfes Toben quoll herein.
In der Kammer war es wieder still. Blicke gingen hin und her, Muskeln spannten sich jäh, Waffen klirrten leise.
Dann sprang Ariane mit einem plötzlichen Aufschrei hoch. »Sie wollen mich töten!« Die Angst in ihrer Stimme war, wie die sanfte Trauer vorhin, die eines kleinen Mädchens. Sie wich vor Doons Hand zurück, hastete quer durch die Kammer und flüchtete sich zwischen Mark und Ben.
»Was soll das heißen?« fragte Ben mit Donnerstimme, und wie Doon zückte er sein Schwert.
Die beiden standen einander auf dem Sandboden gegenüber. Doon lächelte ihn an. Jetzt, da die Klingen im Zorn aus den Scheiden gefahren waren, erschien der Baron weit munterer und gelassener als noch kurz zuvor.
Aber er hatte es nicht eilig damit, Ben anzugreifen. »Ich will dich nicht umbringen, mein Junge«, erklärte er mit ruhiger, sachlicher Stimme. »Hör zu – und auch du, Mark, wenn du auf seiner Seite stehst. Wir alle können jetzt zwichen zwei Dingen wählen. Erstens: Wir bleiben hier und warten, bis der Dämon zu uns hereinbricht. Es wird bald geschehen, und es bedeutet den Untergang für uns alle. Nein, Untergang ist kein gutes Wort dafür. Ihr habt ja dort draußen gesehen, was Dactylartha mit denen, die ihm in die Fänge geraten, zu tun pflegt. Was uns erwartet, ist schlimmer als der Tod, es sei denn, wir töteten einander vorher.
Aber es gibt eine zweite Möglichkeit, und diese ist es, die ich ergreifen werde, ich und die anderen. Wir werden jemanden opfern.« Bei diesen Worten erhoben die drei, die ihm gegenüberstanden, protestierend ihre Stimmen, aber Doon ließ sich nicht unterbrechen, sondern sprach mit größerer Lautstärke weiter.
»... nämlich die Tochter einer Königin, eine Jungfrau. Ihr

Opfertod, wenn er richtig vollzogen wird, bindet jeden Dämon für eine Weile. Zumindest diesen wird er binden, und zwar lange genug.
Wir anderen können dann ungehindert weiterziehen. Weiter zum Gold. Habt ihr das vergessen?«
An dieser Stelle schwieg der Baron wieder, lange genug, um sich davon zu überzeugen, daß die Stille unter denen, die ihm gegenüberstanden, hartnäckige Weigerung und nicht störrisches, allmählich zur Zustimmung neigendes Schwanken zu bedeuten hatte. »Ben, dein eigenes Mädchen draußen – hast du sie vergessen? Wofür entscheidest du dich: Für einen kleinen Laden mit ihr, dort draußen irgendwo? Oder willst du hundert Jahre in Dactylarthas Eingeweiden welken?
Und Mark – die Schwerter, die Sir Andrew so dringend braucht, sind dort unten, und sie warten auf uns. Wie vielen seines Volkes können sie das Leben retten? Du hast schon einmal getötet, um sie zu bekommen. Jetzt steht noch einmal ein kleines Leben zwischen dir und ihnen. Das Leben eines Menschen, den du kaum kennst... Hm?«
Noch einmal machte der Baron eine Pause. Als er weitersprach, klang seine Stimme immer noch ruhig. »Noch eines will ich euch sagen, bevor wir euch töten. Dieser Dämon ist das letzte Siegel, mit dem wir es zu tun haben... Denn es sind sechs, und das alte Lied sagt nicht die Wahrheit. Habe ich recht, Radulescu?«
Aber der Oberst erwählte sich ungeschickterweise ausgerechnet diesen Augenblick, um seine Offiziersautorität geltend zu machen. »Ihr drei, legt die Waffen nieder! Sofort!«
Natürlich achtete keiner auf ihn. Mark hatte schon einen Pfeil auf die Sehne gelegt; den Bogen zu spannen und zu schießen, wäre Augenblickssache gewesen. Mit dem ersten Pfeil, dachte er, muß ich Doon erwischen. Ich muß ihn treffen, und ich muß ihn genau treffen, bevor er auf Schwertlänge an uns herankommen kann. Keiner von uns ist ihm mit dem Schwert ebenbürtig, und keiner der anderen dort drüben ist auch nur halb so gefährlich wie er.

Mitspieler, der mit halberhobenen Händen vor ihm stand, gab einen unartikulierten Laut von sich. Er sah aus, als wolle er jeden Augenblick zusammenbrechen. Ein handfester Kampf in dieser Höhle würde lediglich die Barriere in der Tür schwächen, so daß der Dämon über sie herfallen würde. Dies, so schien es, hätte er ihnen allen zu bedenken gegeben, wenn er klare Worte hätte hervorbringen können.
Wieder regte sich der Dämon draußen. Mark hörte und fühlte, daß er um den Eingang herumstrich – wie ein übler Wind, wie ein bösartiger Hund, wie ein Jäger, der zurückgekehrt war.
Endlich fand Mitspieler die Sprache wieder. »Mark, laß deinen Bogen sinken. Bringe deinen Freund zur Vernunft.«
Mark hatte unterdessen bemerkt, daß Dmitry, der keine Wurf- oder Schußwaffe besaß, einen Stein in die Hand genommen hatte und sich anschickte, damit zu werfen. Mitspielers Sohn schaute Mark quer durch die Höhle hindurch an. Vielleicht war er gerissen genug, Marks Gedanken über den bevorstehenden Kampf nachzuvollziehen und den Plan noch einen Schritt weiter zu führen. Wenn die drei Rebellen ohne große Verluste für die andere Seite zum Schweigen gebracht werden sollten, dann mußte Mark daran gehindert werden, Doon in den ersten Augenblicken des Kampfes zu erschießen. Dmitry, bereit, mit seinem Stein den ersten Angriff zu führen, hatte sich weise hinter einem größeren Felsblock in Deckung gebracht...
Willem und Daghur waren spurlos verschwunden, aber Mark bezweifelte, daß sie von den Flanken her angreifen würden, ja, er bezweifelte, daß die Abmessungen der Kammer solche Manöver überhaupt gestatteten.
Später vermochte Mark nicht mehr zu sagen, wessen plötzliche Bewegung den Kampf tatsächlich ausgelöst hatte. In einem Augenblick standen sie alle da wie Statuen, umkränzt vom Licht der Lampen auf ihren Köpfen, und im nächsten war alles wirbelnde Bewegung.
Mark ließ den Pfeil losschwirren. Er zielte auf Doon, aber er verfehlte ihn: Dmitrys Stein, mit unerwarteter Schnelligkeit und Geschicklichkeit geschleudert, traf zwar nicht Mark, aber

den Bogen in seinen Händen, und der Pfeil flog weit neben seinem Ziel gegen einen Felsen und zersplitterte dort.
Einige der Lampen verloschen, andere blitzten erst jetzt auf, und die Lichtkegel tanzten wie verrückt in der Kammer umher, während fast jeder eine andere Taktik anwandte. Es hatte jetzt keinen Sinn mehr, den Bogen zu benutzen, und so warf Mark ihn mitsamt dem Köcher zu Boden. Seinen Packsack hatte er bereits vom Rücken gleiten lassen. Er löschte sein eigenes Licht, zog sein langes Messer aus dem Gürtel und kauerte sich abwartend nieder.
Dunkelheit eroberte die Höhle, als alle anderen sich nach und nach ebenfalls für diese Taktik entschieden. Mark glaubte nicht weit rechts neben sich Arianes Schleuder zu hören. Sie schwirrte leise, ein- oder zweimal, und entlud sich dann mit hoher Geschwindigkeit. Aber in dem leisen Stakkato der umherhuschenden Laute in der Höhle war das Resultat des Wurfes nicht auszumachen.
Jetzt war die Dunkelheit vollständig. Nur von der belagerten Tür sickerte mattes Licht herein. Der Dämon draußen grollte in seiner Wut und versuchte, den Zauberbann zu durchbrechen. In der Kammer hörte man das unablässige Klicken kleiner Steine, die von leisen Sohlen und verstohlen kriechenden Knien kurz bewegt wurden. Einige wechselten ihre Stellung, andere warteten und lauschten. Doons Gefolgschaft würde versuchen, Ariane in die Hände zu bekommen. Sie hatte Ben als Verteidiger zu ihrer Rechten, Mark zur Linken. Und sie selbst, mochte ihre Stimme auch manchmal klingen wie die eines Kindes, war alles andere als ein scheues, hilfloses...
Mark schrak zusammen, als plötzlich Mitspielers Stimme laut hallend durch die Finsternis brüllte: »Hört auf damit, ihr Narren! Alle!« Es folgte eine kurze Pause, dann erscholl noch einmal die Stimme des Magiers, jetzt noch lauter. »Ben, Mark, ist es denn nicht besser, wenn einer stirbt, als...«
Er brach jäh ab. Es war, als habe er etwas gehört oder gefühlt, das ihn innehalten ließ. Jetzt war es totenstill in der Höhle. Nur das gedämpfte Rauschen des kleinen Baches drang an Marks

Ohr. Was immer Mitspieler gespürt hatte, war offenbar an allen andern vorbeigegangen.
Dann hallten unsichere Schritte durch die Dunkelheit. Jemand ging durch die Höhle, und es war ihm gleichgültig, ob ihn jemand hören konnte. Dann schaltete Mitspieler seine Lampe ein, ohne sich um die anderen zu kümmern, als habe er beschlossen oder gespürt, daß die Zeit des Kämpfens vorüber oder der Kampf jetzt bedeutungslos geworden war. Das Licht, das von den Wänden zurückgeworfen wurde, zeigte sein Gesicht – gealtert und mit struppigen Bartstoppeln wie die Gesichter aller Männer. Sein Mund stand vor Angst oder Ehrfurcht offen.
Der Zauberer stand in der Mitte der Höhle. Er starrte auf die versiegelte Tür und auf die durchscheinende Barriere, die er selbst dort errichtet hatte. Dann begann er zu sprechen, und wieder klang seine Stimme verändert.
»Wartet. Dies ist keine Täuschung. Der Dämon ist fort. Irgendwohin verschwunden... Ich weiß nicht, wie weit... aber...«
Plötzlich sank Mitspieler auf die Knie. Noch immer starrte er auf die Magiebarriere.
Und jetzt hörte Mark, daß sich draußen wieder etwas bewegte, aber es klang nicht so wie der Dämon. Das matte Licht hatte sich gleichfalls verändert; es war heller geworden im Gang vor der Kammer. Und dann erschien etwas in der Mitte der Barriere. Es war eine Hand, ungepanzert und ganz wie die eines Menschen, nur größer als eine normale Menschenhand. Aber sie war nicht deformiert wie bei den Weißhänden und nicht gepanzert wie die Riesenfaust des Dämons. Die Hand, wem immer sie auch gehörte, wischte Mitspielers Bannzauber beiseite, wie ein Mann ein Spinnennetz fortnehmen möchte.
Der Besitzer der Hand betrat die Höhle, und die Atmosphäre veränderte sich. Er war von riesiger, menschlicher Gestalt, ein Mann, jugendlich und leicht gekleidet, mit einer phrygischen Mütze auf dem Kopf und einem Stab in der Hand. Mark begriff, daß er zum erstenmal in seinem Leben einen Gott vor

sich sah. Und im nächsten Augenblick erkannte er, daß es der Gott Hermes war.
Der größte Teil der Kammer wurde durch Hermes' Gegenwart – ja, weniger beleuchtet als vielmehr offenbart. Der Lichtstrahl von Mitspielers Lampe war bedeutungslos geworden. Mark konnte jetzt bis in die hintersten Winkel der Höhle schauen, und ihm war, als könne sein Blick fast die Felsen durchdringen. Hermes war hergekommen, weil er etwas suchte, und im Angesicht dieses Suchens war alles menschliche Verbergen spürbar sinnlos geworden.
Keiner der Menschen bewegte sich oder sagte ein Wort. Alle blieben sitzen, hocken, knien – ganz wie er sie angetroffen hatte. Gelassen blickte sich Hermes um. Dann ging er mit den nüchternen Bewegungen eines starken Mannes, der um seiner eigenen Angelegenheiten willen das Gezänk einiger kleiner Kinder unterbrechen mußte, auf Ben zu.
Ben saß auf dem Boden, das Schwert noch in der Rechten, und zitterte, als der Gott sich ihm näherte. Zuletzt vermochte er die Augen nicht mehr offenzuhalten, und er hob die Hand, um sein Gesicht dahinter zu verbergen. Als Hermes sich zu ihm niederbeugte und ihm Drachenstecher aus der Hand nahm, erbebte Bens massige Gestalt in einem krampfhaften Zucken, das möglicherweise Widerstreben hatte sein sollen – aber es kam zu spät, und es wäre ohnehin hoffnungslos gewesen.
Der Gott warf einen kleinen Gegenstand vor Ben in den Sand. Mark sah, wie er golden aufblitzte. Als er sich abwandte, steckte Drachenstecher bereits in einer der leeren Scheiden an seinem Gürtel. Erst jetzt bemerkte Mark, daß Hermes ein rundes Dutzend leerer Scheiden trug, die wie ein Rock um seinen Leib hingen.
Unvermittelt fühlte Mark, wie er aufstand. Er hätte nicht zu sagen gewußt, weshalb. Er stand aufrecht da, obgleich seine Knie vor Angst zitterten.
Hermes sah, daß er sich bewegte. Der Gott, der quer durch die Höhle auf den Ausgang zuging, blieb stehen. Er wandte den Kopf und schaute Mark an. Es war ein kurzer, aber ausdrucks-

voller Blick – allerdings hätte Mark nicht genau zu sagen gewußt, was er ausdrückte. Wiedererkennen – *was, du hier?* – schien die erste Reaktion zu sein, unmittelbar gefolgt von unergründlichen, verschlungenen Gedankenverknüpfungen. Aber das Stehenbleiben und Schauen dauerte nur einen Moment. Hermes war in seinen eigenen Angelegenheiten hergekommen, und ihretwegen näherte er sich jetzt dem Baron.
Als Doon begriff, daß der Gott auf ihn zukam, stand er mit großer Mühe vom Boden auf. Mit beiden Händen hob er Wegfinder vor sich.
Hermes blieb vor ihm stehen und sprach zum erstenmal. Seine Stimme klang mächtig, sie besaß eine hehre Majestät. »Gib es mir. Das Schwert, das du in der Hand hast.«
»Niemals. Es ist mein rechtmäßiges Eigentum.« Die Worte waren kaum zu verstehen. Nur unter großen Mühen brachte sie Doon hervor. Er zitterte fast so schlimm, wie Ben gezittert hatte und wie Marks Knie es immer noch taten. Gewiß war es Angst, die ihn zittern ließ, Angst im Verein mit Wut und Hilflosigkeit.
Die Gottheit geruhte noch einmal zu ihm zu sprechen. »Ich nehme an, du willst mir entgegenhalten, daß du es in der richtigen Weise benutzt hast, nicht wie einige der anderen. In Übereinstimmung mit den Regeln des Spiels also. Nun, vielleicht stimmt das. Aber es ist nicht mehr wichtig.«
»Es stimmt. So habe ich's getan. Es gehört mir. Mir.«
Ungeduldig streckte der Gott die Hand aus. Doon schlug nach ihm. Der Schwertstreich hätte jeden Menschen getötet, aber jetzt war er nicht mehr als der plärrende Protest eines Kindes gegen seinen Erzieher. Dann hielt Hermes Götterbote das Schwert in der Hand, und mit einer knappen Bewegung seines Stabes – es war eher eine Geste als alles andere – streckte er Doon zu Boden. Gepeinigt blieb der Mann liegen, und er weinte vor Schmerz und hilfloser Wut.
»Ein unziemlicher Hochmut«, bemerkte der Gott, während er Wegfinder in die Scheide gleiten ließ, »für einen, der so sterblich ist wie du.«

Der einzige Mensch, der jetzt noch stand, war Mark – und weshalb ausgerechnet er zu stehen hatte, wußte er nicht, aber es kostete ihn gewaltige Anstrengung. Er sah, daß der große Zauberer Mitspieler mit dem Gesicht nach unten im Sand lag. Doon wälzte sich stöhnend am Boden. Ariane war nicht zu sehen. Ben saß aufrecht, aber er hatte das Gesicht in den Händen vergraben. Und Mark dachte: Dies ist es, was mein Vater hat erleben müssen, ein kleiner Teil dessen, was er hat ertragen müssen, als Vulkan ihn holte, damit er ihm half, die Schwerter zu schmieden. Bis zu diesem Augenblick hatte Mark für seinen Vater insgeheim immer einen Hauch von Scham empfunden – wegen der Schwäche, die Jord gezeigt hatte, als er sich benutzen ließ, als er gestattete, daß ihm der rechte Arm genommen wurde. Aber damit war es jetzt vorbei. Jetzt hatte Mark eine Ahnung, eine gewisse Vorstellung von dem, was Jord empfunden haben mußte.

Nur ein Augenblick war vergangen, seit Hermes gesprochen hatte. Aber jetzt geschah etwas anderes: Ein neues Wesen ließ seine Gegenwart ahnen. So, wie sich Licht in der Höhle verbreitet hatte, als Hermes eingetreten war, so drang jetzt Schatten herein. Der Magier Mitspieler, der die neue Wesenheit als erster spürte, hob den Kopf, aber der Schein seiner Lampe wurde verschluckt und ausgelöscht von dem undurchdringlichen Schatten, der sich im offenen Eingang sammelte.

Mark, der immer noch aufrecht dastand, konnte die verschwommenen Umrisse des Neuankömmlings erkennen, eine ungefähr menschliche Gestalt inmitten der schwarzen Wolke. Die Stimme, die aus dem überschatteten, menschenähnlichen Gesicht erscholl, war merkwürdig widerhallend, als dringe sie aus den Felsen, aus der Erde selbst hervor.

»Die Unterwelt ist mein Reich. Was suchst du hier, Hermes Götterbote? Was gibt es hier in meiner Welt, das du verändern möchtest?«

Hermes Götterbote zeigte sich nicht beeindruckt. »Ich sammle Schwerter ein – wie du wissen solltest, Hades. Ich kümmere mich um die Angelegenheiten der Götter.«

»Welcher Götter?«
»Nun, aller Götter. Auch um die deinigen. Wenigstens sind es die Angelegenheiten derjenigen Götter, die wissen, was hier vor sich geht. Ich führe lediglich den kollektiven Willen der Götter aus.«
»Hah!« Es klang wie ein Steinschlag und nicht wie eine gesprochene Silbe. »Seit wann stimmen wir alle in irgendeinem Punkte so weit überein? Du solltest lieber zugeben, daß du falschzuspielen beschlossen hast. So deute ich dein Verhalten.«
Hermes richtete sich zu seiner ganzen Größe auf. Mark hatte fast den Eindruck, daß die Decke sich ein wenig aufwärtswölbte, um seinem Kopf Platz zu machen. »Das Spiel ist ausgesetzt worden, zumindest vorläufig. Es birgt gewisse Gefahren, die zunächst nicht richtig eingeschätzt wurden.«
»Oho! Ausgesetzt, wie? Und wer hat das entschieden?«
Beide Götter hatten sich, wie auf eine unausgesprochene Übereinkunft hin, auf den Ausgang zubewegt, als hielten sie es für besser, ihren Streit anderswo auszufechten. Hades beugte sich schon nieder, um durch die Öffnung zu gelangen.
Aber Hermes blieb noch einmal stehen und schaute Doon an, der sich immer noch zu seinen Füßen am Boden wand. Er stieß den Hilflosen mit dem Ende seines Stabes an.
»Nun, Mann, welche Behandlung soll ich denn deinem Hochmut angedeihen lassen? Vielleicht gebe ich dir den Kopf eines Lasttieres, damit du ihn von jetzt an auf deinen Schultern trägst. Was hältst du von diesem Einfall? He? Antworte mir!«
Der Zwischenfall schien Hades zu langweilen. Er stand in der Tür und wartete.
»Nein – nein, nicht. Verschone mich, bitte...« Doons Stimme war fast unhörbar und auch beinahe nicht wiederzuerkennen. Hades brummte in seiner Ungeduld etwas, aber seine Baßstimme rollte so dumpf, daß Mark nicht verstand, was er sagte. Hermes hingegen vergaß sein menschliches Spielzeug, als er es hörte, und die beiden Götter verließen zusammen die Höhle. Kaum waren sie in den Gang hinausgetreten, hörte Mark, daß der Dämon sich draußen wieder rührte. Noch einmal sagte

Hades etwas, und dann tat er etwas, und Dactylartha floh, kläffend und springend wie ein getretener Köter.
Die Götter waren fort. Die Menschen in der Kammer begannen sich unsicher und zittrig zu regen, als müßten sie sich allesamt von irgendeiner Krankheit erholen.
Während die anderen allmählich auf die Beine kamen, ließ Mark sich auf den Boden sinken. Seine Knie zitterten jetzt schlimmer als zuvor. Sieh an, dachte er, ich habe eben Pluto selbst ins Antlitz geschaut... und ich bin immer noch hier. Mitspieler – oder war es Indosuarus? – hat uns erzählt, kein Mensch könne das tun und dann weiterleben. Und ich bin immer noch hier... Mechanisch nahm er seinen Köcher auf und hängte ihn sich über die Schulter. Dann hob er seinen Bogen auf. Was würde er jetzt damit anfangen?
Als Doon sich aufrichtete, blickte er als erstes mißtrauisch umher, um festzustellen, wer Augenzeuge seiner Schwäche gewesen war. Mark sah es beiläufig, aber er war mit seinen Gedanken woanders. Dmitry kam aus seinem Versteck und rief Götter und Dämonen als Zeugen dafür an, daß Daghur tot sei.
»Seht doch, ein Stein hat ihn getroffen. Wer benutzt hier eine Schleuder?« Mark sah von Daghur nur den schlaffen Arm, den Dmitry in die Höhe hielt.
Auch Ben rief jetzt um Hilfe. Er stand über Ariane gebeugt. Mark stürzte zu ihnen hinüber. Das Mädchen saß aufrecht am Boden, aber Blut aus einer Kopfverletzung rann ihr über die Wange. Entweder war sie von einem Stein getroffen worden, den jemand von der anderen Seite herübergeworfen hatte, oder sie war bei dem Durcheinander in der Finsternis gestürzt.
Mitspieler war ebenfalls wieder auf die Beine gekommen. Mit einem bebenden Arm deutete er auf die ungeschützt gähnende Türöffnung der Höhle. »Der Dämon!« Er würgte die Worte hervor. »... er ist betäubt! Lauft! Lauft sofort los!«
Ben nahm Ariane auf den Arm und wies Marks Hilfe zurück. Der große Mann hastete aus der Höhle hinaus, und Mark bildete die Nachhut. Sie kamen rasch voran, aber die anderen waren ihnen schon weit voraus. Draußen sahen sie, wie die

Lampen auf dem bergab führenden Pfad entlanghüpften. Doon mochte sein Schwert eingebüßt haben, aber seine Entschlossenheit war noch nicht erstorben. Und wenn er je daran gedacht hatte, in die oberen Ebenen der Höhle zurückzuflüchten, dann war dieser Plan von den menschlichen Schreien vereitelt worden, die jetzt von oben herunterhallten. Die Alarmrufe waren lauter und näher als zuvor.
Der Dämon hatte sich zurückgezogen, oder er war in den Abgrund der Schlucht gestürzt. Mark sah, daß vielfarbige Lichter aus diesen Tiefen heraufblitzten, und er fühlte Wellen von Haß, deutlich wie gesprochene Flüche.
Doon lief an der Spitze, und mit jedem Schritt vergrößerte sich sein Vorsprung. Nach ihm kam Mitspieler, der sich immer wieder nach seinem Sohn umsah und dann seinen Schritt beschleunigte, als Dmitry und Willem an ihm vorbeigaloppierten, so schnell ihre Beine sie tragen wollten. Radulescu, der besser als jeder andere wissen würde, wo sie sich in Sicherheit bringen konnten, lief in dieselbe Richtung. Ben stürmte überraschend leichtfüßig mit Ariane in den Armen hinter ihnen her, und Mark folgte dicht hinter ihm.
Sie kamen an der Wegbiegung vorbei, an der sie von dem Dämon zurückgetrieben worden waren. Mark konnte einen kurzen Blick auf das Kampftier werfen, das als erstes gestorben war. Es hing schlaff auf der niedrigen Mauer am Rande des Pfades. Der Dämon hatte es weggeworfen wie eine ausgelutschte Frucht, runzlig und immer noch dampfend oder rauchend.
So, wie Tiere, die sonst natürliche Feinde waren, vor einer Katastrophe fliehen mögen, rannten jetzt auch die Menschen, einander überholend, den Weg entlang und nahmen nicht mehr Notiz voneinander als Fremde in einer Stadt.
Ariane hatte ihr Bewußtsein halbwegs wiedergewonnen, und strampelnd versuchte sie, Ben zu veranlassen, sie abzusetzen.
Und dann hatte der Dämon sich von dem, was die Götter ihm im Vorübergehen angetan hatten, erholt. Das Licht, das er versprühte, flackerte wirbelnd durch die Luft, und der Lärm

und die Übelkeit, die er verbreitete, kamen donnernd hinter den Flüchtenden drein.
Mitspieler, der hinter alle anderen zurückgefallen war, weil er nicht so schnell laufen konnte, war jetzt vollends am Ende seiner Kräfte. Er drehte sich um und schleuderte verzweifelt magische Kräfte gegen das heranfliegende Ding. Mark, der noch einen Rest von Wunsch verspürte, dem Mann zu helfen, schaute sich um und sah, wie feurige Blitze aus den Fingerspitzen des Magiers schossen und in den Lichtball fuhren, der sich durch die Luft wälzte – Dactylartha. Und dann sah Mark, wie dieser viel stärkere Lichtball zurückschlug: Flammen züngelten dort, wo Mitspielers Blitze aufgezuckt waren, und sie erfaßten den Zauberer und verschlangen ihn vor Marks Augen.
Wie ein Blitz fuhr der Dämon durch die Luft, und mühelos überholte er Mark, Ben und Ariane, die inzwischen, gestützt von den beiden Männern, auf eigenen Füßen lief. Offensichtlich beabsichtigte er, den Anführern der Menschenschar, die jetzt über das letzte Stück des Weges auf eine dunkle Tür zuflüchteten, den Weg abzuschneiden. Es mißlang. Der letzte Mann der vordersten Gruppe war durch die Öffnung geschlüpft, ehe er ihn erreichen konnte.
Enttäuscht wandte er sich um. Drei lebende Opfer blieben ihm noch.
Er spie ihnen seine üblen Dünste entgegen. Blaue, stofflose Flammen umzüngelten Ben, und würgend und keuchend fiel er zu Boden. Auch Mark fühlte den Schmerz...
Ariane preßte sich aufrecht an die Felswand neben dem Pfad und starrte dem Ding entgegen. Ihre Mädchenstimme erscholl, und was sie rief, war anscheinend der Zauberspruch, den sie in ihrer Kindheit gelernt hatte.
»Im Namen des Kaisers, laß ab von diesem Spiel, gib frei den Weg!«
Ein Gurgeln und Kreischen erfüllte die Luft. Dactylarthas Feuersubstanz kochte und brodelte. Immer wieder stieß er auf die drei Menschen herab, aber er konnte sie nicht mehr erreichen. Eine Wand wie aus Glas, undurchdringlich und unsicht-

bar, schien den Pfad zu säumen, und wie eine Spiegelung zog sie sich durch die Luft, so daß das dämonische Feuer wirkungslos an ihr abperlte. Der Weg – in die eine Richtung wenigstens – war frei.
Die Flammen an Bens Körper waren verschwunden, ohne irgendwelche Spuren körperlicher Verletzungen zu hinterlassen. Mit einiger Mühe zog Mark den schweren Mann auf die Beine und stieß ihn dann voran. Dann ergriff er Arianes Arm und zerrte sie mit sich. Er begriff, daß er in einem besseren Zustand war als die beiden anderen, aber er wußte auch, daß er selbst halb betäubt war.
Sich selbst und einander stützend, so gut sie konnten, hinkten und humpelten die drei voran, vor dem Toben der Dämonenwut geschützt durch den gläsernen Schild. Sie waren betäubt und geblendet, aber das Ungeheuer konnte ihnen nichts anhaben. Bis zu der dunklen Tür war es nun nicht mehr weit. Sie eilten hindurch, und dann – die plötzliche Stille kam wie ein Schock – hatten sie das Reich des Dämons hinter sich gelassen.
Sie blieben in der Stille stehen, umgeben von Stein und freundlicher Dunkelheit. Ein mattes Licht schien vor ihnen von unten herauf entgegen.
»Das hier sieht aus wie ein Abflußrohr«, murmelte Ben benommen. »Wie ein Kloakenkanal.«
Mag sein, daß er recht hat, dachte Mark. Aber es war ein Gang, der sie dahin führte, wo sie hinwollten, und halbwegs sauber war es auch. Als sie weitergingen und der Gang abschüssiger wurde, fanden sich Stufen und Haltegriffe.
Allmählich kam Ben wieder zur Besinnung. »Was ist denn passiert, dort hinten?« fragte er. »Einen Augenblick lang dachte ich, er hat uns erwischt. Hat Mitspieler ihn zurückgetrieben?«
Ariane sagte dazu nichts. Sie ging weiter, einen Fuß vor den anderen setzend, aber sie war übel zugerichtet. Ihr Gesicht war fahlweiß unter dem Bluterguß und dem geronnenen, verkrusteten Blut.
Auch Mark gab keine Antwort. Jetzt nicht. Später, wenn er erst

Zeit zum Nachdenken gehabt hätte, dann würde er selbst ein paar Fragen haben.
»Sieh mal«, sagte Ben. Er blieb stehen, streckte die Hand aus und hielt Mark eine Goldmünze vors Gesicht.
»Ja«, sagte Mark.
Sie gingen weiter. Der Tunnel ging seinem Ende zu. Mark sah, daß er sich nicht weit vor ihnen zu einem ebenen Raum verbreiterte, der sich dort weit und offen erstreckte, so ausgedehnt, daß das Ende zumindest von hier aus nicht zu sehen war. Ein paar Lampen aus der Alten Welt leuchteten wie zur Begrüßung auf. Und das Licht, das in den Gang hereinstrahlte, spiegelte sich gelb in den Bergen von Gold.

16

Das häßliche Gleißen, das der Einfluß des Dämonen in Bens Sinnen hinterlassen hatte, verblaßte rasch, als er weiterging. Aber einen klaren Kopf bekam er deshalb nicht. Statt dessen überwältigte der bezaubernde Glanz des Goldes seine Gedanken und sog sie völlig in sich auf.
Lange Gänge waren von Regalen gesäumt, auf denen das Gold lag. Nischen, Alkoven, ganze Kammern waren gefüllt mit dem gelb glänzenden Hort. Und so weit Ben sehen konnte, war das alles unbewacht. Es lag offen da. Sie konnten es jederzeit berühren, wenn sie Lust hatten, die Hand danach auszustrekken. Ben sah säuberliche Stapel von Barren und Platten und schwere Körbe, gefüllt mit Erz und Goldklumpen. Wortlos wanderten die drei vorbei an Bergen von Münzen, an Kästen voller Juwelen und Regalen, die sich unter Goldschmiedearbeiten bogen. Einige davon waren einfach, andere häßlich, aber einige waren auch zierliche Kunstwerke, deren Ursprung und deren Zweck Ben nicht zu ergründen vermochte.
In den Räumen der Schatzhöhle, die dem Eingang am nächsten lagen, waren viele der Münzstapel umgeworfen worden, und viele der Regale befanden sich in Unordnung, als hätten die

Hände von Eindringlingen hier schon gierig gewühlt und gespielt. Offenbar waren Doon und Radulescu, Dmitry und Willem hier schon vorbeigekommen.
Die Felsendecke hing hier verhältnismäßig tief, nur einen oder zwei Meter hoch über den hölzernen Wänden und Regalen, auf denen sich die Schätze türmten. Die Altwelt-Lichter waren irgendwie an der Decke befestigt. Sie leuchteten in den einzelnen Gängen, Kammern und Alkoven auf, wenn Mark, Ben und Ariane herankamen, und verloschen hinter ihnen wieder, sobald die drei vorbeigegangen waren. Ben spähte in die Ferne – diese Höhle erstreckte sich, genauso wie die oberen, über eine beträchtliche Distanz – und sah, daß auch weit vor ihnen die Lichter in Räumen und Kammern aufleuchteten und wieder erloschen. Er vermutete, daß Doon und die drei anderen dort damit beschäftigt waren, sich Taschen und Packsäcke vollzustopfen, nachdem sie genug gestaunt hatten... allerdings, wenn er es sich recht überlegte, glaubte er nicht, daß jemand nach der letzten Hetzjagd noch einen Packsack bei sich hatte. Er jedenfalls hatte keinen mehr, und Mark und Ariane auch nicht. Mark hatte es allerdings irgendwie geschafft, seinen Bogen und den Köcher zu behalten.
Und immer weitere Stapel von Goldbarren, Berge von Münzen, Regale voller Goldschmuck erstrahlten vor ihnen im Licht. Ben vermutete, daß es einen bestimmten Plan geben müsse, nach dem diese gewaltige Schatzkammer angelegt war, doch bis jetzt konnte er noch nicht sagen, wie dieser Plan aussehen könnte.
Sie gingen weiter und immer weiter, ohne daß einer ein Wort gesprochen hätte. Sie entdeckten immer neue Schätze. Die gewaltigen Ausmaße der Schatzhöhle erfüllten sie mit einem Staunen, das ständig wuchs, bis es zu einem Gefühl von Unwirklichkeit verschwamm. Es war zu viel. Es mußte eine magische Täuschung sein, ein Scherz...
An der Kreuzung zweier langgezogener Gänge sah Ben weit, weit hinten – einhundert Meter? Zweihundert? – das Ende: eine Felswand. Etwa auf halber Strecke war das Gold zu Ende,

aber nicht der Schatz. Eben hatte dort ein Licht aufgeleuchtet. Offenbar bewegte sich jemand in einem Seitengang. Im Lichtschein sah Ben eine Art Grenzlinie, wo das gelbe Metall an Silber zu stoßen schien. Und das Sternenfunkeln dort – war es das Glitzern ferner Diamanten?
Das alles war zu viel. Auch ein erfolgreicher Räuber war in seinem Begriffsvermögen wie auch in seiner Fähigkeit zur Freude im Angesicht eines Schatzes von *diesen* Ausmaßen überfordert.
Sie bogen um eine Ecke und betraten eine Kammer, in der das Licht vor ihnen aufgeleuchtet war. Unverhofft stießen sie auf Doon. Der kleine Mann, der anscheinend von der anderen Seite hereingekommen war, fuhr im ersten Augenblick zurück. Er war ebenso erschrocken wie sie. Er blieb stumm. Schmutzig und zerzaust wie sie selbst, wirkte er ohne sein Schwert irgendwie kleiner. In seinem Gürtel stak ein Dolch, aber er machte keine Anstalten, ihn zu ziehen. Er starrte die drei einen Augenblick lang an und murmelte dann etwas, das aber offenbar an ihn selbst gerichtet war.
Ben hatte beinahe automatisch seine eigene Waffe – ebenfalls einen einfachen Dolch – aus dem Gürtel gezogen. Aber trotz des eben erst ausgefochtenen Kampfes spürte er keinen Drang danach, über den Mann, der nun vor ihm stand, herzufallen. Der Baron wirkte jetzt eher bemitleidenswert als gefährlich.
»Wo ist Radulescu?« fragte Mark den ehemaligen Anführer mit schneidender Stimme. »Und wo sind die Schwerter – die Schwerter, die zu diesem Hort gehören?«
Die Erwähnung der Schwerter brachte ein Glitzern in Doons Augen, als sei ihm etwas eingefallen. Wieder murmelte er etwas Unverständliches, dann stolperte er an den dreien vorbei und hastete weiter. Eine kurze Strecke weit konnten sie sein Fortkommen verfolgen, da die Lichter vor ihm aufstrahlten und wieder erloschen, wenn er vorbei war. Die Regellosigkeit seines Weges verriet zumindest eines: Er wußte nicht, wohin er ging.
»Hermes hat ihn um den Verstand gebracht«, stellte Ben fest.

»Und was sollen wir drei nun tun?« fragte Mark. »Sollen wir uns trennen, um zu suchen? Ich nehme an, daß die Schwerter hier unten zusammen aufbewahrt werden.«
Ben erwog rasch seinen eigenen Plan, den Plan, der ihn hergeführt hatte: Sich zu bereichern. Inmitten all dessen hier schien diese Absicht plötzlich zur Bedeutungslosigkeit zu verblassen. Sie wurde zu einer Kleinigkeit, die er jederzeit erledigen konnte, indem er kurz die Hand ausstreckte. Aber die Schwerter... ja, die Schwerter waren wirklich wichtig.
Er sah Ariane an – und fast hätte er die Schwerter vergessen. Sie sah übel aus, noch längst nicht erholt, und noch längst war die Benommenheit nicht verflogen, die der Schlag gegen den Kopf verursacht hatte. Sie erwiderte seinen Blick mit einem matten Lächeln, aber sie sagte kein Wort.
»Nein«, beschloß Ben. »Wir bleiben zusammen.«
Sie streiften weiter. Hinter einer der nächsten Ecken sahen sie eine beleuchtete Kammer. Im nächsten Augenblick hallte ein Klirren aus dieser Richtung zu ihnen herüber, und dann noch eines, als würde tönernes Geschirr zerschlagen. Sie schlichen weiter. Mark hatte einen Pfeil auf den Bogen gelegt, und Ben hielt seinen Dolch in der Hand.
Sie bogen um die Ecke und gelangten in einen Raum, der mit Statuen vollgestopft war. Dmitry und Willem hatten ihn bereits gefunden. Die beiden standen in der Mitte, und die Taschen ihrer zerlumpten Kleider drohten aus den Nähten zu platzen. Goldmünzen rieselten aus ihnen hervor. Beide hielten ein Schwert in der Hand, und schlugen auf die Statuen ein.
Mit animalischer Wachsamkeit blickten Willem und Dmitry auf, als die drei eintraten und hielten in ihrem Spiel inne. Bogen und Dolch bedachten sie mit einem unbestimmten Lächeln, aber sie sagten nichts. Die Schwerter, mit denen sie gespielt hatten, waren ihre eigenen gewöhnlichen Klingen.
Mit einer knappen Kopfbewegung gab Mark seinen beiden Gefährten ein Zeichen. Die drei gingen wachsam weiter, ohne die beiden anderen aus den Augen zu lassen.

In einiger Entfernung, in einer Kammer an einem der Hauptgänge, brannte noch ein Licht. Als sie vorsichtig durch den Eingang der Kammer spähten, sahen sie Radulescu. Er war ganz allein. Auch dieser Raum war voller Statuen. Diese hier aber waren aus feinem, klarem Kristall, und der Oberst hielt eine davon behutsam in den Händen. Als die drei hereinkamen, hob er den Kopf und sah sie fast gleichgültig, gewiß aber ohne Feindseligkeit, an und fuhr fort, das Beutestück in den Fingern zu drehen. Offensichtlich war er mit den Gedanken woanders. Es war, als seien seit seinem Versuch, Ariane zu opfern, zwanzig Jahre vergangen, ja, als sei dies überhaupt in einem anderen Leben geschehen.
Sein Blick wandte sich wieder der kleinen Statue zu. Er hielt sie hoch, so daß alle sie sehen konnten. »Das erste, das ich gestohlen habe«, erklärte er. »Hübsch, nicht wahr?« Er starrte die Neuankömmlinge an, und sein Blick wurde wachsamer. »Ihr könnt euch jetzt entspannen. Wir können uns Zeit lassen, uns ein wenig ausruhen. Sammelt so viel Schätze, wie ihr haben wollt, dann zeige ich euch den Weg hinaus.«
»Zeigt ihn uns sofort«, entgegnete Mark. »Habt Ihr die Rufe nicht gehört?«
»Wir haben Zeit«, wiederholte Radulescu. »Genug Zeit für alles.« Wieder starrte er die kleine Figur an. Es war eine tanzende Frau. »... das erste, was ich gestohlen habe. Ich habe sie schon früher hier herausgeholt, wißt ihr. Ich habe sie in mein Quartier geschmuggelt, in meinen Mantel gewickelt, mit einem selbstentworfenen Schutzzauber vor der Entdeckung gesichert. Schuldbewußt habe ich sie in mein Quartier geschmuggelt, als wäre sie eine echte Frau und ich irgendein Akolyt, der dem Zölibat verpflichtet ist. Natürlich – sie ist wirklicher, lebendiger, als jede Frau von Fleisch und Blut, die ich je gesehen habe. Aber... es war mir unmöglich, sie zu behalten, ohne daß der Diebstahl entdeckt werden würde. Schon als ich sie nahm, wußte ich, daß ich sie nicht würde behalten können, daß ich sie vor der nächsten formellen Inventur würde zurücktragen müssen...«

»Zeigt uns jetzt den Weg hinaus«, forderte Ben ihn auf.
Radulescu blickte erschrocken auf, als habe er vergessen, daß sie im Raum waren. »Wir gehen gleich. Ruht euch erst ein Weilchen aus.«
»Wo werden die Schwerter verwahrt?« fragte Mark mit fester Stimme.
»Ah.« Radulescu dachte einen Moment lang nach und streckte dann einen Finger aus. »Dort hinten werdet ihr sie finden... Aber wenn ihr gedenkt, mich zu töten, sobald ihr sie habt, dann vergeßt nicht, daß ich euch noch nicht gezeigt habe, wie man hinausgelangt.«
Ben wandte sich ohne zu antworten ab. Seine beiden Kameraden folgten ihm und ließen Radulescu, der noch immer seinen Schatz betrachtete, allein zurück.

Seine einsame Zwiesprache mit der kristallenen Tänzerin war nicht von langer Dauer. Als er aufblickte, sah er die beiden überlebenden Deserteure aus der Garnison. Sie standen im Eingang und starrten ihn an. Ihre Augen waren fast ausdruckslos, aber sie hielten ihre Schwerter in den Händen.
Radulescu schauten sie nicht lange an. Die Schatzkammer, in deren Mitte er stand, gefiel ihnen offensichtlich besser.
»Kommt herein, meine Herren, nur herein«, rief der Oberst, und es klang, als deklamiere er ein Gedicht. »Kommt herein und nehmt euch, was ihr braucht. Es ist genug da für uns alle.«
Dmitrys Blick wanderte wieder zurück zu Radulescu und fiel dann auf die Statue, die Radulescu in den Händen hielt. »Gib sie mir«, befahl Dmitry.
»Nein.« Der Offizier wich einen Schritt zurück. Dann sah er – und es war kaum mehr als eine Irritation –, daß Willem seine Position wechselte, als wolle er ihn von der Seite her angreifen.
»Und wenn ihr vorhabt, mich anzugreifen, dann vergeßt nicht...«
Aber bevor er das nächste Wort herausbrachte, war ihm Dmitrys Schwert in die Brust gefahren.

Ben, Ariane und Mark hatten den Raum mit den Kristallstatuen schon ein gutes Stück hinter sich gelassen, als der gurgelnde Schrei an ihre Ohren drang. Sie drehten sich um, aber keiner von ihnen dachte daran, stehenzubleiben oder gar umzukehren.
Zum erstenmal seit einer ganzen Weile begann Ariane zu sprechen. »Das siebente Siegel... wir haben es jetzt erreicht.« Die beiden anderen sahen sie an.
»Die Gier der Räuber... Das alte Lied deutet so etwas an.« Sie schloß die Augen, so fest sie konnte, und lehnte sich gegen Ben, damit er sie stützte und führte. »Bei allen Göttern und Dämonen, mein Kopf tut weh. Es ist schlimm.«
»Wundert mich nicht.« Ben küßte sie sanft, ohne dabei stehenzubleiben. Er wünschte sich, sie könnten ein Weilchen haltmachen, damit sie sich ausruhen könnte. Aber er wußte, daß es unmöglich war.
Sie kamen durch weitere kristallgefüllte Kammern und durch langgezogene Räume, in denen auf besonderen Gestellen feinste Gobelins lagerten. Als sie in die Kammer mit den Juwelen gelangten, unternahm Ben einen kurzen Abstecher zu einem Regal, raffte eine Handvoll zusammen und stopfte sie sich in die Tasche. Als nächstes kam ein von Regalen gesäumter Gang mit Gläsern, die mit unbekannten Pulvern und Flüssigkeiten gefüllt waren, allesamt strahlend hell erleuchtet, damit man sie schon im Vorübergehen mühelos inspizieren könnte. Auf den Gläsern und auf den Regalbrettern klebten Etiketten, aber sie waren in einer fremden Sprache oder mit einem Code beschriftet – jedenfalls konnte Ben sie nicht lesen.
Und jetzt sahen sie wieder einen erleuchteten Raum vor sich. Er befand sich dicht vor der Wand aus nacktem Felsgestein, die das Ende der Höhle bildete.
Sie spähten durch die Trennwand, die aus Gestellen voller blitzender Waffen und Rüstungen bestand, in die letzte Kammer. Sie war von einer irrwitzigen Vielfalt weiterer Waffen erfüllt. Die meisten von ihnen waren nicht zum schlichten Gebrauch bestimmt, sondern aus Gold und Silber, und überall

funkelten Juwelen im Überfluß. Ben glaubte einen Dolch zu sehen, der aus einem einzigen Smaragd gearbeitet war, und er entdeckte Pfeilspitzen aus Diamant.

Am hinteren Ende des Raumes stand ein großes, baumartiges Holzgestell, an sich kein Kunstwerk oder Wertgegenstand, aber gut geeignet, Dinge zur Schau zu stellen. Es hatte zwölf hölzerne Äste, und an jedem Ast baumelte ein geflochtener Gürtel mit einer Scheide, und jede davon hatte eine andere Farbe. Neun Scheiden waren leer.

Drei Äste aber bogen sich fast unter der Last von Schwertern wie von schweren Früchten. Nur die schwarzen Griffe waren zu sehen.

Baron Doon stand allein in der Mitte dieser Waffenkammer und hielt ein viertes Schwert mit beiden Händen umklammert. Der Griff war so nicht zu sehen, aber die makellose Klinge war unverwechselbar: Sie konnte nur aus Vulkans Schmiede stammen.

Der Baron hatte den Kopf tief über die Waffe gesenkt und schien etwas zu murmeln. Er stand mit gespreizten Beinen und gespannten Muskeln da, als wolle er bereit sein, augenblicklich einen gewaltigen Streich zu führen.

Mark hatte Ben die Hand auf den Arm gelegt, um ihn zum Schweigen zu ermahnen. Bens Blick wanderte wieder zu den drei Schwertern hinauf, die noch an dem Baum hingen. Er versuchte, die weißen Symbole auf den Griffen zu erkennen. Mark, so vermutete er, würde sie alle kennen – Dame Yoldi hatte sie ihn schon vor Jahren gelehrt –, aber Ben konnte keines von ihnen deuten. Das eine sah aus wie ein winziger weißer Keil, der einen weißen Block spaltete. Das zweite war ein schlichter Kreis, eine runde Linie, die zu ihrem Ausgangspunkt zurückkehrte. Der Griff des dritten Schwertes war ihm abgewandt, so daß er das Symbol nicht sehen konnte; wie der Griff selbst waren auch der Gürtel und die Scheide, in der dieses Schwert steckte, kohlschwarz.

Doons murmelnde Stimme wurde plötzlich lauter. Einen Moment lang glaubte Ben, er habe die drei, die ihn durch das

Gestell hindurch beobachteten, entdeckt. Aber falls Doon ihre
Gegenwart bemerkt hatte, dann kümmerte sie ihn nicht. Er
redete weiter vor sich hin – aber nicht zu sich selbst, erkannte
Ben. Es waren irgendwelche rituellen Worte, die er singend
deklamierte – dieselben Worte, immer und immer wieder.
»... findet dein Herz, hast ein Leids mir getan! Er findet dein
Herz...«
Doon stand mitten in der Kammer und verneigte sich jetzt in
die Richtung des einzigen, dunklen Eingangs. Eine Geste, die
anscheinend an nichts und niemanden gerichtet war. Dann
drehte er sich um und duckte sich gleichzeitig nieder, tiefer und
tiefer, und drehte sich dabei immer weiter, bis er zu einem
wirbelnden Tänzer geworden war. Jetzt war es, als sei das
Schwert in seinen Händen irgendwie zum Leben erwacht und
ziehe ihn im Kreis herum. Die Klinge, die er mit gestreckten
Armen vor sich hielt, drehte sich immer schneller und verschwamm schließlich vor den Blicken der Zuschauer. Nach
kurzer Zeit hatte das Schwirren, mit dem sie durch die Luft
sauste, einen unnatürlichen Klang angenommen. Es schwoll an
und summte, bis es klang wie ein riesiges, fliegendes Insekt.
Durch dieses Schwirren erklangen die letzten Worte von Doons
grimmigem Gesang: »... findet dein Herz, hast ein Leids mir
getan!« Doon ließ damit das Schwert los – oder es gab ihn frei.
Er schwankte und stürzte zu Boden. Das mächtige Schwirren
verstummte augenblicklich, und das Schwert war verschwunden. Mit der Geschwindigkeit, mit der es Doons Händen ent-
sprungen war, hatte es wahrscheinlich eine der Gestellwände
oder der festen Mauern getroffen, die den Raum umschlossen,
oder es war durch die offene Tür hinausgeschwirrt... aber es
hatte weder das eine noch das andere getan. Es war einfach
verschwunden.
Für eine ganze Weile war es völlig still in der Höhle. Dann...
Der Schrei, wiewohl gedämpft durch große Entfernung und
Wände aus Felsgestein, war anders als alles, was Ben in seinem ganzen Leben bisher gehört hatte. Einen Moment lang
konnte er nur glauben, die Erde selbst müsse sich in Qualen

winden. Oder die Götter kämpften wieder gegeneinander, und ein Erdbeben brachte die ganze Landspitze zum Einsturz und ließ Höhlen, Lebewesen und Schätze darin ins Meer stürzen. Der Schrei dauerte an, länger und immer länger, länger als alles, was eine menschliche Lunge hätte hervorbringen können.

Dann war es wieder still.

Doon lachte.

Er saß mitten in der Kammer auf dem Boden, da, wo das Schwert ihn hatte fallenlassen. Seine Beine lagen seltsam verdreht und eingeknickt unter seinem Körper, und er lachte. Seine Heiterkeit war lautstark und widerlich, und in Bens Ohren klang sie beinahe wahnsinnig. Dennoch war dieses Lachen das menschlichste Geräusch, das Doon seit seiner Begegnung mit Hermes hervorgebracht hatte.

Endlich bewegte sich Mark. Er war in die Waffenkammer und an Doon vorbeigesprungen und stand neben dem Schwerterbaum, bevor der Baron bemerkte, daß er nicht mehr allein war.

Aber Doon schien dies nicht sonderlich zu kümmern. »Nicht viele Menschen«, begann er – und dann brach das Gelächter wieder aus ihm hervor, und es dauerte eine Weile, bis er sich in der Gewalt hatte und fortfahren konnte. »Nicht viele Menschen – haben je einen Gott erschlagen. He, stimmt's nicht?« Er sah Mark an, dann Ben und Ariane, die in der Eingangsöffnung standen. »Aber Ferntöter war hier – hier, und er hat auf mich gewartet. Sogar die Götter sind den Tücken des Schicksals unterworfen.«

»Ferntöter«, wiederholte Mark mit einer Stimme, in der Staunen und Besorgnis lagen.

Der Baron erhob sich. Seine Augen glitzerten, als er sich Mark zuwandte. »Das Schwert der Rache«, bestätigte er. »Du, der du die Schwerter kennst, wirst auch wissen, was soeben geschehen ist.«

In diesem Augenblick brach Ariane zusammen. Ben, der neben ihr stand, konnte sie gerade noch rechtzeitig auffangen. Er ließ

sie sanft auf den Boden sinken und beugte sich besorgt über sie. Ein ohnmächtiges oder sterbendes Mädchen war für den Baron ohne Bedeutung. »Ein Gott ist tot«, rief er. »Jetzt bin ich mein eigener Gott – hiermit!« Entschlossen tat er einen Schritt auf den Schwerterbaum zu, und ebenso plötzlich, wie er sich bewegt hatte, blieb er wieder stehen. Eines der drei Schwerter, die dort gehangen hatten, war seufzend aus der schwarzen Scheide geglitten. Mark hielt es in den Händen und stand dem Baron gegenüber.
»Diese drei Schwerter gehen zu Sir Andrew.«
»Oho? Aha?«
»Jawohl. Und wenn Ihr bereit seid, mitzukommen... Er braucht gute Kämpfer ebenso sehr oder dringender noch, als er irgendein Metall benötigt.«
Der Baron starrte ihn mit schmalen Augen an. Dann fragte er beinahe fröhlich: »Welches ist es, das du da in der Hand hast, junger Mann? Ich habe sie mir nicht alle angesehen, als ich hereinkam – nicht, nachdem ich das gefunden hatte, das ich brauchte.«
»Ich habe das Schwert, das ich jetzt brauche«, erklärte Mark. Und die Klinge in seinen Händen schien zum Leben erwacht zu sein, denn sie vibrierte leise. Ben hörte es, obgleich das Geräusch beinahe zu schwach war. Es war ein gleichmäßiges Klopfen wie von einem fernen, aber unerbittlichen Hammer, der stahlhartes Metall bearbeitete.
»So?« Doon hob eine Augenbraue und dachte nach. »Mir scheint, du hast recht. Aber wir werden sehen. Noch nie habe ich in einem Kampf aufgegeben – nicht einmal, wenn es gegen einen Gott ging –, noch habe ich je verloren, wenn ich gewinnen mußte.«
Und mit verblüffender, unerwarteter Behendigkeit täuschte er einen Sprung zum Schwerterbaum vor. Als Mark sich beiseite warf, um ihm den Weg zu versperren, wirbelte er herum und erreichte ein anderes Gestell mit eleganten Waffen, das an der gegenüberliegenden Wand stand. Er riß eine kleine Streitaxt und einen dazu passenden Schild herunter, beide wunderschön

gearbeitet und mit Einlegearbeiten aus Silber, Gold und Elfenbein verziert.
»Ben«, rief Mark. »Bleib dort stehen. Ich werde es schaffen. Bleib bei ihr.«
In den Händen fühlte Mark das schwache, kalt hämmernde Vibrieren des Schwertes. Dies war nicht Stadtretter mit seinem ehrfurchterregenden Kreischen, aber es war ebenso mächtig, vielleicht mächtiger noch... Vor seinem geistigen Auge sah Mark wieder seinen toten Vater und seinen Bruder, tot auch er, und er hatte jenes andere Schwert in den Händen gehabt, das nichts, überhaupt nichts gerettet hatte...
Doon forderte ihn mit rücksichtsvoll klingender Stimme auf: »Leg' vorher deinen Bogen und deinen Köcher ab, mein Junge. Sie werden dich nur hindern. Nur zu – ich warte.«
Mark zuckte die Achseln, als wolle er sagen: Das macht keinen Unterschied. Als Doon diese Schulterbewegung sah, glaubte er wahrscheinlich, daß er Mark abgelenkt habe, daß dieser das Schwert nicht gut im Griff habe, kurz: daß seine List gewirkt habe. Denn sofort riß der Baron Axt und Schild hoch und wollte sich auf Mark stürzen.
Mark hatte die Axt aus der einen Richtung erwartet und begriff zu spät, daß sie aus der anderen kam. Ohne Hilfe hätten seine Arme den Axthieb mit keiner Waffe mehr parieren können.
Aber die Waffe in seinen Händen wurde nicht mehr von ihm geführt. Schildbrecher betonte lediglich zwei Schläge im Rhythmus seines beinahe hypnotisch strömenden Stampfens. Seine Bewegungen bei diesen beiden Schlägen zogen Marks Arme ohne Hast mit sich und ließen ihn mit der Kraft und Behendigkeit, die in diesem Schwert steckten, verschmelzen. Die Parade traf die blitzende Axt mitten in ihrem Hieb, entriß sie Doons Griff und schleuderte sie wie ein Geschoß quer durch die Kammer, bis sie gegen einen juwelenbesetzten Brustpanzer prallte und ein ganzes Gestell voll der feinsten Rüstungen umstürzen ließ; das Krachen und Klirren schien nicht enden zu wollen.
Das Schwert der Kraft fuhr zurück und sauste auf Doon selbst

herab, aber er konnte den Hieb mit seinem Schild auffangen. Der Stahlbeschlag wurde beinahe in zwei Teile zerschnitten, und Streifen der kostbaren Metall-Einlegearbeiten wurden herausgerissen und flogen umher. Doon wurde zu Boden geschleudert, aber beinahe augenblicklich war er wieder auf den Beinen und schüttelte das nutzlose, zerfetzte Metall von seinem betäubten linken Arm. Pfeilgeschwind sprang er zu einem anderen Waffenständer, ergriff einen Wurfspieß mit einer Edelsteinspitze und warf ihn mit seiner ganzen Kraft gegen Mark. Schildbrecher zerschmetterte den Spieß im Fluge, und die Splitter flogen umher wie Schleudersteine.

Marks Atem ging nur wenig schwerer als sonst. Mühelos hielt er das Schwert in seinen beiden Händen – besser gesagt, er stand da und ließ sich von ihm halten. Er hätte den Griff jetzt nicht loslassen können, selbst wenn er es gewollt hätte.

»Ben, bring sie ein Stück weiter nach hinten. Aus dem Weg.«

Aber in diesem Moment erscholl Bens wortloser, hilfloser Schrei. Ohne die Augen von Doon zu wenden, wußte Mark, daß Ariane tot war.

Doon hatte sich von der Wand dieses irrwitzigen Arsenals bereits eine neue Waffe beschafft, einen Morgenstern diesmal. Er ließ die dornenbesetzte Kugel an der Kette herumwirbeln und beabsichtigte vermutlich, sie um das Schwert der Kraft zu schlingen und Mark die Waffe so zu entreißen. Aber Schildbrecher fing die gewichtige Waffe in einem blitzenden Wirbel ab. Klirrend wie ein gespaltener Amboß flog die eiserne Stachelkugel, deren Spitzen von Bronze und Gold glänzten, davon und verwüstete ein oder zwei weitere Regale. Intarsienverzierte Helme und vergoldete Panzerhandschuhe fielen in metallisch donnernden Kaskaden auf den Steinboden.

Doon hatte jetzt ein Breitschwert ergriffen. In seinen Händen verschwamm die versilberte Klinge zu einem schimmernden Bogen, der fast so aussah wie der, den das Schwert der Kraft in die Luft zeichnete. Aber als die beiden aufeinandertrafen, blieb nur eines übrig.

Der Baron taumelte durch den verwüsteten Raum, rot vom

Blut aus kleinen Wunden von Splittern aus Holz und Metall, und riß einen Speer aus seiner Halterung. Er klemmte ihn wie eine Lanze unter einen Arm und schwang einen Krummsäbel mit dem anderen, und mit einem Schrei aus Trotz und Verzweiflung stürmte er Mark entgegen.
»Haltet ein! Ich –«
Aber was immer Mark ihm hatte entgegenrufen wollen, er hatte keine Zeit dazu. Der Baron hatte ihn erreicht – das heißt, er war ihm so nah gekommen, wie sein Wille und seine Kraft ihn hatten bringen können. Das Schwert hämmerte auf ihn nieder, und die Klinge verschwamm zu einem Kreis. Wieviele Zähne dieser blinkenden Kreissäge sich in den Baron schlugen, konnte Mark nicht zählen. Der Speer war in drei Stücke zerschnitten, noch ehe er den Boden erreichte. Auch Doon war nicht mehr unversehrt. Ihm fehlte ein Arm. Als das Schwert der Kraft endlich zur Ruhe kam, hatte es seine Brust durchbohrt.
Mark sah, wie das Leben aus Doons Augen schwand, während er ihn unverwandt anstarrte. Und Schildbrechers Rhythmus, vielleicht im Takt mit dem Herzen, das er durchbohrt hatte, erstarb langsam und verstummte dann ganz.
Noch immer stand der Körper fast aufrecht da. Die Augen funkelten, als sei der Wille des Barons noch nicht tot. Aber tatsächlich wurde er nur noch von einigen umgestürzten Regalen, gegen die er getaumelt war, und von der Klinge Schildbrechers aufrechtgehalten. Mark hob einen Fuß und stieß den Leichnam an. Die tote Last rutschte von der Klinge, glitt von den stützenden Regalen und stürzte mit einem letzten Krachen zwischen die Trümmer.
Auch das Schwert war plötzlich eine tote Last. Mark ließ es sinken. Er wandte sich der Tür zu, wo Ben immer noch am Boden kauerte, blind und taub für alles, was ihn umgab. Nur das tote Mädchen, das er in seinen Armen wiegte, hatte für ihn noch Bedeutung.
Da dröhnte plötzlich eine fremde Stimme irgendwo in den Tiefen der dunklen Schatzhöhle: »Ihr vier da in der Waffen-

kammer, ergebt euch! Eure beiden Kumpane haben wir schon, und ihr sitzt in der Falle!«
Mark zwang sich dazu, sich zu bewegen. Zuerst wandte er sich dem Schwerterbaum zu, nahm den Gürtel herunter, der zu Schildbrecher gehörte, schob die Waffe, blutig, wie sie war, in die Scheide und schnallte sich den Gürtel um den Leib. Dann rief er: »Ben, komm mit. Du mußt sie vorerst hierlassen. Komm her, schnell.«
Ben kam wankend auf ihn zu. »Wo ist Dmitry, Mark? Er hat den Stein geworfen. Er hat sie getroffen.« Der schwere Mann hatte offenbar einen Schock erlitten. »Ich muß ihn finden. Aber – sie ist nicht mehr da. Sie ist nicht mehr da, Mark. Sie ist – einfach...«
»Ich weiß. Jetzt komm, Ben. Komm. Ich weiß, wo Dmitry ist. Nein, laß sie hier. Du mußt sie hierlassen.« Er zog den kaum widerstrebenden Ben zu dem Schwerterbaum hinüber und reichte ihm Urteilspender mitsamt dem dazugehörigen Gürtel. Dann nahm er das letzte Schwert, Steinspalter, herunter und hielt es einen Moment lang mit Gürtel und Scheide in der Hand. Dann berührte er Steinspalter und das Schwert der Kraft gleichzeitig, und er spürte jenes alte Gefühl noch einmal, das ihn, als er noch ein halbes Kind gewesen war, so sehr in Angst und Schrecken versetzt hatte, daß er ohnmächtig geworden war. Es war ein Gefühl, als werde er aus sich selbst herausgezogen; so, hatte er immer geglaubt, mußte es sein, wenn man starb.
Jetzt aber mußte er einen Weg nach draußen finden. Oder einen erschaffen.
Er trat vor die hohen Regale am hinteren Ende des Raumes.
»Ben, hilf mir, sie nach hinten zu kippen.«
Der starke Mann folgte mechanisch. Die Regale kippten nach hinten, bis sie an der Felswand lehnten, und weitere Kostbarkeiten rollten krachend herunter. Dann standen die Gestelle wie eine Leiter oder eine plumpe Treppe vor der Wand. Mark stieg als erster hinauf.
Wieder hallte die Stimme aus der Ferne zu ihnen herein.

»Ergebt euch! Dies ist eure letzte Chance!«
Ben hatte sich Urteilspender, das erste Schwert, das Mark ihm gegeben hatte, umgeschnallt. Jetzt, als sie schwankend auf dem schrägstehenden Regal balancierten, gab Mark ihm auch Schildbrecher in die Hand und sagte: »Schlage sie zurück, wenn sie kommen sollten.«
Ben nickte dumpf. »Was tust du da?«
Statt zu antworten, drehte Mark sich um und drückte Steinspalter gegen die Wand. Er fühlte, wie die Klinge zum Leben erwachte, als er es tat. Wie Schildbrecher war auch dieses Schwert von einem hämmernden Vibrieren erfüllt; bei Steinspalter aber war es schwerer und langsamer als beim Schwert der Kraft. Als Mark Steinspalter gegen die Wand preßte, drang die Spitze sogleich ein, als habe sich der Fels, den sie berührte, in Butter verwandelt.
Das erste Stück, das er herausschnitt, ein plumper Kegel von der Größe eines Männerkopfes, glitt heraus. Es fiel den beiden Männern schwer zwischen die Füße, prallte von der geneigten Oberfläche des obersten Regalbodens ab und schlug krachend unten auf die Steinplatten.
»Schneidest du eine Treppe? Wohin?«
»Es wird mehr sein müssen als eine Treppe.«
Die nächsten Brocken, die Mark herausschnitt, waren größer. Rasch wurde das Krachen, mit dem sie hinunterfielen, zu einem gleichmäßigen Lärm. Mark schnitt in schrägem Winkel nach oben, so daß jeder Block durch sein eigenes Gewicht herausrutschte. Dies bedeutete, daß die beiden Männer auf ihre Füße achten mußten. Es bedeutete auch, daß das Loch, das sich in der Wand auftat, schräg nach oben führte. Aber das war gut so; sie wollten ohnehin nach oben. Grob geformte Pyramiden und schiefe Kegel fielen mit ermutigender Geschwindigkeit aus dem Loch.
Bald mußte Mark die Öffnung vergrößern, damit er hineinsteigen konnte, um den immer weiter zurückweichenden Felsen zu erreichen, dabei stets darauf achtend, daß die herabfallenden Steinblöcke nicht ihm oder Ben die Füße zerschmetterten.

Bens Schock verflog allmählich, und langsam dämmerte ihm, was Mark vorhatte. »Wir können einen Gang in den Fels schneiden und verschwinden!«
»Das hoffe ich – falls wir genug Zeit haben. Gib acht auf deine Füße.«
Wieder hallten herausfordernde Rufe zu ihnen herein, aber die Rufenden hielten sich vorsichtig außer Sicht. Ben und Mark standen jetzt vollends in ihrem aufwärtsstrebenden Tunnel. Die Altwelt-Lichter hatten offenbar registriert, daß sie nicht mehr in der Waffenkammer waren, und brannten nicht mehr. Mark hatte die Lampe auf seinem Kopf matt aufleuchten lassen. Sie spendete genug Licht zum Arbeiten.
Unsichtbare Füße trappelten unten über die Steinplatten.
»Laß mich ein Weilchen schneiden«, bot Ben an. »Nimm du deinen Bogen und schicke einen oder zwei Pfeile zu ihnen hinunter.«
Jetzt war es einen Augenblick lang Ben, der zwei Schwerter gleichzeitig in den Händen hielt. Mark sah, wie sich sein Gesichtsausdruck veränderte, und beruhigte ihn. »Das macht nichts. Fang' schon an.«
Als Bens starke Hände das gewichtige Schwert führten, gingen die Tunnelarbeiten noch rascher vonstatten. Der Stollen wuchs, und er war geräumig genug, so daß sie den herabfallenden Brocken ausweichen konnten. Wände und Boden waren so uneben, daß sie mit Händen und Füßen Halt fanden, wo es notwendig war. Die Steinblöcke ließen sich zwar herausschneiden, als seien sie zarte Rauchwolken, aber sie stürzten krachend den Gang hinunter wie schweres Felsgeröll, das sie ja auch waren. Das unaufhörlich prasselnde Gestein hatte die an der Wand lehnenden Holzregale bereits zusammenbrechen lassen; sie waren zersplittert, und ihre Schätze lagen in einem Berg von zerbeultem Metall und scharfkantigem Gestein auf dem Boden unter einem schnell wachsenden Haufen von Schutt.
Jetzt zündeten die Feinde unten Fackeln an, um besser sehen zu können, was hier vor sich ging. Offensichtlich nahmen die

Deckenlampen der Alten Welt keine Notiz von den Weißhänden. Mark schoß alle Pfeile, die er noch hatte, in die Richtung der Fackeln, und er hörte Schmerzensschreie. Er hörte, wie die Weißhände den Geröllberg erklommen, der sich unter der seltsamen neuen Öffnung in der Wand bildete, aber immer neue Steinbrocken fielen auf sie herunter, trafen sie und trieben sie zurück.
Ben hatte begonnen, den Stollen um eine Ecke zu führen. Schon lag der Eingang fünf oder sechs Meter weit hinter ihnen, und die Strecke verlängerte sich zusehends. Bald bot die Biegung ihnen den Schutz, den sie, wie Ben vorausgesehen hatte, brauchten: Als die ersten Steine von unten heraufgeflogen kamen, waren die beiden Flüchtenden in Sicherheit. Die Weißhände waren, wie die regulären Garnisonssoldaten der Höhle, daran gewöhnt, im Dunkeln oder bei schlechtem Licht zu kämpfen, wenn sie überhaupt kämpften, und Pfeil und Bogen oder Steinschleudern benutzten sie nur selten.
Je weiter die Arbeit am Tunnel gedieh, desto größer wurde die Strecke, die jeder Steinblock zurücklegte, wenn er hinunterfiel, und desto größer war infolgedessen auch die Geschwindigkeit, mit der er jemanden traf. So säuberten diese Blöcke den Tunnel von heraufkletternden Weißhänden schneller, als diese hereinsteigen konnten. Nach kurzer Zeit gaben sie alle Verfolgungsversuche auf, und die Schreie der Verletzten verstummten.
So ging es eine ganze Weile. Sie schnitten Felsbrocken aus dem Gestein, ließen sie krachend hinunterrollen und arbeiteten sich immer bergauf. Allmählich erfüllte Steinstaub die Nasen der beiden Männer. Die Lichtstrahlen der Lampen auf ihren Köpfen waren weiß von diesem Staub, der die Luft wie ein Nebel erfüllte.
In einer Atempause fragte Ben: »Was ist, wenn wir unter dem Meeresspiegel herauskommen?«
»Das glaube ich nicht. Dann wäre die Höhle hier unten längst überflutet.« Und während er dies sagte, hoffte Mark, daß er recht haben möge.

»Woher wissen wir, wann wir ins Freie gelangen?«
»Wir wissen es nicht. Laß uns immer höher hinaufsteigen, dann werden wir irgendwann ins Freie kommen. Es sei denn, du hättest eine bessere Idee.«
Mark übernahm das Graben für eine Weile. Als er Steinspalter und Schildbrecher gleichzeitig berührte, fragte er sich plötzlich laut: »Wieso hat der Blaue Tempel diese Schwerter eigentlich nie *benutzt*?«
»Du kennst den Blauen Tempel nicht. Wenn etwas wertvoll ist, dann ist es ein Schatz, und einen Schatz vergräbt man in einem Loch im Boden, damit man nicht Gefahr läuft, ihn zu verlieren. Wir werden Benambra noch an der Erdoberfläche kreischen hören, wenn er erst sieht, was verschwunden ist.«
Und dann, ganz unvermittelt, brach Steinspalter durch die Erde in die Luft, und was zu den beiden in den Stollen drang, mußte Tageslicht sein, wenngleich es trüb und indirekt leuchtete. Die beiden Männer murmelten leise vor sich hin, und ihr Staunen war größer, als es beim Anblick von Gold und Edelsteinen gewesen war. Feiner Staub rieselte zu ihnen herunter.
Mark erweiterte die Öffnung rasch und stieg dann hinaus. Ben folgte ihm. Sie standen in einem schmalen, höhlenartigen Spalt, der waagerecht auf das Licht zu und in entgegengesetzter Richtung von ihm wegführte. Stolpernd und kletternd näherten sie sich dem Licht. Bald sahen sie den dunstigen Himmel vor sich. Jetzt rochen sie auch das Meer und hörten das stetige Rauschen der Wellen.
Hier und dort mußte Mark mit Steinspalters Hilfe eine sichere Stufe ins Gestein schneiden oder den Spalt erweitern, damit sie sich hindurchzwängen konnten.
Endlich traten sie auf ein schmales Felsensims auf halber Höhe zwischen Klippenrand und Meer hinaus. Die helle Sonne schien auf sie herab.

17

Blinzelnd und zwinkernd standen sie im Licht der milden Sonne, deren Strahlen sich hin und wieder durch vorüberwehende Nebelschwaden bohrten. Hinter ihnen klaffte die Felsspalte, und vor ihnen lag die ruhige See. Mark sah, daß es früher Morgen sein mußte. Die Luft war warm, und der Sommer war offenbar noch nicht vorüber. Jenseits des Wassers, das sich schiefergrau und blau überschattet unter ihnen kräuselte, erhob sich die gegenüberliegende Landzunge. Sie lag halb im Sonnenschein und halb im Schatten.
»Was war das?« fragte Ben und legte den Kopf schräg. Er hatte ein fernes Klirren und einen Schrei gehört.
»Es klang wie ein Kampf. Aber es kommt nicht von unten aus der Höhle.«
»Nein. Vielleicht von oben, von der Hochebene?«
Das Geräusch wiederholte sich nicht. »Was kümmert es uns? Wir steigen sowieso nach unten. Wenn wir am Strand sind, versuchen wir, mit der Zauberformel Indosuarus' Schiff herbeizurufen.«
Sie machten sich daran, vorsichtig hinunterzuklettern. Hinter einer Wölbung des Kliffs stießen sie auf ein breites Sims und hielten inne. Ein Wunder lag vor ihnen, halb verhüllt von Dunst und Nebelschleiern. Die riesige Gestalt lag, verdreht und zerschmettert, auf einem Felsen, so leblos wie alle Leichen, die Mark bisher gesehen hatte. Die phrygische Mütze war ihr vom Kopf gefallen, der mächtige Schädel war zur Seite gedreht, und die blicklosen Augen starrten auf einen Stein, der eine Handbreit vor dem Gesicht lag.
»Es ist Hermes«, flüsterte Ben.
Erst nach einer langen Pause wisperte Mark: »Ja.«
»Aber... er ist tot.«
»Ja.«
Die beiden Lebenden starrten einander an, und in ihren Augen lag ein wilder Ausdruck, als hätten sie einen toten Freund entdeckt. Angst glomm in ihnen auf.

»Doon hat sich damit gebrüstet, einen Gott erschlagen zu haben.«
»Aber, wenn ein Gott sterben kann... was bedeutet das?«
Sie sahen einander an, und keiner von ihnen wußte eine Antwort.
Feiner Rauch oder Dampf kräuselte sich von der Gestalt empor, als sei sie dabei, sich in dem Seedunst, der sie umspielte, aufzulösen. Mitten im entblößten Rücken klaffte eine offene, frische Wunde. Sie sah aus, fand Mark, als sei sie von einer breiten Schwertklinge verursacht worden.
Laut sagte er: »Es war Ferntöter, den Doon geworfen hat, und er hat einen Bannspruch aus dem alten Lied der Schwerter dazu gesungen. Das Schwert muß dies getan haben. Aber wo ist es jetzt?«
»Und wo sind die beiden anderen Schwerter, Drachenstecher und Wegfinder, die Hermes uns genommen hat?«
Sie zählten die leeren Scheiden, die den Leib des toten Riesen umgaben. Es waren zehn, und sie waren allesamt leer.
Mark machte eine heftige, abwehrende Handbewegung. »Lassen wir das! Der Tod eines Gottes ist nicht etwas, das... Laß uns hinuntersteigen. Wir haben hier nichts verloren.«
»Wenigstens sieht es so aus, als ob Hermes uns nun nicht mehr nachsteigen wird, um uns die Schwerter wegzunehmen.«
Sie kletterten an der Steilwand hinunter. Es war, wie überall an diesem Kliff, ein schwieriger, aber kein unmöglicher Abstieg. Sie waren eben dort angelangt, wo die Wand sich zu einem sanften Hang verflachte, als eine Infanteriestreife des Blauen Tempels aus einem Hinterhalt hervorbrach, die sich dort in Schatten, Höhlen und Nebelbänken verstecktgehalten hatte. Ben hatte eben noch Zeit, einen Warnruf auszustoßen. Er hatte gespürt, wie Schildbrecher in seiner Faust plötzlich zum Leben erwachte. Die Klinge gab ein lautes Hämmern von sich, und als das Kampftier ihn ansprang, brachte sie es mit dem ersten Streich zur Strecke.
Eine zweite dieser abgerichteten Bestien hatte Mark zu Boden geworfen. Steinspalter in seinen Händen hatte das Untier nur

verwunden können, und Mark glaubte sich schon verloren, als Schildbrecher über ihm dahinsauste und dem Tier den Garaus machte. Noch immer halb betäubt, blieb er liegen, und er sah, wie Männer, in Blau und Gold gekleidet, herbeidrängten. Schildbrecher erhob seine Stimme zu einem Lärm wie von Vulkans Amboß, und die zerschlagene Front taumelte zurück. Und dann kam noch andere Hilfe herbei: kämpfende Männer in Schwarz und Orange. Die Feinde stoben auseinander. Sie schrien, als erwarteten sie Verstärkung aus den eigenen Reihen. Gleich darauf sah Mark den behelmten Kopf eines seiner Retter, der sich über ihn beugte, und dann wurde der Helm vom Kopf genommen, und ein vertrautes, breites, kräftiges Gesicht kam zum Vorschein. Bart und Schnurrbart waren sandgrau, und die kraftvolle, bedächtige Stimme, die Mark fragte, wie es ihm gehe, gehörte Sir Andrew selbst.
Mit einiger Hilfe setzte Mark sich auf, und bald hatte er sich soweit erholt, daß er einen kurzen Bericht abgeben konnte. Er umriß den Raubzug in die Schatzkammern des Blauen Tempels mit knappen Worten und schilderte, wie sie eben erst hatten entkommen können. Dann schloß er: »Wir haben alle Schwerter mitgebracht, die dort waren – bis auf eines. Und es wird keinen Sinn haben, jetzt zu versuchen, noch einmal in die Schatzhöhle hinunterzusteigen, es sei denn, Ihr hättet Eure ganze Armee mitgebracht.« Mark verstummte. Er begriff nicht, wie es kam, daß Sir Andrew überhaupt hier war.
»Hmf, hah, ja. Mir scheint, das war Hyrcanus.« Sir Andrew legte den Kopf in den Nacken und spähte an der Steilwand hinauf. »Vielleicht hat der Vorsitzende sich gedacht, daß sein großes Geheimnis ans Licht gekommen ist. Nun, aber wir wollen nicht der Habgier zum Opfer fallen. Ihr habt uns alles gebracht, was wir zu bekommen hofften.« Der Ritter wandte sich an einen wartenden Offizier. »Stoßt ins Horn und ruft unsere Schiffe heran.«
Als man Mark auf die Beine gebracht hatte, konnte er sich ohne Hilfe bewegen. Er hatte nur geringfügige Verletzungen davongetragen. Ein weiteres vertrautes Gesicht, das von Da-

me Yoldi, tauchte vor ihm auf. Ihre kräftige Gestalt war in Männerkleider gehüllt, mit denen sie auch Felsen erklimmen oder kämpfen konnte. Augenblicklich begann Mark, die Geschichte vom Tod des Hermes hervorzusprudeln. Bei den ersten Worten aber gebot ihm die Zauberin zu schweigen, und dann zog sie ihn und Ben dicht an sich und Sir Andrew heran, so daß sie und der Ritter die Erzählung unbelauscht anhören konnten, während sie sich den Hang hinunter zum Strand begaben.

Während Mark berichtete, was Hermes zugestoßen war, sah er, wie drei Langboote mit orange-schwarzen Wimpeln auf den Toppen aus dem Nebel kamen. Die Ruderer arbeiteten hart gegen die leichte Brandung, und die Schiffe hatten sich mit dem Bug in den Sand gebohrt, noch bevor der Landungstrupp das Wasser erreicht hatte.

»Ich wußte«, endete Mark, »daß Ferntöter und die anderen Schwerter große Macht besitzen. Aber ich habe nicht erwartet...« Er verstummte.

»Wir auch nicht«, pflichtete Dame Yoldi ihm bei. Sie wirkte erschüttert und wiederholte: »Wir auch nicht.«

Sir Andrew fragte die beiden: »Und ihr habt ihn vorher gesehen? Er hat euch Drachenstecher weggenommen und ist wieder verschwunden?«

Ben und Mark nickten.

Es blieb keine Zeit für lange Erörterungen. Sie wateten mit dem Trupp, der an Land gekommen war, in die sanfte Brandung hinaus und strebten den Booten zu.

Barbara sprang von einem der Boote ins Wasser und kam ihnen entgegen, um sie zu begrüßen. Sie umarmte Ben. Rasch erzählte sie, wie sie, statt zur Jahrmarktstruppe zurückzufahren, mit Marks Goldmünze und der Geschichte der Schatzsuche zu Sir Andrew gereist war. Ben hatte ihr beim Abschied verraten, wo der Hort versteckt war.

Auf der gegenüberliegenden Landzunge lag heller Sonnenschein, als die Langboote in See stachen. Ben starrte zur Steilküste hinüber.

»Was siehst du da?« wollte Barbara wissen.
»Ich... gar nichts.«
Mark spähte hinüber. Stand dort nicht jemand? Aber gleich verblaßte das Bild. Es war auch zu weit, um sicher sein zu können.
Ben ließ die Juwelen aus seiner Tasche gleichgültig in Barbaras ausgestreckte Hände rieseln. Sie schaute ihn fragend an.
Mark stand da und sah den beiden zu. Einen Augenblick lang war er ganz allein.

Science Fiction Fantasy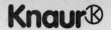

Taschenbücher

Reisen ans Ende des Bewußtseins

David Eddings

Die Prophezeiung des Bauern

272 Seiten – Band 5791

Band 1 der Saga vom Auge Aldurs

Vor vielen Jahrhunderten, als die Welt noch jung war, formte der Gott Aldur aus einem Stein ein magisches Juwel, das ungeheure Macht verlieh, in den falschen Händen aber seinen Besitzer und die ganze Welt vernichten konnte. Aldurs Bruder Torak dürstete es nach der Vorherrschaft unter den sieben Göttern – er stahl den Stein und entzweite mit dieser Tat Götter und Menschen. Es kam zu einem fürchterlichen Krieg, und Torak setzte das Auge Aldurs, jenen magischen Stein, als Waffe ein, aber das Juwel verbrannte und entstellte ihn, so daß er vor Gram und Schmerz in tiefen Schlaf sank. Die Menschen des Westens eroberten das Auge Aldurs und brachten es nach Riva. Solange es dort liegen würde, so lautete die Prophezeiung, würde die Menschheit sicher sein.

Für den Bauernjungen Garion war das nur eine alte Geschichte – er glaubte nicht an ein magisches Schicksal der Menschen. Aber eines Tages war das Auge Aldurs aus Riva verschwunden, und für Garion wurde der Mythos bitterer Ernst. Zusammen mit dem Zauberer Belgarath und dessen Tochter Polgara machte er sich auf die Suche nach dem magischen Stein, der dem finsteren Gott Torak nicht in die Hände fallen dürfte ...

Science Fiction Fantasy

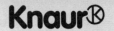

Taschenbücher

Reisen ans Ende des Bewußtseins

David Eddings

Die Zaubermacht der Dame

384 Seiten – Band 5792

Band 2 der Saga vom Auge Aldurs

Als die Welt noch jung war, raubte der böse Gott Torak das Auge Aldurs und floh damit, denn er trachtete nach der Herrschaft. Das Auge widerstand ihm, und sein Feuer fügte ihm schreckliche Verbrennungen zu. Aber er mochte es nicht aufgeben, denn es war ihm teuer ...

So oder ähnlich beginnen die alten Legenden, die dann von der Niederlage Toraks künden und vom Triumph der Alorner, die das Auge Aldurs – diesen seltsamen Stein der Macht – nach Riva brachten und Toraks Truppen schlugen.
Aber nun, Jahrtausende nach diesen Ereignissen, ist das Auge Aldurs aus Riva verschwunden und droht dem bösen Gott erneut in die Hände zu fallen. Um dies und damit die sichere Vernichtung der Völker des Westens zu verhindern, machen sich der Zauberer Belgarath und seine Tochter Polgara auf die Suche nach dem Auge. Und mit ihnen zieht der junge Garion, der magische Kräfte in sich spürt ...

Dieser Roman ist das zweite Buch der fünfbändigen Fantasy-Saga vom Auge Aldurs, die lange Zeit auf der amerikanischen Bestsellerliste stand und die von begeisterten Lesern mit Tolkiens RING-Trilogie verglichen wird.

Science Fiction Fantasy

Taschenbücher

Reisen ans Ende des Bewußtseins

Jo Clayton

Unter den magischen Monden

304 Seiten – Band 5787

Duell der Magier I

Serroi war eine Ausgestoßene ihres Volkes, sie paßte nicht zu den Windrennern: Sie war zu klein, hatte olivfarbene Haut und seltsam geschärfte Sinne. Also schloß sie sich dem Orden an und wurde zu einer *meie*, einer ausgebildeten Kriegerin. Aber sie mußte den Schwur brechen, den sie abgelegt hatte, denn sie wurde unfreiwillig Zeugin eines Mordplans. Der Domnor sollte getötet werden, wenn die magischen Monde beieinanderstanden und der Zugang zur Welt der Dämonen günstig war. Serroi ist jedoch nur eine kleine Figur in einer gigantischen Auseinandersetzung mystischer Mächte. Abwechselnd wird sie von den beiden Kontrahenten geführt: Ser Noris, dem Herrscher der Inseln der Zauberer und schurkischsten Magier aller Zeiten, und Reikijanja, auch Jungfrau oder Hexe genannt und Inbegriff des Wechsels von Leben und Tod und der komplexen Bahn der Monde, der Phönix aus der Asche und der gute Geist der Natur. Wie dieser Machtkampf ausgehen wird, vermag noch niemand zu sagen, aber eines zeichnet sich von Anfang an ab: Er wird das Schicksal von Serrois Welt entscheiden.

Science Fiction Fantasy

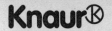

Taschenbücher

Reisen ans Ende des Bewußtseins

Fred Saberhagen

Das erste Buch der Schwerter

272 Seiten – Band 5791

Der Ton steigerte sich zu einem schrillen Kreischen. Er kam von dem Schwert in den Händen seines Bruders. In der Luft war ein sichtbares Phänomen entstanden.
Dann kam der Speerstoß. Der Ton in der Luft schwoll abrupt an, als der Speer in den verwischten Schimmer eindrang, in dem das Schwert seitwärts parierte. Mark sah, wie die Speerspitze wirbelnd durch die Luft flog, und mit ihr ein handbreites Stück des sauber durchtrennten Schaftes. Noch bevor die Spitze zu Boden fiel, hatte Stadtretter im Rückschwung das Kettenhemd von der Brust des Speerträgers gerissen, so daß die feinen Stahlglieder umherflogen wie eine Handvoll sommerlicher Blütenfedern ...

Jahrtausende nach einem Krieg, der so schrecklich war, daß er die Naturgesetze außer Kraft setzte, schreiten wieder Götter und Riesen auf der Erde einher und treiben ihr grausames Spiel mit den Menschen ...

Der erste Band eines neuen, meisterhaften Fantasy-Epos.

Droemer
Knaur

Marion Zimmer Bradley
Herrin der Falken

Es ist die Zeit der Hundert Königreiche, in den Ländern des Planeten Darkover wütet der Krieg. Während seine Widersacher noch um den Thron streiten, fristet der König ein jämmerliches Dasein im Exil. In ihrer Verzweiflung verfallen die wenigen verbliebenen Getreuen des vertriebenen Herrschers auf einen letzten Ausweg, dem König sein rechtmäßiges Erbe zu erhalten: das Mädchen Romilly. Sie lebt einsam in den Wäldern der Berge, eine seltene Gabe macht Romilly zur Herrin von Falke und Pferd. Für die Königstreuen sind ihre Zauberkräfte der Schlüssel zur Macht.

448 Seiten. Gebunden